J. L. Drake

Lost

J. L. Drake

Lost

Verlorene Liebe

Roman

LAGO

Bibliografische Information der Deutschen Nationalbibliothek
Die Deutsche Nationalbibliothek verzeichnet diese Publikation in der Deutschen Nationalbibliografie. Detaillierte bibliografische Daten sind im Internet über http://dnb.d-nb.de abrufbar.

Für Fragen und Anregungen:
info@lago-verlag.de

1. Auflage 2018

Die englische Originalausgabe erschien 2016 bei Limitless Publishing, LLC unter dem Titel *Escape*.

Übersetzung: Alfons Winkelmann
Redaktion: Astrid Pfister
Umschlaggestaltung: Laura Osswald
Umschlagabbildung: Shutterstock/InnervisionArt
Satz: ZeroSoft, Timisoara
Druck: CPI books GmbH, Leck
Printed in Germany

ISBN Print 978-3-95761-187-1
ISBN E-Book (PDF) 978-3-95762-111-5
ISBN E-Book (EPUB, Mobi) 978-3-95762-112-2

Meinem Stiefvater Gordon gewidmet. Du bist ein freundlicher, liebevoller und großzügiger Mann, der in unsere Familie gekommen ist, und dafür lieben wir dich. Vielen Dank für das Lesen meiner Texte und für deine Aufrichtigkeit und deine hilfreichen Beiträge. Deine Ideen haben mir immer so viel geholfen, insbesondere bei diesem Buch. Wir sind vielleicht Hunderte von Meilen voneinander entfernt, aber du bist trotzdem jeden Tag hier bei uns.

Ich liebe dich.

Die Hauptfiguren

Keith: Mitglied von Blackstone. Geheimniskrämerisch. Savannahs »großer Bruder«.

Lexi: Keiths Exfreundin.

Savannah: Sieben Monate in Tijuana, Mexiko, als Geisel gefangen gehalten worden. Von Blackstone gerettet, hat sich später in Cole Logan verliebt. Lebt jetzt auf *Shadows*.

Cole: Besitzer des Safe Houses in Montana, das *Shadows* genannt wird. Hatte sich in das Foto eines Opfers verliebt. Es – Savannah – gefunden, gerettet und schließlich geheiratet. Anführer des Spezialteams Blackstone.

Olivia: Savannahs und Coles Tochter.

Mark: Cole Logans bester Freund. Ebenfalls Mitglied von Blackstone. Flüchtet immer mit Humor vor seiner schmerzlichen Vergangenheit.

Mia: Marks Freundin, Krankenschwester und Franks Tochter.

Paul: Mitglied von Blackstone, verstorben.

John: Mitglied von Blackstone.

Abigail: Marks »Adoptivmutter«, Coles Kindermädchen und jetzt Hausgehilfin. Hat eine Beziehung mit dem Hausarzt.

Doktor Roberts: Hausarzt, eine Seele von Mensch und in Abigail verliebt.

June: Abigails jüngere Schwester.

Mike: Mitglied von Blackstone. Wild aussehender gutmütiger Bär, von Kopf bis Fuß tätowiert.

Dell: Agent auf Shadows.

Davie: Agent auf Shadows.

Molly: Krankenschwester im North Dakota Hospital. Hat eine Geheimhaltungsverpflichtung unterzeichnet, damit sie die Männer des Blackstone-Teams verarzten kann, wenn diese eingeliefert werden.

Scoot: Launischer Hauskater. Hat keinerlei Schamgefühl.

Prolog

- Ort: Mexiko
- Koordinaten: geheim

Keith

Der Staub brannte mir schmerzhaft in den Augen, als ich dem Land Rover hinterherrannte. Zwei Kartellmitglieder rasten gerade mit einigen medizinischen Vorräten aus unserem Lager davon. Was die Verfolgung allerdings zu einem solchen Spaß machte, war die Tatsache, dass sie es nicht von uns erwarteten.

Meine Stiefel berührten kaum den Boden und meine Arme durchpflügten den Wind. Ich warf einen Blick über die Schulter und entdeckte Mark hinter mir, der rasch mit seinem Wagen aufholte. Cole war aus dem Fenster des Hummers gestiegen und hockte jetzt auf der Kante. Er legte sein Gewehr gerade auf das Dach, griff nach seinem Funkgerät und ich hörte seine Stimme über meinen Kopfhörer.

»Lauf nach neun Uhr.«

Ich tat es, und prompt zischten zwei Kugeln an mir vorüber und veranlassten den Fahrer, kurz abzubremsen. Ich gewann dadurch an

Boden und griff jetzt nach dem Dachgepäckträger des Wagens, schaffte es jedoch nicht ganz, ihn zu erreichen.

»Verdammt!« Meine Augen tränten, während ich mich auf den Land Rover zu konzentrieren versuchte. Mit aller Kraft vollführte ich einen Satz nach vorn und klammerte mich dann an den Träger. Meine Knie schlugen schmerzhaft gegen die Stoßstange und meine Hüften knallten gegen das Reserverad.

Hastig schwang ich die Beine hoch und zog mich auf das Dach hinauf. Ich spreizte die Knie, fand mein Gleichgewicht und zeigte Cole einen erhobenen Daumen.

Vier Kugeln streiften daraufhin fast mein linkes Ohr. Ich kroch hastig nach vorn und zog mein Messer aus dem Oberschenkelholster. Dann ließ ich mich auf den Bauch fallen und rammte dem Burschen das Messer direkt durch die Hand und in den Bezug der Tür.

Der Fahrer geriet daraufhin in Panik, und das Fahrzeug schwankte wild hin und her, während der Beifahrer wild an seiner Hand zog und zerrte, um sie von dem Messer zu befreien. Ein rascher Hieb mit dem Ellbogen gegen seine Schläfe, und sein Kopf wurde zurückgeschleudert und fiel zur Seite.

Ich schob nun meine Fersen durch den Dachgepäckträger, um mich festzuhalten, und ließ mich an der Seite herabbaumeln, dann richtete ich meine Waffe durch das Fenster auf den Fahrer, der sich gerade verzweifelt darum bemühte, das Fahrzeug unter Kontrolle zu halten. Schweiß tropfte ihm von der Stirn und hinterließ Spuren auf seinem schmutzigen Gesicht. »Sofort anhalten!«

Seine Hände flogen vom Lenkrad und sein Blick war unfassbar wild. Das Fahrzeug ruckelte, weil auf einmal die Kraftstoffzufuhr unterbrochen war, und dann wurde es immer langsamer. Wir beide betrachteten die Maschinenpistole, die sich direkt neben ihm befand.

»Tu's nicht«, warnte ich ihn, aber wie es zu erwarten war, griff der Typ dennoch danach.

Peng!

Der Kopf des Mannes fuhr aufgeregt hin und her, während er das riesige Loch in seinem Lenkrad betrachtete. Er geriet jetzt offenbar in einen Schockzustand, und es war nicht schwer zu erraten, dass er noch neu in dem Geschäft war.

»Noch einmal, und die nächste Kugel geht genau zwischen deine Augen.«

Er verstand offenbar Englisch, so viel konnte ich sagen, denn er nickte pflichtschuldigst und legte sofort beide Hände zurück auf das Lenkrad und ließ sie dort liegen, bis wir stehen blieben.

Cole kam jetzt zu dem Fenster auf der Fahrerseite und richtete sein Gewehr genau auf das Gesicht des Mannes, dann sah er ruhig und freundlich zu mir hinüber, als ob er gerade vom Mittagstisch aufgestanden wäre.

»Alles in Butter, Keith?«

»Aber sicher.« Ich packte die Kante der Tür, löste meine Füße, schwang herum und ließ mich elegant zu Boden fallen. »Vermutlich ist er neu in der Branche.«

»Ja, der hat wirklich ziemlich schnell aufgegeben«, warf Mike ein, packte den Fahrer bei den Schultern und sagte ihm, dass er sitzen bleiben solle.

»Ja.« Ich setzte jetzt meine Sonnenbrille ab. »Wahrscheinlich waren wir gar nicht gemeint gewesen, sie haben in uns vielleicht einfach nur ein leichtes Ziel gesehen.« Ich öffnete die Tür, ließ den bewusstlosen Beifahrer zu Boden fallen und durchsuchte ihren Krempel. *Du meine Güte, waren das Chaoten!* Essensverpackungen,

Coladosen, Zigarettenstummel und Bierflaschen übersäten den Boden. Ich kicherte bei der Vorstellung, dass diese beiden Typen sowieso schon bald an einem Herzinfarkt sterben würden, bei ihrer Lebensweise.

»Lopez!«, rief Cole nun. »Komm her. Wir haben zwei Geiseln.«

»Verstanden.«

»Colonel.« Ich zeigte auf ein verhülltes Paket auf dem Rücksitz, zog vorsichtig die schmutzige Decke herunter und enthüllte dabei eine große Bombe.

»Sofort zurück!«, brüllte Cole, und die Jungs folgten seinem Befehl rasch.

»Sachte, Keith«, warnte er mich.

Ich untersuchte die Bombe nun vorsichtig. Sie war nicht geschärft, deshalb gab ich Entwarnung.

Rasch entrollte ich eine Anzahl von Blaupausen auf der Motorhaube des Land Rovers, überflog sie kurz und bemerkte darauf eine eingekreiste Stelle. »Heilige Scheiße!«

Cole beendete die Überprüfung der Bombe daraufhin und trat zu mir. Ich kämpfte gegen den aufkommenden Wind an, um das Papier unten zu halten, und zeigte dann auf das, was anscheinend ihr beabsichtigtes Ziel gewesen war.

Meine Hand ballte sich unwillkürlich zur Faust, als ich auf Mike zutrat, der den Fahrer in der Zwischenzeit mit Handschellen gefesselt hatte. Mein Gesicht war angespannt vor lauter Wut, ich holte aus und knallte ihm meine Faust direkt in das Gesicht. Die möglichen Konsequenzen waren mir momentan verdammt egal.

»Du alter Hurensohn!«, zischte ich, während er sich schmerzerfüllt auf dem Boden wälzte.

»Nein, bitte nicht!«, schrie er mit gehobenen Händen, als wenn er mich abzuwehren versuchte. »Ich befolge auch Ihre Regeln. Ich tue niemandem weh.«

»Es sind Kinder, du mörderischer Bastard! Unschuldige Kinder! Du wolltest sie alle töten!« Ich blickte außer mir vor Wut zu Mark hinüber, der gerade von Cole zurückgehalten wurde.

Ich wusste, dass sich viele Männer den Kartellen nur deshalb anschlossen, weil sie sonst nirgendwohin konnten. Sie wandten sich einfach aus Verzweiflung dem Drogenhandel zu. Aber so etwas wie hier ... eine Bombe in eine Schule zu legen und damit unschuldige Kinder zu töten ... das konnte nur von jemandem ausgeführt werden, der absolut keine Seele besaß. Ich benötigte verdammt viel Selbstbeherrschung, um ihm nicht meine Waffe in die Kehle zu rammen und das Magazin daraufhin komplett zu leeren.

Cole befahl Mike nun, die Männer im Hummer zu fesseln, und Mark und ich entfernten anschließend die Bombe und entschärften sie vollständig, bevor wir zum Pick-up zurückgingen.

»Gut gemacht.« Cole knallte seine Faust gegen meine, als wir hinten einstiegen.

»Danke.«

Mark wischte sich nun mit einem Tuch über die Stirn. Ich wusste, dass er jetzt, da Mia schwanger war, mehr als sonst zu kämpfen hatte. So etwas veränderte die Perspektive eines Mannes einfach.

Ich strich mir mit den Fingern über den Unterarm, während ich mir erlaubte, meine Gedanken ein paar Augenblicke lang schweifen zu lassen, während eine Erinnerung an die Oberfläche trat.

Sie strich mir mit ihrer glatten Hand über die nackte Brust und holte mich so aus meinem tiefen Schlaf. Seidiges Haar kitzelte mein Gesicht, und ihr

Kichern brachte mich unwillkürlich dazu, mit den Hüften den Kontakt zu ihr zu suchen.

»Guten Morgen.« Ihre heisere Stimme ließ mich sofort hellwach werden. Mit ihren großen Augen sah sie mich intensiv an, während sie ihre Hüften wiegte. »Ich habe Hunger.« Sie öffnete die rosigen Lippen, und ich sah zu, wie sie mein Geschlecht gänzlich verschluckte.

»Heilige …!« Ich presste meine Hand auf mein Gesicht und fragte mich, wie lange ich das wohl durchhalten konnte.

»Dort, gleich da drüben«, rief Mark und holte mich damit grob aus meiner Erinnerung zurück. Mir zog sich sofort der Magen zusammen. »Woran denkst du gerade?«

»An nichts«, knurrte ich verärgert.

»Immer bist du so mürrisch.«

Ich seufzte und sah zu ihm hinüber. »Ich denke bloß an zu Hause.«

Er nickte verständnisvoll, während er die Mütze absetzte und sich den Sand aus dem Haar schüttelte. »Ich bekomme diesen Ausdruck immer nur dann, wenn ich an Mia denke«, sagte er.

Er grinste, und dann klickte es bei ihm. »Jemand Besonderes?«

Kopfschüttelnd sah ich wieder aus dem Fenster.

Ich frage mich, was sie wohl gerade tut.

Kapitel eins

Boston

Keiths Highschool-Zeit

»Gib ab!« Clark klopfte mit seinem Schläger auf das Eis, um mir zu signalisieren, wo er war. Ich raste die Eisfläche hinab, und der Puck knallte gegen meinen Schläger. Ich blickte kurz zu ihm hinüber und gab dann ab, nur um ihn nach zwei Schritten wieder zurückzubekommen. Das war einer unserer Spielzüge. Ich täuschte nach links an, wandte mich dann jedoch nach rechts. Einmal vor dem Netz angekommen, sah ich eine Öffnung und schlug den Puck, ohne weiter zu überlegen, genau zwischen den Beinen des Torwarts hindurch in das Netz. Ich grinste, als die geliebten Sirenen zusammen mit den Zuschauern aufjaulten.

Clark packte nun meinen Helm, und wir stießen unseren Gesichtsschutz ausgelassen gegeneinander und jubelten lautstark. Der Schiedsrichter pfiff, und die Menge setzte sich wieder auf ihre Plätze. Ich fuhr jetzt zur Mitte, die Schlittschuhe zu beiden Seiten der Linie, und wartete, dass der Puck auf das Eis fiel.

Ich liebte diesen Teil, wenn nichts anderes zu hören war außer dem eigenen Herzschlag und nichts zu spüren war außer dem wilden Gefühl der Erwartung des Augenblicks, wenn der Schiedsrichter tief Luft holte und dann der harte Knall des Gummis auf dem Eis ertönte.

Der Puck fiel jetzt herunter, beide Schläger kämpften darum, ihn für sich zu erobern, dann versuchte mein Gegner, seinen Schläger um meinen Hals zu haken. Ich ließ sofort die Schultern heruntersacken und raste verärgert in ihn hinein.

Jetzt, mit siebzehn Jahren, wog ich knapp einhundert Kilo und war schon über zwei Meter groß. Ich war ein richtiger Schrank, und nicht viele Leute würden sich mal eben freiwillig mit mir anlegen. Unnötig zu sagen, dass ich mich richtig freute, wenn es mal dazu kam.

Der gegnerische Spieler prallte jetzt von meinem heranjagenden Körper ab und landete unsanft auf seinem Hintern. Sofort unterbrach der Schiedsrichter das Spiel und verhängte eine Zeitstrafe gegen den anderen Typen, der sich nun mühsam vom Eis erhob.

»Willst du mich verarschen?«, rief er aufgebracht und zog sich einen Handschuh aus. »Hast du etwa nicht gesehen, was der Typ gerade mit mir gemacht hat?«

»Zeitstrafe, zwei Minuten, wegen unsportlichem Verhalten.« Der Schiedsrichter packte ihn am Trikot und zerrte ihn zur Box.

Ich fuhr zurück und nahm meinen Platz in der Mitte wieder ein. Der Puck fiel herab, und ich dachte nur noch daran, mich zu konzentrieren und ihn mir zu schnappen.

Mit dem Puck sicher zwischen meinem Schläger und meinem Schlittschuh fuhr ich um das Netz herum und versenkte ihn erneut über dem Fußknöchel des Torwarts.

Mit einem kleinen Grinsen nickte ich dem Trottel in der Box zu und knallte dann mit Clark die Fäuste wegen eines weiteren Gewinns in dieser Saison zusammen. Drei Versuche, drei Tore, außerdem führten wir zurzeit die Tabelle des Highschool-Eishockeys an.

»Party bei mir!«, schrie er jetzt über das Gebrüll hinweg.

*

Beim Anblick der Zahlen an meinem Nummernschloss drehte sich mir alles im Kopf. Ich hatte einen höllischen Kater vom Abend zuvor. Ich konnte mich nur noch daran erinnern, dass ich ungefähr mein Körpergewicht an Bier getrunken hatte und am Morgen irgendwie in Clarks Verandasessel gelandet war.

Drei, sechs, neun …

Meine Finger wirbelten das Rädchen herum, und endlich öffnete sich meine Spindtür. Ich holte drei Kopfschmerztabletten heraus, warf sie schnell ein und goss eine Zitronenlimo hinterher. Dann tauschte ich mein Mathematikbuch gegen mein Naturwissenschaftsbuch aus und schloss die Tür sorgfältig wieder.

»Hey, Kumpel!« Clark grinste mich an. »Ich habe gehört, da ist heute Frischfleisch angekommen.« Er blickte über die Schulter hinweg. »Schwestern!«

»Und woher weißt du das schon wieder?« Ich ging mit ihm zu meinem nächsten Klassenraum. Clark war ein bekannter Aufreißer. Sämtliche Mädchen an unserer Schule waren ihm bereits langweilig geworden, also war er natürlich der Erste, der wusste, wenn jemand Neues hier eintraf.

»El und Alexi.« Er wackelte mit den Augenbrauen und setzte sich neben mich. »Ich habe gehört, sie sind gerade erst von Kanada hierhergezogen.« Er rieb sich aufgeregt die Hände. »Kanadierinnen! Besser kann es doch gar nicht mehr werden.«

»Ja, das stimmt.« Ich öffnete mein Heft und wartete darauf, dass der Lehrer mit dem Unterricht begann. Es war sowieso nur eine Frage der Zeit, bevor Clark eine, oder vielleicht sogar beide Mädchen, in die Dusche des Umkleideraums bekam. Zwei weitere seiner vielen Eroberungen.

Der Unterricht war unglaublich langweilig, so wie üblich. Zu meinem Glück war ich clever, aber das war manchmal sowohl Fluch als auch Segen. Auf diese Weise konnte ich meinen Platz als Co-Captain des Teams bewahren, aber so wurde der Tag auch gerne mal unfassbar öde, weil ich einfach nicht genug herausgefordert wurde.

Das Eishockeyfeld war daher mein Lieblingsort … die Geräusche, der Geruch, einfach alles daran. Es war der Ort, an dem ich einfach abschalten und meine Körperkraft einsetzen konnte, ohne Probleme zu bekommen. Ich war für körperlichen Kontakt einfach wie geschaffen.

Ich ließ jetzt meine Tasche vor mir fallen und setzte mich auf die Tribüne neben dem Footballfeld, wo das Team bereits zu Trockenübungen überging. Mein Kopf quälte mich jetzt nicht mehr länger. Perfektes Timing, denn der Trainer wollte, dass wir nun Runden liefen. Der größte Teil der Sponsorengelder für unsere Schule floss in das Eishockeyteam, da unser Footballteam ein Witz war. Trotz alledem waren sie aber immer noch ein Team, das unserer Schule jedes Jahr einen Pokal für den dritten Platz einbrachte.

»Dann mal los, meine Damen!«, rief Trainer Grant durch ein Megafon. Diese Anrede war seine persönliche abgedrehte Methode, uns zu höheren Leistungen anzustacheln. »Ihr könnt die St. Pat's Highschool bestimmt nicht schlagen, wenn ihr nicht eure Runden laufen könnt. Also bewegt euch!«

Nachdem ich meine Adidas-Turnschuhe zugeschnürt, mich gedehnt und noch etwas Limo hinuntergekippt hatte, schloss ich mich Clark an, der gerade an mir vorbeitrabte.

Als wir die vierte Runde beendet hatten, bemerkte ich plötzlich einen Typen, der auf den Trainer zuging.

»Wer ist denn das?« Clark nickte unauffällig in dessen Richtung.

»Weiß ich nicht.«

»Oh, noch besser, wer ist das?« Clark wäre beinahe gestolpert, als er den Hals ungeschickt verdrehte, um in eine andere Richtung schauen zu können.

»Das weiß ich leider auch nicht«, brummte ich, ohne hinzuschauen, und nahm nun Geschwindigkeit auf. Erst als ich wieder eine Runde geschafft hatte, sah ich, von wem Clark geredet hatte.

Sie hatte dunkelbraunes Haar, das ihr bis zu den Ellbogen reichte, war klein und besaß lange, schlanke Beine. Ich konnte ihr Gesicht zwar nicht sehen, aber die Art und Weise, wie sie sich hielt, ließ Selbstvertrauen erkennen. Sie setzte sich jetzt, öffnete ein Buch und warf noch nicht einmal einen Blick auf irgendwen.

»Meine Damen!« Der Trainer winkte uns nun heran und wartete, bis wir alle eingetroffen waren, bevor er etwas sagte. »Wir haben einen neuen Spieler, und da Jordon gerade verletzt ist, können wir ihn sicher gut gebrauchen.« Clark offenbarte jetzt denselben besorgten Ausdruck, der ganz sicher auch auf meinem Gesicht stand. »Das ist Elliot Klein. Er ist gerade erst von Toronto hergezogen, das liegt in Kanada, falls eine von euch Damen sich in Geografie nicht richtig auskennt. Er hat dort auf dem linken Flügel gespielt, aber für uns wird er rechter Verteidiger sein.«

Ich konnte das Grinsen nun nicht mehr unterdrücken, das ich nun im Gesicht hatte, als ich Clark musterte, woraufhin dieser mir wütend den Mittelfinger zeigte. Offenbar war »El« nämlich die Abkürzung für »Elliot«. *Wie geil!*

»Hallo, ihr.« Er nickte uns freundlich zu. »Danke, dass ich bei eurem Team mitmachen darf. Ich habe nämlich kein Interesse an Football und spiele auch kein Baseball.«

»Gut zu hören«, rief Greyson, unser Torwart, hinter uns.

»Okay, zehn Minuten Pause.« Der Trainer holte ein Notizbuch heraus und kritzelte etwas hinein.

»Ich bin Keith.« Ich streckte dem Neuen die Hand hin. Ich hatte mein ganzes Leben lang Sport getrieben und hatte dabei noch nie meinen Vornamen, Brandon, verwendet.

»Elliot Klein.« Er erwiderte meinen Händedruck. »Du spielst Center, stimmt's?«

»Ja, allerdings.«

»Ich habe natürlich, bevor ich herkam, meine Hausaufgaben erledigt, darüber hinaus kann man dich aber auch schwerlich übersehen. Die ganze Trophäenwand vor dem Büro des Direktors ist praktisch mit deinem Gesicht gepflastert.« Er sah über die Schulter zu der Brünetten hinüber. Sie hatte den Kopf noch immer in ihrem Buch versenkt.

»Eine Freundin von dir?« Ich kippte meine Wasserflasche und ließ die Flüssigkeit meine Kehle hinabrinnen. Keine Kohlensäure, keine Krämpfe. Das funktionierte gut bei Sportlern.

»Könnte man so sagen.« Er kicherte und warf dann einen Blick über meine Schulter hinweg auf Clark, der gerade zu uns kam. Sie stellten sich einander rasch vor, bevor der Trainer uns für die Liegestütze in die Mitte rief.

Einhundert Liegestütze, einhundert Sit-ups, später einhundert Kniebeugen, und danach brannte mein Hintern immer so, wie ich es nach einem guten Training haben wollte. Während sich die Übrigen zu den Duschen aufmachten, liefen Clark und ich noch eine letzte Runde, damit sich die Milchsäure in unseren Muskeln abbaute.

Wir blieben kurz an der Tribüne stehen, um unsere Sachen zu holen, und entdeckten dabei Elliot, der gerade mit der Brünetten sprach. Als er uns bemerkte, drehte er sich um. »Hallo, ihr, könntet ihr mir vielleicht den Weg zur Cafeteria zeigen?«

»Könnten wir schon, aber die ist bereits geschlossen.« Ich warf meine Tasche über die Schulter und bemühte mich immer noch darum, einen Blick auf das Gesicht des Mädchens erhaschen zu können. »Wir gehen aber gleich zu einem *Burger Joint* unten an der Straße. Habt ihr auch Hunger?«

Seine Augen leuchteten auf und er wandte sich wieder an das Mädchen. »Hey, bist du mit dabei?«

Sie drehte sich jetzt um und warf sich das Haar aus dem Gesicht. *Mein Gott!* Ihre perfekten Augenbrauen hoben sich, als sie mich anschaute. Sie war sexy und echt hübsch, aber ihr verärgerter Gesichtsausdruck, während sie mich musterte, entging keinem von uns.

»Natürlich.« Sie schaute über das Feld hinaus. »Warum nicht?« Sie nahm ihre Handtasche, die die Form einer Satteltasche besaß und von deren unterem Rand Fransen herabbaumelten, und kam dann vorsichtig in ihren hochhackigen Boots zu uns hinunter. Ich wollte ihr meine Hand reichen, aber Clark, kam mir natürlich zuvor, typisch. An der letzten Reihe blieb sie kurz stehen, sah uns beide kritisch an, nahm sein Angebot dann aber an und ließ sich von ihm hinunterhelfen. Sobald sie unten stand, musterte ich sie verstohlen.

Ihre Beine unter der engen Jeans waren offenbar gebräunt, denn ihr schwarzes Top hörte etwa zwei Zentimeter über ihrem Gürtel auf, und ihre Haut sah aus, als ob sie einige Zeit in der Sonne verbracht hätte.

Ihre Lederjacke bedeckte ihre schmalen Schultern und sie trug eine Halskette mit dem Buchstaben »A« darauf.

»Hey«, sagte sie knapp und sah dann zu Elliot hinüber, der ihr einen vielsagenden Blick zuwarf. Sie schloss daraufhin die Augen und wandte sich uns dann zu. »Also, Burger?«

»Du meine Güte.« Elliot schüttelte den Kopf, eindeutig verärgert über ihre Gefühlskälte uns gegenüber. »Clark, Keith, das ist meine Zwillingsschwester Alexi.«

»Lexi«, korrigierte sie ihn sofort und ging dann zum Parkplatz hinüber.

Wir folgten ihr, und Clark versetzte mir nun einen Schlag auf den Arm. »Die ist aber verflucht heiß.«

Ich verdrehte die Augen. Er hatte zwar nicht Unrecht, aber sie hatte offenbar mit so einigen Problemen zu kämpfen.

Clark schleuderte jetzt seine Tasche auf die Ladefläche meines Pick-ups, sprang leichtfüßig auf die Ladeklappe und begab sich dann zu seinem üblichen Platz auf dem Radkasten. »Hier ist viel Platz für dich, Lexi.«

»Ich setze mich lieber hinten hin.« Elliot sprang stattdessen zu Clark, und Lexi warf mir anschließend einen auffordernden Blick zu.

Ich öffnete ihr daraufhin die Beifahrertür und winkte sie hinein.

»Danke.« Nun bemerkte sie anscheinend zum ersten Mal, wie hoch mein Truck tatsächlich war, denn der Wagenboden befand sich für sie fast auf Brusthöhe. Ich griff kurzerhand an ihr vorbei und zog die Trittstufe hinab. Dabei streifte ihr Haar mein Gesicht. Es war so weich und roch unglaublich angenehm. Ich blieb absichtlich etwas länger in dieser Position, bevor ich wieder zurückwich.

Sie machte nun einen unsicheren Schritt auf die Stufe und zog sich dann hinauf. Ich musste einfach fasziniert ihren Körper betrachten, denn sie war unglaublich gut proportioniert.

Clark hieb ungeduldig auf das Dach, um mir zu signalisieren, dass sie bereit zur Abfahrt waren. Ich startete das *Untier* deshalb und fuhr auf die Straße hinaus.

Dann öffnete ich das Fenster und ließ mich vom Fahrtwind abkühlen. Ich brauchte dringend eine Dusche und hoffte, dass mein Deodorant doppelt gut wirkte. *Ausgerechnet heute hatte ich nicht geduscht …*

Ich schaltete das Radio ein und wollte es gerade aufdrehen, als sie mir auf die Hand schlug.

»Oh.« Ihre Hand wich etwas zurück, schwebte jedoch nach wie vor über meiner. »Ich liebe diesen Song einfach, weißt du?« Ich grinste. Sie biss sich auf die Lippe, und das sanfte Pink passte perfekt zu ihren weißen, geraden Zähnen. »Was ist?«

»Ich bin nur überrascht, dass du ein Fan von *Pearl Jam* bist.«

Sie verdrehte die Augen. »Echt?«

Ich zuckte nur mit den Achseln, um zu sehen, ob ich sie vielleicht dazu bringen konnte, weiterzureden, doch sie musterte mich jetzt eindeutig verärgert.

»Was höre ich denn meinem äußeren Erscheinungsbild nach gern, hm?«

Überraschenderweise kannte ich mich bei Musik, auf die Mädchen standen, relativ gut aus, also genoss ich einen Augenblick lang ihre Neugier, dann strich ich mit der Hand am Lenkrad entlang, bevor ich sie locker zum Fenster hinaushängen ließ.

»Boyz II Men.« Ich grinste beim Anblick ihres mörderischen Gesichtsausdrucks.

»Ernsthaft?«

Ich formte die Worte ihres berühmten Songs »I`ll Make Love To You« stumm mit dem Mund.

»Ich möchte lieber gar nicht wissen, woher du den Text dieses Songs kennst.«

Kichernd betrachtete ich sie von der Seite und schnitt ihr dann eine Grimasse. Ich mochte sie auf Anhieb. Sie hatte interessante Facetten in ihrer Persönlichkeit. Sie wandte sich nun ab und starrte aus dem Fenster, anscheinend tief in Gedanken versunken. Sie war offenbar immer auf der Hut, und eine fast wütende Aura umgab sie. Ich fragte mich, ob es daran lag, dass sie nicht hierher hatte ziehen wollen. Ich jedenfalls würde bestimmt nicht in meinem letzten Jahr die Schule wechseln wollen.

Den Rest der Fahrt über unternahm ich keine weiteren Gesprächsversuche.

Ich sah in den Spiegel, fuhr rückwärts auf meinen üblichen Platz und stieg dann aus. Lexi kämpfte mit der Tür, und als ich gerade um die Heckklappe herumging, sprang sie herab, ohne an die Höhe zu denken, landete hart und geriet anschließend aus dem Gleichgewicht. Es gelang mir allerdings, sie noch rechtzeitig an der Taille festzuhalten. Ihre überraschend leichte Gestalt fiel auf mich, und sie hielt sich an mir fest, das Gesicht in meiner Schulter vergraben.

»Wow!« Sie pustete sich ein paar Strähnen ihres Haares aus dem Gesicht. »Dein Truck ist echt hoch.« Sie lachte über ihre eigenen Worte. »Ich würde jetzt gern versuchen, wieder auf meinen eigenen Beinen zu stehen.« Ihre Hände glitten zu meinen Schultern und sie stieß mich von sich weg.

»Alles in Ordnung mit dir?« Ich mochte das Gefühl ihrer zierlichen Hände auf mir irgendwie sehr. An ihrer rechten Hand trug sie einen Ring mit einem purpurfarbenen Stein, der sich gut mit ihren mokkafarbenen Augen ergänzte, als sie sich das Haar aus dem Gesicht strich.

Sie nickte, setzte aber schnell wieder ihren bekannten Gesichtsausdruck auf und trat dann einen kleinen Schritt zur Seite, weg von mir.

»Alles in Ordnung, Lexi?« Elliots Augenbrauen zogen sich zusammen und er blickte schnell auf seine Uhr.

»Ja, nur dass Keith gerade versucht hat, mich mit seinem Tacoma umzubringen.«

Ich erkannte, dass mit ihr alles in Ordnung war.

Das Essen verlief so lala. Wir hatten alle so viel Hunger, dass niemand großartig etwas sagte. Mir fiel allerdings auf, dass Lexi uns die ganze Zeit fasziniert beim Essen zuschaute. Ich verstand das schon, denn wir aßen nicht gerade wenig.

Elliot musste nun zu seinem neuen Job, und Clark wohnte unten an der Straße, also brauchte er keine Mitfahrgelegenheit. Lexi und ich kehrten deshalb allein zum Truck zurück.

Nachdem wir in dem stickigen Restaurant gesessen hatten, fühlte sich die abendliche Luft angenehm kühl an. Ihre Lederjacke quietschte leise, als sie die Arme vor der Brust verschränkte. Sie hatte auf dem Kies ganz schön mit ihren hochhackigen Boots zu kämpfen.

»Hier.« Ich hielt ihr meinen Arm hin, damit sie sich festhalten konnte.

»Normalerweise bin ich nicht so hilfsbedürftig.« Sie kicherte. *Hui.* Anscheinend war sie auch noch lustig. Am Truck angekommen, seufzte sie leise und fuhr dann mit einem verärgerten Gesichtsausdruck herum.

Oh nein, was ist denn jetzt schon wieder?

»Auch auf das Risiko hin, ein …« Sie hob die Hände und vollführte die Geste der Anführungszeichen, »… *solches Mädchen* zu sein:

Kannst du mir vielleicht bitte beim Einsteigen helfen?« Sie zeigte auf den monströsen Truck.

»Natürlich.« Ich grinste. Sie *war* wirklich lustig. Sie griff nun nach meiner Hand, aber ich packte kurzerhand ihre Hüften und hob sie komplett auf den Sitz. Ich hasste diese Stufe sowieso.

»Du meine Güte!« Sie strich sich das Haar hinter das Ohr. »Das hatte ich jetzt nicht erwartet.«

»Beine rein.« Ich schob ihren Körper herum und reichte ihr den Sicherheitsgurt. Nachdem ich die Tür zugeknallt hatte, ging ich vorn um den Truck herum und setzte mich anschließend hinter das Lenkrad. »Schule? Oder nach Hause?«

Ihr schien plötzlich etwas einzufallen, aber sie verbarg rasch ihr Gesicht. »Schule.«

Auf dem Weg zurück sprach sie nicht mehr viel, aber mir fiel auf, dass sie sich immer wieder mit dem Finger auf das Knie tippte.

»Also, Elliot spielt gern Eishockey. Was ist dein Ding?«

Sie hatte den Blick weiter aus dem Fenster gerichtet. »Ich habe eigentlich kein richtiges Ding.«

»Oh, das ist blöd.« Ich passte mich ihrem Tonfall an.

Sie sah zu mir hinüber, anscheinend fast überrascht von meiner Bemerkung. »Warum?«

»Es war bloß etwas, das ich über dich wissen wollte.« Ich starrte sie einen langen Augenblick an und achtete dann wieder auf die Straße.

Sie benötigte einen Herzschlag lang, bevor sie sich erneut dem Fenster zuwandte. Ich fuhr jetzt auf den Schulparkplatz, und nachdem sie mir ihren Wagen gezeigt hatte, parkte ich den Truck direkt daneben.

»Wo wohnst du?«

»In der Brick Street.«

»Oh, da wohnt auch mein Kumpel.« Ich stieg aus und wartete an der Tür auf sie. Dann hob ich ihr meine Arme entgegen und wartete kurz, ob es ihr recht war. Anschließend stützte sie auf meine Arme und ich hob sie herunter.

»Danke.« Sie wich sofort zurück und wollte gehen, sah sich jedoch noch einmal um.

»Keith?«

»Ja?«

Sie fuhr sich mit der Zunge über die Lippen, bevor sie diese wieder zurückzog. »Schon gut.« Sie winkte ab und öffnete ihre Tür.

»Ah, bis dann.«

Sie fuhr weg, und ich folgte ihr mit meinem Wagen. An der Ampel blieb ich neben ihr stehen und bemerkte, dass sie in die falsche Richtung abbiegen wollte. *Hmmm.* Ich lehnte mich über die Sitzbank und kurbelte das Fenster hinunter.

»Lexi!« Sie ließ ihr Fenster ebenfalls halb herab. »Wo wohnst du noch mal?«

»50220, Brick Street.«

»Dann biegst du gerade falsch ab. Komm auf meine Spur, ich fahre voraus.«

Sie zögerte kurz, kurbelte dann jedoch das Fenster wieder hoch und fuhr hinter mir her.

Von der Schule bis zu ihrer Wohnung gab es drei Ampeln, und bei jeder davon ertappte ich mich dabei, sie im Rückspiegel zu beobachten.

Sie zeigte beim Fahren ein interessantes Verhalten. Sie spielte die ganze Zeit mit ihrem linken Ohrring, drehte sich häufig um, als wenn sie nachsehen wollte, ob sich jemand auf ihrem Rücksitz befand, und sie schloss mehrmals die Augen und rieb sich über die Stirn. Ich fragte mich, warum sie so gestresst war und was ihr wohl gerade durch den Kopf ging.

Als wir die Adresse erreicht hatten, hielt ich an und stieg aus. Sie lächelte mich an, als ich zu ihr kam.

»Also, hier wohne ich.« Sie trat nervös von einem Fuß auf den anderen und blickte dann über die Schulter hinweg zum Haus hinüber, als wolle sie nachschauen, ob sie ihre Eltern irgendwo entdeckte.

»Alles klar?«

»Ja, warum nicht?«

»Ach, nichts weiter. Na ja, mein Job hier ist vermutlich erledigt. Gute Nacht, Lexi.«

»Gute Nacht, Keith.«

Kapitel zwei

Lexi

»Lexi Klein!«, rief jemand. Ich schob mein Buch in die Tasche, drehte mich um und entdeckte drei Mädchen in schwarz-weißen Cheerleader-Uniformen. Die Blonde mit den dichten Locken, bei der ich vermutete, dass sie die Chefcheerleaderin war, trat jetzt vor. »Ich bin Mimi, und das sind meine Mädels: Trish und Nicole.« Ich präsentierte ein schmales Lächeln, weil ich nicht so recht wusste, was sie von mir wollten. »Wie wir gehört haben, warst du an deiner alten Schule eine Turnerin. Wir wären daran interessiert zu sehen, was du kannst. Uns fehlen nämlich ständig Mädchen in unserem Team, und wir könnten dich deshalb wirklich gut brauchen. Hast du schon mal Cheerleading probiert?«

Oh, das ist ein Witz, oder? Bestimmt ist Elliot hier irgendwo und genießt die Show.

»Ähm, ich habe mich nie für sonderlich schwungvoll gehalten.«

»Es geht hier nicht um den Schwung, Lexi, es geht darum, dass wir uns den Arsch abtanzen und das Team damit gut aussehen lassen können.« Sie grinste die anderen Mädchen an. »Sieh mal.« Sie trat jetzt einen Schritt näher. »Ich verstehe schon, dass du die Neue im letzten

Jahr bist, und an dieser Schule läuft viel über Cliquen. Zähl uns doch einfach zu deinen Freundinnen.«

Ich zögerte kurz, aber dann kam mir plötzlich der Gedanke, dass so etwas meine Mutter bestimmt glücklich machen würde. Sie hatte sich in letzter Zeit sehr um mich gesorgt, und ich wusste, dass sie all ihre Hoffnungen daran geheftet hatte, dass hier alles besser werden würde.

Mimis Augen funkelten, als ich ihr nicht gleich einen vor den Latz ballerte. »Ein kleiner Test auf dem Spielfeld, nach der Schule?«

»Ja, okay.«

Der Unterricht flog nur so an mir vorbei, da ich nicht allzu viele Gedanken daran verschwenden musste. Dieses Projekt hatten wir im vergangenen Jahr bereits an meiner alten Schule gehabt, also wusste ich schon so ziemlich alles darüber. Ich merkte allerdings, dass mir der Cheerleader-Test Unbehagen bereitete, denn das war nichts, was ich wirklich tun wollte.

Ich ließ meine Tasche auf die Bank fallen und war froh, dass ich heute Morgen meine Turnschuhe angezogen hatte. Als ich gerade mit meinen Dehnübungen fertig war, hörte ich die Cheerleaderinnen meinen Namen rufen.

»Hey, Mädchen!« Mimi ging vor den beiden anderen her und blies mir ziemlich dramatisch zwei Luftküsse zu. »Sehen wir doch mal, wie du dich bewegst.« Sie stöpselte eine Anlage ein, und »Wannabe« von den Spice Girls dröhnte aus den Lautsprechern rings um mich herum.

Ich lief daraufhin zum Spielfeld und wandte mich dann den Mädchen zu, die mich aufgeregt beobachteten. Nun sprang ich nach vorn und rannte, so schnell ich konnte. Die Hände gerade ausgestreckt, vollführte ich zuerst einen Radschlag, dann zwei Rollen vorwärts, zwei volle Saltos und schloss mit einer Drehung. Ich landete elegant vor ihnen auf zwei Beinen und atmete nicht einmal schwer. Es sah so aus, als wäre ich gerade gemütlich zu ihnen spaziert.

»Verdammt, Mädel!« Mimi applaudierte, und die Mädchen folgten ihrem Beispiel. Sie schnippte jetzt mit den Fingern, Trish öffnete eine Tasche und reichte Mimi nun eine Uniform. »Damit bist du jetzt offiziell Mitglied der *West Boston Capitals*!« Abwartend standen sie da.

Ich sah mich um und überlegte erneut, ob das wirklich das Richtige für mich wäre. Ich hatte nämlich noch nie sonderlich viel für Motivationskundgebungen und gemeinsames Geschrei übriggehabt, aber es war dennoch etwas Anziehendes an der Vorstellung, mit ein paar Freundinnen um mich herum das Examen bestreiten zu können. Mir fiel jetzt allerdings auf, dass Nicole nicht übermäßig erfreut wirkte. Vielleicht sollte ich beitreten, nur um zu sehen, worin genau ihr Problem bestand.

Na schön.

Ich streckte also die Hand aus, und Mimi reichte mir das Outfit, während alle gemeinsam begeistert quietschten.

»Dann sorgen wir mal dafür, dass du schnell aufholst. Die Umkleideräume sind da drüben.«

Okay …

Als ich endlich nach Hause kam, war ich halb verhungert. Ich öffnete die Haustür und fand meine Eltern lesend im Wohnzimmer vor.

»Oh, du meine Güte!« Meine Mutter sprang strahlend aus ihrem Sessel auf. »Oh, Rick, sieh mal, unser Mädchen!« Sie wirbelte mich in meiner neuen Uniform herum, damit er mich gründlich betrachten konnte.

»Ist aber etwas kurz.« Er musterte kritisch den Mikro-Minirock. »Kannst du da stattdessen nicht lieber Shorts oder so etwas tragen?«

»Shorts sind noch darunter, Dad.« Ich beugte mich vor und gab ihm einen Kuss auf die Glatze.

»Oh, das ist doch unmöglich!« Elliot tauchte plötzlich wie aus dem Nichts auf, sein übliches unheimliches Gehabe. Er war nämlich sehr stolz auf seine geheimen Fähigkeiten. »Da fehlt aber wohl noch etwas am Oberteil, Lex.« Er zeigte auf den weiten Ausschnitt.

Ich verdrehte die Augen und sah zu meinen lächelnden Eltern zurück. Egal, wie bescheuert diese Sache vielleicht auch war, der Ausdruck auf ihren Gesichtern war es wert, denn sie wirkten zum ersten Mal seit langer Zeit glücklich und nicht mehr besorgt.

Okay, das krieg ich schon hin.

*

Bevor die Sonne sich auch nur über den Horizont gehoben hatte, klingelte mein privater Telefonanschluss. Ein lauter Rums folgte, und ich fluchte über Elliot, der immer seinen Schuh an meine Wand schleuderte, wenn mein Telefon mal klingelte. Genau wie in Kanada.

»Hallo?« Ich war so verschlafen, dass ich kaum Stimme hatte.

»Morgen, Sonnenschein. Du musste heute deine Uniform anziehen. Heute Nachmittag haben wir ein Spiel.«

Das weckte mich endgültig.

»Mimi, ich bin erst seit zwei Tagen dabei, ich weiß gar nicht, ob ich schon so weit bin.«

»Das bist du. Ich glaube sogar, du bist schon besser als Trish und Nicole. Das wird schon klappen. Binde dir die Haare zu einem Pferdeschwanz und trag roten Lippenstift.«

»Ich tue alles, nur keinen Lippenstift.«

»Na schön, dann komm einfach nachher zum Spiel.« Und schon hatte sie aufgelegt.

Worauf zur Hölle habe ich mich da bloß eingelassen?

Die Schule flog größtenteils an mir vorüber, weil ich so unglaublich nervös wegen des Spiels war. Ich traf Mimi an ihrem Wagen, wo auch schon Trish und Nicole warteten. Ich sollte mich vorn hinsetzen, und mir entging nicht, dass Nicole nicht gerade erfreut darüber war. Ich machte mir im Geiste eine Notiz, dass ich versuchen würde, mich mit ihr anzufreunden, wenn wir mal allein waren. Ich brauchte hier auf keinen Fall böses Blut.

Wir parkten ein paar Straßen von der Schule entfernt, und ich trug nun meine Pompons und meine neue Cheer-Tasche in das eisige Stadion. Sogleich fühlte ich mich beim Geruch der kühlen Luft wie zu Hause.

Nachdem wir unsere Sachen in einem Nebenraum hingeworfen hatten, zogen wir unsere Pullover über, die genauso aussahen wie die anderen Oberteile, nur eben mit Ärmeln.

»Fertig, Mädels?« Das ganze Team legte jetzt die Hände in die Körpermitte und stieß einen seltsamen Singsang aus, bei dem ich am liebsten laut »Aua« geschrien hätte.

Mir sank das Herz beim Anblick der Plattform, die nur für uns da war, sofort wieder in die Hose. Sie befand sich ungefähr anderthalb Meter über dem Boden, und wir wurden durch eine Scheibe und zusätzliche Matten geschützt. Menschenmengen bereiteten mir überhaupt keine Probleme, aber das hier war etwas ganz anderes, weil wir so extrem auf dem Präsentierteller standen.

Wir gingen jetzt an den johlenden Fans vorüber, die aufgeregt den Spielbeginn erwarteten, stiegen die Stufen hinauf und stellten uns in

Formation auf. Mindestens dreihundert Leute waren da, bewaffnet mit Hupen, Taschenlampen und Sirenen.

In dem Augenblick, als die Jungs unten auf das Eis hinausfuhren, schmetterten wir unseren ersten Chant, während wir gemeinsam tanzten. Ich stellte mich in Position und wartete, bis meine Backer mich an der Taille packten, während ich mich an der Schulter der Catcher festhielt. Binnen Sekunden wurde ich zu einer kleinen Pyramide hochgehoben. Mit den Händen in den Hüften wurde ich von drei Paar Händen auf die Füße zurückgeholt, und landete kurz darauf perfekt am Boden.

Die Menge tobte, und wir gingen nun in unsere Cheer über. Ich wollte nicht lügen, diese Mädels waren echt verdammt gut. Mimi warf mir einen auffordernden Blick zu, als sie mich dabei ertappte, dass ich beim Cheering nur die Lippen bewegte. Ich zuckte mit einem Lächeln zusammen und schrie dann, so gut ich konnte.

Ein Spieler glitt jetzt langsam an uns vorüber, dann eilte er zu einem anderen. Er sagte ihm etwas, und beide sahen anschließend zu mir hinüber. Elliot fuhr vorbei und grüßte mich albern mit einer gehobenen Faust. Ich verzog das Gesicht, und wir beide fingen daraufhin an zu lachen. Ich liebte meinen bescheuerten Zwillingsbruder unheimlich.

»Du siehst gut aus, Lexi!« Ich drehte mich um und entdeckte Keith an den Brettern. Er hatte den Gesichtsschutz hochgeklappt und sein blauer Mundschutz hing an einer Seite herab.

»Du auch.« Ich grinste und überlegte, wie sehr diese Feststellung zutraf. Es ging doch nichts über einen Mann in einem Eishockeytrikot. »Schießt du auch ein Tor für mich?«, scherzte ich und hoffte, dass meine Stimme die Aufregung nicht durchscheinen ließ, die mich gerade durchströmte.

Als der Buzzer ertönte, blinzelte er mir kurz zu, bevor er seinen Gesichtsschutz herabzog und seinen Platz einnahm.

»Alexi.« Mimi lenkte meine Aufmerksamkeit jetzt wieder von Keith weg. »Wir reden nicht mit den Spielern, wenn sie auf dem Eis stehen, sie müssen sich dann nämlich konzentrieren.«

Ich lachte. *Na, und wenn schon!*

Nach dem zweiten Drittel stand es drei zu drei. Die Musik wurde aufgedreht, und wir begannen unseren Tanz mit den Pompons. Eigentlich machte es mir in gewisser Weise sogar Spaß, wenn wir uns die Hüfte schwingend bewegten und in den Spagat sprangen. Die Musik ging jetzt in Techno über und die Songs vermischten sich … jeder Beat ergab einen anderen Tanz. Ein paar wenige Tanzbewegungen waren für meinen Geschmack zwar etwas zu sexy, aber den Fans machte es offenbar nichts aus. Also spielte ich mit.

Als wir gerade fertig waren, kehrten die Jungs auch schon wieder auf das Eis zurück und stellten sich in Position. Wir standen jetzt hintereinander, schüttelten unsere Pompons und warteten auf den Pfiff.

Nummer neunzehn, Keiths Nummer, war allerdings momentan alles, worauf ich mich konzentrieren konnte. Er war muskulös und breitschultrig im Vergleich zu einigen der anderen Jungs. Ich hätte wohl mächtig Schiss, gegen jemanden wie ihn vorgehen zu müssen. Wir alle hielten aufgeregt den Atem an, als das Spiel fortgesetzt wurde.

Noch zehn Sekunden, und Keith hatte den Puck. Er jagte das Eis hinunter und schoss ihn mühelos über die Schulter des Torwarts. Dann knallte er leicht die Faust gegen die von Clark, drehte ab und fuhr lässig an uns vorbei. Er zeigte dabei direkt auf mich, so als ob er sagen wollte, dass dieses Tor für mich gewesen sei.

Ich musste einfach grinsen, aber es hielt nicht lange an, angesichts des Gesichtsausdrucks der anderen Mädchen. *Iiieee!*

Das restliche Spiel über blieb meine Aufmerksamkeit komplett auf die anderen Mädchen gerichtet und nicht auf Nummer neunzehn.

Aus welchen Gründen auch immer, behielten wir unsere Uniformen an, als wir hinaus zu Mimis Wagen eilten und zu einer Siegerparty in Clarks Haus fuhren.

»Das hier ist sein Haus?«, fragte ich fassungslos, als große Tore vor uns aufschwangen und wir eine gewundene Zufahrt hinauffuhren.

»Ja, verrückt, was? Sein Vater besitzt irgendeine Kunststofffabrik drüben in Japan«, berichtete mir Trish. »Seine Eltern sind nie zu Hause, also finden die meisten unserer Partys hier statt.«

»Wow!« Ich öffnete die Autotür und bewunderte das riesige Ziegelsteinhaus, das mich hoch überragte.

Einmal drinnen, war ich sofort von einem Meer pulsierender Körper umgeben. Die Musik dröhnte und der Geruch von Hochprozentigem lag in der Luft.

»Na, wenn das mal nicht unsere Cheerleader sind!«, rief Clark von der anderen Seite der Küche aus. Mimi fasste meinen Arm und zog mich eilig zu ihm hinüber.

»Hast du Lexi schon kennengelernt? Sie kommt aus Kanada.«

»Da hast du es aber weit bis nach Hause, nicht wahr, Lexi?« Er grinste, während er Bier aus einem alten deutschen Bierkrug trank.

»Wir sind uns schon begegnet.« Ich lächelte allerdings etwas dünn und fühlte mich reichlich unbehaglich. Ich fragte mich, wohin der Rest der Mädchen so plötzlich verschwunden war.

»Sei doch ein Gentleman und besorge uns einen Drink, Clark«, befahl Mimi, was mir erneut Unbehagen bereitete. Mir gefiel die Art und Weise, wie sie mit ihm sprach, überhaupt nicht.

»Na ja, nun …« Ein Typ, den ich vom Team her wiedererkannte, legte mir auf einmal den Arm um die Schultern. »… Neuankömmlinge müssen aber zuerst die Spezialität des Hauses nehmen.«

»Wirklich?« Ich sah den ziemlich gut aussehenden Spieler herausfordernd an und entzog mich steif seinem Griff.

»Mmmhmm.« Er nickte Clark zu, der daraufhin irgendeine bunte Mischung in einen Kunststoffbecher goss.

»Auf ex, Neue.«

Ich entschloss mich, die Sache tapfer durchzustehen, also nahm ich den Becher entgegen, hielt dann jedoch inne. »Zuerst dein Name.«

»Steven.«

»Okay.« Ich zuckte mit den Achseln, setzte den Becher an und kippte den ganzen fiesen Inhalt in einem Schluck hinunter. Ich trank sonst nicht gerade viel, aber ich wusste natürlich, dass ich bei so etwas mitmachen musste.

»Beeindruckend.« Steven beugte sich zu mir hinab und gab mir einen Kuss auf die Wange.

Mimi lachte und reichte mir nun ein Glas Bier.

»Die ist schon reserviert!«, schrie Steven ausgelassen und drückte mich fest an seine Brust. Mein Bier spritzte daraufhin über den Rand, und ich schüttelte meine Hand trocken. »Die gehört jetzt allein mir.«

»Wirklich, meinst du?«, sagte auf einmal jemand hinter mir. Keith hatte einen Bartschatten entlang der Kinnlinie und trug jetzt ein enges, dunkelblaues T-Shirt und Jeans. Er griff um uns herum und goss sich auch etwas Bier ein.

»Genau, mein Freund.« Steven küsste mich spielerisch auf den Kopf, während ich mich unter dem funkelnden Blick krümmte, den Keith ihm anschließend zuwarf. Ich sah Mimi Hilfe suchend an, aber diese verdrehte nur die Augen. Für ihn war das offenbar ein normales Verhalten.

Ich saugte nervös die Unterlippe ein. Ich hatte Angst, etwas zu sagen, das mich in Schwierigkeiten bringen könnte. Ich fing nun Keiths Blick unter seiner Baseballkappe auf und wollte zu ihm gehen.

»Hände weg von meiner Schwester.« Elliot wirkte nicht sonderlich begeistert von der ganzen Szene.

Steven ließ mich hastig los und gab mir einen unsanften Stoß, sodass ich zu Keith hinüberflog, der mich an der Taille auffing.

»Ich wollte ja nur dafür sorgen, dass ihr auch warm genug ist.« Steven lachte. »Ihr wisst schon, dünne Uniform … Eis. Der Oktober in Boston kann ganz schön kalt sein.«

»Alles in Ordnung, El.« Ich drückte ihm leicht den Arm, damit er wusste, dass mit mir wirklich alles okay war. Ich würde es meinem Bruder niemals übel nehmen, dass er auf mich aufpasste, dazu hatte er jedes Recht. Schließlich war das, was mir in Kanada zugestoßen war, der eigentliche Grund dafür, weshalb wir überhaupt hierhergezogen waren. Elliot war lediglich besorgt um mich.

Er nickte mir leicht zu, beruhigte sich wieder und sah sich nun die Leute um uns herum aufmerksam an.

»El, hast du Mimi schon kennengelernt?«

Er schüttelte den Kopf, wie er es immer tat, wenn er sich über etwas Klarheit verschaffen wollte. »Nein, tut mir leid, das habe ich noch nicht.« Er streckte ihr die Hand hin. »Du bist die Chefcheerleaderin oder so was, stimmt's?«

»Ja, das bin ich. Reden wir doch ein bisschen miteinander.« Sie nahm seine Hand und führte ihn nach draußen.

»Keith.« Nicole winkte ihn zu sich, während sie sich eine Strähne ihres langen roten Haares um den Finger wickelte. »Das ist unser Song.« Sie streckte die Hände nach ihm aus. »Tanzt du mit mir?«

Mir entging durchaus nicht, dass sie damit ihr Revier abstecken wollte, also nahm ich, ohne darauf zu reagieren, Stevens Hand und spielte einfach mit. »Na, das hört sich doch nach Spaß an.« Ich führte ihn nun in das Wohnzimmer, wo gerade Montell Jordans »This Is How We Do It« so laut über die Boxen dröhnte, dass es uns allen durch und durch ging. Mit den Händen auf seinen Schultern bewegte ich meine Hüften. Er folgte mir, und in Nullkommanichts hatten wir uns auf einen guten Rhythmus eingeschwungen. Ich ignorierte bewusst meine natürlichen Instinkte und das Bedürfnis, im Schatten zu bleiben, und entschloss mich dazu, einfach mal locker zu lassen.

Der nächste Song war Ricky Martins »Livin' La Vida Loca.« Steven ergriff nun meine Hände und vollführte ein seltsames Hüftrollen mit mir. *Oh nein, das ist so gar nicht meine Musik!* Wegen des spielerischen Ausdrucks auf seinem Gesicht gab ich jedoch schließlich nach. Ich wünschte mir, meine Mutter könnte mich jetzt sehen. Ich war vollkommen entspannt und hatte zum ersten Mal seit einer schier endlosen Zeit wieder richtig Spaß.

Steven hob jetzt die Arme und rollte die Hüften in meine Richtung, aber kurz bevor ich nah an ihn herantrat, bemerkte ich Keith, der an der Wand mit Nicole sprach, dessen Blick jedoch die ganze Zeit auf mir lag.

»Ich brauche mal etwas frische Luft.« Ich zeigte auf die Tür. »Bin gleich wieder da, okay?«

Er nahm meine Hand und führte mich zur Tür. Ich wollte eigentlich nicht, dass er das Ganze mitkam, aber nun gut …

»Ziemlich geil hier, oder?« Seufzend lehnte er sich an das Geländer und sah auf mich herab. Als ich stumm nickte, steckte er die Hände in die Hosentaschen. »Hast du jemanden zu Hause in Kanada?«

Ich hob eine Braue, denn es widerstrebte mir, ihm zu antworten. Schließlich gab ich meinen üblichen Kommentar ab. »Alle möchten unbedingt die Geschichte der Neuen hören.«

»Nein, ich möchte nur wissen, ob ich eine Chance bei dir habe oder nicht.«

Die Mühe, die es erforderte, nicht die Augen zu verdrehen, war schon eine Sache für sich. *Wollte er mich tatsächlich zuerst kennenlernen?* Alles, was Steven sah, war doch garantiert nur ein Paar Beine zum Spreizen. Plötzlich meldete sich mein Gewissen zu Wort. Ich war beileibe kein romantisches Mädchen mehr, obwohl ich ehrlich gesagt auch nicht glaubte, jemals wirklich eines gewesen zu sein. Leider hatte ich niemals die Chance bekommen, mein wahres Ich kennenzulernen. Ich konnte deshalb zuweilen etwas selbstdestruktiv sein. Das verschaffte mir auf gewisse Weise ein Ventil für die Dunkelheit, die nun ständig in mir wohnte.

Elliot wusste größtenteils, was ich durchmachte, und ein Teil meiner selbst hasste das, aber der andere war auch dankbar dafür, dass er meine Misere erkannte. Meine Eltern hingegen hatten immer noch mit der ganzen Sache zu kämpfen. Sie machten sich ständig Sorgen darum, wie es mir ging. Ich ertappte mich öfter dabei, ihnen unbedingt beweisen zu wollen, dass es mir wieder gut ging, wie zum Beispiel dadurch, dass ich dem Cheerleader-Team beigetreten war. Wenn meine Freundinnen daheim mich jetzt sehen könnten, würden sie wahrscheinlich vor Schock sterben. Aber sie konnten es nicht mehr, und ich musste deshalb jetzt ein neues Leben um falsche Illusionen herum aufbauen.

»Möchtest du vielleicht einen Drink oder so etwas?« Ich merkte, dass ihm mein Schweigen langsam Sorgen bereitete. Ich schlang meine Arme um meinen Körper und spürte plötzlich die Kälte. »Ist dir kalt?«

Ich nickte, und er legte seine kalte Hand auf meinen freien unteren Rücken. Bei dieser Berührung jagte mir sofort ein unangenehmer Schauder über die Wirbelsäule, und ich fuhr zusammen.

Als wir hineingingen, kam Keith gerade die Treppe herab, dicht gefolgt von Nicole, die sich auffällig das Top richtete. Sie winkte mir mit einem kleinen süffisanten Grinsen zu.

Scheiße.

Eine Bleikugel traf mich daraufhin mitten in den Magen. Ich musste unbedingt Elliot finden und so schnell ich konnte von hier verschwinden.

Ich rannte zu Clark und ließ Steven einfach stehen, der sich gerade mit ein paar Freunden unterhielt.

»Hey, hast du zufällig meinen Bruder gesehen?«

»Ich habe ihn zuletzt gesehen, als sie nach oben gegangen sind, und der einzige Grund, weshalb du nach dort oben gehst, ist …«

»Danke.« Ich schnitt ihm sofort das Wort ab, denn das wollte ich mir jetzt ganz bestimmt nicht auch noch vorstellen. Ich ging hinaus zum Wagen und suchte dort nach Trish. Ich umklammerte den Türgriff und hoffte, dass die Tür nicht verschlossen wäre. »Scheiße.« *Natürlich nicht.* Die Zufahrt war voller Leute, aber keine Spur von irgendeiner meiner neuen Freundinnen. *Na schön*. Ich ließ jetzt meine Sturheit die Oberhand gewinnen.

Als ich bereits eine Viertelstunde zu Fuß unterwegs war, fragte ich mich, ob Clark vielleicht eine Sondergenehmigung hatte, um unsere Schule besuchen zu können, da sein Haus wesentlich weiter entfernt war, als ich es in Erinnerung gehabt hatte. Ich war jetzt dankbar für meine Turnschuhe, aber es war ganz schön kalt hier draußen, und allmählich zitterte ich am ganzen Körper. Ich war mir sicher, dass es hier auf der Strecke irgendwo ein Münztelefon gab, von dem aus ich meine Eltern anrufen könnte. Denn die oberste Regel bei uns im Haus war, dass wir jederzeit anrufen konnten, ohne dass zu viele Fragen gestellt wurden, dass wir jedoch richtig Probleme bekommen würden, falls wir es nicht täten. Meine Eltern waren wirklich ziemlich erstaunliche Menschen.

Das Licht von Scheinwerfern überflutete jetzt plötzlich die Welt vor mir und warf einen Schatten, der größer wurde, je näher der Wagen kam. Er wurde nun langsamer und das Fenster fuhr herab, als er mich erreicht hatte. Es war Keith, der mächtig sauer aussah.

»Was machst du denn hier mitten im Nirgendwo?«

»Hey, was ist?« Ich versuchte, mich ganz normal zu geben, aber es hörte sich gezwungen an.

»Was machst *du* hier?«

»Ich laufe.«

»Warum?«

»Ich konnte Elliot nicht finden, also bin ich einfach allein gegangen.«

Er schüttelte den Kopf. »Wo ist denn deine Jacke?«

»In Mimis Wagen.«

Er fuhr noch ein Stück weiter und parkte dann den Truck. Die Tür schwang auf und er eilte auf mich zu. Als ich nur noch einen Meter entfernt war, blieb er plötzlich stehen.

»Hast du eine Ahnung, wie gefährlich es hier draußen ist? Verdammt, Lexi! Sieh doch mal, was du anhast. Jeder Typ würde sofort an den Straßenrand fahren und nachsehen, was mit dir los ist.«

Ich schüttelte mit aller Gewalt das Bild von Nicoles Gesicht ab, wenn diese herausfinden würde, dass Keith mir gefolgt war. »Mir geht's gut, Keith.«

»Hey.« Er packte mich am Arm und zog daran, damit ich stehen blieb. »Was ist los? Hat Steven dir etwas getan?« Bevor ich ihm eine Antwort geben konnte, ging er auch schon in die Knie und sah mir direkt in die Augen. »Hat er dich angefasst?«

»Nein! Mein Gott, nein! Er hat überhaupt nichts getan, er war nur freundlich.«

»Komm schon. Ich bringe dich nach Hause.«

Bei seinem Tonfall straffte ich unwillkürlich die Schultern. *Wie bitte?*

Er drehte sich wieder um, als er bemerkte, dass ich ihm nicht folgte, dann betrachtete er mich mit schmalen Augen, während er mit den Fingern ungeduldig gegen seine Hüfte trommelte. Mit zwei Schritten stand er vor mir. Er legte mir die Hände auf die Schultern und sah auf mich herab. »Alles in Ordnung mit dir?«

»Ja.« Ich blinzelte verwirrt.

»Ich würde dich wirklich gern nach Hause bringen. Ich habe Elliot nämlich versprochen, nach dir Ausschau zu halten.« Mein Herz verkrampfte sich bei diesen Worten unwillkürlich. *Oh klasse, ich war also nur ein Haustierchen, um das er sich kümmern musste.* Ich drückte meine Zunge gegen die Rückseite meiner Zähne, während mein Ärger immer mehr wuchs. Mein Vater hatte recht. Ich war sturer, als es gut für mich war, aber ich konnte einfach nichts dagegen unternehmen. Es beruhigte mich immer und verschaffte mir irgendwie das Gefühl, alles unter Kontrolle zu haben. Um die Wahrheit zu sagen: Ich hasste Kontrolle eigentlich, fühlte mich aber nie ausreichend sicher, um meine innere Schutzmauer herabzulassen.

»Danke, aber ich gehe lieber zu Fuß.«

Das Gesicht, das er daraufhin machte, war wirklich reizvoll. »Steig sofort in diesen verdammten Truck, Lexi.« Ich ging um ihn *und* seinen verdammten Truck herum. »Du hast wirklich verdammtes Glück, dass du es bist.« Kichernd kehrte er zu seinem Truck zurück.

Ich fragte mich, was das heißen sollte, aber bevor ich diesen Gedanken auch nur zu Ende gedacht hatte, röhrte der Motor hinter mir auf und die Scheinwerfer blendeten voll auf.

Du willst mich doch verarschen. Okay, also los.

Hin und wieder fuhr ein Auto an mir vorüber. Ich war gekränkt, obwohl ich es nicht zeigte. Ich versuchte mich ihm gegenüber zu behaupten. Ich war fast sieben Häuserzeilen weit gekommen, als ich den ersten Regentropfen spürte. *Natürlich, das war ja klar.* Sekunde um Sekunde fiel der Regen nun heftiger.

»Bist du jetzt endlich fertig mit deiner Show?«, rief er aus dem Seitenfenster hinaus, während er weiterhin neben mir herfuhr.

»Nein«, zischte ich, ohne ihn anzusehen.

Ein Truck kam jetzt vorüber, er wurde langsamer und die Insassen darin schrien lachend: »Juhuuu! Verdammt, eine nasse Cheerleaderin. Meine Gebete wurden also erhört!« Ich erkannte ihn sofort. Es war einer der schrecklichen Footballspieler. »Danny, halt mal an.«

Oh Scheiße!

Ich blieb ebenfalls stehen, als sie stehen blieben. Ich hörte jetzt, wie sich eine Autotür schloss, gefolgt von schweren Schritten, und Keith tauchte auf einmal an meiner Seite auf. Dann trat er einen Schritt vor, als wenn er mich abschirmen wollte.

»Steig jetzt endlich in den Truck, Lexi«, brüllte er mir über die Schulter hinweg zu. »Troy, mach gefälligst die Tür wieder zu, bevor ich dir beide Beine brechen muss.«

»Oh, nun komm schon, Keith, wir spielen doch nur ein bisschen mit ihr.«

»Ich habe dich spielen sehen und ich weiß, wenn dein Dad dich jetzt beobachten würde, würde er mich zum ersten Hieb prügeln.«

Keith packte meine Hand und zog mich auf die Seite seines Trucks. Er öffnete die Tür und hob mich kurzerhand hinein. Ich rutschte rasch zur Beifahrerseite hinüber, und als ich mich mehr und mehr entspannte, wurde mir immer kälter.

»Du bist so was von stur!« Er zog eine Flanelldecke hinter der Sitzbank hervor und reichte sie mir.

»Danke.« Erleichtert nahm ich sie entgegen und schlang sie mir über die Schultern.

Er seufzte schwer, bevor seine Hände vom Lenkrad herabfielen. Mit einer rieb er sich das Kinn, als würde er intensiv über etwas nachdenken, dann beugte er sich vor, zog sich das nasse T-Shirt aus und warf es hinter mir auf die Rückbank. Ich musste ihn einfach anstarren. Verdammt, er war siebzehn Jahre alt, hatte jedoch den Körper eines Bodybuilders. Er zog sich jetzt hastig ein trockenes langärmeliges T-Shirt über den Kopf und zupfte es zurecht.

Der Regen schlug heftig gegen die Windschutzscheibe, durch die man nur dann kurz klare Sicht hatte, wenn der Scheibenwischer darüberfuhr. Der Truck erzeugte zwar eine gewisse Hitze, aber die dünne Eisschicht auf meiner Haut verhinderte, dass mir wärmer wurde.

»Ich werde dich jetzt nach Hause fahren.«

Den ganzen Weg über sprachen wir kein Wort. Ich wünschte, ich wüsste, was ich sagen könnte, aber mir fiel einfach nichts ein. Er fuhr irgendwann auf die Zufahrt meines Elternhauses und sah dann zu dem dunklen Haus hinauf.

»Vermutlich ist Elliot noch nicht hier.«

»Nein.« Ich löste meinen Gurt. »Ich sollte heute Nacht eigentlich bei Mimi bleiben, und er wollte woanders hingehen.«

»Wo sind denn deine Eltern?«

»Die mussten nach Kanada, um sich um unser altes Haus zu kümmern.«

Er sah mich seltsam an, als ich ihm die Decke zurückgab. »Hast du denn überhaupt einen Schlüssel?«

»Im Schuppen liegt ein Ersatzschlüssel.«

Ich verabscheute allerdings die Vorstellung, im Dunkeln allein dort hingehen zu müssen, aber was blieb mir schon anderes übrig?

Ich öffnete die Tür, und der Regen trommelte mir sofort auf die Schultern. Ungeschickt ließ ich mich den langen Weg bis zum Boden hinabfallen, bereitete mich dieses Mal jedoch auf die Landung vor.

»Danke fürs …« Er sprang ebenfalls heraus und ging zielstrebig auf das Haus zu. »Was tust du denn da?« Ich rannte ihm überrascht nach. Meine nassen Turnschuhe quietschten leise, ich verlor prompt den Halt und fiel dann unsanft auf den Hintern. *Große Klasse, Lexi.* Keith drehte sich um, und ein Grinsen erschien auf seinem Gesicht.

»Echt jetzt? Du genießt das alles etwas zu sehr für meinen Geschmack«, rief ich patzig.

Er bot mir die Hand an und zog mich wieder auf die Füße. »Es macht bloß Spaß zu sehen, wie deine Mauer mal einen Moment lang fällt.«

»Ich habe gar keine Mauer um mich herum.« Wasser spritzte mir von den Lippen.

»Du bist irgendwie süß, wenn du lügst. Na, komm schon.« Er zerrte mich hinter sich her zum Schuppen, und nach ein oder zwei Augenblicken der Suche fanden wir den Ersatzschlüssel.

Im Haus angekommen, überreichte er mir die Schlüssel. Donner grollte über uns hinweg, und es begann jetzt, noch mehr zu schütten, obwohl das kaum möglich war.

»Nun ja, du hast deine Pflicht und Schuldigkeit getan.« Ich trat meine Turnschuhe von den Füßen und wrang mir das triefend nasse Haar aus.

»Wärm dich erst einmal auf. Ich bleibe noch hier, bis du es dir richtig gemütlich gemacht hast.«

»Das musst du aber nicht.«

»Ich weiß.« Er fuhr sich mit einer Hand durch das dunkle Haar und seine Augen bettelten mich förmlich an, ihm doch zu widersprechen.

»Okay«, flüsterte ich schließlich und ging die ersten Schritte nach oben.

Nach einer heißen Dusche fühlten sich meine Knochen endlich wieder warm an und meine Lippen bebten nicht mehr. Ich zog eine schwarze schlichte Hose und ein enges weißes Tanktop mit einer schwarzen Jacke darüber an, die ich vorn aber offen ließ. Immer zwei Stufen auf einmal nehmend, eilte ich in das Wohnzimmer hinab und fand Keith dort vor dem Fernseher. Er sah zu mir hinüber, und sein Blick fiel auf meine Vorderseite.

»Mir fehlt nichts, weißt du. Du musst also nicht den Babysitter für mich spielen.«

Kopfschüttelnd erhob er sich. »Meinst du etwa, das tue ich hier gerade?«

»Das hast du vorhin sogar indirekt gesagt.«

»Ist dir vielleicht je in den Sinn gekommen, dass ich dich einfach mögen könnte?«

Ich verschränkte die Arme vor der Brust und spürte, wie Ärger in mir hochstieg. »Für wie blöd hältst du mich eigentlich?«

»Wie bitte?«

»Sieh mal, ich werde bestimmt nicht die zweite Wahl für jemanden spielen.«

Er passte sich meinem Tonfall an. »Wie genau kommst du denn auf diese Idee?«

Ich hob das Kinn und ging zur Tür hinüber. »Ich glaube, du solltest jetzt gehen.«

»Bist du immer schon so freundlich gewesen? Oder habe nur ich das aus dir herausgeholt?« Er zog seine Autoschlüssel aus der Jeanstasche. »Was bin ich froh, dass du endlich sicher daheim bist, Lexi.« Sein Sarkasmus entging mir nicht.

Er kam nun direkt auf mich zu, und sein großer Körper berührte jetzt fast meinen. Mit der Scheitelspitze reichte ich ihm gerade einmal bis zu den breiten Schultern, sodass ich den Kopf in den Nacken legen musste, um ihn ansehen zu können.

»Was auch immer der Grund für deine ständige Wachsamkeit ist, du kannst sie jetzt ablegen.«

»*Wie bitte?*«

»Du hast schon gehört, was ich gesagt habe.«

»Du machst mich echt wahnsinnig!«

»Du mich auch.«

»Keith …« Er packte mich an den Schultern, sein Kopf senkte sich zu mir herab, und dann presste er seine Lippen auf meine. Zuerst hielt ich vollkommen still, weil ich nicht wusste, was ich machen sollte. Ich war einerseits stinkwütend, aber seltsamerweise auch erregt. Seine Zunge tanzte in meinem Mund umher und sein Arm umfasste meinen Rücken. Mein Körper übernahm jetzt die Kontrolle, und ich schlang ihm die Arme um den Hals und vertiefte den Kuss. Er trat vor und drückte mich leidenschaftlich gegen die Wand. Seine Hand strich mir dabei über die nackte Haut zwischen Hose und Top, und die andere vergrub sich in meinen Haaren.

Oh, mein Gott, konnte dieser Kerl gut küssen! Kraftvoll, aber zugleich auch sanft. Eine absolut perfekte Kombi.

Er zog sich jetzt zurück und stieß einen schweren Seufzer aus, bevor er mein Bein anhob und es sich über die Hüfte legte. Seine Lippen fanden meine erneut und verschlangen mich völlig. Ich strich mit den Händen über seine festen Arme und Schultern. Ich brauchte ihn, wurde mir nun klar.

Das Telefon läutete plötzlich und beförderte uns abrupt in die Wirklichkeit zurück. Er hörte allerdings nicht sofort auf, und ich wollte es auch nicht. Beim vierten Klingeln zog er sich aber schließlich doch zurück.

Meine Hände fielen herab, und ich ging um ihn herum zum Telefon, das auf dem Tischchen im Flur stand.

»Hallo?«

»Verdammt, Lexi, du hast mich fast zu Tode erschreckt!«, rief Elliot nun aufgebracht durch den Hörer. »Mimi hat deine Schlüssel und deine ganzen Sachen. Ich habe gedacht, du würdest heute Nacht bei ihr bleiben.«

Keith fummelte jetzt an seinen Autoschlüsseln herum, schaute dann zu mir hinüber und entdeckte, dass ich ihn beobachtete.

»Ich konnte Mimi nicht finden, als ich nach Hause wollte, aber mir geht's gut, El. Keith hat mich nach Hause gefahren und mir dabei geholfen, die Ersatzschlüssel im Schuppen zu finden.«

»Na, dann sag ihm mal, Nicole ist hier gerade voll auf dem Kriegspfad und sucht ihn schon die ganze Zeit. Dieses Mädchen kann einem echt Angst einjagen.« Mir drehte sich bei diesen Worten unweigerlich der Magen um. »Vermutlich hat er dich nach Hause gefahren, ohne ihr Bescheid zu geben, ich sage ihr, dass er gerade bei dir ist.«

»Nein, nicht.« Ich schloss die Augen, als wäre das eine Möglichkeit, das ganze Drama zu vermeiden. »Er soll es ihr lieber persönlich sagen.«

»Okay, dann bis morgen.«

»Ja.« Mit schwerem Herzen legte ich auf.

»Alles okay?«, fragte Keith mit tiefer Stimme.

Ich stieß einen kleinen Seufzer aus, drehte mich zu ihm um und fand meine Stimme wieder. »Du solltest jetzt vielleicht besser zurück zur Party fahren, denn Nicole sucht dich schon die ganze Zeit.« Sein Gesicht sagte mir alles, was ich wissen musste. »Danke für das Nach-Hause-Fahren, aber du solltest jetzt gehen.«

Als er in den Regen hinaus verschwand, hatte er einen äußerst seltsamen Ausdruck auf dem Gesicht.

Kapitel drei

Keith

Nach diesem Ereignis ging Lexi mir zwei Wochen lang aus dem Weg und ließ sogar eines unserer Spiele aus. Ich wünschte mir zu wissen, was gerade in ihr vorging.

Ich erwischte Elliot schließlich auf dem Weg zum Unterricht. »Hey, wo ist denn deine Schwester abgeblieben?«

»Auf einer Exkursion.« Er blieb stehen. »Bist du mit Nicole zusammen?«

Was? »Nein, warum?«

»Na ja, Nicole hat Lexi gegenüber sehr deutlich klargestellt, dass du mit ihr gehst. Lexi hat euch außerdem zusammen auf Clarks Party die Treppe runterkommen sehen. Als Nicole herausgefunden hat, dass du Lexi nach Hause gebracht hast, hat sie Mimi dazu gebracht, Lexi für das letzte Spiel aus dem Team zu werfen.«

»Ernsthaft?« Ich konnte gar nicht glauben, was ich da hörte.

»Sieh mal, meine Schwester hat schon ziemlichen Scheiß durchgemacht, aber ich weiß genau, dass sie dich mag. Wenn du sie auch magst, dann sag es ihr, aber wenn du sie nur an der Nase herumführen willst, dann lass es bitte bleiben. In ihrem Leben sind schon genug schlimme Dinge passiert, glaub mir.«

»Was denn?«

Er schüttelte den Kopf. »Es steht mir nicht zu, dir das zu erzählen.«

»Ja, schon kapiert. Danke.« Ich rannte sofort zum Spielfeld, um sie zu suchen.

Die Mädchen hatten gerade eine menschliche Pyramide errichtet. Lexi und Mimi standen ganz oben. Mühelos ließen sie sich eine nach der anderen in die Arme der anderen Mädchen fallen.

»Nicole!«, rief ich über die Musik hinweg. Sie grinste mich an und kam lässig zu mir hinübergeschlendert. Ich bemerkte, dass Lexi ebenfalls in meine Richtung blickte.

»Hallo, Sexy.« Sie wollte mich in die Arme nehmen, doch ich trat sofort einen Schritt zurück.

»Warum erzählst du den Leuten, dass wir miteinander gehen?«

Sie sah daraufhin mit verzerrtem Gesicht zu Lexi. »Oh, nun komm schon, Keith. Du weißt doch selbst, dass wir perfekt zusammenpassen. Wir haben schließlich schon eine Geschichte miteinander.«

»Das stimmt.« Ich packte den Stier jetzt bei den Hörnern. »Wir *sind* Geschichte. Wir sind vor einem Jahr mal eine einzige Woche lang miteinander gegangen, bis ich herausgefunden habe, dass du das ganze verdammte Footballteam abgeknutscht hast. Lass es endlich gut sein und verschwinde.«

»Menschen begehen manchmal Fehler, Keith.«

»Ja, aber ich werde garantiert nicht Fehler Nummer zwei sein.«

Ich blickte auf und suchte Lexi, aber sie war bereits davongehuscht. Ich fluchte unterdrückt und wollte ebenfalls gehen, als ich den Trainer auf mich zukommen sah.

»Keith, ich bin froh, dass du hier bist. Komm, wir sprechen über das Spiel heute Abend.«

Scheiße.

»Natürlich.«

*

Das Eis glitt unter meinen Kufen dahin, während ich zum Aufwärmen mehrere Runden über das Spielfeld drehte. Clark zischte jetzt an mir vorbei und präsentierte sich der Menge. Die Pfeife ertönte und wir begaben uns auf unsere Plätze.

Ich setzte während des Spiels meine gesamte angestaute Frustration wegen Nicole ein, um mich konzentrieren zu können. Links, rechts, links, rechts, der Puck flog hin und her, während ich meinen nächsten Zug plante. Ich war erst sechs Sekunden im Spiel, als ich den ersten Treffer erzielte. Ich drehte mich um und deutete auf Lexi, um ihr zu zeigen, dass ich ihn für sie erzielt hatte. Sie sah zwar weg, aber ich war fest entschlossen, ihr deutlich zu machen, dass mir alle anderen Mädchen vollkommen gleichgültig waren.

Kurz darauf erzielte ich meinen zweiten Treffer. Ich zeigte mit dem Schläger direkt auf sie und jagte dann zum Bully zurück. Clark schüttelte den Kopf, aber ich konnte ihn lachen hören. Dem Mittelfeldspieler des anderen Teams gefiel das offenbar überhaupt nicht. Als der Puck fiel, jagte er daher lieber mich und ignorierte den Puck einfach. Er prallte gegen meinen Brustkorb, und ich sauste rückwärts. Wütend packte er Clark an der Schulter und warf ihn um.

»Echt jetzt?« Ich fuhr an ihm vorüber, während der Schiedsrichter pfiff. Wie vorherzusagen, bekam der Typ zwei Minuten für grobes Foulspiel.

Das dritte Drittel begann. Wir hatten jetzt nur noch ein Tor Vorsprung. Ich nickte Clark zu, damit dieser wusste, dass wir die linke Seite hinaufjagen und dann rückwärts in die Ecke fahren würden.

Wir zogen die ganze Sache absolut perfekt durch. Der Puck ging zwischen uns beiden hin und her und flog dann locker ins Netz, und die Menge tobte wie wild. Der Buzzer ertönte, das Team kam herangejagt und wir jubelten lautstark.

Sobald mir niemand mehr über den Helm strich und die Faust gegen meine knallte, nickte ich Lexi zu. Sie sah zwar erneut weg, doch ich wusste genau, dass sie es mitbekommen hatte.

*

So ging es etwa drei Monate lang weiter. In jedem Spiel oder jedem Training, bei dem Lexi anwesend war, widmete ich ihr jeden einzelnen Treffer. Sie grüßte mich mittlerweile im Vorbeigehen, blieb aber trotzdem größtenteils für sich. Es war schwer, aber ich beließ es dabei. Ich merkte, dass sie langsam etwas lockerer wurde, und das verlieh mir neue Hoffnung. Nicole war weiterhin eine beständige Nervensäge und ich hielt sie fortwährend auf Armeslänge Abstand. Ich war mir sicher, dass sie Lexi jede Menge Lügen über mich erzählte.

»Hey, Kumpel!« Clark schlug mir auf die Schulter, während wir durch den Flur des Schülerrats gingen, der über und über mit Weihnachtsdeko behängt war. »Wen nimmst du denn zum Tanzen mit?« Ich warf ihm einen Seitenblick zu, aber er schüttelte den Kopf, um meinen Kommentar direkt zu unterbinden. »Ich habe gehört, dass ›Linebacker Troy‹ sie schon gefragt hat.«

Ich blieb abrupt stehen. »Und was hat sie gesagt?«

Er zuckte mit den Achseln. »Du musst langsam mal einen Zahn zulegen, mein Freund.«

Statt ihm in den Matheunterricht zu folgen, rannte ich zu Lexis Spind, doch dort fand ich nur Mimi vor.

»Komm, wir lassen den Unterricht sausen und gehen stattdessen shoppen«, flüsterte Mimi. Sie musste sich wohl gedacht haben, warum ich hier war, denn sie sagte: »Troy hat sie bereits gefragt, und sie hat angenommen.«

»Das habe ich gerade gehört.«

»Sie ist überhaupt nicht an ihm interessiert, Keith.« Sie zog ihre Bücher hervor und verstaute sie in ihrer Büchertasche. »Aber als er sie gefragt hat, hat sie dennoch Ja gesagt, schließlich findet der Tanz schon morgen Abend statt, und du hast sie bis jetzt nicht gefragt.« Sie sah mich vorwurfsvoll an. »In letzter Zeit wirkte sie etwas traurig. Sie hat ihm versprochen, mit ihm hinzugehen, also …«

»Hast du irgendeine Vorstellung davon, was sie beschäftigt?«

»Lexi, die einem etwas Persönliches erzählt? Du verarschst mich wohl.« Sie wollte sich gerade umdrehen, hielt dann jedoch noch einmal inne. »Aber was immer es auch ist, es muss eine große Sache sein, weil Elliot ebenfalls besorgt ist.«

»Danke, Mimi.« Ich sah jetzt den Schulleiter auf uns zukommen und machte mich deshalb eilig auf den Weg zu meiner Klasse.

Nach der Schule fuhr ich meine Einfahrt hinauf und wurde vom süßen Duft eines leckeren Abendessens auf dem Herd begrüßt.

»Hallo, Mom.« Ich küsste sie auf die Wange, ging zum Kühlschrank hinüber und holte mir die Reste vom Essen des Abends zuvor heraus, da es noch dauerte, bis das Essen fertig war. Dann hüpfte ich auf die Arbeitsfläche und schaufelte mir die kalte Lasagne rein.

»Wie war's denn heute so in der Schule?«

»Wie immer.«

»Oh?« Sie warf einen Blick über die Schulter, während sie die Suppe umrührte.

Ich zuckte mit den Achseln. »Nichts Neues an der Lexi-Front.«

»Hast du denn mal versucht, mit ihr zu reden?«

»Nein, ich dachte, drei Monate beständiges Leiden würden viel mehr Spaß machen.«

Sie schlug mir auf das Bein, lachte jedoch dabei. »Könntest du deinem Vater wohl noch ähnlicher sein?«

»Ich kann's ja mal versuchen.«

Das Telefon klingelte, und ich hob den Hörer ab. »Hallo?«

»Keith?«

»Ja.« Ich erkannte ihre Stimme auf der Stelle. »Was gibt's, Mimi?«

»Kino, acht Uhr. Tickets sind schon reserviert.«

Bevor ich noch weitere Fragen stellen konnte, legte sie auch schon wieder auf. Auf der Stelle rief ich Clark an.

»Möchtest du mit mir ins Kino?«

Er räusperte sich. »Wie bei einem Date, meinst du?«

»Ja«, schoss ich zurück, weil ich genau wusste, dass er mir noch größeren Blödsinn erzählen würde, wenn ich nicht zahlen würde.

»Du zahlst?«

»Ja.«

»Wann?«

»In einer Stunde.«

»Scheiße, Kumpel, da bleibt einem aber nicht viel Zeit, um sich zu überlegen, was man anziehen soll. Außerdem muss ich mir noch die Haare machen und die richtigen Schuhe aussuchen …«

»Was auch immer. Ich bin in einer Stunde da.« Ich legte kopfschüttelnd auf.

»Kino?« Mom grinste mich argwöhnisch an. »Wann bist du denn das letzte Mal mit Clark ins Kino gegangen?«

»Noch nie, aber Lexi wird dort sein.«

»Oh.«

Ich rutschte von der Arbeitsfläche, spülte mein Geschirr ab und küsste sie dann auf die Wange. »Ich liebe dich, Mom.«

»Ich liebe dich auch, Liebling.«

»Hey«, hörte ich plötzlich eine Stimme unten von der Treppe. Oma rollte in ihrem Rollstuhl heran und reichte mir eine kleine blaue Tasche. »Das habe ich gesehen und sofort an dich denken müssen.«

»Echt? Vielen Dank, Oma!«

Ich zog das Kosmetiktuch auseinander und grub mit den Händen darin herum. Ich spürte drei kleine Dinge. Ich ließ die Tasche fallen und hielt nun einen Schlüsselanhänger mit einer schwarzen Schnur in die Höhe, an der drei Gegenstände hingen. Ein silberner Militärstiefel, eine Kugel und eine Flagge der Vereinigten Staaten.

»Bleib immer auf dein Ziel konzentriert.«

Ich küsste sie liebevoll auf die Wange. »Danke, Oma. Das ist echt ziemlich cool.«

So traurig es war, aber ich wechselte mein Outfit tatsächlich zwei Mal, bevor ich ging. Letzten Endes entschied ich mich für Jeans und ein langärmeliges schwarzes Hemd. Ich mochte die dunklen Farben und ich wusste, dass sie Lexi ebenfalls gefielen.

Als ich meine Turnschuhe zuband, hörte ich, wie *Two* sich räusperte und sich auf das Bett hinter mir warf. Meine Schwester wollte immerzu wissen, was gerade bei mir anstand.

»Du siehst gut aus.«

»Danke.«

»Hast du etwa ein Date?«

»So was in der Art.«

Sie stützte sich auf die Ellbogen auf. »Was soll das denn heißen?« Sie gab ein vertrautes Geräusch von sich, als ihr ein Licht aufging. »Ah, du stalkst also mal wieder Lexi?«

Ich blickte über meine Schulter und dann wieder auf meine Turnschuhe.

»Ich glaube, ich habe noch nie zuvor gesehen, dass du dermaßen hinter einem Mädchen her warst. Was ist denn so besonders an ihr?«

Ich richtete mich auf und schaute in den Spiegel. »Das kann ich dir ehrlich gesagt gar nicht genau erklären, *Two*.«

Ich hörte sie wegen ihres Spitznamens grummeln. Es war schließlich nicht meine Schuld, dass meine Eltern nach mir vier Töchter bekommen hatten. Die ganze Sache mit den Spitznamen war anfangs nur ein Witz gewesen, war dann aber irgendwie hängen geblieben. Ich wusste aber, dass es ihnen insgeheim gefiel. Wir alle standen einander extrem nahe und passten stets auf die anderen auf.

»Ein Ratschlag gefällig?«, fragte sie, wobei sie sich den Wadenmuskel rieb. *Two* war mit Haut und Haaren dem Ballett verfallen, hatte aber dadurch bereits muskuläre Probleme bekommen.

»Bitte.« Ich verschränkte die Arme vor der Brust und wartete, was sie zu sagen hätte.

»Lexi ist, soweit ich weiß, kein bisschen romantisch. Ich glaube deshalb, diesen Pfad solltest du besser nicht einschlagen. Ich denke, du solltest sie lieber irgendwie allein erwischen und sie daran erinnern, was ihr entgeht.«

Ich zuckte mit den Achseln. Sie hatte ja irgendwie recht. Lexi musste offenbar eher geschoben als geführt werden.

»Das klingt vernünftig.«

»Oh, ich weiß.« Sie grinste und fasste ihr kurzes braunes Haar zu einem Pferdeschwanz zusammen. »Kannst du mir jetzt bitte auch einen Gefallen tun?«

»Kommt ganz darauf an.«

»Leg doch mal ein gutes Wort bei Clark für mich ein.«

Mir fiel die Kinnlade runter und ich ballte unwillkürlich die Hände zu Fäusten.

»Oh, das war es wirklich wert.« Sie lachte laut und zeigte auf mein Gesicht. »Du machst es einem aber auch zu leicht.«

Mein Blutdruck ging langsam wieder nach unten und ich bewarf sie aufgebracht mit einem Kissen.

»Abendessen!«, rief meine Mutter nun von unten.

Ich eilte die Treppe hinab, und alle versammelten sich jetzt um den Tisch herum. Ich hasste es, das Abendessen am Freitag zu versäumen, aber diese Gelegenheit war einfach zu gut, um sie sich entgehen zu lassen.

Three und *Four* langten bereits tüchtig zu, und mein Dad half *One* gerade noch bei den Hausarbeiten.

»Tut mir leid, aber ich muss heute Abend leider weg.«

Alle blickten mich an, aber *Three* grinste dabei wie ein Honigkuchenpferd. »Er sprengt eine Mädelsnacht.«

»Woher hast du …?« Ich schloss seufzend die Augen. »Hör gefälligst endlich auf, meine Telefonate zu belauschen, *Three*.«

»Warum sollte ich das tun, wenn dein Leben momentan doch weitaus interessanter ist als meins?«

»Gut, das stimmt auch wieder.« Lachend wuschelte ich ihr durch die kurzen Haare.

»Viel Glück.« Mein Dad gab das Stichwort für meinen Abgang.

Mit einem letzten Winken ging ich zu meinem Truck hinaus und fuhr die Straße hinab zu Clarks Haus. Innerhalb von zwanzig Minuten standen wir in der Schlange vor dem Schalter mit den Vorbestellungen.

»Die Tickets für Keith«, sagte ich in das kleine Mikrofon.

»Hier, bitte.«

Ich traf Clark an der Essenstheke. Ich holte die Tickets heraus und grinste angesichts des ausgewählten Films. *Natürlich.*

»Echt jetzt?« Clark beäugte fassungslos die Tickets.

Da war ich nun im Kino, in der Schlange mit meinem Kumpel, und reichte dem Jungen mit dem Headset meine Tickets. Er konnte offenbar nicht anders, als uns zu mustern, und natürlich legte Clark jetzt demonstrativ seinen Arm um meine Schultern, genau wie der Blödmann, der er war.

»Dritte Tür links.«

Ich stieß Clark unsanft den Ellbogen in die Seite, aber er lachte bloß noch lauter, während wir den großen Saal betraten, der wie ein Stadion aufgebaut war. Ich benötigte nur ein paar Augenblicke, um Lexi in der drittobersten Reihe zu entdecken. Ich ging leise hoch, wobei ich darauf achtete, dass sie mich nicht entdeckte. Clark und ich kämpften uns nun zu unseren Sitzplätzen unmittelbar hinter ihr vor.

Ich hätte es eigentlich besser wissen sollen, als zu glauben, dass sie allein war. Ich hatte allerdings angenommen, dass sie mit ihren Freundinnen hier wäre. Jackson, ein Center unseres rivalisierenden Eishockeyteams, kam allerdings gerade grinsend die Stufen hinauf. Clark und ich wandten uns beide ab, damit er uns nicht sah. Wir hassten diesen Trottel abgrundtief. *Wie zur Hölle war er denn nur zu einem Date mit Lexi gekommen?*

»Ein Wasser für meine Hübsche.« Er reichte ihr eine Flasche, und sie nickte ihm daraufhin leicht zu. »Ist dir kalt? Warm?«

»Mir geht's gut, Jackson.«

»Ganz bestimmt?«

Sie seufzte. »Ja, ganz bestimmt.«

Clark stieß mich mit dem Ellbogen an, damit ich mich einmischte, aber ich überlegte immer noch, ob das wirklich eine schlaue Idee war. Vielleicht lag das ja wirklich schon an der Grenze zum Stalking.

Bevor ich allerdings zu einem Entschluss gekommen wäre, räusperte sich Clark auffällig. Jackson bemerkte uns daraufhin, drehte sich jedoch nicht um. Stattdessen legte er seine Hand demonstrativ auf ihre. Selbst einem Blinden mit Krückstock hätte auffallen müssen, wie sie sich daraufhin am ganzen Körper versteifte.

Mehr brauchte ich nicht zu sehen.

»Ich habe ja schon so lange auf diesen Film gewartet!«, platzte Clark nun so laut heraus, als ob er gerade bei einem Baseballspiel wäre, woraufhin Jackson einen erschrockenen Satz in seinem Sitz machte. »Bei dieser Robin Tunney bin ich immer richtig aufgeregt.«

Ich musste mir auf die Lippen beißen, sonst wäre ich in lautes Gelächter ausgebrochen. Clark hörte echt niemals auf, mich mit seinen Filmkenntnissen zu überraschen. »Sie war letztes Jahr total sexy in der Mayhem-Episode von *Law and Order*«, fügte er nun hinzu.

»Oh.« Jackson drehte sich etwas weiter auf seinem Platz herum. »Was ist los, Jungs?«

»Jackson«, begrüßte ihn Clark enthusiastisch. »Lexi.« Er zog ihren Namen in die Länge.

Sie drehte sich nun langsam herum, und ihr Gesicht erhellte sich zuerst und verdüsterte sich dann rasch wieder, als sie mich erkannte.

»Du erklärst mir jetzt mal besser diese Miene.« Clark zeigte auf Lexi.

Sie warf sich das lange braune Haar aus dem Gesicht. »Ich war bloß ein wenig schockiert, euch beide hier zu sehen.«

»Ihr seid nicht die Einzigen, die einen guten Chick-Streifen zu würdigen wissen.«

»Das stimmt«, murmelte sie und drehte sich einfach wieder um.

Jackson warf einen Seitenblick auf Lexi, bevor er wieder etwas sagte. »Oh, stimmt ja, ihr beide hattet ja mal etwas miteinander.« Ich ballte die Hände zu Fäusten, während Lexi heftig schluckte. »Als du mit Nicole zusammen warst, nicht wahr?«

»Ich bin nie mit Nicole zusammen gewesen«, verbesserte ich ihn wütend.

Jacksons Augen leuchteten nun auf. »So hat das aber vor Kurzem abends im *Burger Joint* nicht ausgesehen.«

Oh, verpiss dich doch einfach, du Arschloch! Diese Psychoschickse ist mir dorthin gefolgt!

Lexi schüttelte den Kopf, und die Lichter erloschen jetzt langsam. Jackson grinste und rückte dichter an sie heran.

Empire Records fing nun an, aber ich konnte mich nur auf die Tatsache konzentrieren, dass Jackson offenbar immer wieder eine neue Möglichkeit fand, sie irgendwo anzufassen.

Als der Film halb vorbei war, legte ihr Jackson den Arm um die Schultern, und nun flüsterte sie ihm etwas ins Ohr. Sie stand jetzt mit ihrer Tasche in der Hand auf und rannte hastig die Stufen hinab. Clark rückte etwas zur Seite, damit ich ihr folgen konnte. Ich sah, dass Jackson ebenfalls aufstehen wollte, aber Clark drückte ihm fest auf die Schulter und hielt ihn so auf seinem Platz fest.

»Hey!«, rief ich ihr hinterher, aber sie eilte einfach weiter zum Ausgang. »Lex!« Ich fing jetzt an zu rennen, bis ich schließlich unmittelbar hinter ihr war. Sie hob die Hand, um sich ein Taxi herbeizurufen, aber ich packte ihren Arm und zwang sie dazu, mir ins Gesicht zu sehen. »Hör endlich auf, so zu tun, als ob du mich nicht siehst.«

»Das tue ich gar nicht!«, schrie sie mir mitten ins Gesicht.

Beim Blick in ihre braunen Augen bekam ich plötzlich ein flaues Gefühl im Magen. So nahe war ich ihr nicht mehr gewesen, seit wir uns damals geküsst hatten. Ihre langen Wimpern flatterten jetzt, als würde sie gerade gegen die Tränen ankämpfen.

»Lüg mich nicht an.«

»Das mache ich doch gar nicht.«

»Doch.«

Sie schloss gequält die Augen, und als sie sie wieder öffnete, waren sie gerötet. »Keith, bitte.«

»Bitte *was*?« Ich trat einen Schritt zurück, war jedoch immer noch nahe genug, um sie packen zu können, falls sie sich dazu entschloss, wieder flüchten zu wollen. »Dich jetzt allein lassen? Nein, auf keinen Fall!«

»Warum denn nicht?«

Scheiß doch der Hund drauf! Ich legte ihr meinen Arm um die Taille und zog sie fest an mich. Als sie dicht an meinen Körper gepresst war, fuhr ich ihr mit der Hand zärtlich über die Wange. »Weil ich einfach nicht aufhören kann, an unseren Kuss zu denken.«

»Das hast du vermisst?« Ihr harter Tonfall verwirrte mich. Ich wollte sie schon danach fragen, aber dann neigte sie sich plötzlich vor und presste ihren Mund fest auf meinen. Sie fuhr nun mit den Händen über meine Schultern, meinen Hals hinauf und vergrub die Finger anschließend in meinem Haar. Ich spürte, dass etwas nicht stimmte, aber sie wieder in meinen Armen halten zu können, war die Sache gleichzeitig auch wert. Ich erwiderte ihren Kuss und schmeckte jeden Zoll ihres süßen Mundes. Ihre Zunge umtanzte meine, aber erneut nagte etwas an mir. Ich strich sanft mit der Hand an der Wölbung ihrer Wirbelsäule hinab und dann über den Bund ihrer Hose. Plötzlich zog sie sich abrupt zurück und eilte die Straße hinunter.

Was ist denn jetzt schon wieder los, verdammt noch mal?

Ich rannte ihr hinterher, um sie einzuholen, und da blieb sie auf einmal wie angewurzelt stehen. »Was zur Hölle war das denn gerade?«

»Ein Kuss.«

»Ja, das weiß ich. Ich war schließlich dabei.«

Ihr Schultern sackten jetzt herunter, als wäre sie wütend auf mich. »Jetzt kannst du mich wieder aus deinem System hinausbefördern und weitermachen.«

»Weitermachen?« Sie schob sich um mich herum, und ich drehte mich mit ihr. »Warte doch mal.« Ich packte ihre Hand. »Hör endlich auf, vor mir davonzurennen.«

»Ich renne doch gar nicht davon.«

»Doch, das tust du.« *Ahhh, sie machte mich einfach wahnsinnig.*

»Mein Gott, Keith, was willst du denn von mir, um Himmels willen?«, rief sie aufgebracht, und einige Leute auf dem nahe gelegenen Parkplatz sahen jetzt zu uns hinüber. Ich winkte ihnen zu, um ihnen klarzumachen, dass alles in Ordnung war.

»Dich, Lexi! Ich möchte dich! Sonst niemanden, nur dich.«

Sie musterte mich noch einen Augenblick lang, dann glitt ihr eine Träne die Wange hinab. »Nein, das willst du nicht.«

»Wie kommst du dazu, mir zu sagen, was ich will?« Mir gefiel es überhaupt nicht, gesagt zu bekommen, wie ich fühlen sollte.

»Ich bin nicht die, für die du mich hältst. Ich bin im Innern ganz und gar nicht glücklich.«

Tatsächlich? »Es ist wirklich nicht gut, so von sich selbst zu denken.«

Sie legte den Kopf in den Nacken und sah gequält zum Himmel hinauf. »Das ist nichts, was ich glaube, sondern etwas, das ich weiß.«

Mit einem Schritt nach vorn ergriff ich ihre Hand und zog sie zu meinem Truck. Ich öffnete die Tür, hob sie einfach hinein und schlug dann die Tür hinter ihr zu. Als ich ebenfalls im Innern saß, drehte ich die Heizung hoch und wandte mich zu ihr.

»Wenn du meinst, ich mag dich nur wegen deines Körpers, liegst du nur zu einem Viertel richtig.« Sie musterte mich mit zusammengekniffenen Augen, und ich unterdrückte ein Grinsen. »Ich habe dich niemals angelogen, Lexi. Du bist wunderschön. Du bist die schönste Frau, die ich jemals gesehen habe. Aber es ist deine Persönlichkeit, die mich magisch anzieht. Deine Sturheit und alles andere an dir. Also werden wir jetzt einfach so lange hier sitzen bleiben, bis du dich dazu entschließt, mir zu sagen, was dich daran hindert, mich an dich heranzulassen.«

»So ein Quatsch.« Sie verschränkte die Arme störrisch vor der Brust und lehnte sich in den Sitz zurück.

»Ich habe die ganze Nacht Zeit, Liebling.«

Regentropfen klatschten gegen die Windschutzscheibe, und ein Film war offenbar gerade zu Ende, deshalb startete ich den Motor und fuhr die Straße hinab. Sie fragte mich nicht, was ich da tat, was ein gutes Zeichen war, wie ich fand. Ich entschied mich schließlich für meinen Lieblingsort. Ich parkte an dem See und schaltete die Scheinwerfer aus, sodass nur noch die Laternen im Park entlang des Ufers funkelten.

Das Radio spielte leise im Hintergrund, aber ich schaltete es ab, sodass nur noch der Regen zu hören war.

»Weißt du, eine Entführung kann dich für ein paar Jahre ins Gefängnis bringen.« Sie funkelte mich böse an, aber sie protestierte trotzdem nicht allzu heftig.

»Ich kann niemanden entführen, der einverstanden ist, Lexi.«

Ihr fiel daraufhin die Kinnlade runter, aber sie sagte nichts mehr.

Über eine halbe Stunde lang saß sie einfach nur schweigend auf dem Beifahrersitz. Ich rutschte hin und her, um es mir etwas bequemer zu machen. Willenskraft hatte sie, dass stand fest. Allerdings wusste sie nicht, dass Schweigen meine starke Seite war. Ich hätte sie jederzeit darin übertreffen können.

Ein kleiner leiser Schluchzer erregte plötzlich meine Aufmerksamkeit. Anstatt zu ihr hinüberzusehen, warf ich allerdings einen unauffälligen Blick auf ihr Spiegelbild im Fenster.

»Na schön«, flüsterte sie und strich sich wütend mit dem Finger über die nasse Wange. »Aber wenn ich es dir erzähle, musst du mir versprechen, es sonst keiner Menschenseele zu sagen.«

Im Wissen darum, dass mich nichts daran hindern würde, ihr zu helfen, falls sie in Gefahr war, erklärte ich mich schließlich damit einverstanden. Der Ausdruck auf ihrem Gesicht sagte mir allerdings, dass sie gerade dabei war, mir etwas wirklich Schlimmes zu offenbaren. Erneut bat sie mich darum, einfach nur still zuzuhören.

»Okay.« Ich sah ihr direkt in die Augen. »Ich verspreche, den Mund zu halten.«

Eine Minute lang hielt sie meinem Blick stand, dann sah sie wieder aus dem Fenster. Sie fuhr sich mit den schlanken Fingern durch das glänzende Haar.

»Ich komme aus einem kleinen Ort vor den Toren Torontos …«

Kapitel vier

Richmond, Kanada

Lexi

El warf immer wieder einen Tennisball gegen die Wand, während ich an meinem Kaugummi zog, um zu sehen, wie weit ich ihn dehnen konnte, bevor er riss.

»Kinder?«, rief Mom aus dem Hausflur.

»Wir sind nicht hier«, brummte ich.

»Kinder?«

El stöhnte. »Wir sind weggelaufen, weil ich diese bescheuerte Jacke anziehen sollte.«

Dad kam nun herein und suchte etwas, und dann kam auch Mom näher, also krabbelte El noch weiter in meinen Schrank hinein.

»Da seid ihr ja.« Sie sah wirklich toll aus in der weißen Seidenbluse und dem schwarzen Rüschenrock. »Wir hätten bereits vor zehn Minuten losfahren sollen.« Als wir uns nicht rührten, setzte sie sich seufzend auf das Bett. »Seht mal, ich weiß, dass diese Partys für euch ätzend sind.« Wir lachten über ihre Bemerkung. »Es ist aber enorm wichtig, sich bei so etwas zu zeigen. Der Chef von eurem Vater ist ein …«

»… Arschloch.« Achselzuckend tauchte Dad hinter ihr auf.

»Na ja, ich wollte zwar ›Blödmann‹ sagen, aber ›Arschloch‹ tut's auch.« Sie nahm seine Hand und küsste ihn, während wir immer lauter lachten. »Das spielt jedoch leider keine Rolle. Es ist wichtig, dass wir alle hingehen.« Sie stand auf und richtete sich das Haar. »Selbst wenn wir die Minuten zählen müssen, bis wir wieder gehen können.«

»Verdammt richtig.« El duckte sich unter Dads Schlag auf seinen Arm weg und schlüpfte aus dem Zimmer.

»Absolut, du meinst absolut.«

Ich wälzte mich vom Bett runter und nahm meine Handtasche. »Nein, Dad, in diesem Fall ist es verdammt.«

Nachdem wir uns alle zusammen in ein winziges Auto gequetscht hatten, folgte ein Treffen mit einer Million Menschen, die nicht die Bohne interessierte, wer ich war, und irgendwann wurden wir endlich unten mit den anderen Kindern der Angestellten uns selbst überlassen.

Zwei Stunden später ertrug ich den Streit über das Monopoly-Spiel allerdings nicht mehr. Ich musste unbedingt hier weg. Ich rief deshalb meine Freundin Darcy an, und sie sagte mir, dass ihre Mom vorbeikommen und mich aufsammeln würde.

Ich quetschte mich durch das Meer aus aufgeplusterten Frisuren und Zigarettenrauch, fest entschlossen, meine Eltern zu suchen und ihnen zu sagen, dass ich jetzt gehen würde.

Die Assistentin meines Vaters tauchte allerdings jetzt vor mir auf, und ich vertrat ihr sofort den Weg.

»Haben Sie zufällig meine Eltern gesehen?«

»Oh, hallo, Süße.« Sie musterte mein Gesicht. »Ist lange her, dass wir uns zuletzt gesehen haben, nicht wahr? Wie lange wohl?« Echt, du alte

Tussi, du möchtest jetzt unbedingt einen Trip auf der Straße der Erinnerung unternehmen? Ich habe dich erst vor zwei Tagen gesehen!

»Ms Hazel, ich muss wirklich wissen, wo meine Eltern sind.«

»Ähm, ich glaube, ich habe deine Mutter oben gesehen, oder war es im Garten?«

»Ach, schon gut«, zischte ich genervt und stieg die hohe Treppe hinauf. Ich wäre normalerweise netter gewesen, aber sie würde sich allem Anschein nach schon einen Tag später sowieso nicht mehr an dieses Gespräch erinnern.

Ich sah jetzt ein offenes Zimmer am Ende des Flurs und ging darauf zu.

»Wow!« Ich betrat den Raum und nahm den Anblick in mich auf. Eine komplette Wand war über und über mit unterschiedlich gefärbten Weinflaschen bedeckt. Es war ziemlich hübsch, wie sie das Licht reflektierten. Die andere Wand hingegen war voller Fotos, größtenteils schwarz-weiß, aber in der Mitte hing das Foto einer Frau, die mir sehr bekannt vorkam. Ich ließ meiner Neugier freien Lauf und ging näher heran.

Es war Maci, die Frau von dem Chef meines Vaters, in einer leuchtend roten Bluse, mit leuchtend roten Lippen, passend zu ihren Fingernägeln, die unter ihrem Kinn lagen. Sie starrte den Fotografen eindringlich an, und durch das Blitzlicht glänzten ihre Augen. Das Bild war wirklich wunderschön.

Hinter mir hörte ich auf einmal Schritte, und mir lief es sofort kalt den Rücken hinunter. Rasch suchte ich nach einer weiteren Tür, entdeckte eine und eilte daraufhin quer durch das Zimmer. Ich rüttelte heftig am Türgriff, doch sie war verschlossen. Oh, nein! *Jetzt hörte ich eine Stimme. Sie wurde immer lauter, ebenso wie mein Herzschlag. Wenn man mich hier drin finden würde, würde ich garantiert gewaltig in Schwierigkeiten stecken, ganz zu schweigen davon, dass das dann auch automatisch für meinen Vater galt.*

Kurz bevor ich komplett in Panik geriet und zwei Leute das Zimmer betraten, entdeckte ich auf einmal einen Schrank und schlüpfte hastig hinein.

»Oh Gott, oh Gott, oh Gott!« Ich versuchte, die Tür hinter mir zuzuziehen, aber der Riemen einer Golftasche hatte sich im mittleren Scharnier verhakt.

Ich musste die Tür deshalb zwangsläufig so lassen, wie sie war, da ich Angst hatte, dass sie mich hören würden, wenn ich daran herumfummelte.

Mir pochte das Herz bis zum Hals, und als ich eine mir sehr bekannte Stimme hörte, wollte ich am liebsten anfangen zu weinen. Ich wünschte mir wirklich, mir wäre nicht sofort klar gewesen, wer es war. Ich hatte das Gefühl, dass dies Gottes Art und Weise sein müsse, mich und meine Familie zu bestrafen, weil er nicht gewollt hatte, dass ich hier herumschnüffelte.

»Na schön«, sagte ich jetzt lautlos zur Decke hin, »du gewinnst. Kirche einmal die Woche.«

Sein schwarzer Anzug tauchte nun an der Tür auf, und ich erstarrte. Die Tür bestand aus Holzlamellen, sodass ich hinaussehen konnte, sie jedoch nicht hinein. Sobald ich mir sicher war, dass sie mich nicht so leicht entdecken konnten, lehnte ich mich gegen die Schrankwand und sah und hörte zu, wie Father Kai mit Maci sprach. Ich rückte so weit, wie ich konnte, nach vorn, damit ich mehr erkennen konnte.

»Bitte, Father.« Sie begann jetzt zu weinen. »Nicht hier.«

Er stellte sich genau vor sie. Father Kai war groß und hager, aber er war auf andere Art und Weise auch stark. Er hatte nämlich Macht über einige der Leute hier im Ort, darüber hatte ich meine Eltern reden hören. Mein Vater war zwar nicht übermäßig religiös, aber wir gingen an den Feiertagen in die Kirche, weil meine Mutter daran Freude hatte.

»Nun, Maci, du weißt, es ist immer dann die rechte Zeit, wenn der Herr es so will. Ich bin hier, um seinem Verlangen zu dienen.«

Sie presste die Lippen fest aufeinander, aber einem Schluchzer gelang es dennoch zu entfliehen. »Was ist, wenn jemand hereinkommt? Was ist, wenn jemand etwas hört?«

Er straffte die Schultern und räusperte sich. »Auf die Knie, sofort!«

Mein Magen verkrampfte sich. Was ging hier vor sich, um Himmels willen? *Der Schweiß brach mir an den Händen aus und mein Herzschlag dröhnte mir laut in den Ohren.*

Voller Entsetzen sah ich dabei zu, wie sie langsam zu Boden sank und mit zitternden Händen einen Schuh nach dem anderen abstreifte. Anschließend zog sie sich zu meiner Überraschung vorsichtig die Bluse aus und hing sie über den Hocker neben sich.

Der Drang wegzuschauen war stark, aber aus irgendeinem Grund brachte ich es trotzdem nicht fertig.

Father Kai steckte jetzt die Hand in seine Tasche und zog einen langen Lederriemen hervor. Der Teil, bei dem mir die Knie weich wurden, war die harte kleine Kugel am Ende der Schnur, die offenbar mit Stacheln gespickt war. Er ließ den Riemen vor seine Füße fallen und wartete.

Maci stieß jetzt einen langen Atemhauch aus, bevor ihre Finger mit den rosa lackierten Fingernägeln über den Fußboden wischten und den Riemen aufhoben. Sie umfasste den Griff und wartete.

»Sag es!« Seine Stimme war jetzt tief und Furcht einflößend. Ihr Tonfall würde mir garantiert noch sehr lange im Gedächtnis bleiben.

»Vergib mir, Vater, denn ich habe gesündigt.«

Er nickte. »Tue es!«

Sie schloss die Augen, zuckte mit der Hand und peitschte sich dann mit dem Ding den eigenen Rücken.

Heilige Scheiße! *Ich biss mir auf die Lippe, um den Schrei zu unterdrücken, der mir jetzt unwillkürlich die Kehle hinaufstieg.*

»Noch einmal!«, befahl er.

Bei dem Geräusch, wie das Leder durch die Luft sauste und wie die Kugel auf ihre nackte Haut traf, wurde mir ganz schwindelig. Ich war viel zu entsetzt, um auch nur den Versuch zu unternehmen, das Ganze zu verhindern. Ich blieb einfach wie erstarrt in dem Schrank sitzen.

Nichts davon ergab auch nur irgendeinen Sinn für mich. Das war Father Kai, der seit vielen Jahren geliebte Priester unserer Kirche und der eine Mensch im Ort, vor dem jeder Respekt hatte. Die Menschen gingen wegen allem und jedem zu ihm.

»Noch einmal!« Seine Stimme holte mich abrupt in das schreckliche Ereignis zurück, das hier gerade stattfand – die Folter von Maci.

»Ich … ich kann nicht.« Sie fiel nach vorn, und ich erhielt einen Blick auf ihren Rücken.

Ich hätte mich daraufhin fast übergeben. Ich ertrug den Anblick einfach nicht. Ich begann nun, lautlos zu schluchzen. Ihre Haut war knallrot und gespickt mit winzigen Löchern, aus denen ihr das Blut den Rücken hinunterlief.

»Noch einmal!«, wiederholte er, und dieses Mal richtete sie sich dabei gerade auf und setzte ihre Bestrafung fort. Father Kai reckte den Hals, dann beugte er sich wieder zurück. Seine Hände erhob er jetzt zu den Seiten, die Handflächen zum Himmel gerichtet, fast so, als würde er gerade Gottes Gegenwart spüren.

Ich hingegen spürte lediglich die Gegenwart des Teufels.

Nach drei weiteren Hieben wies er sie endlich an aufzuhören. Er streckte ihr die Hand entgegen, damit sie das Folterwerkzeug hineinlegte.

»Bis morgen.« Er zeichnete ein Kreuz in die Luft über ihr, dann sah er dabei zu, wie sie sich, immer noch weinend, in das Badezimmer schleppte. Ihr Gesicht war völlig fleckig, und der Mascara lief ihr von den Augen herab.

Der Father streifte mit der Hand über seinen Mantel, als wäre etwas darauf, und richtete sich dann in aller Seelenruhe das Haar.

Wer war dieser Mensch, um Himmels willen?

Er war noch nicht ganz aus dem Zimmer heraus, da sprang ich auf und wollte aus dem Schrank hinausklettern, erstarrte dann jedoch. Sollte ich stehen bleiben, um nachzusehen, ob mit Maci alles in Ordnung war, oder sollte ich lieber einfach so schnell ich konnte verschwinden? *Ich musste nur darauf achten, ob das Wasser abgestellt wurde, bevor ich hinausschoss. Ich jagte nun durch die äußeren Bürotüren und rannte dem Hausmädchen direkt in die Arme.*

»Miss Klein, fehlt dir etwas?«

Mit einem wilden Blick sah ich den Flur hinab und entdeckte unten meine Mutter. Bevor das Hausmädchen noch etwas sagen konnte, war ich schon weg.

Ich unterbrach meine Geschichte und sah vorsichtig zu ihm hinüber. Auf meinem Gesicht zeigte sich unglaublich viel Angst, weil ich das Gefühl hatte, erneut mittendrin zu sein. Seine Hand zuckte in meine Richtung. Ich wusste, dass er mich berühren wollte. Ich hielt deshalb inne, aber er legte seine Hand nur sanft auf meine und blieb weiterhin stumm. Ich wusste diese Geste sehr zu schätzen.

»Was ist dann geschehen?«

Ich leckte mir die Lippen und fuhr fort, wobei ich nun alles wieder ganz genau vor mir sehen konnte, so als wäre es gerade eben erst geschehen.

Ich rannte hastig zu meiner Mutter, und sie legte sofort die Arme um mich.

»Liebling, was ist denn los mit dir?«

Ich bekam einfach nicht aus dem Kopf, was ich gerade mitbekommen hatte. Konnte ich wirklich etwas so Schlimmes über einen Mann sagen, der in dieser Stadt so hoch angesehen war? Was, wenn mir niemand glaubte?

»Nichts, Mom. Ich möchte einfach nur nach Hause.«

»Liebling, du bist doch offensichtlich total durcheinander. Sag mir, was mit dir los ist!«

Ich wusste, dass ich es ihr erzählen musste, doch ich sagte stattdessen: »Ich hatte gerade einen riesigen Streit mit einem der Mädchen wegen etwas, und ich weiß, dass sie mich jetzt hasst, deshalb will ich hier sofort weg.«

»Oh, meine Liebe, du weißt doch, ich kann hier nicht einfach …«

Ich entzog mich ihr, während sich Tränen einen Weg meine geschwollenen Wangen hinabbrannten. »Tracys Mom ist schon unterwegs hierher. Sie hat gesagt, ich könne heute Nacht bei ihnen bleiben. Bitte, Mom.«

Ihre weiche Hand strich mir über das Gesicht. »Na gut. Ich weiß ja, wie sehr dir und El das Ganze hier zuwider ist. Komm morgen aber bitte nicht allzu spät nach Hause.«

Nach einer raschen Umarmung ging ich.

Am folgenden Tag erzählte ich ihnen einfach, dass es bei dem Streit um einen Jungen gegangen war. Meine Eltern ließen es dabei bewenden, aber El wusste instinktiv, dass mehr an der Sache dran war.

In der Zeit danach lief ich Father Kai irgendwie viel öfter über den Weg als zuvor. An der Tankstelle, im Einkaufszentrum, er tauchte sogar für einen Gastauftritt an meiner Schule auf.

»Wie schön, dich hier zu sehen, Alexi«, begrüßte er mich draußen vor der Turnhalle. Er sah wirklich gut aus in seinem gebügelten blauen dreiteiligen Anzug. Ich zitterte vor Angst am ganzen Körper, als er auf mich

herabsah. Er wartete, dass sich der Flur leerte, bevor er den Kopf hinunterbeugte und mich anlächelte. »Es ist immer sehr schön, dich zu sehen.« Er fuhr mit den Fingern durch meinen Pony, und bei seiner Berührung überlief mich unweigerlich eine Gänsehaut. Ich wollte am liebsten zurückweichen, aber ich konnte es nicht. Ich stand da wie angewurzelt. »Du wirst schon langsam zu einer richtigen kleinen Dame. Bald wirst du dich mit Jungs treffen und dann alle möglichen Sünden begehen.«

»Ich muss jetzt los.«

Kranker Bastard!

»Ja, das musst du.« Sein Blick sprach mehr als tausend Worte. »Grüße deine Mutter von mir.«

Wenn ich je herausfinden würde, dass er meine Mutter ebenfalls angerührt hatte, dann würde ich ihn umbringen und diese Sünde glücklich bis zum Teufel hinabtragen.

Eines Sonntags gab es ein Grillfest im Ort. Ich wollte nicht hingehen, aber meine Eltern sagten, Father Kai hätte uns persönlich eingeladen, also mussten wir hin.

Den ganzen Weg über zitterte ich. El sah mich immer wieder kritisch an. Es war jetzt einen Monat her, seit ich Zeugin der Dunkelheit geworden war, die Father Kai in Wirklichkeit darstellte, und ich kam nicht besonders gut damit zurecht.

»Dad.« El tippte ihn auf die Schulter, als wir auf den Parkplatz fuhren. »Können wir einen Augenblick miteinander reden?«

»Natürlich, mein Sohn.« Unsere Eltern drehten sich in ihren Sitzen zu uns um.

Was tat er da?

»Ihr beide habt immer gesagt, wenn einer von uns ein Problem hat, dann haben wir alle eines, weil wir eine Familie sind.« Er sah jetzt zu mir

hinüber. »Lex, so habe ich dich zuvor noch nie erlebt. Bitte sag uns, was auf dieser Party letztens passiert ist.«

Ich sog die Unterlippe zwischen die Zähne, damit sie nicht sahen, wie sehr sie bebte. Hier und jetzt? Wo Father Kai keine fünf Meter entfernt war?

»Liebling, bitte, gibt es etwas, das du uns erzählen musst?«, bettelte mich meine Mutter förmlich an. Mein Vater hingegen wirkte äußerst besorgt.

Wir standen uns als Familie so nahe wie nur möglich, also wäre es tatsächlich vielleicht besser, wenn ich es ihnen sagen würde. Denn dann würde bestimmt auch das Gefühl von Einsamkeit, das ich nun ständig in mir trug, verschwinden.

Mit einem tiefen Seufzer berichtete ich ihnen, wovon ich auf der Party Zeugin geworden war. Die ganze Zeit über hielt ich den Blick auf das Gesicht meines Vaters gerichtet, das sich unter dem Schock meiner Worte mehr und mehr verhärtete. Mom fiel fassungslos die Kinnlade runter, und El schüttelte nur unentwegt den Kopf.

Nachdem ich fertig war, wartete ich darauf, wer als Erster das Wort ergreifen würde. Ich verspürte unfassbares Entsetzen. Was, wenn sie mir nicht glaubten?

»Oh, mein armes, armes Mädchen«, keuchte meine Mutter nun.

»Dieser kranke Schweinehund!« Dad wollte sich sofort wütend in Bewegung setzen, aber Mom legte ihm beruhigend die Hand auf den Arm. »Wir müssen unbedingt überlegt an die ganze Sache herangehen. Wir dürfen jetzt nicht überhastet handeln, er verfügt in diesem Ort schließlich über sehr viel Macht.«

»Oh, mein Gott!« Mom lehnte ihren Kopf gegen das Fenster. »Ich habe mich schon gefragt, warum Maci nicht dieses rückenfreie Kleid getragen hat, das sie so mag.« Sie hielt nachdenklich inne. »Außerdem ist Simon

Waters vor Kurzem gegen sie gestoßen und hat sie am Rücken getroffen, und sie hat daraufhin vollkommen überreagiert.«

El warf einen Blick über meine Schulter, dann sah er wieder Dad an. »Was tun wir jetzt?«

»Wenn er seine Macht einsetzt, um die Leute so zu strafen, dann müssen wir ihn anzeigen!«

Ich räusperte mich und lehnte den Kopf gegen die Rückenlehne. Der Regen fiel jetzt immer heftiger, und das half irgendwie, die Anspannung zu durchbrechen. »Er wusste, dass ich es ihnen gesagt habe.«

»Woher?«

»Es stellte sich heraus, dass das Hausmädchen an ihn herangetreten war, weil sie geglaubt hatte, er hätte mir etwas angetan. Daraufhin ist alles nur noch viel schlimmer geworden. Unsere Familie wurde fortan praktisch von allem ausgeschlossen, nachdem meine Mutter zu Maci gegangen war, die sie als Reaktion darauf nur angeschrien hat. Sie hat aus Angst natürlich alles abgestritten. Von einem der wenigen Freunde, die wir noch hatten, erfuhren wir später, dass Father Kai etwas gegen sie in der Hand hatte.«

»Was denn?«, fragte er sofort neugierig.

»Maci hatte offenbar irgendwann vorgehabt, ihren Ehemann zu töten, konnte sich jedoch in letzter Minute doch nicht dazu durchringen. Sie ist anschließend beichten gegangen, um sich von der Schuld zu befreien. Vermutlich hat Father Kai es danach als seine Aufgabe betrachtet, sie von ihren Sünden zu reinigen. Der Mann ist komplett wahnsinnig.«

Sein Gesichtsausdruck verdüsterte sich, und ich sah ihm an, dass er zutiefst schockiert war.

»Mein Vater ist letzten Endes zur Polizei gegangen und hat ihn angezeigt. Daraufhin ist es richtig schlimm und extrem geworden. Anstatt dass sich der Ort nun auf unsere Seite gestellt hätte, haben die Leute sich alle gegen uns gewandt, und wir sind verfolgt worden. Ich habe sogar Morddrohungen erhalten. El ist mir daraufhin nicht mehr von der Seite gewichen, weil ich einmal auf dem Nachhauseweg von der Schule überfallen worden bin. Wir waren fortan die schwarzen Schafe von Richmond, und Father Kai tat alles in seiner Macht Stehende, um dafür zu sorgen, dass uns alle für Lügner hielten. Am schlimmsten war es, dass mein Vater gefeuert wurde, aus einem Job, den er wirklich liebte. Da ist meine Familie zu dem Entschluss gelangt, dass es an der Zeit für einen Umzug sei. Es war die Angst einfach nicht wert, in der wir lebten. Deshalb sind wir jetzt hier in Boston.«

»Und Father Kai?«

Ich drehte den Kopf, um ihn anzusehen. Das war ein sehr emotionales Thema für mich. »Er steht noch immer der Kirche vor, reinigt immer noch die Menschen von ihren Sünden, und ich bin mir sicher, dass er auch immer noch nach mir sucht.«

Erneut verdüsterte sich seine Miene. »Du meinst, die Sache ist niemals genauer untersucht worden?«

»Doch, aber ohne Macis Zeugenaussage hatten sie nichts in der Hand, außer den Anschuldigungen einer Vierzehnjährigen. Er hat ihnen einfach gesagt, dass es mir nur um die Aufmerksamkeit gehen würde, aber dass er mir verzeihen würde.« Meine Stimme brach, während ich mir die Jacke enger um den Leib zog. Mir wurde plötzlich eiskalt. »Kurz bevor wir gingen, ist er in einem Lebensmittelgeschäft noch einmal an mich herangetreten und hat mir gesagt, dass er mich sehr bald wiedersehen würde. Er jagt mir eine Heidenangst ein, sogar jetzt noch.«

»Meinst du wirklich, er würde so weit gehen, dass er herkommen und dich suchen würde?«

Ich blinzelte nicht einmal. »Ich habe ihn dabei beobachtet, wie er einer erwachsenen Frau, mitten während ihrer eigenen Party, befohlen hat, sich den eigenen Rücken auszupeitschen, bis sie blutete. Er hat mich in meiner Schule aufgesucht. Meinst du, ich sehe ihn wieder? Nein, das tue ich nicht. Ich glaube ehrlich gesagt, er hat sich schon längst jemand anderen vorgenommen. Das macht es vielleicht nicht richtiger, aber ich habe im Laufe der Zeit auf die harte Tour gelernt, mich zuerst um mich selbst zu sorgen.«

Mir verschwamm jetzt alles vor den Augen, aber ich versuchte, meine Tränen in Schach zu halten. Keith fuhr sich mit einem leisen Schnauben über den Mund. Ich wusste, es war viel zum Verarbeiten. Er beugte sich jetzt zu mir hinüber, legte mir einen Arm um die Hüfte und zog meinen kleinen Körper zu sich. Zu meiner eigenen Überraschung ließ ich es zu. Ich legte ihm sogar den Kopf auf die Schulter. Manchmal war es ganz schön, Dinge nicht ewig zu durchdenken.

»Danke«, flüsterte ich.

»Wofür?«

»Fürs Zuhören.«

»Danke fürs Mitteilen.« Er wartete einen Moment lang. »Möchtest du ein bisschen an die frische Luft?«

»Natürlich.«

Der See war still, kein Wind trübte das perfekte Spiegelbild der Straßenlaternen. Es war ruhig und friedlich, niemand war in der Nähe, nur wir. Hinten auf der Ladefläche des Trucks schmiegte ich mich an seine Seite. Er hatte Decken um uns gelegt, um uns unter dem sternenübersäten Himmel warm zu halten.

Ich spürte ein Licht zwischen uns funkeln. Jemandem seine tiefsten Geheimnisse zu offenbaren, konnte die Gefühle verändern, und es konnte auch verändern, wie man einander sah. Ich wandte mich ihm jetzt wieder zu und stellte fest, dass er die Brauen zusammengezogen hatte. Er wirkte verwirrt, bis er plötzlich meinen hungrigen Gesichtsausdruck bemerkte.

»Woran denkst du gerade?« Ich zog mir langsam die Jacke aus und knöpfte mir anschließend die Hose auf.

»Ganz bestimmt?«

»Ich möchte unbedingt etwas vollkommen anderes spüren als das, was ich dir gerade erzählt habe.«

Er zog mich daraufhin auf seinen Schoß, nahm meine Hand in seine und hielt mich so fest, dass ich ihn instinktiv ansah.

»Ich möchte dir aber nicht wehtun.«

»Dann tue es nicht.«

Er ließ mich herabsinken und legte mich auf die eine Decke, während er darauf achtete, dass ich komplett von der anderen Decke bedeckt war, damit ich nicht fror. Dann schob er meine Hose hinunter und tat dasselbe mit seiner.

Mit seinem warmen Körper an meinem fuhr er sanft mit den Händen unter der Decke an meinen Schenkeln entlang.

»Ich bin so weit, Keith«, murmelte ich, aber er ignorierte meine gierige Bitte. Seine Lippen legten sich jetzt auf meine, zunächst langsam, doch dann wurde er immer leidenschaftlicher. Ich merkte, dass er um seine eigene Beherrschung kämpfte.

Wir mussten den Kontakt kurz unterbrechen, als er sich ein Kondom überstreifte, und ich rümpfte die Nase bei diesem chemischen Geruch.

Erneut fanden seine Lippen meine, während er sich breitbeinig über meine Hüften platzierte. Er richtete die Decke, damit mir nicht kalt wurde, und verweilte kurz vor meiner Öffnung. *Mein Gott, das ist ja zum Wahnsinnig-Werden.* Ich bog den Rücken durch, und ein leises Stöhnen kam mir über die Lippen, als er langsam und behutsam in mich eindrang. Alles, was er tat, war durchdacht und sanft. Er hielt kurz inne, wenn ich zusammenzuckte, und berührte meine Wange, als ich ein Gesicht schnitt. Ich kämpfte gerade gegen meinen eigenen Schmerz an, aber er war da und half mir.

»Keith«, keuchte ich, als er immer schneller wurde. Er presste nach jedem Stoß seinen Körper eng an meinen. »Ich bin fast so weit.«

»Gut.« Er küsste mich, und nun ließ ich los und öffnete mich ihm vollkommen. Ich spürte ein Gefühl, als wenn ich in die Höhe schießen und dann langsam zu den Lauten zurückkehren würde, mit denen er seiner eigenen Erleichterung Ausdruck verlieh.

Ausgelaugt, aber auch darum kämpfend, wieder zu Atem zu kommen, während wir in den nächtlichen Himmel hinaufsahen, rutschte seine Hand zu mir hinüber und suchte meine.

Den Rest des Jahres über waren wir absolut unzertrennlich.

Keith

Oma fuhr in mein Zimmer, als ich gerade meine Krawatte band. Heute Abend war der Abschlussball. Sie wartete, bis *Two* gegangen war, und überzeugte sich dann kurz davon, dass die Luft rein war.

»Und?« Ich musste sie einfach im Spiegel angrinsen.

»Gut siehst du aus, mein Junge.«

Ich warf ihr einen neugierigen Blick zu, denn sie schien offenbar gleich zu platzen. »Spuck es schon aus, Oma.«

»*One* hat heute Abend ein Date.« *Wow*! Oma hielt die gesamte Familie dahingehend zum Narren, dass sie angeblich nur noch schwer hören konnte, aber meine rollstuhlfahrende Großmutter konnte in Wirklichkeit richtig gut hören und nutzte das andauernd zu ihrem Vorteil aus. Sie wusste nämlich alles. Ich war der Einzige, der die Wahrheit kannte, und, na ja, ich war nun einmal ihr Lieblingsenkel.

»Sollte ich mir deswegen Sorgen machen?«

»Nein.« Sie wedelte mit der Hand in der Luft herum. »Es ist nur der junge Edward Silver von unten an der Straße. Er wüsste doch gar nicht, wohin er ihn stecken müsste, selbst wenn *One* ihm eine Freikarte geben würde.«

»Na klasse, Oma. Danke.« Ich verdrehte die Augen. »Das muss ich mir wirklich nicht unbedingt bildlich vorstellen.«

Ich hörte auf einmal, wie der Reißverschluss vom Rücken des riesigen braunen Teddybären herabgezogen wurde, der in der Ecke meines Zimmers stand. Ursprünglich war er ein Geschenk meines Großvaters gewesen, war aber dann zu Omas heimlichem Alkoholschränkchen mutiert. Sie schenkte sich nun eine großzügige Portion Scotch ein. Über ihren Scotch ließ sie nichts kommen.

»Was ist mit *Four*? Trifft sie sich immer noch mit diesem seltsamen Typen?«

»Du meinst *Tuna Fischatem*?«, murmelte sie, was mich unwillkürlich zum Lachen brachte. Er roch tatsächlich wie eine ganze Fischfabrik. »Nein, Gott sei Dank ist dieser Typ mittlerweile Geschichte. Ist dir eigentlich je aufgefallen, dass er ein wanderndes Auge hatte? Ich schwöre dir, es ist mir überallhin gefolgt, wohin ich auch gegangen bin, so, als wäre er mir und meinen Fähigkeiten unentwegt auf der Spur.«

Ich streifte jetzt meine Anzugjacke über und sah sie fragend an. »Und?«

»Echt bärenstark.« Sie strahlte mich stolz an. »Lexi wird die Hände nicht von dir lassen können.«

»Mom!«, fauchte meine Mom entsetzt vom Flur aus. »Was tust du denn da? Trinkst du etwa Alkohol? Du weißt doch, dass du nicht mehr trinken darfst.« Sie hatte automatisch die Stimme gehoben, weil sie nicht wusste, dass Oma sie in Wirklichkeit äußerst gut hören konnte, wahrscheinlich sogar besser als alle anderen.

»Ich bin siebzig Jahre alt, meine Liebe. Wenn ich etwas trinken will, dann werde ich das tun, verdammt.« Sie kippte den Inhalt des Glases demonstrativ hinunter.

Mom sah mich intensiv an. »Du siehst sehr gut aus, mein Lieber, aber wenn du hin und wieder auf deine Oma aufpassen würdest, wäre das sehr hilfreich.«

Oma verdrehte bei diesen Worten die Augen. »Was hilfreich wäre, meine *Liebe,* wäre, wenn du oben eine Minibar installieren könntest. Diese Rampe hier ist echt zum Heulen.«

Ich verbiss mir ein Grinsen. *Immer muss sie sich einmischen.*

Sobald Mom gegangen war, wurde Omas Miene wieder ernster. »Wirst du es Lexi heute Abend sagen?«

»Ich habe es noch nicht einmal ihnen gesagt.« Ich nickte zur Tür hinaus.

»Vielleicht fängst du am besten bei derjenigen an, die emotional am meisten davon getroffen sein wird.«

Ich sah unbehaglich zu ihr hinüber. »Vielleicht hast du recht.«

Ich küsste sie liebevoll auf den Kopf und rannte dann die Treppe hinab. Ich wusste ja selbst genau, dass ich es früher oder später tun musste.

*

Ihr Kopf ruhte auf meiner Schulter, während wir uns einen Film im Autokino anschauten. Clark und Elliot waren gerade auf der Jagd nach Mädchen, und ich freute mich, dass wir mal ganz allein waren. Der Abschlussball war toll gewesen, und jetzt, da der Sommer richtig zugeschlagen hatte, war es an der Zeit für den Sommerauftakt am See.

»Hey.« Ich küsste sie auf die Wange. »Kann ich mal mit dir über etwas reden?«

»Natürlich.« Sie setzte sich gerade hin und drehte ihren Sitz auf der Ladefläche des Trucks so, dass sie mich besser ansehen konnte.

Ich zwirbelte die Decke nervös zwischen meinen Händen. Ich musste es ihr jetzt sagen oder ich würde es niemals tun.

»Also, du gehst zur Universität nach Boston, und ich …«

Ihr Lächeln reichte jetzt bis hinauf zu ihren Augenwinkeln, während sie darauf wartete, dass ich fortfuhr.

»… habe mich bei der Armee verpflichtet.«

Ihr Lächeln verschwand von jetzt auf gleich. »Du hast *was*?«

»Mich zur Armee gemeldet.«

Ihr Blick fiel daraufhin auf ihre Füße und sie spannte die Kiefermuskeln an. Das verhieß nichts Gutes.

»Warte.« Sie hielt die Hand in die Höhe, und ihr Stimmungsring blitzte im dämmerigen Licht des Autokinos auf. »Aber das bedeutet, sie können dich sogar nach Übersee schicken.«

Scheiße.

»Ja, aber, Lexi, das werden sie bestimmt nicht tun.«

»Lüg mich nicht an, Keith.«

Ich schloss die Augen und versuchte, die richtigen Worte zu finden: »Die Chancen dafür sind sehr gering.«

Sie rieb sich mit der Hand über den Bauch, dann schnappte sie sich ihre Tasche. »Gering.«

»Wohin gehst du?«

Sie stieg vorsichtig von dem Wagen herunter und sank dann in das Gras. »Ich muss im Moment erst einmal ein bisschen Abstand zu dir haben.«

»Warte!« Ich folgte ihr. »Lexi, bleib doch stehen!«

»Warum?« Sie fuhr wutentbrannt herum und richtete einen Finger auf mein Gesicht. In ihren Augen schimmerte es verdächtig. »Mein Gott, Keith! Du triffst die größte Entscheidung unseres Lebens einfach ohne mich.«

»Ich wollte dich nicht ausschließen. Aber es ist etwas, woran ich schon eine ganze Weile gedacht habe, und als Mitarbeiter der Armee eines Tages zur Berufsvorbereitung zur Schule gekommen sind, hat es sich einfach richtig angefühlt.«

An der Art und Weise, wie sich ihr Gesicht jetzt verzerrte, konnte ich erkennen, dass dieses Thema noch längst nicht vorüber war.

»Ach so.« Sie warf sich die Tasche über die schmale Schulter. »Gibt es vielleicht noch etwas, das ich wissen sollte?«

Ich schüttelte den Kopf und steckte die Hände in die Taschen. Sie warf ihren Kopf zurück, und ein paar Tränen rannen ihr über das gerötete Gesicht.

»Wie konntest du das nur tun? Sie werden dich mir wegnehmen.«

»Nein, nein, Lexi.« Ich griff nach ihr, aber sie wich aufgebracht zurück. Sie senkte den Kopf und ihre Schultern sackten herunter.

»Ich ...« Sie legte sich die Hände vor das Gesicht und unterdrückte einen Aufschrei. »Ausgerechnet du tust mir so etwas an!«

»Es erscheint mir sinnvoll.«

»Ich dachte, wir beide wären sinnvoll.«

»Das sind wir doch! Lexi, bitte.«

Ihr Kopf fuhr hoch, und ihre Wut flammte erneut auf. »Bitte, versteh doch ...«, rief sie zornig, und ihr Ausbruch lenkte bereits die Aufmerksamkeit einiger Leute in der Nähe auf uns. »Vielleicht hätte ich es ja sogar verstanden, wenn du mir von deinen Plänen erzählt hättest, anstatt mich einfach vor vollendete Tatsachen zu stellen!«

»Können wir vielleicht woanders in Ruhe darüber reden?«

»Warum?« Sie verschränkte die Arme vor der Brust. »Du hast es doch auch hier angesprochen.«

»Bitte, Lexi!«

Sie warf den Kopf in den Nacken und stieß einen langen Seufzer aus, dann machte sie auf dem Absatz kehrt und rannte davon. Ich wollte ihr zuerst folgen, aber ich wusste es besser.

Sechs Wochen lang redete Lexi kein Wort mehr mit mir. Anschließend durfte ich nichts ansprechen, was auch nur im Entferntesten mit der Armee zu tun hatte. Wenn es das war, was ihr zeigte, dass sie mir mehr bedeutete und dass dann alles wieder in Ordnung wäre, dann war es mir nur recht.

Kapitel fünf

Mehrere Jahre später

Keith

»Du musst tun, was du tun musst, mein Sohn.« Mein Vater saß mir in meinem Zimmer gegenüber. »Wenn es dir jedoch etwas bedeutet, dann lass mich dir sagen, dass deine Mutter und ich sehr stolz auf dich sind.«

Meine Uniform hing perfekt gebügelt im Schrank neben meinem Seesack. Das Flugticket ragte nur so weit aus dem Reißverschluss heraus, dass mein Name zu lesen war.

Obwohl ich gewusst hatte, dass dieser Augenblick unweigerlich kommen würde, war mir bei der Meldung zur Armee nicht klar gewesen, wie rasch er tatsächlich kam.

Ich erinnerte mich immer noch an das Gefühl, als der Rekrutierer mir die Vorzüge und den Lebensstil dieser Tätigkeit erläutert hatte. Es erstaunte mich immer noch, wie richtig es sich anfühlte, so als ob einfach etwas in mir geklickt hätte.

Lexi war die letzten Wochen mit ihren Eltern im Sommerurlaub in Europa gewesen und würde morgen zurückkehren. Sie würde ab der kommenden Woche ein weiteres Jahr an der Boston University absolvieren.

»Ich bin extrem nervös, Lexi wird garantiert ausflippen.«

Dad legte mir aufmunternd die Hand auf die Schulter. »Sie wird natürlich Angst haben, aber sie wird bestimmt zurechtkommen. Sie liebt dich schließlich. Abgesehen davon wird eine Trennungszeit euch beiden ganz guttun.«

»Weil sie noch nicht lang genug ist, wenn wir uns nur am Wochenende sehen?«

»Oh, sie wird ganz bestimmt ausflippen.« *Two* stand achselzuckend in der Tür. »Du weißt doch, ich habe dich dahingehend schon gewarnt. Lexi wird ausflippen, weil du schon vor ihrer Abfahrt gewusst hast, dass du zum Einsatz beordert wurdest.«

»Natürlich, aber ich wusste auch, dass sie ihre Urlaubsreise dann garantiert nicht angetreten hätte, und ich wollte ihr die Ferien nicht verderben.«

»Diese Entscheidung hättest du aber ihr überlassen sollen.«

»Das ist nicht gerade sehr hilfreich, Danielle«, tadelte sie mein Vater.

»Die Wahrheit tut eben immer weh, großer Bruder.« Mit diesen Worten ging sie weg und ließ mich mit einem gewaltigen Stein im Magen zurück. Sie hatte ja recht. Ich hatte Lexi nichts davon erzählt, weil sie und ihre Familie diese Urlaubsreise schon seit Jahren geplant hatten. Ich wollte ihr das einfach nicht nehmen. Das Problem war allerdings, dass sich diese Gelegenheit nicht hinausschieben ließ, und ich konnte es mir nun einmal nicht aussuchen.

Das wird bestimmt heftig werden.

Am folgenden Tag wartete ich besorgt darauf, dass Lexi ihre Unterredung mit ihrem Professor endlich beendet hatte. Das arme Mädchen musste kopfüber in die Vorbereitung ihres Seminares springen. Zum Glück konnte sie sehr gut mit Zahlen umgehen, also belegte sie natürlich als Hauptfach Buchhaltung. Sie musste sich jetzt nur ihre Lehrbücher und die anderen damit zusammenhängenden Dinge besorgen.

Ich fuhr auf den Parkplatz ihres Studentenwohnheims, um dort auf sie zu warten. Ich wusste, dass sie dorthin zurückkehren würde, wenn das Seminar zu Ende war. Ich rannte zur Treppe, um sie abzufangen, als sie um das Gebäude herumkam.

»Hey, du!« Sie sprang mir aufgeregt in die Arme und küsste mich so leidenschaftlich, wie sie es bei unserem allerersten Mal bei sich getan hatte. *Mein Gott, hatte ich sie vermisst!* »Wir müssen unbedingt allein sein, weil ich alle möglichen schmutzigen Gedanken habe, die wir meiner Ansicht nach dringend abarbeiten müssen.«

Meine Neuigkeit kann warten …

Siebzig Minuten später hatte ich das Gefühl, mich nicht mehr rühren zu können, selbst wenn es um mein Leben gegangen wäre. Lexi war der Traum eines jeden Mannes. Sie war wild im Bett, sexy wie die Hölle und sie hatte ein tödliches Lächeln, das mich allein schon bei dem Gedanken daran hart machte. Was dieses Gespräch natürlich nur noch umso schwieriger machen würde.

»Lexi.« Ich holte sie aus ihrem leichten Schlaf. »Ich muss unbedingt mit dir über etwas reden.«

Sie wälzte sich träge herum und küsste zärtlich meine Brust. Ihre Lippen stellten wirklich absolut Erstaunliches mit meinem Körper an. Ich fuhr sanft mit den Fingern durch ihr Haar und nahm mir einen Augenblick lang Zeit, die Situation zu genießen. *Bleib konzentriert.* Ich schob ihren Kopf nach hinten, sodass sie mich ansehen musste. »Ich muss dir wirklich etwas Wichtiges sagen.«

»Okay.« Sie setzte sich aufrecht hin, als sie begriff, dass es mir ernst war. »Was willst du mir sagen?«

Ihre dunklen, mokkafarbenen Augen suchten nun mein Gesicht ab. *Jetzt oder nie!*

»Aber bitte flippe nicht aus.«

»Das tue ich nicht!« Sie schüttelte den Kopf. »Wenn du mir allerdings sagst ›nicht ausflippen‹, dann flippe ich nur umso heftiger aus. Sprich's also einfach aus, Keith.«

»Ich muss in den Irak.«

Sie erstarrte am ganzen Körper, dann krabbelte sie zum Ende des Betts und ließ sich dort nieder. Rasch zog sie sich mein T-Shirt über den Kopf und biss sich in die Finger, während sie versuchte, meine Nachricht zu verarbeiten.

»Das ist nicht komisch.«

»Es ist auch kein Witz.«

Ihre wunderschönen Augen begegneten nun meinen, und der Ausdruck darin sagte mir, dass ich wirklich tief in der Scheiße steckte. Lexi und ich hatten eine ganz und gar einzigartige Beziehung. Je mehr wir uns stritten, desto mehr verliebten wir uns ineinander. Ich hoffte, dass es auch dieses Mal so sein würde.

»Was bedeutet das genau?« Sie ging zum Fenster, und ihre Stimme wurde immer leiser.

Ich zog mir Unterwäsche und Jeans an, falls ihre Mitbewohnerin auftauchen würde, und schloss dann die Distanz zwischen uns.

»Lexi.« Ich küsste sie sanft auf die Schulter, aber sie schüttelte mich ab. Ich legte ihr den Arm um die Taille und hielt sie eng an meine Brust gedrückt. »Es bedeutet, dass ich in zwei Tagen in den Irak fliegen muss.«

»In zwei Tagen schon? Willst du mich etwa verarschen? Wie lange weißt du das schon?«

Ich sah betreten zu Boden. »Drei Monate.« Ich hielt die Hand in die Höhe, um sie am Reden zu hindern. »Versteh doch bitte, warum ich es dir nicht vorher gesagt habe. Schließlich wusste ich, wie wichtig dir diese Reise war – euch allen.«

Ihre Hände verkrampften sich um den Saum ihres T-Shirts. »Für wie lange?«

Sie kannte die Antwort schon, weil das schon immer eine Möglichkeit gewesen war, seit ich zur Armee gegangen war. Ich musste es aber dennoch aussprechen, weil es dann real wurde.

»Ein Jahr lang.«

Ich spürte jetzt ihren stoßweisen Atem, aber statt wie üblich zu streiten, blieb sie vollkommen ruhig. Das war neu.

»Ich weiß, es ist sehr plötzlich, und ich weiß auch, ich hätte es dir vorher sagen sollen, aber das hätte doch am Ergebnis nichts geändert.«

Sie wand sich aus meinem Griff und rieb sich schniefend das Gesicht.

»Wir hätten dann aber die letzten beiden Monate gemeinsam verbringen können! Wir sind schließlich nicht irgendeine Sommerromanze. Wir sind schon seit Jahren zusammen, und du hast mir nicht einmal die Chance gelassen, selbst zu entscheiden, ob ich hierbleiben möchte oder mich auf meine Reise begeben will. Du hast das *wieder einmal* für mich beschlossen! Nicht wir gemeinsam.« Sie presste sich jetzt die Hand vor den Mund, bevor sie zusammenzuckte und einen Schluchzer unterdrückte. »Du hast mir immer gesagt, wir seien ein Team und dass wir immer über alles reden würden, insbesondere nach dem, was beim letzten Mal passiert ist, und trotzdem …« Ihr Kinn bebte. »… stehen wir jetzt wieder hier.« Sie wandte sich ab.

»Lexi.« Mein Magen verkrampfte sich schmerzhaft.

Sie hatte einen gequälten Ausdruck im Gesicht. »Wenn du mich wirklich lieben würdest, dann hättest du mir gesagt, was los ist. Es ist ja schließlich nicht so, als hätten wir nicht miteinander gesprochen, während ich weg war.«

»Das war aber etwas, das ich nicht am Telefon besprechen wollte.«

Ihre Hände fuhren wütend in die Höhe. »Also hast du ernsthaft geglaubt, bis zwei Tage vor deiner Abreise zu warten, wäre eine bessere Lösung?«

»Ich weiß, es sieht dämlich aus, aber ich habe es damals wirklich für das Richtige gehalten.«

Ein langes Schweigen folgte, bevor sie schließlich wieder etwas sagte. Ihr Blick traf nun meinen. »Du brichst mir auf eine Weise das Herz, dass es sich nie wieder kitten lässt, Keith.«

»Es tut mir leid, Lexi. Wirklich.«

»Deine Entscheidung, mir nichts zu sagen, tut dir leid? Oder tut es dir leid, weil du den Sommer mit deinen Jungs verbringen wolltest statt mit mir? In Europa bin ich jeden Tag ein bisschen vor Sehnsucht gestorben, weil ich in deinen Armen liegen wollte, nur um dann nach Hause zu kommen und herauszufinden, dass du bald in eines der gefährlichsten Länder der ganzen Welt reist!« Sie wischte sich die Tränen aus dem Gesicht, dann zog sie mein T-Shirt aus und warf es mir wutentbrannt zu. »Verschwinde!«

»Le…«

»Ganz offensichtlich habe ich bei dir ja nicht oberste Priorität.«

»Das ist nicht fair.«

»Deine *Jungs* warten.«

»Du bist gerade unglaublich unfair.«

»Ich bin nur realistisch, Keith. Ich treffe *diese* Entscheidung jetzt, und nun verschwinde.«

Als ich gerade die Tür schloss, hörte ich sie flüstern: »Ich habe gewusst, dass sie dich mir eines Tages wegnehmen würden.«

Lexi

Sieben entgangene Anrufe, dreizehn SMS und drei Versuche, mich zu treffen, zeigten mir, dass ich bei meiner Sturheit offenbar richtig Vollgas gegeben hatte. Seit ich Keith vor zwei Tagen hinausgeworfen hatte, hatte ich mein Zimmer nicht mehr verlassen. Meine Mitbewohnerin Jaci stand jetzt mit besorgter Miene an meinem Bett.

»Lexi, er fliegt bereits in einer Stunde. Du musst ihn vorher treffen und dich verabschieden.«

»Nein.« Ich bekam das Wort kaum heraus. Jede Erwähnung seiner Person brach mir unweigerlich immer und immer wieder das Herz.

Seufzend nahm sie mein Handy zur Hand und drehte es in meine Richtung. »Er bettelt dich an, dass du dich von ihm verabschiedest.« Sie setzte sich neben mich und rieb mir aufmunternd über den Rücken, während ich den Kopf in meinem Kissen vergrub. »Ich würde dorthin gehen. Was ist, wenn du ihn jetzt zum letzten Mal sehen würdest? Könntest du mit dem Wissen leben, dass du ihn von dir weggestoßen hast, bevor du eine letzte Gelegenheit hattest, ihm zu sagen, dass du ihn liebst?«

Ich schluchzte in mein ohnehin schon feuchtes Kissen. Sie hatte ja recht, aber er hatte nun einmal eine gewaltige Entscheidung ohne mich getroffen. Wir sollten doch ein Team sein!

»Also …« Sie riss die Bettdecke von meinem zwei Tage alten Schlafanzug herunter und gab mir einen Klaps auf den Po. »Arsch hoch, und sag dem Mann, den du liebst, gefälligst, dass du auf ihn warten wirst, weil du das nämlich sowieso tun wirst.«

Na schön.

Eine halbe Stunde später sprang ich schließlich über eine Pfütze und rannte durch die automatischen Türen des Flughafens. Mein Herz schlug wie eine Trommel bis hinauf in meine Kehle.

Wo bist du? Wo bist du nur?

Plötzlich entdeckte ich eine Militäruniform. »Keith!«, rief ich aufgeregt und rannte hinter ihm her. Ich packte ihn am Arm und drehte ihn zu mir um. *Oh!* Mir sank das Herz in die Hose, als mich ein dunkelhaariger Typ merkwürdig anstarrte. Mein Blick fiel auf sein Namensschild. Lopez. »E… Entschuldigung.«

»Kein Problem.« Er grinste mich an und präsentierte mir dabei ein Stück pinkfarbenes Kaugummi zwischen den Zähnen. »Hoffentlich finden Sie denjenigen, den Sie suchen.« Er rückte seine Tasche zurecht und ging weiter.

Meine Gedanken rasten umher, während ich zum Ticketschalter rannte. Gott sei Dank flog er von einem kleinen Flughafen ab, sodass er leichter zu finden sein würde.

»Entschuldigen Sie bitte, wo finde ich den Flug UA 765?«

Die Frau am Schalter lächelte mich an und tippte auf der Tastatur herum. »Sehen wir einmal nach.« *Klick, klick, klick. Ernsthaft, wie lange braucht man denn, um einen Flug nachzusehen?* »Flug UA 765 ist bereits auf der Startbahn und hebt gleich ab.« Sie zeigte auf ein blau-weißes Flugzeug, das gerade zur Startbahn rollte.

Nein!

Ich rannte zum Fenster und spürte, wie mir eiskalt ums Herz wurde.

»Liebes.« Ich hörte plötzlich eine unverkennbare sanfte Stimme und rannte in seine Arme. Ich liebte Keiths Vater von Herzen. Er stand mir so nah wie mein eigener Vater und war unglaublich warmherzig.

»Ich habe mich nicht von ihm verabschiedet«, schrie ich erschrocken und überlegte, was ich doch für ein selbstsüchtiger Mensch war. »Ich war so wütend auf ihn, und jetzt ist es zu spät.« Ich redete wirres Zeug. Ich wusste nur, dass ich ihn hatte abfliegen lassen, ohne ihn wissen zu lassen, wie sehr ich ihn liebte.

Ich spürte, wie mir jetzt seine Mutter über den Rücken strich, und wir alle hielten einander in den Armen, während wir versuchten zu begreifen, was geschehen war. Keith war weg.

»Es ist doch nur ein Jahr, Lexi. Das schaffen wir schon.« Sein Vater küsste mich liebevoll auf den Kopf, während seine Oma mir über den Handrücken strich. »Wir haben doch noch einander.«

Das Problem ist nur, dass wir unsere Zukunft nicht vorhersagen können. Wir können nur versuchen, sie so gut zu steuern, wie es uns möglich ist.

*

Nachdem Keith weg war, fühlte sich nichts mehr richtig an. Das Essen schmeckte plötzlich wie Sägespäne, meine Noten rutschten in den Keller, selbst meine geliebte Stelle in der Kunstgalerie hatte nichts Attraktives mehr an sich.

Sechs Monate das Leben nicht zu genießen, war eine sehr lange Zeit, und es war eine lange Zeit, nicht mit ihm zu sprechen. Bei seinen beiden Anrufen war jedes Mal drüben etwas vorgefallen, und wir hatten deshalb nur kurz ›Hallo‹ und ›Tschüs‹ sagen können. Es schmerzte unglaublich, aber was konnte ich schon tun?

Das Telefon neben meinem Bett läutete und läutete, und ich ergriff es so hastig, wie ich nur konnte.

»Hallo.« Seine Stimme fuhr mir direkt bis ins Herz.

Ich musste ihn einfach hören.

»Hallo, wie geht's dir?«

Es folgte ein langes, ausgedehntes Schweigen. »Bist du immer noch wütend auf mich?«

Ich sah zur Decke hinauf, während meine Gefühle mit aller Macht an die Oberfläche rasten.

»Lexi.« Seine Stimme war jetzt leise, jedoch befehlend. »Du magst mich für meine Entscheidung vielleicht hassen, aber ich liebe dich immer noch und ich werde dich auch in Zukunft immer lieben.«

Wegen der Tränen verschwamm mir alles vor den Augen, aber ich brachte es irgendwie fertig, mich zusammenzureißen. »Also, noch sechs weitere Monate?«

»Ja.« Er tat das Thema einfach ab, aber ich hatte jemanden von einer Bombardierung in der vergangenen Nacht sprechen hören. »Was macht das Studium?«

Du meine Güte, wie verschieden waren unsere Welten jetzt! Aus irgendeinem Grund fiel es mir schwer, das Ganze zu verarbeiten.

»Okay«, fügte er hinzu, als ich keine Antwort gab. »Ich werde dir jetzt einfach von meinem gegenwärtigen Leben hier berichten.« Ich schluckte heftig und versuchte, mich zu konzentrieren. »Ich habe neun

Schlafgenossen. Ich stehe bei Sonnenaufgang auf, erledige Übungen, dann gehen wir in den Straßen der Stadt auf Patrouille. Hauptsächlich bekomme ich viele Ziegen zu Gesicht.« Ich grinste bei dieser Bemerkung. »Wenn ich zur Basis zurückkehre, spielen wir viel Karten, Baseball und Fußball, damit die Tage schneller vorübergehen. Was am besten hilft, ist ...« Ein merkwürdiger Laut erklang, und das Telefon klang jetzt komisch. »... das.« Ich wünschte, ich könnte ihn jetzt sehen. »Ich halte gerade dein Foto vor mein Gesicht. Ich vermisse dich – oh, ich vermisse dich so verdammt heftig, Lex. Ich hasse es, dass ich mich nicht von dir verabschieden konnte, aber ich verstehe es andererseits auch. Wenn es etwas zählt, es gefällt mir hier wirklich. Aus irgendwelchen Gründen erscheint mir die Armee unglaublich sinnvoll.«

Ich spürte, dass sich meine Mauern unwillkürlich wiederaufbauten. Es war vielleicht egoistisch, aber ich hatte insgeheim gehofft, dass es ihm dort überhaupt nicht gefallen würde und er deshalb bald wieder würde heimkommen wollen.

»Ich bin zu dem Flugplatz gekommen, Keith. Ich wollte dich noch verabschieden.«

»Wirklich?«

Sein Dad musste gewollt haben, dass ich es ihm selber sage. Dafür sollte ich ihm dankbar sein. Keith räusperte sich jetzt.

»Keith, wenn du fertig bist ...«, sagte auf einmal eine Stimme im Hintergrund, die ziemlich nahe klang. Mein Herz verkrampfte sich sofort. *Nicht schon wieder!*

»Jawohl, Sir«, sagte er, bevor er sich erneut dem Telefonhörer zuwandte. »Entschuldige bitte.«

»Wow.« Ich kam mir irgendwie seltsam vor. »Vermutlich wirst du niemals Brandon sein.«

Er kicherte leise, und erneut hörte ich, dass dort etwas los war. Aber ihm gefiel dieses Leben offensichtlich. »Keine Vornamen in der Armee. Nicht, dass Brandon jemals hängen geblieben wäre.«

Ich lächelte schwach und wünschte mir, ich würde endlich damit aufhören können, auf allem herumzureiten, denn das würde ihm nicht dabei helfen, sicher nach Hause zurückkehren zu können. Ich musste wirklich endlich vernünftig werden.

»Also«, seine Stimme war jetzt ganz leise und vertraulich, »was wolltest du mir denn am Flugplatz sagen?«

Ich leckte mir die Lippen und entschied mich schließlich für die Wahrheit.

»Dass ich sauer auf dich bin, weil du weggehst, und dass ich bis dahin noch nie wegen irgendjemandem so heftig geweint habe.« Er machte ein ersticktes Geräusch, aber ich fuhr fort: »Aber obwohl ich es nicht verstehe … wenn das Ganze etwas ist, was du tun musst, dann … werde ich es versuchen.« Ich lehnte mich gegen die Wand und dachte daran, was er mir zuvor gesagt hatte. »Weil ich dich liebe, Keith, weil ich dich immer geliebt habe und immer lieben werde.«

»Verdammt.« Er brummte jetzt etwas, das ich nicht verstand. »Ich muss los.«

Mir sank das Herz in die Hose. »Okay.«

»Lexi, du musst mir jetzt ganz genau zuhören.« *Es war ein weiterer Abschied, genau das, was ich jetzt brauchte*, dachte ich sarkastisch. »Ich liebe dich, also keine weiteren Abschiede mehr, nur noch ein ›bis demnächst‹.«

Ich legte den Kopf in den Nacken, damit mir nicht die Tränen kamen.

»Ich liebe dich auch. Bis demnächst.«

Die Leitung war plötzlich stumm, er war weg. Er war gerade mitten im Nirgendwo, umgeben von Menschen, die ihn wahrscheinlich tot sehen wollten.

Es brauchte einige Zeit, bis ich meine Gefühle wieder unter Kontrolle bringen konnte. Wie sich herausstellte, benötigte ich länger, als ich gedacht hatte.

*

El: Hey!

El: Kommst du Donnerstag zum Abendessen?

Donnerstag …

El: Hallo?

Später an diesem Abend …

El: Ich kann einfach nicht glauben, dass du nicht zum Abendessen erschienen bist! Ich musste mir irgendeine Geschichte wegen dir aus den Fingern saugen. War ein echt tolles Gefühl. Vielen Dank.

Drei Tage später …

El: Okay, Lexi, was ist los? Wo bist du?

El: Mach gefälligst sofort die Tür auf! Ich komme sonst mit meinem Schlüssel zurück.

Fünf Tage später …

El: Du bist noch niemals zuvor so distanziert mir gegenüber gewesen. Das schmerzt unglaublich.

Mich schmerzte es auch noch immer. Es stimmte, dass wir nie länger als einen Tag ohne eine SMS oder einen Anruf verblieben waren. Also konnte man mich, nachdem sechs Wochen vergangen waren, als schlimmste Schwester der Welt betrachten.

El: Ich möchte dich nicht wegstoßen, daher lasse ich dir deinen Freiraum, aber wir sind Zwillinge, und das heißt, dass ich fühle, was du fühlst. Du spürst Schmerzen, also spüre ich auch Schmerzen. Ehrlich, Lex, es ist einsam ohne dich.

Ich strampelte meine Decken auf den Fußboden hinab und wollte am liebsten auf etwas einschlagen. Ich hasste es ja selbst, dass ich ihn so mied. Das war einfach nicht ich.

Gruppe

Lexi: Um sieben Uhr bei The Burrel?

Fast zeitgleich …

El: Bin um eine Minute nach da.

Ich grinste. *Witzbold.*

Mom: Ja! Ich bin auch da.

Dad: Okay.

Mit einem tiefen Atemzug ließ ich etwas von dem Stress los, dann huschte ich in das Badezimmer, um mich fertig zu machen. Ich musste in dreißig Minuten schon zur Tür hinaus sein.

Bei meiner Ankunft war El bereits da, und er winkte mir aus einer Nische zu. Sobald ich ihn einmal in die Arme geschlossen hatte, konnte ich ihn gar nicht mehr loslassen.

»Das habe ich gebraucht.« Er nahm mich noch fester in die Arme.

Ich küsste ihn auf die Wange. »Ich auch.«

»Oje!«, quietschte Mom hinter mir. »Ich habe dich so vermisst, Alexi!« Sie brach mir fast den Rücken, bevor mein Vater mich mit seiner Umarmung fast erstickte. Nach ein paar Augenblicken ließ er mich aber los und musterte mein Gesicht.

»Vergiss nicht, wenn du je einen Teddybären benötigst …«

Ich lachte und ließ mich von ihrer Wärme auftauen.

»Dann habe ich immer dich, Daddy.«

Er lächelte und strahlte über das ganze Gesicht, und beim Anblick dieses Lächelns fühlte ich mich, als ob ich etwas Wichtiges erreicht hätte.

»Du hast mich doch immer.«

Wir setzten uns um den Tisch herum, und statt mich zu fragen, wie es mir ging, hingen wir einfach nur gemeinsam herum. Wir nahmen unseren Gesprächsfaden dort wieder auf, wo wir ihn vor sieben Wochen fallen gelassen hatten. *Warum sollte sich jemand einer solchen Liebe entziehen wollen?* Das war ein großartiger Weckruf. Es war dringend an der Zeit weiterzumachen, und wenn ich ihn liebte, musste ich damit klarkommen, und das tat ich. Also …

*

Mein Handy surrte, und zwar ununterbrochen.

Ich tastete verschlafen auf dem Nachttisch herum. *Wer um alles in der Welt schrieb um drei Uhr nachts eine SMS?* Wenigstens pochte es nicht mehr in meinem Kopf. Das Essen mit meiner Familie am vergangenen Abend war genau das gewesen, was ich gebraucht hatte.

El: Notruf.

El: Aufwachen!

El: Bitte, Lexi! Melde dich.

El: GEH AN DEIN TELEFON!

Was ist passiert?

Hastig meldete ich mich auf das beharrliche Klingeln hin.

»Das sollte jetzt besser wichtig sein.«

»Lexi? Verflucht, endlich.«

»El?« Bei seinem Tonfall setzte ich mich sofort kerzengerade hin. »Was ist los?«

Schweigen. Dann hörte ich plötzlich das charakteristische Geräusch eines Arzt-Pagers.

»Warum bist du im Krankenhaus?«

Ein Schluchzen kam jetzt durch die Leitung, und mein Herz hätte fast aufgehört zu schlagen.

»Mom, Dad«, schrie er, wobei seine Stimme versagte. Bei seinem unheimlichen Schrei gefror mein Blut sofort zu Eis. »Sie haben auf dem Heimweg vom Abendessen noch kurz an einer Tankstelle gehalten, und jemand … hat sie einfach … erschossen.«

Ein tiefer Schmerz breitete sich daraufhin auf meiner Haut aus und stach mich direkt in die Mitte des Herzens. Alles um mich herum schmolz dahin. Ich lag im Dunkeln auf meinem Bett und mir fehlten komplett die Worte.

»Alexi, du musst unbedingt sofort ins Krankenhaus kommen und mir helfen.«

»Wo?« Ich brachte das Wort kaum heraus.

»Boston Memorial.«

Ich ließ das Handy fallen und zog mich in aller Eile an. Meine Hände waren wie taub, als ich mir meine Leggins überstreifte.

»Was ist los?« Jaci sah blinzelnd in das Licht, das ich eingeschaltet hatte.

Ich schnappte mir die Schlüssel und ging einfach wortlos aus dem Zimmer.

Keith

»Johnson! Räum gefälligst deinen Scheiß weg!«, brüllte ich einem meiner Schlafgenossen zu. Ich war es leid, ständig über seine Sachen zu stolpern.

Er nickte nur knapp, bevor er seine Sachen zusammenfaltete. Bei meiner Ankunft, direkt vom Bataillon aus, hatte es Schwierigkeiten in meiner neuen Einheit gegeben. Aus irgendeinem Grund hatte Snider offenbar ein Problem mit mir. Ich brauchte nicht lange, bis ich begriff, dass ich mich um mich selbst kümmern musste. Als er das nächste Mal auf mich losging, knallte ich ihm einfach eins auf die Luftröhre und hieb ihm anschließend den Ellbogen in den Brustkorb. Nicht so heftig, dass seine Rippen brachen, aber doch heftig genug, dass er blaue Flecken bekam. Wie sich herausstellte, war ich offenbar ein Schnelllerner im Kampf Mann gegen Mann.

Jetzt respektierten mich die Männer, und das war alles, was ich je gewollt hatte.

Ich rannte nun zum Truck und wollte gerade meine Schicht antreten.

»Keith!« Greens Stimme kam knisternd über den Funk. »Links!«

Ich hob mein Fernglas und sah aufmerksam am Berggipfel entlang. Henderson stöhnte, während er seine Mahlzeit in einem kleinen Erdloch erbrach, das er gegraben hatte. Zum Glück hatten wir für eine kurze Pause angehalten, bevor ihm übel geworden war. Wir waren jetzt seit zwei Stunden auf der Straße, mein Mund war trocken und meine Lippen waren rissig. Sogar meine Zähne fühlten sich schon sandig an.

Ich wusste aber, dass Stehenbleiben nach wie vor die schlechteste Lösung war. Es war immer sicherer, ein bewegliches Ziel zu bleiben. Wir mussten uns also wirklich unbedingt in Bewegung setzen.

Auf dem Bauch liegend unter dem Truck und mit aufgestützten Ellbogen war ich genügend gedeckt, um nicht gesehen zu werden. Ich drückte jetzt mit der Schulter auf den Rufknopf und brummte: »Bislang ist alles in Ordnung.«

»Henderson, drei Uhr«, befahl Green aus etwa sechs Metern Entfernung links von mir. Er und Henderson lagen in irgendeinem Gebüsch versteckt.

Henderson in seinem benommenen Zustand lachte nun in den Funk hinein. »Ah.«

»Sorry, ich habe nichts verstanden. Richtet da nun gerade ein Feind ein Gewehr auf uns oder nicht?«, scherzte Green.

Mic und Joe, zwei weitere Männer unserer Einheit, rannten nun zu ihnen und gingen in Deckung, während ich ihren Weg aufmerksam verfolgte. Sie schoben sich jetzt auf ein höheres Gelände, um nachsehen zu können, was vor uns lag.

»Alles klar«, warf Mic über Funk ein. »Keith, wir kommen jetzt zu deiner …«

BUMM!

Der Knall war so ohrenbetäubend, dass er meine Realität einfach so wegfegte. Meine Hände, Arme, Beine, Füße und sämtliche Körperteile fühlten sich auf einmal wie unabhängig von meinem Körper an. Der Krach war ein Gefühl wie eine Flüssigkeit, die sich in Schockwellen über mich hinwegwälzte. Ich presste die Augen zu, damit kein Sand hineingeriet. Meine Zunge rammte ich gegen die Zähne, um ein Polster zu haben, und wartete trotz des entsetzlichen Schmerzes einfach ab.

Ich wusste nicht, wie lange es dauerte, bis ich wieder zu mir kam. Meine Lungen brannten wie Feuer, und irgendetwas roch absolut schrecklich.

»*Yalla!*«

Bei dem Schrei fuhr mein Körper sofort ruckartig in die Höhe und versteifte sich. Das war Arabisch gewesen und hieß »Beeilung«. In diesem Augenblick trat ein Stiefelpaar von einem Hummer herab und rannte auf die Straße zu. *War ich immer noch bewaffnet?* Mein linker Arm fuhr um mein linkes Bein herum und ertastete dort mein Messer. Na ja, das war zumindest eine Waffe, falls sie zurückkehren sollten.

Ich wusste nicht, was genau geschehen war, aber ich würde den Teufel tun und irgendwelche plötzlichen Bewegungen machen. Daher konzentrierte ich mich für die nächsten zehn Minuten erst einmal nur darauf, mich davon zu überzeugen, dass mein Körper noch voll funktionsfähig war. Außer meiner Schulter war aber anscheinend alles in Ordnung.

Auf den Unterarmen schob ich mich behutsam unter dem Truck hervor und stellte mich dann auf meine zitternden Beine. Mein Gleichgewichtssinn war offenbar vollkommen hinüber, und in meinem Kopf pulsierte es heftig. *Was ist da gerade passiert, zum Teufel?* Verwirrung konnte eine echt knifflige Sache sein. Wie zum Beispiel die folgenden Fragen: *Bewegst du dich? Oder rührst dich gerade nicht vom Fleck? Bist du noch immer in Gefahr? Oder solltest du dich lieber sofort in Bewegung setzen und deinen Kumpels helfen, die sich nicht bewegten?* So viel hing davon ab, was geschehen war.

»Keith!« Beim Klang von Greens schmerzverzerrter Stimme fuhr ich sofort herum und sah ihn stolpernd auf mich zukommen. Heilige Scheiße, er hatte nur noch einen halben Arm! Sein Körper war blutverschmiert und seine exponierten Muskeln zuckten unentwegt. »Wo sind die anderen?«

Ich schlug ihm mit den Handflächen gegen die Brust, als er auf mich zufiel. Sein Gesicht war weiß wie ein Laken und Schweißperlen überzogen seine Stirn.

Alles stürzte jetzt auf mich ein. Ich ließ Green vorsichtig zu Boden sinken und zwang mich dann, mich mit schweren Beinen auf die Suche nach den anderen Soldaten zu begeben. In der Ferne vernahm ich das Knattern von Rotoren und blickte deshalb unwillkürlich auf, stolperte jedoch im gleichen Augenblick über etwas.

»Scheiße!«, schrie ich erschrocken und jaulte auf, als ich rasch von Hendersons Rumpf zurücktrat. Sein Kopf lag ein paar Meter entfernt.

»Mic!« Joe nahm die Hand seines Freundes und rollte ihn vorsichtig auf die Seite. »Mic, wach doch auf!«

In meinem benommenen Zustand fiel ich auf die Knie und untersuchte die beiden. Mic war ganz offensichtlich tot, und Joe fehlte ein Fuß.

Plötzlich blitzte links von mir etwas auf. Ich nahm Mic hastig sein Gewehr ab und hielt es mir genau vor das Gesicht.

Mein Herz schlug gleichmäßig, die Schreie meiner Männer verstummten und der Schmerz in meinem Kopf verschwand ebenfalls. Ich glitt automatisch in den Überlebensmodus. Auf den Knien bleibend, durchsuchte ich aufmerksam das Gebiet mit meinen Blicken und wartete.

Ich spürte den Beginn des Prickelns unten am Rückgrat, und es breitete sich aus wie Milch, die meine geschwollenen Muskeln bedeckte. Mein Gehirn war plötzlich hellwach, aber alles sah vollkommen in Ordnung aus.

Zisch! Zisch!

Zwei Kugeln peitschten an meinem Ohr vorbei, und ich sprang über Mic hinweg, um Joe abschirmen zu können.

»Halb fünf!« Green, der in sich zusammengesunken war, rief mir die Richtung zu.

Ich fuhr herum, sah das Schwein, und ohne zu überlegen betätigte ich den Abzug. Ich schoss, und er fiel nach hinten.

Zwei weitere Männer zeigten sich nun, und ich legte sie einfach um, ohne groß darüber nachzudenken.

»Keith!«, kreischte jetzt Joe, als ein Typ auf mich zurannte.

Ich drehte mich um und schoss ihm zweimal in das Gesicht.

»Ahh! Noch jemand?«, schrie ich mehr aus Erleichterung als aus irgendeinem anderen Grund. Ich kehrte hastig zu Joe zurück, der immer noch versuchte, Mic aufzuwecken.

»Lehn dich zurück«, befahl ich ihm. Als er nicht hören wollte, zog ich ihre Hände einfach auseinander. »Joe, er ist tot! Wenn du mich jetzt nicht deine Wunde verbinden lässt, bist du es ebenfalls bald.«

Schließlich nickte er und sah beiseite, die Augen fest zusammengekniffen. Ich arbeitete schnell und konzentrierte mich vollkommen auf das, was ich vor mir hatte, und darauf, welche Ressourcen uns noch zur Verfügung standen, um hier wieder rauszukommen.

»Wow!«, Joes Gesicht hellte sich auf einmal auf. »Es ist so nah.«

Ich wollte gar nicht wissen, was er gerade sah. Wenn er gleich etwas von einem weißen Licht erzählen würde, würde ich ihm eine heftige Ohrfeige versetzen müssen.

Erde flog mir auf einmal in das Gesicht, blendete mich, und einen Augenblick später hoben mich plötzlich Hände hoch und halfen mir auf die Beine. Der einzige Grund, weshalb ich mich nicht dagegen wehrte, war die amerikanische Flagge auf seiner Schulter. Wir alle wurden hastig in einen Helikopter hineinbefördert, und schon kurze Zeit später waren wir in der Luft.

Ich sah den Truck daraufhin immer kleiner werden. Joe starrte durch das Fenster des Helikopters in den Himmel, und Green war bewusstlos. Henderson und Mic lagen zusammen auf der Seite. Jemand hatte eine Decke über sie geworfen.

»Wie?« Ich formte das Wort nur stumm mit dem Mund. *Wie waren sie so rasch hergekommen?*

»Delta drei hat den Überfall gesehen und uns über Funk Bescheid gegeben.«

Ich sank in die Ecke und versuchte zu verstehen, warum gerade ich verschont geblieben war. Ich stellte mir vor, ich könnte die Zeit anhalten. Ich sah ein glattes Bettlaken vor mir. Das Leben verstrich vollkommen glatt, nur hie und da warf es mal ein paar Falten. Doch dann kommt plötzlich jemand daher und zieht die Mitte einfach hoch, sodass das Leben rasch an einem vorbeirast. Ereignisse, Überfälle, Verluste, alles beschleunigt sich ganz ohne Vorwarnung. Dann glättet es sich ebenso schnell wieder, wie es sich beschleunigt hat, und alles geht mit normaler Geschwindigkeit weiter. Das einzige Problem dabei war lediglich, dass mein Kopf in dieser Zeit immer noch versuchte zu verarbeiten, was um Himmels willen gerade bloß geschehen war.

Wie kam es, dass man in dem einen Augenblick ums Überleben kämpfte und schon im nächsten alles vorüber war? Wie kam es, dass dieser Fehler nicht repariert worden war, als derjenige, wer auch immer es war, uns erschaffen hat? Mein Kopf schmerzte unerträglich.

Durch die Vibration des Hubschraubers tauchte Mics Gesicht plötzlich unter der schweren Decke auf. Ich starrte es einen Moment lang an, dann schloss ich die Augen und gab mir Mühe, in Gedanken alles so gut zu verarbeiten, wie es eben möglich war.

Nach einigen Tagen im Krankenhaus und einigen psychologischen Tests wurde ich mit der Auflage entlassen, die nächsten paar Tage in der Basis zu bleiben. Ich wusste nicht genau, warum mein Kopf, der so durcheinander gewesen war, jetzt plötzlich wieder vollkommen klar war. Der Nebel der Verwirrung hatte sich gehoben und ich fühlte mich erstaunlich gut. Ich war absolut in Ordnung.

Ich schnappte mir eine Flasche Bier, machte mich zu den Panzern auf und bestieg einen davon. Von dort aus konnte man nämlich sehr gut die Sterne erkennen und man hatte außerdem einen guten Ausblick über die umzäunte Basis.

Green und Joe würden wieder in Ordnung kommen, aber sie hatten noch einen langen schmerzhaften Weg vor sich. Henderson und Mic hingegen waren in ihren Holzkisten auf dem Heimweg.

Heim.

Ich hielt den Flaschenverschluss an die Kante des Trucks, schlug den Kronkorken mit einer geübten Bewegung herunter und nahm dann meinen ersten Schluck Bier seit meiner Ankunft hier. *Oh, schmeckte das gut!*

»Ich dachte immer, nur ich würde hierherkommen.« Ein Mann, den ich hier schon einige Male flüchtig gesehen hatte, stand jetzt vor dem Radkasten. Er war keiner von uns, er war ein General. Ich setzte mich deshalb unwillkürlich etwas gerader hin, um meinen Respekt zu zeigen.

»Sie sehen ehrlich gesagt aus, als würden Sie es mehr als ich nötig haben.« Er lächelte.

An ihm war etwas Echtes, Wahrhaftiges. Ich schlug den Kronkorken einer weiteren Flasche herunter und bot sie ihm an.

»Danke.« Er nickte, bevor er mühelos auf den Reifen sprang und sich locker hochzog. Er nahm das kühle Bier entgegen und schlug die Flasche leicht gegen meine. »General Logan.«

»Gefreiter Keith.«

»Ich weiß, wer Sie sind, Gefreiter.« Er blickte mit schmalen Augen in den klaren Himmel hinauf. »Ich hatte Sie bereits seit Ihrer Ankunft hier im Blick. Was neulich passiert ist, war wirklich übel, aber Ihr Umgang damit war äußerst beeindruckend.«

»Mit allem schuldigen Respekt, General, ich habe vier Männer getötet und zwei meiner eigenen sterben lassen, und die anderen werden nie wieder ihren Dienst aufnehmen können. Ich bin mir deshalb nicht sicher, wieso man das für beeindruckend halten könnte.«

Er knibbelte jetzt an der Kante des Etiketts. Er zog es nicht ganz ab, sondern fuhr einfach nur mit dem Daumen darüber, als würde er über die Saiten einer Gitarre streichen.

»Sie waren der Einzige, der übrig geblieben ist und in der Lage war zu kämpfen, und das haben Sie – ohne zu zögern – getan. Die Männer können vielleicht nicht mehr dienen, aber sie werden nach Hause zu ihren Familien zurückkehren können, und das nur wegen Ihnen.« Er sah mich an, und sein Ausdruck veränderte sich nun. »Es tut mir leid wegen Henderson und Mic.«

Ich wusste es zu würdigen, dass er ihre Namen kannte. Ich nickte und nahm einen weiteren Schluck zu ihrem Gedächtnis. Sie waren gute Männer und gute Freunde gewesen.

»Es ist immer schwer, jemanden zu verlieren. Manchmal setzt es einem allerdings wesentlich härter zu, wenn man hier drüben ist. Man hat dann keine Zeit zu trauern, und wenn ja, ist es nicht so wie gewohnt. Wenn Sie also damit zu kämpfen haben, ist das vollkommen normal. Warum kommen Sie Freitagabend nicht mal mit zu uns auf den Höhenrücken? Wir haben nämlich unsere ganz eigene Art und Weise, Abschied zu nehmen.«

Der General stellte seine leere Flasche vor mich hin, bevor er sich die Hände rieb, und ich spürte, wie die Stimmung sich plötzlich änderte. »Haben Sie je an einen Job bei den Spezialkräften gedacht?«

»Das habe ich irgendwann mal vor, ja.«

»Warum treffen wir uns nicht morgen in meiner Basis und besprechen ein paar Dinge? Sie haben diese Woche doch noch frei. Es wird also keine Rolle spielen, ob Sie in dieser Basis oder in meiner sind.«

Das war wenigstens etwas, das meine Gedanken beschäftigt halten würde.

»Natürlich.«

»Der Hubschrauber wird um acht Uhr hier sein.«

Kapitel sechs

Ich sprang hinab und lief unter den Rotoren hervor, dann zeigte ich dem Piloten höflich mit dem erhobenen Daumen, dass er wieder abheben konnte. Ich brauchte nur einen kurzen Moment, um zu spüren, dass die Atmosphäre der Basis nicht in Ordnung war.

»Hey.« Ich trat einem Soldaten in den Weg. »Was ist passiert?«

»USBV haben drei weitere von uns getötet«, knurrte er, bevor er davoneilte.

Scheiße.

»Keith!« Mein Sergeant winkte mich hastig zu sich. Ich rannte zu ihm. Er starrte gerade auf drei Computerbildschirme, auf denen Nachrichtensprecher die Ereignisse des heutigen Tages verlasen.

»Oh mein Gott!«

»Du musst morgen leider schon wieder raus. Bis Ersatz kommt, sind wir etwas knapp an Personal.« Er betrachtete mich aufmerksam über die Schulter. »Du hast den Männern gezeigt, dass du dich im Feld clever verhalten kannst. Wir brauchen unbedingt mehr davon.«

Mit einem raschen Nicken wartete ich, ob er mir noch mehr sagen würde.

»Keith«, rief plötzlich jemand hinter uns. »Das ist vorhin für dich reingekommen.«

Ich beugte mich vor und nahm das Stück Papier entgegen.

Ruf mich so bald wie möglich an – Lexi
Ruf unbedingt zu Hause an – Dad

Mir drehte sich sofort der Magen um, als ich um Erlaubnis bat, das Satellitentelefon benutzen zu dürfen. Ich trat in einen benachbarten Raum und wählte so schnell ich konnte ihre Nummer.

»Hallo?« Ihre Stimme war leise und klang brüchig.

»Lexi, was ist los?«

Ein seltsames Geräusch ertönte, bevor ich hörte, wie sie gequält schrie: »Sie sind tot, Keith, sie sind beide tot!«

Meine Augen fuhren zur Decke hoch. »Wer? Wer ist tot, Lex?«

»Meine Eltern. Sie sind erschossen worden.«

Ein gewaltiger Kloß stieg in meiner Kehle hoch, während ich darum kämpfte, nicht die Fassung zu verlieren. »Oh, mein Gott, Liebes! Ich … ich weiß nicht, was ich sagen soll. Wann?«

»Vor zwei Tagen.«

»Was in Gottes Namen ist passiert?«

Weitere leise Schluchzer drangen an meine pochenden Ohren. Ich drückte mir die Hand auf die Brust, um mein wild klopfendes Herz zu beruhigen. Verzweifelt versuchte ich, alles zu verarbeiten.

»Keith.« Eine Pause. »Du musst unbedingt nach Hause kommen.«

Scheiße.

»Elliot hat vollkommen dicht gemacht und verschwindet immer wieder. Wir haben nur Familienmitglieder hier, die wir nicht mal kennen. Sie tatschen ungefragt alles an – es ist einfach nur ein riesengroßer Schlamassel.« Sie bekam jetzt einen Schluckauf, weil sie immer wieder schluchzen musste. »Ich habe das Gefühl, als würde ich mich immer schneller um mich selbst drehen, und wenn es irgendwann aufhören sollte, dann weiß ich nicht genau, was dann noch vorhanden ist. Ich brauche dich jetzt wirklich hier, Keith.«

Scheiße, Scheiße, Scheiße! Ich entfernte mich noch weiter von den lauschenden Ohren.

»Lexi, es gibt keinen Ort, an dem ich nicht lieber wäre, als gerade jetzt bei dir.« Ich holte tief Luft, weil ich wusste, dass die folgenden Worte sie noch weiter zerschmettern würden. »Aber es hat … Probleme hier gegeben, und wir sind momentan knapp an Männern. Wir ziehen gerade alle Doppelschichten durch, bis die Neuen eintreffen. Ich kann also leider nicht sofort nach Hause kommen. Ich möchte es wirklich und ich werde daran arbeiten, aber ich kann's einfach nicht.«

»Lexi?« Im Hintergrund erkannte ich jetzt eine vertraute Stimme, und ich zermarterte mir den Kopf, um sie irgendwo unterzubringen. »Können wir kurz reden?«

Sie stieß einen tiefen Seufzer aus. »Bitte, Keith, gib dir Mühe. Ich brauche dich jetzt wirklich.«

Ich wollte gerade fragen, wer da bei ihr war, aber ich entschloss mich, lieber nicht die Karte »eifersüchtiger Freund« auszuspielen. Lexi hatte mir schließlich nie Grund zum Misstrauen gegeben.

»Du hast mein Wort. Ich liebe dich, Lexi. Bis später.«

»Ich liebe dich auch.«

Die Verbindung war jetzt beendet, und ich stand vollkommen schockiert und verwirrt da.

Ich brauchte einen Moment, um mich zu sammeln, damit ich etwas Nettes in meiner Art des Gebets über ihre Eltern sagen konnte. Sie waren wirklich wunderbare Menschen gewesen, die ihre Kinder bedingungslos geliebt hatten.

Ich rief noch schnell meine eigenen Eltern an, um sie zu bitten, so häufig wie nur möglich nach Lexi zu sehen. Wie sich herausstellte, war Mom bereits mit einer Flasche Wein und etwas zu essen zu ihr unterwegs.

»Konzentriere du dich erst einmal auf deine eigene Sicherheit, mein Sohn.« Mein Vater räusperte sich. Ich wusste, dass er gerade die Nachrichten sah. »Wir kümmern uns in der Zwischenzeit um Lexi. Du sorgst bitte nur dafür, dass du unversehrt nach Hause zurückkehrst.«

»Ich liebe dich, Dad.«

»Ich liebe dich auch, mein Sohn, und ich bin sehr stolz auf dich.«

Ich versuchte, meine Schuldgefühle beiseitezuschieben und mich stattdessen an der Stimme meines Vaters zu erfreuen. Er war stets mein Fels in der Brandung gewesen und ich konnte mir ein Leben ohne ihn nicht vorstellen.

Oh, Lexi. Ich wünschte, ich könnte dich jetzt im Arm halten!

*

Einige meiner Kumpels, die sich von den letzten Überfällen erholen wollten, versammelten sich nun draußen vor der Cafeteria. Plötzlich fiel mir etwas ein. Es war Freitagabend. Also nahm ich eine Flasche Wasser und ging zu ihnen hinaus.

Der Sergeant kam in einem grünen Truck vorgefahren, und wir alle sprangen sofort auf die Ladefläche. Auf dem Weg hinüber wurde nicht viel gesprochen. Die meisten von uns starrten auf ihre Füße.

Die Stimmung war extrem gedrückt, und ich fragte mich, ob es in der restlichen Zeit, die ich noch hier sein würde, genau so weitergehen würde.

Ich hatte keine Ahnung, wohin wir fuhren, aber dass wir ohne Angst vor einer USBV dahinfuhren, sorgte dafür, dass ich mich ein wenig entspannte und endlich in der Lage war, etwas von dem Gefühl der Schwere abzuschütteln.

Sobald wir in der äußersten rechten Ecke der Basis angekommen waren, blieben wir am Fuß eines hohen Berges stehen. Man konnte in der Ferne den Gipfel erkennen. Beim Hinausspringen sah ich, dass vier Männer bereits ein loderndes Feuer entzündet und Kästen mit Bier hergebracht hatten.

»Sie sind auch hergekommen.« General Logan nickte mir freundlich zu und trat dann an meine Seite.

»Ja.« Er reichte mir ein Bier. »Vielen Dank, Sir.«

»Ich habe gehört, Sie haben gestern einen beunruhigenden Anruf erhalten.«

Woher wusste er das?

»Ja.« Ich schob den Schmerz mit aller Macht zurück. »Die Eltern meiner Freundin sind an einer Tankstelle ermordet worden.«

»Das tut mir wirklich sehr leid, mein Sohn.« Seine Stimme war ernst, und ich spürte, dass er es wirklich so meinte. Je mehr ich diesen General kennenlernte, desto sympathischer fand ich ihn. »Wie kommt sie denn damit zurecht?«

»Nicht wirklich sonderlich gut.«

»Was für eine Ironie, dass unsere Lieben auch daheim sinnlos getötet werden, nicht wahr? So etwas sollte man doch eigentlich hier, an diesem gottverlassenen Ort, erwarten.«

»Schon verstanden. Manchmal ergibt es einfach keinen Sinn, überhaupt keinen Sinn.«

Ein Gefreiter stieg nun auf die Kante der Klippe und wartete, bis wir alle still wurden.

»Hallo.« Seine Stimme hatte einen schweren Akzent. »Ich bin Gefreiter Tikaani, was ›Wolf‹ bedeutet, und stamme aus Alaska.« Er räusperte sich. »Vielen Dank für euer Kommen heute Abend. Ich weiß, dass viele von uns in letzter Zeit einige enge Freunde verloren haben und sogar Familienangehörige. Wir können gerade leider nicht gemeinsam mit unseren Lieben trauern, also dachte ich mir, es wäre doch schön, wenn wir uns auf eine andere Art und Weise verabschieden könnten.«

Ich trat nun näher heran, damit ich ihn besser hören konnte.

»In meiner Familie würden wir uns in diesem Fall um die Elemente des Lebens versammeln.« Er nahm etwas Erde in die Hand und ließ sie bedächtig zu Boden rieseln. »Wir haben Erde, Luft, Feuer und Wasser.« Er zeigte mit einem Lächeln auf sein Bier, und ein paar kicherten.

»Im Augenblick sind wir eins mit dem Universum, deshalb ist es jetzt an der Zeit, den Schmerz loszulassen und ihre Energie freizugeben.« Daraufhin zeigte er zum Himmel. »Wir haben die Seelen unserer Vorfahren, die unsere Lieben bei ihrer nächsten Fahrt unterstützen. Normalerweise würden wir uns jetzt alle in einen Kreis setzen und Geschichten über unsere verlorenen Lieben erzählen, aber manchmal reicht das nicht aus, manchmal müssen wir dem System einen Stoß versetzen.«

Erneut lächelte er, und gleich darauf ertönte hinter uns ein lauter Knall. Wir alle fuhren erschrocken zusammen, nur um dann in lautes Gelächter auszubrechen, als ein strahlend grünes Feuer in die Höhe schoss und in eine unendliche Zahl Funken zerbarst.

General Logan schlug mir daraufhin mit einem Lachen auf die Schulter, dann sahen wir immer mehr Raketen in den Nachthimmel steigen.

Tikaani hatte recht. Wir mussten dem System einen Stoß versetzen, um loslassen und weiterziehen zu können.

Anschließend stellte ich ihm Fragen und merkte schnell, wie viel ich durch ihn lernte. Mir gefiel Tikaanis Sichtweise auf das Leben. Sie war erfrischend und sinnig. Er schenkte mir neue Hoffnung in einer ansonsten so hoffnungslosen Lage. Ich erklärte ihm jetzt meine Situation mit Lexi, und er schien eine großartige Schulter zu sein, an die ich mich anlehnen konnte.

*

Die nächsten paar Monate rasten nur so vorbei. Ich bat regelmäßig um eine Versetzung in die Heimat, aber da Lexi nicht meine Ehefrau war oder zu meiner unmittelbaren Familie gehörte – und wegen der akuten Knappheit an Männern –, wollten sie es leider nicht einmal in Erwägung ziehen. Ungeachtet dessen waren die Ablehnungen für mich sehr schwer.

Ein guter Soldat zu sein, hatte eindeutig sein Für und Wider. Alle hatten einen dann nämlich auf dem Schirm, und deswegen erhielt man die vielfältigsten Aufgaben zugewiesen. Mir blieb kaum ein Augenblick zum Innehalten und ich ertappte mich oft dabei, wie ein Zombie umherzutrotten. Das Bett war meine einzige Rettung.

Ich versuchte, Lexi regelmäßig anzurufen, wusste jedoch ehrlich gesagt nicht, was ich ihr bei diesen Gesprächen erzählen sollte. Ich wusste, dass es für sie jedes Mal schwerer wurde, wenn wir aufgelegt hatten.

Also bemühte ich mich darum zu erfahren, was als Nächstes zu tun war, und glaubte, einiges erklären zu können, wenn ich erst einmal nach Hause zurückgekehrt war und sie in meinen Armen lag und mich in Sicherheit wusste.

General Logan war mittlerweile anscheinend immer in meiner Nähe. Er sagte zwar nie viel, aber ich merkte, dass er mich offenbar gern für seine Spezialeinheit rekrutieren wollte. Ich wusste, dass er irgendwo so etwas wie eine private Basis mitten im Land hatte. Die Details mussten wir nicht wissen, sagte er stets, und ich würde sie nur dann erfahren, wenn ich interessiert und bereit dafür wäre. Ich war mir durchaus bewusst, dass ich noch lange nicht bereit zu so etwas war und dass ich zunächst erst einmal ein paar Jahre in Washington dienen müsste. Ich musste noch viel mehr lernen. Abgesehen davon würde ein Beitritt zu seiner Armee bedeuten, dass ich komplett dorthin ziehen müsste, und das war in meinen Plänen derzeit nicht vorgesehen. Ich wollte Lexi nämlich bitten, mich zu heiraten, und über so eine bedeutsame Entscheidung musste ich mit ihr zuvor natürlich erst einmal in aller Ruhe sprechen. In diese Falle wollte ich nämlich auf keinen Fall noch einmal tappen.

Ich öffnete jetzt die kleine Holzschachtel und legte einen leuchtend grünen Stein hinein, den Tikaani mir geschenkt hatte. Er hatte mir erklärt, dieser würde bei seinem Volk *Hoffnung* bedeuten, und im Innern der Box befand sich außerdem noch ein kleiner Zettel. Blumen waren auf den geschwungenen Deckel geschnitzt und kleine Ringe liefen um die Kante herum. Ich verschloss ihn mit dem winzigen daran angebrachten Haken, verpackte ihn in eine Kaugummiumhüllung und steckte die Schachtel anschließend in einen Umschlag. Diesen reichte ich an meinen Kumpel weiter, der ihn zur ausgehenden Post legen würde. Ich mochte vielleicht gerade Tausende Meilen entfernt sein, aber sie würde auf diese Weise wenigstens wissen, dass ich an sie dachte.

»Keith.« Mein Sergeant stand nun in der Tür meines Flurs. »Ich muss dringend mit dir reden.«

Lexi

Meine Gefühle waren fast komplett erloschen. Ich stand auf, ging zur Uni, wo ich nicht viel vom Lehrinhalt behielt, und kehrte dann nach Hause zurück. Anschließend schlief ich, und alles ging wieder von vorn los. Elliot sah ich in dieser Zeit kaum noch. Er hing jetzt dauernd mit Antonio und seinen Leuten herum. Vermutlich halfen sie ihm dabei, mit der ganzen Sache zurechtzukommen. Offen gestanden jagten mir die *Almas Perdidas* eine Scheißangst ein. Sie waren eine richtig fiese Straßengang mit Verbindungen zu den Crips in L.A. Antonio war bereits zweimal wegen Mordes festgenommen worden, aber irgendwie war es dann auf einmal doch immer jemand anderes gewesen, der den Mord begangen hatte. Seinen Bruder Juan hingegen mochte ich. Er war häufig in meiner Nähe gewesen und hatte dafür gesorgt, dass es mir gut ging, und dafür war ich ihm sehr dankbar.

Mein Finger grub sich jetzt unter die Lasche und fuhr über das klebrige Papier, um den Brief herauszuholen. Dieser hatte schon seit drei Tagen auf meiner Arbeitsfläche gelegen. Er kam von meiner Uni, und ich hatte leider schon eine ziemlich genaue Vorstellung davon, um was es darin ging.

Wir bedauern, Ihnen mitteilen zu müssen, dass Sie aus vier Ihrer Seminare ausgeschlossen worden sind.

Daher müssen Sie sich im kommenden Jahr neu einschreiben.

Natürlich, ein Scheißdreck kommt zum anderen. Ich rieb mir frustriert den Kopf und gab mir alle Mühe, nicht wieder in der Einsamkeit zu ertrinken. Es war ein beständiger Kampf, seit ich in mein Elternhaus zurückgezogen war. Es war allerdings die richtige Entscheidung gewesen, da ich irgendwann einen entfernten Cousin aufgetrieben hatte, der eines Nachmittags die Finanzen meines Vaters durchgegangen war. Es hatte nicht lange gedauert, bis ich begriffen hatte, dass ich jetzt niemanden mehr hatte außer Elliot. Die letzte Mahnung, die Hypothek begleichen zu müssen, verfolgte mich schon bis in den Schlaf, und ich wusste genau, es war nur noch eine Frage der Zeit, bis ich das Haus würde verkaufen müssen. Alles fiel auseinander, nicht nur innerlich, sondern jetzt auch noch äußerlich.

Mein Handy vibrierte und mir drehte sich augenblicklich der Magen um, als ich es in die Hand nahm.

Jessica: Hi, Liebling, ich wollte mich nur vergewissern, dass es dir gut geht, nachdem wir über Keith gesprochen haben. Ich weiß, es ist schwer, aber er hatte leider keine Wahl. Ruf mich an, wann immer du willst. Wir lieben dich, Lexi. Xo.

Mein Herz verkrampfte sich und der Schmerz überfiel mich jetzt mit voller Wucht. Ich hasste einfach alles an der Armee. Ich hasste es, dass Keith weggegangen war, und dass er sich freiwillig einer andauernden Gefahr aussetzte, machte mich wahnsinnig, und jetzt sagte er mir auch noch, dass er noch zwei Monate zusätzlich würde dortbleiben müssen!

Ich sprang von der Arbeitsfläche und legte den Kopf auf den kühlen Marmor. Ich wollte am liebsten weinen und auf etwas einschlagen, und das alles gleichzeitig. Das Leben war einfach nicht fair. Dieses ganze Desaster war ganz allein mein Werk. Wenn ich nicht in diesem Büro gewesen und Zeugin dieses schrecklichen, sadistischen Scheißdrecks geworden wäre, dann würde meine Familie nach wie vor glücklich und zufrieden in Kanada leben.

Aber du hättest dann auch keinen Keith, erinnerte mich mein Bewusstsein. *Zur Hölle damit!* Ich wollte ihn jetzt sowieso nicht mehr haben.

Mein Blick glitt zu der kleinen Holzschachtel, die gestern in der Post gewesen war. Ich hatte mich noch nicht dazu überwinden können, die Notiz zu lesen, aber der Stein war wirklich prachtvoll, und ich hoffte, dass ich daraus eines Tages eine Halskette anfertigen lassen könnte. Es war ein wohlüberlegtes Geschenk von ihm gewesen und ich würde es auf ewig zu schätzen wissen. Keith war immer so aufmerksam, wurde mir bewusst, woraufhin erneut ein Schwall Ärger das gute Gefühl beiseitestieß und meine Gefühle übernahm.

Alle anderen machten anscheinend einfach weiter, nur ich steckte fest mit meinen Erinnerungen an den Tod und ohne jemanden, der sich genügend um mich sorgte, um mir aus dieser furchtbaren Situation herauszuhelfen. Selbst Elliot war jetzt ständig mit seinen neuen Kumpanen und diesem *Mädchen* unterwegs.

Nichts davon war fair! Ich trat wütend gegen die Anrichte hinter mir. Eine Schublade flog daraufhin heraus und knallte zu Boden.

Ich fiel seufzend auf die Knie und fing an, die herausgefallenen Sachen aufzuheben, hielt aber inne, als ich auf einmal ein kleines schwarzes Täschchen entdeckte. Neugierig öffnete ich es, und mir fielen plötzlich drei Joints in die Hand. *Oh, Dad!*

Mit einem Glas Wein und einem Joint zwischen den Fingern ging ich hinaus auf die hintere Veranda und rollte mich dort auf einem dick gepolsterten Sessel zusammen. Der Hinterhof erlaubte den Blick auf einen kleinen Teich, den wir mit drei anderen Häusern teilten. Es war extrem friedvoll und genau das, was ich in diesem Augenblick brauchte. Ich zündete den Joint an und sah dabei zu, wie die orangefarbene Flamme den grünen Pot wegfraß. Ich inhalierte tief, sog den Rauch in die Lungen und wartete dann auf den Trip, der hoffentlich bald käme, denn alles war besser als das Gefühl von Ärger, das sich in den letzten anderthalb Monaten fortwährend in mir aufgebaut hatte.

Mein Handy vibrierte plötzlich, also zog ich es aus der Brusttasche meines Pullovers.

Ken: Wir machen uns etwas Sorgen um dich, Liebling. Wir haben schon seit drei Wochen nichts mehr von dir gehört oder gesehen.

Ich schloss seufzend die Augen. Ich wusste ja, dass sie sich um mich sorgten. Sie waren während der ganzen Ereignisse wirklich wundervoll zu mir gewesen. Als ich jedoch das letzte Mal bei ihnen gewesen war, waren sie so liebevoll und warmherzig gegenüber ihren vier Töchtern gewesen und hatten Keith so sehr unterstützt, dass mein Gefühl der Leere daraufhin sogar noch größer geworden und ich mir deshalb noch mehr wie eine Außenseiterin vorgekommen war. Denn alles, was ich zu diesen Leuten mitbrachte, war eine beständige dunkle Wolke, die ich offenbar einfach nicht abschütteln konnte. Niemand konnte ernsthaft mit jemandem zusammen sein wollen, der die ganze Zeit über wütend und deprimiert war. Es zog einfach die Stimmung an jedem Ort nach unten, an dem ich mich gerade aufhielt.

Lexi: Mir geht's gut. Brauche bloß etwas Zeit zum Nachdenken. Xo.

Ken: Unsere Tür steht immer für dich offen, und wir sind nur einen Telefonanruf weit entfernt.

Heiße Tränen brannten in meinen Augen, weil ich gerade noch mehr Menschen von mir wegstieß. *Aber wie könnte ich ihnen das Ausmaß der Dunkelheit, die in mir wuchs, erklären?* Sie machte mir ja selbst Angst. Sie fing mittlerweile an, mich bis zu einem Punkt zu verschlingen, an dem Glück nicht einmal mehr verlockend für mich erschien.

Erneut meldete sich mein Handy, und ich verfluchte Keiths Familie fast, aber als ich es umdrehte, entdeckte ich, dass sie es gar nicht waren.

Juan: Sei bitte in zehn Minuten bereit. Ich bin unterwegs zu dir.

Juan war der einzige Mensch, der niemals fragte, wie es mir ging. Er war einfach nur gelangweilt und wollte mit mir abhängen. Er war seinem Bruder Antonio nicht im Geringsten ähnlich.

Lexi: Hintere Veranda. Bereit, wenn du es bist.

Also los.

*

Ich hätte eigentlich angepisst und nervös sein sollen, weil ich nicht wusste, was bei der ganzen Sache herauskäme. Ich hätte mir Sorgen machen sollen, aber ich tat es nicht. Der Bulle machte Theater, weil ich im Schwimmbad der Universität herumhing. Juan und ich hatten einen Kasten Bier zum Pool mitgenommen, nur um irgendwo im Warmen sein zu können. Dreißig Minuten später saßen wir in einem Streifenwagen und erhielten eine Lektion von Clark, einem alten Freund aus der Highschool, jetzt allerdings Officer Clark Adams.

Er holte Juan heraus, nachdem er ihm seine Rechte vorgelesen hatte, und ließ ihn dann von jemandem zur Station bringen, da Juan bereits ein paar Vorstrafen hatte.

»Was ist los, Lexi?« Clark drehte sich in seinem Sitz herum, um mit mir reden zu können. Er wirkte verwirrt.

Ich zuckte mit den Achseln. Sein Blick wurde nun weicher, als er durch das Fenster zu seinem Partner hinaussah.

Clark war immer für mich da gewesen, selbst als meine Eltern … ich rieb mir über den Hals, weil dieser sich schon wieder zuschnürte. Selbst der Gedanke daran verursachte mir bereits ein flaues Gefühl. Ich wusste, dass Keith ihm gesagt hatte, er solle auf mich achtgeben, und es war auch nett, aber das wollte ich jetzt wirklich nicht.

»Wir haben schon einmal darüber gesprochen, Lexi. Juan ist einfach kein Umgang für dich. Dieser Typ zieht doch nur Unheil nach sich. Sieh mal, ich kann dich zwar warnen, aber du musst dich zusammenreißen. Er und Antonio sind die Anführer der *Almas Perdidas*, und das sind wirklich gefährliche Männer.«

Und los geht's mit der Ansprache.

»Sie töten Menschen einfach ohne Grund. Sie haben den Verkäufer in einer Autowerkstatt nur deshalb zusammengeschlagen, weil er die er Spuren von Blut in ihrem Kofferraum verdammt lange Zeit nicht mehr gehen der.« Er sah auf seinem Handy nach der einen Augenblick. »Machst du das wegen Elliot, du weißt schon, weil er mit ihnen herumhängt?«

Das schmerzte mich etwas, denn Elliot verbrachte viel mehr Zeit mit Antonio und der Cousine von beiden. Vermutlich wollte ein Teil von mir einfach verstehen, was er in ihnen sah. Außerdem wollte ich einfach meinen Bruder wieder zurückhaben.

Clark wartete auf meine Antwort, aber ich sah nur stumm beiseite. Seufzend drehte er sich wieder um, und dann verließen wir den Campus.

Die Fahrt war ruhig und Clark behielt mich währenddessen im Rückspiegel im Blick. Ich wusste, dass ich mit ihm reden sollte, aber ich hatte ihm einfach nichts mehr zu sagen.

»Nur noch zwei Monate, dann kommt Keith endlich nach Hause. Das muss doch aufregend für dich sein.«

Mein Blick begegnete dem seinen jetzt doch im Rückspiegel und hielt ihn einen Moment lang fest, bevor ich mich wieder dem Fenster zuwandte. *Er hätte schon jetzt zurück sein sollen.*

Wir kamen nun bei der Zufahrt zu meinem Zuhause an, und ich wartete, dass er mir die Tür öffnete, da sie verriegelt war. Im gleichen Augenblick, als er sie öffnete, stieg ich hastig aus und warf mir die Tasche über die Schulter.

»Hey.« Er packte mich am Arm und drehte mich zu sich herum. »Lexi!«

»Mir geht's nicht gut, Clark.« Meine Aufrichtigkeit schockierte mich selbst, aber mit diesen Worten ging ich davon, die Arme in die

Luft erhoben. »Ich weiß ehrlich gesagt nicht, ob's mir je wieder gut gehen wird.«

»Keith wird bald zu Hause sein, dann wird schon alles wieder in Ordnung kommen.«

Wegen dieser blödsinnigen Bemerkung starrte ich ihn grimmig an, bis er schließlich die Augen niederschlug. Bevor er ging, drückte ich ihm noch einmal den Arm.

»Danke für das Nach-Hause-Bringen und das Laufen-Lassen.«

Mit diesem Worten kehrte ich in mein dunkles, leeres und lebloses Haus zurück.

Irgendwann schaltete ich mein Handy ab, als eine Anzahl von SMS und Anrufen von Keiths Eltern einging. Clark konnte echt den Mund nicht halten.

*

Die nächsten beiden Wochen verbrachte ich zu Hause und versuchte, so wenig Tageslicht wie nur möglich zu sehen.

Verschwinde, Welt!

»Hey!« Seine gedämpfte Stimme hallte durch das dunkle Wohnzimmer. »Mach die Tür auf!«

Ich kam mühsam vom Sofa hoch, schleppte mich zur Tür, schloss sie auf und fand mich von Angesicht zu Angesicht mit Juan wieder, der eine Flasche Wodka dabeihatte.

»Ich dachte, dass du vielleicht Lust auf ein bisschen Spaß hast.« Er trat ein und sah sich um. »Ähm, finde ich gut, was du mit dem Haus angestellt hast.« Er trat eine Pizzaschachtel zur Seite, bevor er mir seine Jacke reichte.

»Ich habe gar nicht gewusst, dass du schon wieder aus dem Gefängnis raus bist.« Mein Arm verfing sich in dem Ärmel und ich zog ein Halstuch hervor und warf es auf die Rücklehne des Sofas.

»Ich bin nie lange drin.« Er zwinkerte. »Also, los, lass uns ein bisschen Spaß haben.«

Natürlich, warum auch nicht?

Keith

In der gleichen Sekunde, als mein Fuß auf die Landebahn trat, stieß ich einen langen und schweren Seufzer aus. Ich war endlich wieder zu Hause! Vierzig Minuten später hatte ich bereits Bericht erstattet, mein M 16 zurückgegeben und meinen Urlaubsschein erhalten. *Freiheit!*

Ich verlagerte meinen Seesack auf meiner Schulter und eilte auf meine Mutter zu. Sie weinte bereits, und mein Vater grinste so breit, als hätte er gerade im Lotto gewonnen. Meine Schwestern hielten ein funkelndes Schild in die Höhe, auf dem zu lesen stand: *Willkommen daheim, großer Bruder!*

Ich durchsuchte die Menge, konnte sie jedoch nicht entdecken. Ich schluckte die Enttäuschung schnell herunter und lief in die Arme meiner Mutter. Ich war echt ein solcher Mamabubi, aber es war mir im Moment vollkommen egal.

»Oh, mein Junge!« Sie schluchzte an meiner Schulter. »Ich habe dich ja kaum wiedererkannt.«

»Ich habe dich so vermisst.« Ich drückte sie fest, bevor mich auch Dad in seine Arme zog.

»Du bist heil und gesund, und das ist alles, was ich sehen wollte.« Ich wusste, dass er stolz auf mich war, aber er machte sich natürlich auch Sorgen darüber, was *drüben* geschehen war.

Meine Schwestern wechselten sich jetzt damit ab, mich zu malträtieren. Ich schenkte jeder einen Augenblick, bis ich schließlich *Two* erreichte, die mich besorgt ansah.

»Wo ist sie?«, fragte ich sofort.

»Sie wollte, dass wir als Familie dich zuerst begrüßen können.«

Ich hätte fast die Augen wegen dieser lächerlichen Bemerkung verdreht. Als wäre sie kein Teil der Familie.

»Sieh mal, seit du weg bist, ist sie wirklich nicht mehr sie selbst, und nach dem Tod ihrer Eltern hat sie sich ganz schön verändert.« Sie packte mich am Arm. »Ich mache mir wirklich ernsthaft Sorgen um sie.«

»Okay.« Ich lächelte, so gut ich konnte, bevor ich ihr einen liebevollen Kuss auf die Wange gab.

»Also, mein Sohn.« Dad trat an meine Seite. »Was möchtest du jetzt als Erstes tun?«

Ich blickte mich zu den anderen Soldaten um, von denen einige so etwas wie eine Familie für mich geworden waren und die nun ihre Angehörigen begrüßten. Einige sahen sogar zum ersten Mal ihre neugeborenen Kinder. Ich wandte mich wieder meinen Eltern und Schwestern zu.

»Ich möchte am liebsten erst einmal nach Hause!«

»Diese Idee gefällt mir.« Er grinste und bot mir an, meine Tasche zu tragen. Ich ließ es zu, weil ich verstand, dass er unbedingt etwas für mich tun musste.

»Warte!«, rief Tikaani hinter mir her. »Hier.« Er reichte mir einen Schlüsselanhänger mit einem kleinen geschnitzten Wolf aus Sandstein.

»Etwas zum Gedenken an die Gefallenen und wie man sie auf Alaskas Art und Weise loslässt.«

Ich zog ihn in eine Umarmung und klopfte ihm freundschaftlich auf die Schulter.

»Vielen Dank, Tikaani. Bleib mit mir in Verbindung, hörst du?«

»Du mit mir auch, Bruder.«

Sobald wir heimgekehrt waren, rannte ich zuerst einmal auf mein Zimmer und duschte ausgiebig. Ich wischte anschließend den Spiegel ab, betrachtete mich selbst und bemerkte, wie sehr der Irak mich verändert hatte, aber auf gute Art und Weise. Obwohl wir viele großartige Männer dort verloren hatten, wusste ich trotzdem, dass die Armee wie geschaffen für mich war.

Mein Daumen schwebte nun über dem Display meines Smartphones.

Keith: Ich bin zu Hause. Kommst du rüber? Oder soll ich zu dir kommen?

Lexi: Das freut mich zu hören, aber du musst jetzt erst einmal bei deiner Familie sein.

Ernsthaft?

Keith: Du bist ebenfalls meine Familie.

Nichts.

Ich zog mich an und fand meine Mutter in der Küche. »Würde es dir etwas ausmachen, wenn ich vor dem Abendessen noch mal kurz verschwinde? Ich bin auch nicht länger als eine Stunde weg, versprochen.«

Ihre Züge wurden sofort weicher. Sie wusste genau, was ich vorhatte.

Ich küsste sie auf die Wange und winkte dann meiner Oma zu, die mich angrinste. Sie hatte mir bestimmt vieles mitzuteilen, aber im Augenblick musste ich erst einmal zu Lexi.

Keith: Hey, Kumpel, irgendeine Vorstellung davon, wo Lexi sein könnte?

Clark: Wenn sie sich nicht in ihrem Haus versteckt, dann wird sie wahrscheinlich im Klubhaus der *Almas Perdidas* sein.

Was soll das denn heißen, verdammt?

Keith: Komisch. *Wo* ist sie bitte schön?

Clark: Du musst echt viel aufholen, mein Freund. Im AP-Klubhaus.

Ganz bestimmt war sie nicht zu Hause, also fuhr ich direkt auf den Parkplatz des Klubhauses. Ich hatte nie ein Problem mit dieser Gang gehabt, aber ich wollte verdammt sicher nichts mit ihr zu tun haben.

Plötzlich wurde mir klar, wessen Stimme am Telefon gewesen war, als ich Lexi damals wegen ihrer Eltern angerufen hatte. Juan Garcia war ein Krimineller, der das Gefängnis häufiger von innen gesehen hatte als Clark in seiner Eigenschaft als Polizist.

Ich drückte kräftig gegen die Tür, öffnete sie und betrat dann das dunkle, hässliche Klubhaus. Links stand ein Billardtisch und an der Rückseite zog sich eine Bar entlang.

Dort hockte Lexi tatsächlich in zerrissenen Jeans und einem Tanktop, in der Hand ein Bier. Sie sah genauso aus, wie ich sie im Gedächtnis hatte … wunderschön. Juan hatte den Arm um die Rückenlehne ihres Barhockers gelegt. Ich ballte unwillkürlich die Hände zu Fäusten und bemühte mich darum, ruhig zu bleiben.

»Hallo.« Meine Stimme war tief und heiser.

Sie drehte sich mit einem Ruck um und warf sich das lange, glänzende Haar über die Schulter. Mein Anblick verblüffte sie offenbar.

»Hi.« Ein gezwungenes Lächeln trat auf ihr Gesicht und für einen kurzen Augenblick zeigte sich auch Schmerz darin, bevor sie vom Hocker glitt und mir die Arme um den Leib schlang.

Sie zuckte zusammen, als ich sie etwas zu heftig drückte, dann lehnte sie sich zurück und sah mich aufmerksam an.

»Du bist viel größer geworden.«

»Und du sitzt um zehn Uhr morgens in einer Bar und trinkst. Du hast doch nicht vergessen, dass ich heute nach Hause komme, oder?«

»Ich dachte, du wolltest zuerst etwas Zeit mit deiner Familie allein verbringen.« Sie warf einen Blick zu Juan hinüber. Er beobachtete uns aufmerksam.

Mir missfiel das Ganze. Irgendetwas stimmte hier eindeutig nicht.

Meine Hand schlüpfte in ihre. »Können wir vielleicht irgendwo miteinander reden?«

Sie nahm ihre Handtasche und folgte mir hinaus zu meinem Truck.

Die Fahrt zum See verlief schweigsam. Eine Weile hielt ich ihre Hand, aber sie entzog sie mir schließlich und starrte nur aus dem Fenster; die Schultern angespannt, der Mund verkniffen. So hatte ich mir meine Heimkehr bestimmt nicht ausgemalt.

Ich parkte den Truck an unserem alten Platz und wandte mich ihr dann zu. Alles an ihr signalisierte mir, dass sie sich vollkommen abgeschottet hatte.

»Ich kann einfach nicht glauben, wie sehr ich dich vermisst habe.«

Ihr Blick fiel mit einem Schluchzer auf ihren Schoß.

»Ja«, sagte sie und stieß langsam die angehaltene Luft aus.

Echt, das war's? Schmerz bahnte sich an die Oberfläche.

»Also hängst du jetzt mit Juan Garcia herum? Die *Almas Perdidas* sind wahnsinnig gefährlich, Lex.«

Sie sah mit gehobenen Augenbrauen zu mir hinüber.

»Er ist mein Freund!«

Ich musste wegen dieser Aussage einfach lachen. »Er ist nicht dein Freund, Lexi. Diese Typen haben keine Freunde. Sie haben nur Leute, die sie ausnutzen, wenn mal wieder alles den Bach runtergeht.«

»Nun ja, wenigstens war er für mich da, als meine Eltern plötzlich … weg waren.«

Autsch.

In ihrem Gesicht zuckte es jetzt. Ich war mir sicher, dass sie es nicht so gemeint hatte, dennoch schmerzte es.

»Lexi.« Ich drückte sanft ihre Hand. »Du weißt, ich hätte alles getan, um zu dir zurückzukommen, nachdem das Ganze passiert ist.«

»Aber du bist nicht zurückgekommen!«

»Ich konnte es nicht!«, fauchte ich zurück.

»Ich glaube, du verstehst nicht, welchen Schaden du hier angerichtet hast, Keith. Du hast zwei vollkommen lebensverändernde Entscheidungen für mich getroffen. Zum Militär zu gehen und mir nicht zu sagen, dass du mich für mehr als ein Jahr verlassen wirst.« Sie entzog mir ihre Hand und fuhr sich damit über das Gesicht. »Du hast dich selbst dazu entschieden zu gehen und nicht bei mir zu bleiben. Seitdem ist viel geschehen, und ich weiß ehrlich gesagt nicht, ob ich das mit uns beiden noch tun kann oder sogar tun möchte.«

»Was?« *Nein!* »Lexi, bitte, mach jetzt nicht Schluss mit mir, weil ich doch etwas Wichtiges für uns getan habe!«

Sie fuhr zu mir herum und Tränen drohten ihr über das Gesicht zu strömen. »Für uns? Es hat nie wieder ein *Uns* gegeben, nachdem du dich dazu entschieden hast, *mich* mit nur zwei Tagen Vorwarnung zu verlassen!«

Ich schüttelte aufgebracht den Kopf und wusste einfach nicht, was ich jetzt tun sollte. Sie hatte ja recht. Es war beschissen gewesen, dass ich damals so schnell hatte gehen müssen, aber es war etwas gewesen, von dem ich geglaubt hatte, dass es unser Leben besser machen würde. »Was empfindest du Juan gegenüber?«

Sie gab keine Antwort, und mein Magen zog sich augenblicklich schmerzhaft zu einem Knoten zusammen.

»Hast du mit ihm geschlafen?«

»Machst du etwa Witze?« Sie löste ihren Sicherheitsgurt und sprang aus dem Wagen.

»Lexi!« Ich tat dasselbe und lief um die Rückseite des Trucks herum.

»Verpiss dich gefälligst, Keith!«

»Hey!« Ich rannte hinter ihr her, zog sie am Arm und hielt sie dann fest. »Willst du mir ehrlich weismachen, dass du nichts mehr für mich empfindest?«

Sie schloss die Augen, als wenn sie um ihre Beherrschung kämpfen müsste.

Meine Stimme wurde jetzt leiser, während meine Hoffnung mehr und mehr davonwehte.

»Was zum Teufel ist denn nur mit der Frau passiert, in die ich mich einst verliebt habe?«

»Ich wünschte, ich wüsste es.« Sie schluchzte jetzt laut auf. »Seit du weg bist, hat nichts mehr bei mir gestimmt. Ich habe mich selbst verloren und ich habe keinen blassen Schimmer, ob ich überhaupt zu dieser Person zurückkehren möchte!«

Es war wie ein Tritt in den Magen für mich, als ich begriff, was sie mir damit wirklich sagen wollte.

»Willst du etwa …« Ich konnte die Worte kaum aussprechen. Ganze 425 Tage lang war sie es gewesen, die mich aufrecht gehalten, mich beschützt und mir meinen klaren Verstand bewahrt hatte. *Was war denn da noch, ohne Lexi?* »Willst du etwa mit mir Schluss machen?«

Sie sah mich langsam mit ihren geröteten, feucht schimmernden Augen an. Sie musste nichts mehr sagen, als ich mit dem Gefühl zurücktrat, dass sämtliche Einsamkeit, die ich drüben immer mit aller Macht von mir geschoben hatte, in einem einzigen riesigen Schwall zurückkehrte und mich jetzt ganz und gar überrollte und einhüllte. Ich war jetzt vollkommen allein.

»Bitte, Lexi, tu's nicht.«

»Wir sind doch mittlerweile zwei vollkommen andere Menschen geworden. Ich erinnere mich kaum noch daran, wer ich war, als ich mit dir zusammen war.« Sie zeigte mir einen wütenden Gesichtsausdruck, der »Was soll's?!« signalisierte, und wandte sich dann von mir ab.

Ich packte ihr Gesicht, sodass sie mich ansehen musste, und dann brannte der Schmerz in mir und schlug unbarmherzig seine Krallen in meinen Magen. »Gib mir die Zeit, dich wieder daran zu erinnern.«

»Nein. Dieses Mädchen bin ich einfach nicht mehr, das habe ich dir bereits gesagt.« Sie spuckte die Worte förmlich aus, während sie ihr Smartphone herausholte und ein Taxi rief.

Wir standen jetzt anderthalb Meter voneinander entfernt, aber es fühlte sich eher wie Meilen an. Keiner von uns beiden sprach jetzt noch ein Wort, und mir brach das Herz … ihres war offenbar schon längst bei jemand anderem.

Als das Taxi eintraf, sah sie mich noch einen Moment lang an, als wenn sie etwas sagen wollte, blieb jedoch stumm. Dann war sie verschwunden. Meine ganze Welt brach in sich zusammen, weil sie einfach in ein Taxi stieg und mich am Tag meiner Heimkehr aus dem Krieg verließ.

Ich boxte gegen die Seite meines Trucks, bevor ich nach Hause fuhr. *Wie hatte es so weit kommen können?*

*

»Hier.« Clark reichte mir ein Bier und setzte sich neben mich auf die Veranda. Es waren jetzt zwei Monate seit meiner Heimkehr vergangen und seit Lexi mich verlassen hatte. Ich hatte noch viele Male versucht, sie zurückzugewinnen, aber sie wollte sich einfach nicht darauf einlassen.

»Alles in Ordnung, Mann?«

»Nein«, sagte ich und seufzte in mein Bier hinein. Clark war der einzige Freund, mit dem ich immer ehrlich und offen über alles reden konnte.

»Lexi will also nach wie vor nichts von dir wissen?«

»Nein.«

»Gib ihr noch Zeit.«

»Das habe ich bereits getan, aber sie hasst mich offenbar. Sie will einfach nicht mehr das, was ich will.«

Clark sank auf einen Sessel. »Sie will vielleicht nur nicht glücklich sein. Sie ist immer noch wütend auf dich, weil du damals gegangen bist, und sie gibt sich selbst die Schuld an dem Tod ihrer Eltern. Im Augenblick ist es für sie deshalb wahrscheinlich leichter zu hassen, weil es ihre Schuldgefühle etwas erträglicher macht.«

»Das ist doch lächerlich. Der Tod ihrer Eltern hat damit überhaupt nichts zu tun.«

»Genau wie die Bombe, die einige deiner Männer getötet hat, nicht deine Schuld gewesen ist«, gab er zurück. Da war in der Tat etwas dran. Ich kämpfte tatsächlich immer noch mit meinem eigenen Schuldgefühl wegen des Verlusts der Männer aus meiner Einheit, aber ich wusste insgeheim natürlich auch, dass es nicht meine Schuld gewesen war. Ich verstand nur nicht, warum ich verschont geblieben war und sie nicht. Aber ich ließ mich davon nicht komplett vereinnahmen und ließ mir dadurch nicht das gesamte Leben verderben.

»Ist sie jetzt mit Juan zusammen?« Ich musste die Wahrheit einfach wissen.

Er warf mir einen Blick zu, den ich nur allzu gut kannte. »Ehrlich gesagt: Ich weiß es nicht. Aber wenn ich raten sollte, würde ich sagen: ja.«

»Liebling?« Meine Mutter stand in der Tür und hatte das Telefon in der Hand. »Ein Anruf für dich.«

Ich wusste schon genau, wer es war. Ich hatte schließlich viele Leute in der Kommandokette anrufen müssen, um irgendwann zu ihm zu gelangen.

Bevor ich ging, wandte ich mich noch einmal um. »Clark, versprichst du mir etwas?«

»Natürlich.«

»Bitte, pass auf sie auf, wenn ich nicht hier bin.«

Er kniff die Augen zusammen, nickte aber dann knapp. »Du weißt doch genau, dass ich das tue.«

Ich stellte mein Bier ab und nahm den Anruf entgegen.

»Hallo.«

»Gefreiter Keith, hier ist General Logan. Sie haben versucht, mich zu erreichen.«

»Schön, von Ihnen zu hören, Sir.« Ich warf meinem Vater, der mir gegenüber im Zimmer stand, einen vielsagenden Blick zu. »Wenn das Angebot noch gilt, würde ich es gern annehmen.«

Kapitel sieben

Gegenwart

Keith

Ich musterte sie, beobachtete ihre Eigenheiten und versuchte herauszubekommen, welches ihr nächster Zug wäre, damit ich sie bei ihrem eigenen Spiel schlagen könnte. Ich duckte mich jetzt nach links, bevor sie nach rechts abtauchte. Ihre Augen wurden schmal, und ich glaubte endlich, sie durchschaut zu haben, aber bevor ich wusste, wie mir geschah, stachen mich grüne Finger genau in die Nase.

»Oh, du hast mich schon wieder erwischt!« Ich fiel theatralisch von meinem Stuhl und wälzte mich dramatisch am Boden umher. Sie kicherte vor Freude und kreischte, dass ich das Ganze noch einmal machen sollte. »Vergiftet von etwas so Süßem. Wann werde ich es endlich lernen?« Ein Zungenschnalzen hinter mir ließ mich erstarren. Ich drehte den Kopf zur Seite und wartete.

»Echt, Keith?« Savannah stellte sich breitbeinig über mich und war definitiv unbeeindruckt von meinen Bemühungen. »Noch mehr Fingerfarbe? Du weißt doch, sie veranstaltet damit immer eine gewaltige Schweinerei und versucht zum krönenden Abschluss, sie auch noch zu essen.«

Olivia strich jetzt über den Arm ihrer Mutter und bedeckte ihren Pullover über und über mit grüner Schmiere.

Angesichts ihres Gesichtsausdrucks konnte ich ein Lächeln nicht unterdrücken. Savannah war nicht wirklich sauer, sie tat nur so als ob, aber sie wurde es nicht. Nicht, dass wir ihr das je verraten würden. Die Annahme, dass sie uns überlegen war, wobei sie in Wirklichkeit einfach nur bewundernswert war, gefiel ihr. Sie erinnerte mich dabei immer so sehr an meine Schwester *Two*. Savannah erdete mich, insbesondere wenn ich mal wieder Heimweh verspürte. Wir hatten uns lange Zeit sehr nahegestanden. Ich hatte mich seit ihrer Ankunft hier irgendwie immer wie ihr Beschützer gefühlt. Ich hatte dabei zugesehen, wie ihre Beziehung zu Cole gewachsen und letzten Endes zu der tiefen Verbindung geworden war, die jetzt zwischen ihnen bestand. Sie ließ mich der ältere Bruder für sie sein, der ich so gern sein wollte, und ich ließ sie meine kleine Schwester sein. Alles funktionierte bestens, und dieser winzig kleine, mit Farbe bekleckerte Teufel war ein entzückendes Ergebnis des Ganzen.

»Du findest das also auch noch komisch, Keith?« Sie schraubte langsam den Deckel einer Flasche mit blauer Farbe auf und hielt sie mir genau über den Kopf.

»Das wagst du nicht!«

Ihr Blick checkte die beiden möglichen Fluchtrouten. *Oh, Scheiße, sie überlegt das wirklich ernsthaft.*

»Du verschwindest jetzt besser in Windeseile, wenn du nicht …«

Die kühle Schmiere traf mich am Hals, und im Bruchteil einer Sekunde ließ sie den Behälter fallen und rannte zur Küche hinaus und in den Flur. Natürlich eilte sie in Coles Richtung, um sich dort Hilfe zu holen. Ich schnappte mir Olivia, steckte sie mir kurzerhand wie einen

Football unter den Arm und jagte dann Savannah hinterher, wobei ihr entzücktes Kreischen seinen Anteil zum Höllenlärm beitrug.

»Cole!« Sie lachte beim Rennen und duckte sich um Mark herum, der dazwischengehen wollte. Ich drückte ihm Olivia in die Arme, während ich an ihm vorüberraste. Savannah platzte in Coles Büro hinein, wo sie ihn allerdings mitten beim Telefonieren erwischte. Wir beide blieben abrupt stehen, als er uns merkwürdig ansah.

»Entschuldige, Liebling«, flüsterte sie und zog sich sofort zurück.

Ich beugte mich herab und verfrachtete sie kurzerhand nach Code 45 aus dem Büro, während sie nutzlos von ihrer umgekehrten Position über meiner Schulter auf meinen Rücken einhämmerte. Cole grinste mich nur an, bevor er sich wieder seinem Telefonat widmete. Ihm gefiel es sehr, dass wir so viel Spaß miteinander hatten. Unser Job war die meiste Zeit über sehr ernst, und Savannah war ein unbedingt nötiges Ventil für uns alle hier in *Shadows*.

»Jetzt kriegst du alles zurück, Savi.«

»Mark!«, rief sie jaulend, aber Mark winkte ihr bloß grinsend zu, während er sich einen Cookie in den Mund stopfte und ein kleines Stück in Olivias Mund.

»Die Erdnussbuttercookies sind uns schon fast ausgegangen, Savi.« Er versprühte Krümel, als er angesichts ihres Mittelfingers unwillkürlich lachen musste. »Ganz die feine Dame. Schau dir bloß nichts von Mommy ab, Liebling.« Er tat jetzt so, als würde er Liv die Augen zuhalten, bevor sie sich loswand und davonrannte.

»Was du nicht sagst«, meinte sie, während sie, über meiner Schulter hängend, immer noch auf meinen Rücken einhieb, damit ich sie endlich herunterließ. Mein Handy vibrierte jetzt in meiner Tasche. Ich schob die Hand hinein und holte es heraus.

Scheiße.

Ein weiteres Klopfen auf meiner Schulter holte mich wieder in die Wirklichkeit zurück.

»Überlegst du es dir gerade noch mit dem Heimzahlen?«

Ich senkte Savannah zu Boden, und dabei fiel mein Handy hin. Bevor ich es aufheben konnte, griff Savannah danach und warf einen neugierigen Blick auf das Display.

Sie zog die Brauen zusammen und wie die tapfere Frau, die sie war, scrollte sie ungeniert durch meine SMS.

»Äh, mein Handy, bitte.«

Sie hielt einen Finger in die Höhe, um mir zu signalisieren, dass ich warten sollte. Ich verdrehte die Augen und nahm auf dem Sessel Platz.

»Also.« Ihr Mund verzog sich nachdenklich. »Die ganze Zeit über hast du diese Nachrichten bekommen, und *er* war das?«

»Manchmal, ja.«

»Manchmal?«

»Das geht dich überhaupt nichts an, vielen Dank auch.«

»Hmm.« Sie sah wieder auf das Display. »Wann fährst du denn?«

»Morgen, der Flug geht um eins.«

Sie setzte sich neben mich. »Wer ist denn Clark?«

Ich beugte mich nach vorn und wollte mein Handy zurücknehmen, aber sie hielt es außer meiner Reichweite in die Höhe.

»Er ist ein Freund von zu Hause. Wir sind zusammen aufgewachsen.«

»Oh.« Ihre Augen leuchteten erfreut auf. »Werde ich ihn bei der Hochzeit kennenlernen?«

»Vielleicht, wenn du mir mein Handy zurückgibst.«

»Wird er mir dann ganz viele Geschichten von dir erzählen?«

»Clark wird dir vor allem alle möglichen Lügen über mich erzählen, da bin ich mir sicher.« Ihr Gesichtsausdruck verdüsterte sich, und ich war neugierig, was sie jetzt schon wieder entdeckt hatte.

»Und wer ist das?«

Sämtlicher Herzschmerz kehrte bei diesem einen Foto augenblicklich mit voller Wucht zurück.

»Du hast ja jede Menge Bilder von dieser Frau. *Verdammt.* Keith, sie ist echt prächtig.«

Ja, ich weiß.

»Das ist jemand, den ich mal kannte.«

»Jemand wie eine Ex?« Sie bekam jetzt große Augen. »Heilige Scheiße, sieh mal an, wie jung du hier drauf warst. Oh, ihr beide seht so süß zusammen aus. Du musst sie wirklich gernhaben, weil du die hier an dein Handy geschickt hast. Die sind nämlich älter.«

Ich verdrehte die Augen und schaffte es endlich, mir das Handy zu schnappen. Ich wollte jetzt ganz bestimmt nicht über Lexi sprechen. Es gab keinen Grund, Salz in eine alte Wunde zu streuen.

»Sie muss dir aber sehr viel bedeuten, wenn du ihre Fotos immer noch behalten hast.«

»Savi«, rief Mark nun und hielt Olivia, als würde sie ihn beißen wollen. »Dein Kind stinkt wie alte Bohnen, und, offen gesagt, ich komme damit nicht klar. Cole und ich haben fair abgestimmt, und du hast gewonnen. Hier.« Er brachte die kleine Dame zu ihrer Mutter, die sie aufhob und sie auf die Pausbacken küsste. »Wann wird sie denn endlich auf das Töpfchen gesetzt?«

»Sie kann gerade erst laufen, Mark. Wie wäre es, wenn wir meine Tochter nicht durch ihre Kindheit hetzen?«

Er lachte. »Sag mir nur das Datum, damit ich es mir in den Kalender schreiben kann.«

»Daddy ist Mommy aber einiges schuldig.« Savannah verzog bei dem Gestank des Babys angewidert das Gesicht. »Ich weiß! Warum lassen wir deine Windel nicht einfach mal in seinem Büro liegen, damit er einen Geschmack davon bekommt, was er damit anrichtet, wenn er dich von seinem Teller füttert?«

»Oh, bitte, das möchte ich dann aber filmen.« Mark grinste.

»Wenn das passiert und du dann den Dummen spielst, bist du der Nächste auf der Liste.«

Mark und sie klatschten einander ab, und dann pflanzte er sich mir gegenüber auf das Sofa. Ein kleiner Teil von mir beneidete ihn. Er hatte kein Problem damit, aller Welt zu zeigen, wie ihm gerade zumute war, und er hatte das Mädchen seiner Träume bekommen. Er hatte eine ziemlich raue Kindheit gehabt, zumindest bei seiner ursprünglichen Familie, aber dann hatte er das Glück gehabt, den Logans zu begegnen.

»Wie geht's Mia, Mark?«

Er rieb sich das Gesicht, konnte jedoch nicht verbergen, dass er äußerst aufgeregt war. »Es sieht ganz so aus, als bekäme sie Zwillinge.«

»Wie lange dauert es denn noch, bis ihr das Geschlecht bestimmen könnt? Noch ein paar Wochen, oder?«

»Im nächsten Monat.« Er gähnte. »Freust du dich schon darauf, nach Hause zu fahren?«

Wärme hüllte mich ein wie eine Decke. »Ja, allerdings.«

»Wie lange ist es denn jetzt her?«

»Vier Jahre.« Vier Jahre, seit ich das letzte Mal zu Hause gewesen war, aber nur ein Jahr, seit ich meine Eltern und meine Schwester *Two* gesehen hatte. Sie hatten mich vor dreizehn Monaten in Florida besucht. Es war nur ein kurzer Urlaub gewesen, aber einer, der bitter nötig gewesen war. Zum Glück waren meine Freunde in *Shadows* mittlerweile meine Familie geworden. Mir gefiel es hier wirklich.

Er pfiff durch die Zähne und schüttelte den Kopf. »Savi hat mir erzählt, dass du eine große Familie hast.«

»Allerdings. Vier Schwestern, meine Eltern und noch eine gewitzte Großmutter, die sie alle zum Narren hält.«

»Ich mag sie bereits jetzt schon.«

»Oh ja, ihr beide würdet garantiert großartig miteinander auskommen.«

Mark setzte sich auf, und sein Gesichtsausdruck veränderte sich jetzt. »Wie konnten wir so lange zusammenarbeiten, und ich weiß dennoch überhaupt nichts von dir?«

Ich lehnte mich mit einem unverbindlichen Achselzucken zurück. Er hatte ja recht, ich hielt mein Privatleben tatsächlich gern privat.

»Ich bin halt nicht wie du, Mark. Ich kann mich nicht sehr gut ausdrücken.«

»Savi gegenüber offenbar schon.«

»Ja, das stimmt. Wahrscheinlich ist das so, weil sie mich irgendwie an *Two* erinnert.«

»*Two*?« Er kicherte.

»Mit vier Schwestern zusammenzuleben, na ja, da spielen Namen nicht so die große Rolle, also haben wir irgendwann einfach alle Zahlen benutzt. Nein, ernsthaft, es fing ursprünglich mal als Witz an und ist dann irgendwie hängen geblieben.«

»Also ist *Two* die zweitälteste Schwester?«

»Ja. Nachdem alle vier Mädchen geboren waren, haben wir damit angefangen, sie nach Zahlen zu rufen. Die Erstgeborene ist also *One*, dann haben wir nach und nach weitergezählt. Frage mich nicht, warum, aber meine Familie steht wirklich schwer auf Spitznamen.«

Mark lachte. Ich merkte, dass er glücklich darüber war, dass ich ihm etwas von mir erzählt hatte. Das musste ich wirklich häufiger machen.

»Was ist es denn an Savi, das dich an *Two* erinnert?«

Ich überlegte einen Augenblick lang. »Vermutlich sind sie beide irgendwie wie die Jungs und sie reiben einem den Mist, den man angestellt hat, immer unverblümt unter die Nase, wenn es sein muss. Sie sind gleichzeitig aber auch unglaublich gelassen und frech.«

»Jetzt muss ich *Two* unbedingt kennenlernen.« Mark nickte Cole zu, der gerade hinter mich getreten war. »Ich wünsche dir eine gute Reise, Mann.«

»Keith.« Cole bedeutete mir, dass ich ihm folgen solle. »Ich glaube, ich habe endlich den perfekten Ort gefunden.«

»Oh, klasse!« Ich folgte ihm zur Treppe, aber irgendetwas fing meinen Blick auf. Ich hob die Augenbraue, weil Abigail und Doc Roberts gerade einen ausgiebigen Kuss in der Küche austauschten.

»Hey, Mark?« Ich konnte einfach nicht anders. Er sah von seinem Handy auf. »Savannah macht gerade Cookies in der Küche.«

»Was? Echt?« Er sprang sofort auf und eilte hinüber, während ich grinsend wartete. »Davon hat mir die Frau gar nichts erzählt. Ich muss jetzt …« Er bog um die Ecke, fuhr zurück und drehte dann dramatisch den Kopf. »Also wirklich, Abby … hier drin kümmert man sich schließlich ums Essen!«

»Oh, nun werd mal endlich erwachsen, mein Lieber.« Abigail sah zuerst Mark finster an, dann blickte sie strahlend zu Doc Roberts, der sich gerade die Krawatte richtete. »Ist Mia vielleicht von einem Storch schwanger geworden?«

»Bist du immer noch nicht weg?«, zischte mich Mark an und stapfte aufgebracht zur Treppe.

»Was ist denn los, Markie Mark?« Mike nahm zwei Stufen auf einmal und schlug Mark kumpelhaft auf die Schulter. Er blieb stehen, nahm eine kleine braune Schachtel vom Tisch und klemmte sie sich unter den Arm. *Was zum Teufel bestellte er da immerzu?* »Hat hier vielleicht jemand seine Tage?«

»Es ist Zeit zum Weitergehen.« Kopfschüttelnd verschwand Cole die Treppe hinab.

Als ich ihm gerade folgen wollte, bekam ich mit, wie Savannah mit einer schwer aussehenden Windel genau auf Coles Büro zuschritt. »Ich drehe schon mal die Heizung hoch.« Sie blinzelte mich verschwörerisch an und eilte davon.

Oh mein Gott!

Später in dieser Nacht lag ich in meinem Bett und überlegte, was Lexi wohl gerade tat. Ich wusste, dass sie nicht mit Juan zusammen war, weil Clark mich von Zeit zu Zeit auf den neuesten Stand brachte. Ich war niemals imstande gewesen, mit einer anderen Frau eine Beziehung anzufangen, ohne sie unwillkürlich miteinander zu vergleichen. Gewaltsam schloss ich die Augen und hoffte, dass der Morgen früher oder später kommen würde.

*

»Klopf, klopf.« Savannah stand mit einer verschlafen aussehenden Olivia auf dem Arm in meiner Tür. Das kleine Mädchen gähnte herzhaft, als es mich sah. »Wir wollten dir nur Auf Wiedersehen sagen.«

Ich griff nach meinem kleinen Kumpel, hielt jedoch inne, als ihr Gesicht plötzlich knallrot wurde. Ich ließ hastig die Arme fallen und trat einen Schritt zurück. »Tschüs.«

»Echt, Onkel Keith?« Savannah bekam feuchte Augen und hielt sie mir hin. »Gib ihr wenigstens einen Kuss.«

Trotz des Gestanks, der jetzt von dem Kind herüberwaberte, entschied ich mich dazu, ihr ein Küsschen zu geben. Ich beugte mich vor und berührte ihre Nase sanft mit meiner.

»Sei so richtig schlimm und bereite deiner Mommy alle möglichen Probleme, während ich weg bin.« Ich zwinkerte Savannah grinsend zu, und sie verdrehte die Augen.

Mark steckte den Kopf jetzt ebenfalls kurz zur Tür herein. »Eine gute …« Er verzog das Gesicht, dann würgte er. »Oh, pfui! Ich glaube, mir kommen die Eier wieder hoch.«

»Wie dramatisch.« Savannah drückte ihm Olivia in die Arme und murmelte etwas davon, dass Cole jetzt mit Windelwechseln an der Reihe sei.

»Apropos Cole, die Show sollte eigentlich in zehn Minuten beginnen. Lass also den mysteriösen Gestank los.«

»Halte die Kamera schon mal bereit.«

»Bin dabei.«

Sobald die kleine Stinkerin verschwunden war, wandte sich Savi mir mit einem neugierigen Gesichtsausdruck zu.

»Hat das etwa etwas damit zu tun, warum du vor vier Jahren nach Hause gefahren bist?«

Sie sah mich zusammenzucken. Ich hatte noch nicht einmal geahnt, dass sie davon wusste.

»Bevor du den wahren Keith mir gegenüber rauslässt … ich hatte ein Gespräch zwischen Sue und Cole mitbekommen. Sie hatten nicht gewusst, dass ich gerade in der Nähe Olivia gestillt hatte. Ich weiß zwar nicht genau, was geschehen ist, aber ich weiß, dass etwas geschehen ist.«

Ich ging zum Bett hinüber, weil ich nicht darüber sprechen wollte, und hängte mir meine Reisetasche über die Schulter. Mir war klar, dass Savannah die Sache nicht zur Sprache gebracht hätte, wenn sie nicht um mich besorgt gewesen wäre. Mir war klar, dass ich im vergangenen Jahr häufig weg gewesen war. Aber ich versuchte doch nur, irgendwie mit meinem Leben zurechtzukommen.

Sie vertrat mir jetzt den Weg und hielt die Hände in die Höhe. »Sieh mal, ich weiß, ich mische mich in deine Angelegenheiten ein, aber ich mache mir halt Sorgen um dich.«

Sie biss sich auf die Unterlippe. Sie war nervös, weil sie befürchtete, zu weit damit gegangen zu sein.

Ich legte ihr die Arme um die Schultern, zog sie zu mir, gab ihr einen Kuss auf den Scheitel und flüsterte: »Ich bleibe mit dir in Verbindung, und ich sehe dich auf der Hochzeit.«

*

Boston

Das Gepäckband ging immer rundherum, und das Licht der Sonne, das durch die Türen hereinflutete, blendete mich. Mein Flug war fünfzehn Minuten zu früh eingetroffen, also bat ich Dad, zur Gepäckausgabe zu kommen.

Ich beugte mich runter und warf mir die Reisetasche über die Schulter. Ich war glücklich, endlich wieder nach Hause zu kommen. Vermutlich hatte ich mehr Heimweh gehabt als gedacht.

»Keith!« Dad winkte mir aus seinem Auto auf der anderen Straßenseite zu. Mit gehobener Hand hinderte ich ein Taxi daran, aus mir ein Opfer des Verkehrs zu machen, und rannte über die belebte Straße.

Er öffnete sofort seinen Kofferraum, sodass ich meine Tasche hineinwerfen konnte, und nahm mich dann in die Arme.

»Ich schwöre, du wirst jedes Mal gewaltiger, wenn ich dich sehe, mein Sohn.«

»Seit ich zu der neuen Einheit gegangen bin, trainiere ich noch mehr.« Dad wusste viel von dem, was ich tat, aber ich musste nach wie vor einen Vertrag einhalten, der mich zum Stillschweigen anhielt. Er verstand das und drängte mich nie, mehr zu erzählen, als ich durfte.

Ich setzte mich nun auf den Beifahrersitz, ließ das Fenster herunter und füllte die Lungen mit frischer Luft.

»Wie war dein Flug?«

»Ist alles glattgegangen.« Ich grinste, während wir an den vertrauten Orten vorüberfuhren, die ich einst so geliebt hatte.

»Hast du vor, eine Weile zu bleiben?« Ich wusste, dass er hoffte, dass es nicht wie beim letzten Mal wäre. Denn bei diesem Besuch hatte ich nur vier Tage bleiben können.

»Ich bleibe auf jeden Fall bis nach der Hochzeit.«

Dad nickte kurz, bevor ein Lächeln auf seinem Gesicht erstrahlte. »Das ist wirklich klasse.«

Einer der besten Teile des Heimkommens war der Duft des Vertrauten. Einige Dinge mochten sich vielleicht in der Zwischenzeit geändert haben, aber größtenteils war alles noch genau so, wie es immer gewesen war.

Wir parkten jetzt hinter Moms Wagen. Dessen Stoßstange zierte noch immer der Aufkleber »Mein Sohn kämpft für unsere Freiheit«.

Dad nahm meine Reisetasche, und wir gingen gemeinsam zur Tür. Sie flog auf, und *Two* hätte mich fast umgerannt.

»Oh mein Gott, was habe ich dich vermisst!«, murmelte sie in meine Schulter hinein.

»Hallo, du.« Ich drückte sie so fest, bis ich sie keuchen hörte.

»Platz da!«, rief *Three*, als sie und *Four* sich an Mom vorbeidrängelten und mich von beiden Seiten in die Arme nahmen.

»Wow, was für eine Begrüßung.« Ich klopfte ihnen auf den Rücken und wartete dann auf *One*, die wie immer viel zu cool war, um ihre Gefühle zu zeigen, wenn sie mich begrüßte.

Ihre Umarmung war so lange knapp, bis ich sie meinerseits in die Arme nahm und ihr einen dicken Kuss auf die Wange gab. »Ich weiß, du hast mich auch vermisst, *One,* streite es ja nicht ab.«

Sie lachte und rieb mir über den Rücken. »Allerdings habe ich das.«

Nach einer sehr langen Umarmung von Mom durfte ich schließlich endlich das Haus betreten. Der wundervolle Duft vom Grill drang mir in die Nase, und mir lief sofort das Wasser im Mund zusammen. Ich wusste, heute Abend würde alles so sein, wie ich es am liebsten hatte.

»Da ist er also wieder.« Oma rollte die Rampe herab und dann zu mir herüber. »Sei ganz lieb zu deiner Oma.« Ich beugte mich zu ihr herab, küsste sie sanft auf die Wange und umarmte sie liebevoll. Sie nahm meine Hand und drückte sie, als ich mich wiederaufrichtete. »Tut mir leid, dass ich nicht am Flughafen war. Der Wagen bekommt meiner Hüfte nicht gut.«

»Du brauchst mir doch nichts zu erklären.« Manchmal vergaß sie gern, dass sie keine zwanzig mehr war.

»Warum verbringst du denn dann nicht mal etwas Zeit mit deiner Oma, hm?«

»Kann ich vielleicht nicht erst einmal reinkommen?«, scherzte ich und dankte *Two* für das Bier, das sie mir reichte.

Oma war so etwas von liebenswert! Oh, es war so gut, wieder zu Hause zu sein!

Ich sah mich unauffällig um und goss dann rasch etwas Bier in ihren Kaffeebecher. Ich glaubte nicht, dass Oma jemals im Leben richtigen Kaffee in diesem Ding gehabt hatte.

»Das habe ich gesehen«, meinte Dad kichernd, hielt jedoch ein Auge auf Mom gerichtet.

»Du hast gar nichts gesehen, außer deinen lieben Sohn, der deiner Lieblingsschwiegermutter in Zeiten der Not geholfen hat.« Sie schnappte mir den Becher aus der Hand und nahm dann einen tiefen Zug. »Es tut so gut, dich wieder hier zu haben.«

»Ja, das sehe ich.« Ich schüttelte grinsend den Kopf, und Dad lachte.

»Du und ich, wir haben so einiges nachzuholen.« Sie zwinkerte mir zu, bevor sie in den Garten fuhr, um sich etwas zu essen zu holen. Ich folgte ihr nach draußen, wo meine Eltern bereits den Grill am Laufen hielten.

Orangefarbene und grüne Lämpchen waren über den hohen Holzzaun drapiert und die üppigen Pflanzen verliehen mir das Gefühl, als wäre ich irgendwo mitten auf dem Land und nicht in einem Wohngebiet. Meine Mutter hatte wirklich einen großartigen Blick für Deko.

»Na, da soll mich doch …«, rief Clark, als er durch die Verandatür trat. »Na, seht mal, wer wieder in der Stadt ist!«

»Hallo!« Ich schüttelte ihm glücklich die Hand und versetzte ihm dann einen Schlag auf die Schulter. »Gut siehst du aus.«

»Ja, ich mache mich immer besonders hübsch zurecht, wenn ich die Uniform mal nicht tragen muss.«

Two trat neben mich und nippte dabei an einem Bier. »Uniformen sind echt heiß.«

Ich sah funkelnd auf sie herab. »Du sollst noch gar nichts heiß finden.«

»Ich hatte bereits Sex. Möchtest du vielleicht mit mir darüber sprechen?«

»Oh mein Gott!« Clark hustete und kippte hastig noch etwas Bier hinunter. Clark war für die Mädchen wie ein weiterer Bruder, und wir hielten beide ein Auge auf sie. *Two* hätte eigentlich niemals Sex haben sollen … das war meine Regel gewesen, und sie hätte sich eigentlich daran halten sollen.

Ich schubste sie, aber sie war darauf vorbereitet und schubste mit aller Gewalt zurück.

»Möchtest du auch wissen, mit wem?«

»Möchtest du dabei zusehen, wie ich mir ein Steakmesser durch das Ohr steche? Nein, bestimmt nicht, also hat dieses Gespräch hier niemals stattgefunden.«

»Du bist so süß, wenn du wütend bist, großer Bruder.« Ihre Miene wurde jetzt ernst. »Spaß beiseite, ich muss wirklich dringend mit dir reden.«

Anhand der Falte zwischen ihren Augen war mir klar, dass sie etwas bedrückte, also folgte ich ihr rasch nach drinnen ins Wohnzimmer. Clark begleitete uns.

»Okay, ich bin ganz Ohr.«

Sie warf Clark einen vielsagenden Blick zu, und er nickte leicht. *Was ging denn da vor?*

»Ich bin vor Kurzem Lexi über den Weg gelaufen.«

Mein Herz vollführte sofort einen Satz, aber ich blieb äußerlich ruhig. Die Armee hatte mich schließlich viel gelehrt. Eine Sache war es, sich sämtliche Fakten erst in Ruhe anzuhören, bevor man etwas sagte.

»Ihr geht's ehrlich gesagt nicht allzu gut.«

»Inwiefern?«

Two sah erneut zu Clark, der sich daraufhin räusperte. »Letzte Woche erhielt ich einen Anruf, dass jemand betrunken in der Gasse draußen vor *McCullan's Bar* lag. Als ich dort eintraf, um nachzusehen, entdeckte ich Lexi, die sich zwischen den Mülltonnen zusammengerollt hatte. Sie war über und über mit blauen Flecken übersät. Als sie erkannte, dass ich es war, ließ sie sich von mir aufhelfen. Ich, äh …« Er rieb sich den Nacken. »Ich ließ an diesem Abend durchblicken, dass wir Grund zu der Annahme hätten, dass Antonios Gang am Mord ihrer Eltern beteiligt gewesen ist.«

»Aufgrund welcher Annahme?«

»Wir hatten einen Zeugen, der uns das Tattoo auf dem Unterarm des Schützen beschrieben hat.«

»Eine zusammengerollte Schlange?«

»Ja.« Einen Moment lang hielt er den Blickkontakt, wodurch er zugab, dass sie sich zu neunzig Prozent sicher waren. »Der Ausdruck auf ihrem Gesicht sagte alles. Sie will jetzt so lange in ihrem Klubhaus bleiben, bis sie handfeste Beweise dafür hat.«

Mir wurde schlecht bei dieser Nachricht.

»Sieh mal, wir alle wissen ja, dass die Frau echt stur ist, aber, Keith, sie war in einem wirklich schlimmen Zustand. Sie hat am ganzen Leib gezittert und war vollkommen durcheinander, wollte mir jedoch nicht sagen, was geschehen war. Ich wollte sie eigentlich ins Krankenhaus bringen, aber dann tauchte Antonio plötzlich mit einigen seiner Typen auf.« Er sah auf sein Bier hinab. »Da geht irgendetwas vor sich, und es scheint echt schlimm zu sein, Keith.« Er sah mich mit besorgter Miene an. »Seit du das letzte Mal hier warst, ist alles anders geworden. Die Stadt ist … nun ja, die *Almas Perdidas* werden immer kühner mit ihren Morden, und wir können da ehrlich gesagt nicht mehr mithalten.«

So ein Scheißdreck.

Ich ertrug die Vorstellung nicht, dass Lexi auf diese Art und Weise verletzt worden war, und Wut baute sich in meinen Eingeweiden auf. Ich musste diese Sache unbedingt in den Griff bekommen.

»Seht mal, Leute, wir alle wissen doch, dass Lexi nichts mehr mit mir zu tun haben will. Ich weiß also nicht genau, was ich tun kann, aber ich muss irgendetwas unternehmen.«

»Sie hat dich doch nur weggeschoben, weil sie sich unwürdig vorkommt«, platzte *Two* nun heraus. Die Augen traten ihr fast aus den Höhlen, als ihr bewusst wurde, was sie da gerade gesagt hatte.

Ich setzte mich auf das Sofa und versuchte, meinen Ärger darüber zurückzudrängen, dass jemand Lexi wehgetan hatte, damit ich wieder einigermaßen klar denken konnte.

»*Was*?« Ihre Bemerkung warf mich komplett um. »Und das weißt du aufgrund welcher Tatsache?«

»Aufgrund der Tatsache, dass ich sie letzten Monat auf dem Markt gesehen habe, wo sie Blumen für das Grab ihrer Eltern gekauft hat. Sie wirkte noch hagerer und abgezehrter als zuvor. Ich habe sie daraufhin gebeten, auf einen Kaffee mitzukommen.« *Two* nestelte an ihrem Armreif herum, wie sie es immer tat, wenn sie bestürzt oder nervös war. »Sie fragte mich dann, wie es dir geht. Sie wollte auch wissen, warum du beim letzten Mal so schnell wieder verschwunden bist, wo du doch gerade erst zurückgekehrt warst.« Ihr Gesichtsausdruck veränderte sich nun. »Du darfst mir übrigens gern mitteilen, was damals wirklich geschehen ist.«

»Also … Lexi?« Ich hoffte, sie würde dieses Thema nicht wieder anschneiden.

»Sie vermisst dich, Keith. Als ich ihr gesagt habe, dass du glücklich seist, konnte sie ihre Gefühle nicht mehr verbergen. Sie hat angefangen zu weinen, und dann kam plötzlich ein schrecklich aussehender Typ …«

»Will Shonner«, fügte Clark hinzu.

»Was, Will von der Highschool?«

»Ja, er ist jetzt auch Mitglied der Gang.«

Kopfschüttelnd wartete ich darauf, dass *Two* fortfuhr. Ich hatte diesen Typen schon immer gehasst.

»Wie dem auch sei, er hat sie praktisch aus dem Stuhl gezerrt, und ihre Eltern haben die Blumen nicht bekommen, weil er sie ihr einfach aus den Händen gerissen und sie zu Boden geschleudert hat, bevor er Lexi grob in einen Wagen gestoßen hat.«

Ich wollte Will am liebsten mit bloßen Händen die Kehle herausreißen, aber ich musste dringend Ruhe bewahren. Ich wusste schließlich genügend über die Gang, um zu wissen, dass zu übereiltes Handeln alles nur noch viel schlimmer machen würde. Ich öffnete und schloss die Fäuste an meinen Seiten und versuchte nachzudenken.

Two saß mir währenddessen gegenüber. »Ich glaube, sie möchte da raus, steckt aber schon viel zu tief drin. Na ja, da sie jetzt alles weiß, wird sie um ihrer Eltern willen bestimmt dabeibleiben, aber zu welchem Preis?«

Ich nickte langsam, während ich nach wie vor versuchte, alles, was ich gehört hatte, unter einen Hut zu bekommen. Ich wusste, wie schwer es war, eine Gang zu verlassen, wenn man erst einmal drin war.

»Brandon.« Sie lenkte meine Aufmerksamkeit jetzt wieder auf sich, indem sie mich beim Vornamen nannte. Den benutzte nämlich sonst nie jemand. »Ich weiß, du liebst sie, also geh sie retten. Das wirst du doch tun, nicht wahr?«

Clark sagte: »Ich werde dir auf jede erdenkliche Weise helfen, wenn ich kann. Ich, äh …« Er hielt kurz inne, bevor er sich zum Grill umdrehte. »Wir haben jetzt auch einen Burschen in der Gang drin, er heißt Gordon. Er ist ihnen letztes Jahr beigetreten. Er versorgt uns die ganze Zeit mit Informationen.«

»Lasst mich das Ganze erst einmal verdauen, okay, Leute?« Ich fing Clarks Blick auf, als *Two* nicht hinsah, damit er wusste, dass wir später reden mussten. »Okay, danke, *Two*. Ich liebe dich dafür, dass du dich so um Lexi sorgst. Jetzt kommt aber, ich brauche dringend was zu trinken, und ich wette, ihr auch.« Ich stand auf und ging hinaus auf die Veranda.

Den restlichen Tag über versuchte ich, mein Beisammensein mit meiner Familie zu genießen, aber ich war einfach nicht mehr mit dem Herzen dabei und meine Gedanken machten die ganze Zeit Überstunden. Erinnerungen an meinen letzten Besuch zu Hause verfolgten mich unwillkürlich.

Ich konnte auch die ganze Nacht lang nicht schlafen. Immer wieder sah ich Lexi weinend und verletzt in dieser Gasse vor mir. Dann lief erneut ihr Gespräch mit *Two* vor mir ab. *Vermisste sie mich wirklich? Steckten die* Almas Perdidas *wirklich hinter dem Tod ihrer Eltern?*

Schließlich, um fünf Uhr in der Frühe, streifte ich mir Shorts und ein T-Shirt über und trat meinen morgendlichen Lauf an.

Die Sohlen meiner Turnschuhe hämmerten auf das Pflaster des Bürgersteigs. Der Morgen war recht kühl und der Schimmer auf dem Gras war Beweis dafür, dass es vor Kurzem erst geregnet hatte. Ich liebte diese morgendlichen Läufe. Es war einfach die perfekte Zeit, um die

Gedanken schweifen zu lassen und mich auf den bevorstehenden Tag vorzubereiten.

»Keith?«, hörte ich jetzt plötzlich jemanden rufen. Ich drehte mich um und suchte die Häuser ab. »Wow, du bist es wirklich!«

Dann entdeckte ich die Stimme. »Mimi?«

»Sag mir bloß nicht, du hast mein Gesicht nach all den Jahren vergessen!?«

Lachend joggte ich zu ihr hinüber und umarmte sie fest. »Tut mir leid, ich war mit den Gedanken ganz woanders.«

»Das muss dir nicht leidtun. Hab schon kapiert. Ich habe bloß gerade meinen Sohn gefüttert. Ich glaube, ich bin voller Apfelbrei.« Sie schaute an ihrem Top hinunter, während sie mir mit einer Geste bedeutete, ich solle mich doch auf eine Bank unter einem Baum mit ihr setzen. »Hast du einen Moment Zeit? Ich weiß, wie schwer es ist, eine Pause zu machen, wenn man läuft, aber ich bin wahnsinnig neugierig zu erfahren, wie es dir geht und was du in nächster Zeit vorhast.«

Ich setzte mich zu ihr, weil ich wusste, dass sie, als Lexis Freundin von der Highschool, vielleicht etwas mehr zu erzählen hätte.

»Ich bin immer noch bei der Armee, ich bin nur für *Threes* Hochzeit hier. Das ist alles, wirklich. Und du?«

»Ich bin immer noch mit Robert zusammen. Wir haben mittlerweile zwei Kinder und diese Stadt nicht verlassen.« Sie stieß einen kleinen Seufzer aus. »Manchmal frage ich mich, was mir dort draußen wohl entgeht.« Sie lächelte mich schwach an, und ich merkte, dass dies ein heikles Thema für sie war.

»Es ist manchmal ziemlich erstaunlich, aber zu Hause ist es trotzdem immer noch am besten.«

»Soso …« Sie sah zu mir und wollte nun offenbar eindeutig das Thema wechseln. »Ist dir schon jemand von früher über den Weg gelaufen?«

Da war es! Ich gab dennoch vor, nicht sogleich zu verstehen, worauf sie hinauswollte.

»Nur Clark, aber ich bin ja auch erst gestern angekommen.«

»Ah, ja, Officer Clark.« Sie kicherte. »Der Beste vom Boston Police Department. Zu blöd nur, dass sie nicht mehr gegen die *Almas Perdidas* unternehmen können. Diese Gang ist mittlerweile schlimmer denn je, und sie wird noch dazu immer größer. Alle in der Stadt haben Angst vor ihnen.«

»Ja, ich habe schon gehört, dass sie euch ganz schön Probleme bereiten.«

»Verrückt ist nur, dass wir mit vielen von diesen Typen zur Schule gegangen sind. Mein Mann sagt, die sehen nur noch Blut und Geld.«

Ich nickte, sah zur Sonne hinauf und beobachtete, wie diese die Erde erwärmte und den Tau vom Gras leckte. Die Stadt, in der ich aufgewachsen war, war längst nicht mehr so glücklich und friedlich, wie sie einmal gewesen war. Diese Gang war offensichtlich ein wunder Punkt, der auf mehr als eine Weise angegangen werden musste.

Mimi unterbrach jetzt meine Überlegungen, indem sie sagte: »Ich will dir jetzt einfach offen und ehrlich etwas sagen, Keith.«

Na, dann mal los …

»Nicole ist so aufgeregt, dich wiederzusehen!«

Warte mal, was? Es war schon Jahre her, seit ich ihren Namen zuletzt gehört hatte.

»Ich schwöre, dass diese Frau bereits seit Jahren auf deine Rückkehr gewartet hat. Sie hatte in der Zwischenzeit eine Brust-OP, ein Augenlifting und eine Halsstraffung, als sie vor ein paar Jahren gehört hat, dass du wieder nach Hause kommst. Warte mal, bist du denn gerade Single?«

Oh, Scheiße!

Ich setzte ein gezwungenes Lächeln auf. Das Wissen, dass sie immer noch mit Nicole befreundet war, machte die Sache noch etwas schwerer für mich.

»Ja, ich bin Single, aber mein momentanes Leben ist einfach nicht für eine Frau geschaffen.«

»Willst du mir damit etwa sagen, dass der große, starke Keith jetzt in der eigenen Liga spielt?«

Ich schüttelte fassungslos den Kopf. Mimi kannte echt keine Zurückhaltung.

»Nein.« Diese Frage kam immer wieder mal auf. »Ich meine damit, dass mein Job mich ständig an Orte führt, über die ich nicht einmal sprechen darf, und in dieses Leben eine Freundin hineinzuquetschen ist fast ein Ding der Unmöglichkeit.«

»Oh, nun ja, sie würde bestimmt auch über einen Quickie mit dir sehr glücklich sein.« Sie legte sich prustend die Hand vor den Mund. »Sag ihr aber nicht, dass ich dir das gesagt habe.«

»Das Geheimnis ist bei mir sicher.« Ich würde schweigen wie eine verdammte Gruft, wenn ich mir dadurch Nicole vom Leib halten könnte.

»Mommy!«, rief Mimis Ehemann nun vom Eingang aus. »Wir brauchen dich hier.«

Mimi sprang auf und hielt einen Finger in die Höhe. »Schau aber unbedingt noch einmal vorbei, bevor du dorthin zurückkehrst, wo auch immer du dich sonst versteckst. Es war wirklich großartig, dich mal wiederzusehen.«

»Dich auch.«

Ich winkte Robert, der im Eingang stand, zu, und setzte dann meinen Lauf fort. Nun ja, so viel also zu ihrer Freundschaft mit Lexi.

*

Nach einer heißen Dusche und nachdem ich mir frische Kleidung angezogen hatte, begab ich mich zu meinem alten Truck. Ich freute mich, dass Dad ihn so gut in Schuss gehalten hatte. Er benutzte ihn hin und wieder, um Pflanzen und Säcke mit Erde für Moms Garten herbeizuschaffen. Ich entschloss mich, in die Stadt zu fahren, denn Moms Gewächshaus hatte beim letzten Hurrikan einiges abbekommen, und ich wollte dafür sorgen, dass es den kommenden Winter gut überstehen würde.

Der Schlüsselanhänger, den Oma mir damals geschenkt hatte, schlug mir gegen die Knie, als der Truck die alte Straße herunterpolterte. Ich schaltete das Radio jetzt auf den örtlichen Sender ein, lehnte mich zurück und hörte mir »Gooey« von den Glass Animals an, dann fing ich mein Bild im Spiegel auf und lächelte unwillkürlich. Ich sah auch schon ganz so aus, als wäre ich wieder daheim. Weißes T-Shirt, Jeans, verblichener Hut und Arbeitsschuhe.

Ich parkte jetzt vor *Home Hardware* und ging hinein. Eine halbe Stunde später hatte ich bereits alles auf meiner Liste erstanden.

»Also, zwei Sperrholzplatten, zwei Meter mal eins zwanzig, fünf Liter grüne Farbe und eine Schachtel Nägel?« Der Verkäufer hielt die gelbe Rechnung in die Höhe, und ich ging zu den Burschen hinaus, die in der Zwischenzeit meinen Truck beladen hatten.

»Das wär's, danke.« Jemand Bekanntes fiel mir plötzlich ins Auge, der gerade die Straße überquerte. Ich kniff die Augen zusammen.

Ach du heilige Scheiße!

Ich warf einem der Burschen den Papierkram zu und dankte ihm, dann schloss ich schnell meinen Truck ab und rannte über die Straße in den örtlichen Supermarkt hinein.

Ich schnappte mir einen Korb und wand mich dann durch die Gänge, bis ich sie gefunden hatte.

Beim Anblick ihrer zerrissenen Jeans und der hochhackigen Schuhe verknotete sich mir augenblicklich der Magen. Ihr schwarzes Top und das dunkle Haar ließen ihre Augen wie tiefbraune Teiche aussehen. Sie trug einen Haufen Armreifen um ein Handgelenk und lange Ohrringe, die bei jeder Bewegung funkelten.

Himmel und Hölle, sie war genauso perfekt, wie ich sie in Erinnerung hatte.

Kurz bevor sie mich entdeckte, griff ich nach einer Flasche Wein und tat so, als würde ich sie gar nicht sehen.

»Keith?« Ihre Stimme war tief, heiser und traf mich sofort überall an den richtigen Stellen.

Mit einem Seitenblick bedachte ich sie mit einem schiefen Grinsen, was in Anbetracht dessen, dass sie gerade jeden Teil meines Körpers lebendig werden ließ, nicht besonders schwierig war.

»Lexi?« Ich hielt kurz inne, damit es mehr nach Überraschung klang. »Hey!«

Sie schaute sich forschend um, bevor sie näher an mich herantrat. »Wow, du siehst …«, sie lächelte, »… echt gut aus.«

»Du auch.«

Sie starrte mich noch ein paar weitere Augenblicke an. *Oh, was täte ich jetzt nicht alles dafür, um zu erfahren, was sie gerade empfand.*

Sie warf einen Blick auf die Weinflasche. »Große Pläne heute Abend?«

»Na ja, wenn das Weintrinken mit Oma in Moms Abwesenheit einen großen Plan für dich bedeutet, dann ja, allerdings.«

Sie lachte leicht, und in meinen Händen zuckte es. Ich wollte sie am liebsten ausstrecken und sie berühren.

»Wie lange bist du noch in der Stadt?«

Ich zuckte mit den Achseln. »Wenn ich ehrlich bin, weiß ich es noch nicht genau. *Three* wird in ein paar Wochen heiraten …«

»Das habe ich gehört. Ihre große Liebe von der Highschool.«

Ich versuchte, den Kloß hinunterzuschlucken, der sich bei diesen Worten unweigerlich in meinem Hals bildete. »Ja … also ich weiß noch nicht genau, wie lange danach noch.«

»Bist du denn immer noch bei der Armee?«

Der Kloß wurde dicker. »Ja, inzwischen sogar bei einer Spezialeinheit.«

Ihre Augen konnten nicht verbergen, dass ihr dieses Thema Unbehagen bereitete. »Wow, das hört sich aber furchterregend an.«

»So schlimm ist es gar nicht.«

Sie warf einen hastigen Blick über die Schulter, als würde sie nach jemandem suchen, dabei verrutschte ihr T-Shirt und ich erhaschte einen Blick auf einen großen blauen Fleck.

»Was ist denn mit deiner Schulter passiert?«

Sie wirkte überrascht, als sie mich darauf zeigen sah. Rasch bedeckte sie die Stelle wieder. »Da ist mir eine Kiste draufgefallen. Sieht viel schlimmer aus, als es eigentlich ist.«

»Bestimmt.« Ich ließ meine Verärgerung erkennen, aber sie schien zu beschäftigt zu sein, als dass es ihr aufgefallen wäre.

Sie legte mir jetzt die Hand auf den Arm, und ich entspannte mich sofort bei ihrer kühlen Berührung. »Es war wirklich nett, dich wiederzusehen.«

»Das finde ich auch, Lex.«

Sie biss sich auf die Lippe, bevor sie ein Stückchen zurückwich. Es sah ganz so aus, als wenn sie etwas sagen wollte, aber dann schwieg sie doch.

»Lexi!«, rief jetzt plötzlich jemand, und ihr Kopf fuhr sofort in diese Richtung herum.

»Ähm.« Sie strich sich nervös eine Haarsträhne hinter das Ohr. »Ich sollte jetzt gehen.«

Antonio Garcia, der Anführer der *Almas Perdidas*-Gang, griff von hinten nach ihr und zog sie unsanft zu sich. Meine Hände ballten sich an meinen Seiten unwillkürlich zu Fäusten und mein Mund schmeckte auf einmal metallisch, als sich meine Zähne wütend in die Innenseiten meiner Wangen gruben. Ich musste jede Unze meiner Ausbildung dazu aufbieten, nicht zu heftig zu reagieren.

Ich kannte Antonio seit meinem dreiundzwanzigsten Lebensjahr. Wir hatten eine Weile sogar mit denselben Typen herumgehangen. Damals hatte ich erfahren, dass Juan sein kleiner Halbbruder war. Wir waren uns unmittelbar nach Lexis und meiner Trennung begegnet, nach meinem ersten Auslandseinsatz.

»Keith?« Er entspannte sich, als er begriff, mit wem sie gerade sprach. »Wow, ist schon ein paar Jahre her, dass wir uns das letzte Mal gesehen haben.«

»Allerdings.« Ich konnte mich noch immer nur schwer im Zaum halten. Ich hasste diesen Mann wirklich abgrundtief, und meine Finger zuckten unkontrolliert.

Er sah jetzt von Lexi zu mir und dann wieder zurück. »Oh ja, ihr beide seid in der Highschool ja mal miteinander gegangen, stimmt's?«

»Nicht so richtig«, sagte sie hastig. Ich warf ihr einen verwirrten Blick zu, weil sie bei ihm sofort herunterspielte, wie nahe wir uns gestanden hatten. Ich hoffte, sie tat es nur deshalb, weil er es nicht erfahren sollte, und nicht, weil sie unsere Vergangenheit mittlerweile tatsächlich so bereitwillig abtat. Ich entschloss mich dennoch dazu, ihr Spiel mitzuspielen.

»Ja, sind wir, aber nur kurz.« Ich starrte sie intensiv an. »Inzwischen bin ich aber mit jemand anderem zusammen.«

Die Emotionen, die ihr daraufhin über das Gesicht liefen, gaben mir die Hoffnung, dass sie mir gegenüber vielleicht doch immer noch etwas empfand. So schnell es jedoch gekommen war, so schnell verhärtete sich ihr Gesicht wieder, und sie drehte sich zu Antonio um.

»Gut.« Er zog sie näher zu sich. »Ich brauche nämlich keinen, der ihr den Kopf mit Scheißdreck zumüllt. Ist schon schlimm genug, dass sie so ein loses Mundwerk hat.«

Ich liebte dieses Mundwerk aber zufällig.

Antonio sah auf Lexis Korb hinab, der mit Steaks gefüllt war. »Warum kommst du heute Abend nicht auch zum Klub? Wir grillen, ziehen uns ein paar Bier rein und feiern.« Er lächelte, und seine überkronten Zähne blitzten unter den Neonlampen. Er brauchte nur noch eine protzige Armbanduhr, und dann wäre er *Flavor Flav* höchstpersönlich.

»Was genau feiern wir denn?«

Seine Mundwinkel gingen in die Höhe. »Komm vorbei und sieh selbst. Abgesehen davon, dass du wieder in der Stadt bist, möchte ich auch gern mir dir über etwas Bestimmtes reden.«

Ich konnte mein Interesse nicht verhehlen. Hinzu kam noch, dass ich Lexi gern wiedersehen wollte, und das allein reichte schon aus, dass ich zusagte, in ihr Klubhaus zu kommen.

»Ja, gut. In Ordnung. Wann denn?«

»Sieben Uhr. Du solltest deine Tusse auch mitbringen.«

Ich tat seine Bemerkung mit einem Schulterzucken ab. »Ich könnte ehrlich gesagt mal eine Auszeit von ihr brauchen.«

»Ja, das kapiere ich nur zu gut.« Er schüttelte Lexi, und sie verzog gequält das Gesicht. »Wenn ich nicht davon ausgehen müsste, dass die hier sofort in Schwierigkeiten geraten würde, täte ich dasselbe.«

Ich holte mein Handy heraus, winkte ihnen zum Abschied zu und ging dann.

Keith: Ich habe gerade eine Einladung in das AP-Klubhaus bekommen.

Clark: Komm zum See. Wir sollten reden.

*

Die Fenster des Klubhauses waren schwarz übermalt, aber ein paar Bereiche waren absichtlich nur mit einer Schmiere überzogen, sodass man an diesen Stellen hinaussehen konnte. Das war neu. Vor ein paar Jahren waren sie noch alle durchsichtig gewesen. Eine nicht gerade unwesentliche Veränderung.

Meinem Gespräch mit Clark zufolge hatte Antonio einen Ausguck auf dem Dach, von dem aus mindestens vier Männer Wache hielten, einer befand sich an jedem Fenster und zwei draußen vor den Türen.

Der Informant des Boston Police Departments nannte sich Gordon, und laut Clark konnte ich ihn unmöglich übersehen.

Ich fuhr jetzt in eine Lücke auf dem Parkplatz und verschloss sorgfältig die Türen. Mit den Händen in den Hosentaschen vergraben ging ich lässig auf den hässlichen Typen am Eingang zu. Er musterte mein Gesicht aufmerksam und umklammerte seine Waffe weiterhin fest.

»Name?«

»Keith.«

»Kenne ich dich?«

Ich benötigte einen kurzen Augenblick, aber dann konnte ich ihn tatsächlich unterbringen. Er war einer dieser Loser gewesen, die damals unten an den Bahngleisen aus Sprühdosen geschnüffelt hatten. »Wir sind zusammen zur Highschool gegangen.«

»Ah, du bist doch jetzt in der Armee, oder?«

Ich liebe Kleinstädte.

»Ja.«

»Hast du eine Waffe dabei?«

Ich verzog grinsend das Gesicht. »Nein, man darf die M 16 leider nicht mit nach Hause nehmen.« Er starrte mich finster an … offensichtlich gefiel ihm mein Sarkasmus nicht.

»Bist ein cleverer Junge, nicht wahr?« Er starrte mich weiterhin an. »Los, rein mit dir.« Er ruckte mit dem Kopf in Richtung Tür, und ich sah, dass er am Hals gepierct war.

Ich stieß nun die Holztür auf und trat in das dunkle, verräucherte Klubhaus. Es hatte sich seit meinem letzten Besuch nicht sehr verändert. Meine Augen benötigten eine Weile, bis sie sich dem dämmerigen Licht angepasst hatten, und dann entdeckte ich in der Ecke Antonio mit einer Flasche Whiskey zwischen den Beinen. *So viel also zum Thema Bier.*

Ebenso wie der Armleuchter an der Tür war auch Antonio ein richtiger Scheißkerl, einer dieser Einzelgänger an der Highschool, mit denen man sich zuerst aus Mitleid anfreundete, bei denen man jedoch später entdeckte, dass sie einem als Dankeschön Sachen aus dem Spind klauten. Er war einer dieser Typen, von denen man immer in der Zeitung las. Die gerne sagten, dass alle anderen Leute sterben sollten. Er war nicht ganz richtig im Kopf, und deshalb war er in den letzten zehn Jahren auch immer wieder in den Knast gewandert. Sein Onkel war einst Anführer dieser Gang gewesen und hatte sich mehr als glücklich geschätzt, Antonio alles beibringen zu können, was dieser wissen musste, um sie übernehmen zu können. Clark hatte mir erzählt, das Einzige, worin Antonio wirklich gut sei, wäre die Rekrutierung neuer Mitglieder. Anscheinend wusste er genau, was die seelenlosen Arschlöcher wollten, und sie traten deshalb in Scharen bei. Sobald man erst einmal drin war, war man drin und kam dann nicht so leicht wieder heraus … na ja, zumindest nicht lebend.

»Heilige Scheiße, du bist ja tatsächlich gekommen. Seht mal, Jungs, wer da gerade reinmarschiert ist.« Antonio warf den Kopf in den Nacken und lachte wiehernd. »Wenn das mal nicht Gefreiter Keith ist.«

»First Sergeant«, verbesserte ich ihn sofort. Er kapierte es vielleicht nicht, aber ich war sehr stolz auf meine Errungenschaften.

»First Sergeant.« Er grinste und legte die schmutzigen Schuhe auf die Tischkante. »Hey, wo ist denn Spit?«, rief er Will Shonner zu, der hinter der Theke stand. Der andere *Gewinner,* den ich zutiefst verachtete.

Plötzlich tauchte Elliot auf … groß und hager. Seine Arme waren mit schwarzen Comicfiguren tätowiert, und natürlich wand sich eine Schlange um seinen Unterarm. Sie war nämlich das Erkennungszeichen der *Almas Perdidas*. Schuppen liefen ihm den Hals hinauf und wanden sich dann um seine Ohren und entlang seines Kinns. Kein Erscheinungsbild, das ich mir freiwillig ausgesucht hätte. Meine eigenen

Tattoos waren extrem persönlicher Art und deshalb auch nicht für jeden sofort zu sehen.

»Mein Gott! Keith?« Er kam näher und nahm mich in die Arme.

»Hey, Mann, wie geht's dir? Was ist denn mit deinem Handgelenk passiert?« Ich zeigte auf den schmutzigen Verband, der einen Teil der Schlange bedeckte.

Auf seinem Gesicht zuckte es kurz, aber dann trat er zurück, warf Antonio einen vielsagenden Blick zu, gab jedoch keine Antwort.

»Spit, bring dem First Sergeant mal ein Bier.«

Elliot nickte und eilte sofort zur Theke.

Antonio schob mit dem Fuß einen Stuhl vor, offenbar ein Angebot, mich zu setzen.

»*Spit?*«, fragte ich neugierig, während ich das Angebot annahm.

Antonio wartete, bis Elliot mit dem Bier zurückkam.

»Danke, El ...«

Antonio spuckte lachend auf Elliots Schuh. »Ich kaue Tabak, und Elliot ist mein Spucknapf. Besser er als der Fußboden.«

Oder ein Spucknapf?

Verlegen hielt Elliot den Kopf gesenkt und holte dann tief Luft. »Noch etwas?«

»Mach uns etwas zu essen.«

»Okay.« Er eilte in die Richtung, in der vermutlich die Küche lag.

Antonio warf seine Whiskeyflasche hinter die Theke, nahm die Bierflaschen zur Hand, öffnete eine für sich selbst und stieß dann die andere zu mir herüber. »Ich habe schnell gelernt, dass einige Leute offenbar dafür gemacht worden sind, mein Beifahrer zu sein, und andere wie geschaffen dafür sind, meine Matratze zu sein.«

Ich umklammerte den Hals der Bierflasche fester, während er weiterredete.

»Spit hat sich hier irgendwie reingeschlichen. Er tut immer, was man ihm sagt, tritt jedoch andauernd für seine Schwester ein und versucht, sie zu beschützen und so einen Scheiß.« Er schlug mit der Hand auf den Tisch, und sein Gesichtsausdruck veränderte sich. »Wenn ich eine Schlampe haben will, dann kriege ich sie auch. Frauen sind doch sowieso nur wegen ihrem engen Loch zu gebrauchen.«

Das Blut pochte jetzt in meiner Hand, als ich den Flaschenhals immer fester umklammerte. Der Typ könnte blinzeln und wäre schon einen Augenblick später tot. Nur ein gezielter Schlag auf den Hals, und schon läge er am Boden. *Äußerst verlockend.*

»Stimmt doch, Lexi, oder?«, rief er über meine Schulter hinweg. »Komm schon rüber.«

Sie stellte ihr Tablett ab und kam zu uns herüber, dann riss sie die Augen auf, als sie mich am Tisch entdeckte. Sie wirkte unglaublich sexy in ihrem kleinen schwarzen Kleid. Ihre Hände fuhren beruhigend über Antonios Schulter, und sie küsste ihn sofort auf die Wange.

Er zog sie daraufhin an seine Seite und legte ihr einen Arm um die Taille. »Die hier hat das engste Loch, das ich je gespürt habe. Ich muss ihn sogar vorher in Butter stecken, um da reinzukommen.«

Lexi schenkte mir zwar ein kleines Lächeln, aber ihre geröteten Wangen offenbarten mir, dass ihr das Ganze sehr peinlich war.

Ich tat so, als würde ich es nicht bemerken, wie Antonio ihr die Hand unter das Kleid schob, und sie versuchte, vor ihm zurückzuweichen. Die ganze Zeit über beobachtete er uns beide ganz genau. Ich wusste sofort, dass dies irgendein Test war.

Also täuschte ich Desinteresse vor, wandte mich jetzt Will zu und verlangte von ihm noch ein Bier. Als ich mich wieder umdrehte, machte er eine richtige Show daraus, sich die Finger abzulecken. Lexis Haltung zeigte mir, dass sie sich unfassbar gedemütigt fühlte, aber sie beugte sich dennoch herab und küsste ihn länger als unbedingt nötig, um ihrerseits etwas zu beweisen.

Er runzelte jetzt die Stirn und stieß sie grob weg, aber mir fiel auf, dass sie unauffällig in Hörweite blieb.

Antonio trommelte nun nervös mit den Fingern auf dem Tisch herum, und er beobachtete mich, genauso, wie ich ihn beobachtete, und wir beide überlegten, was wohl die Motive des jeweils anderen waren, hier zu sein.

»Ich weiß, was du damals für meine Schwester getan hast.« Antonio rieb sich mit den Fingerknöcheln das Kinn. Er lehnte sich zurück, holte einen Joint hervor und spielte damit, indem er mit seinen knochigen Fingern daran auf und ab fuhr. »Ich muss aber dennoch fragen, warum du es getan hast.«

»Du meinst Selena?«

Er nickte langsam.

Ich blinzelte mehrmals bei dieser Erinnerung.

Damals hing ich am Ende der Jahresparty an der Boston University mit Lexi herum.

»Bier gegenüber empfinde ich eine Hassliebe.« Clark hielt sein Heineken hoch und starrte durch das grüne Glas. »Ich liebe Bier wirklich. Die Kehrseite davon ist jedoch, dass ich alle sieben Minuten pinkeln muss, und zwar nicht wenig, sondern garantiert eine Minute lang pro Bier. Wie viel ist das also mal drei?« Er schloss ein Auge und lachte sich schlapp darüber,

dass er bereits zu betrunken war, um das ausrechnen zu können. »Ich will bloß sagen, ich wünschte mir, dass ich mir eine leere Flasche in meine Shorts stecken und sofort loslegen könnte, wann immer mir danach ist.«

»Oh, natürlich.« Lexi lachte ausgelassen und reichte mir dann eine Flasche, bevor sie sich auf meinen Schoß setzte. Ich legte ihr einen Arm um die Taille und balancierte die Flasche dabei auf ihrem Knie. »Beklagst du dich etwa darüber, dass du dich an einen Baum stellen und pinkeln musst, wohingegen wir Frauen …«

»Ja!« Mimi hing gerade am Hals eines anderen Typen und schrie im falschen Augenblick, woraufhin Lexi noch mehr kichern musste.

»… uns ganz furchtbar sexy hinhocken und darauf hoffen müssen, dass wir uns dabei nicht auf die Füße pinkeln.« Sie kippte ihre Flasche jetzt in seine Richtung. »Ihr habt zumindest etwas Distanz, mein Freund. Wir hingegen hocken auf wackeligen Beinen und arbeiten mit kaum zwei Zentimetern Spielraum, und das nur, wenn wir wirklich müssen. Denk zum Beispiel mal an den Spritzfaktor!«

Clark schüttelte angewidert den Kopf und gab sich Mühe, mitzuhalten. »Wie dem auch sei, ich muss jetzt pissen.«

»Viel Glück!«, mischte sich Mimi wieder ein, sodass wir alle unweigerlich lachen mussten.

Ich gab Lexi einen Kuss auf die Wange, bevor ich aufstand und sie auf die Füße stellte.

»Ich muss leider auch.«

»Natürlich, reite nur weiter darauf herum.« Sie grinste und tat so, als wäre sie sauer auf mich.

»Ich könnte dir ja einen Trichter besorgen.«

Sie zuckte mit den Achseln. »Gar keine schlechte Idee. Vielleicht könnten wir die dann ja patentieren lassen. ›Der beste Freund einer

Frau im Gebüsch‹. Oder ›Auch wir können.‹ Oder ›Dranhalten und loslassen‹.«

»Bist du jetzt endlich fertig?« Ich stand schon kurz vor dem Platzen.

»Nein, ich habe noch mehr parat.«

Ich machte daraufhin einfach auf dem Absatz kehrt, rannte in das dichte Gebüsch und suchte mir eine gute Stelle. Ich zitterte schon, als ich an zwei Typen vorüberkam, die sich beim Pissen lautstark unterhielten. Nein, vielen Dank auch, das war kein Ort zum Teilen. Das war die einzige Zeit, an der ich einfach mal abschalten und meine Gedanken schweifen lassen konnte, und zwar ganz allein. Vielen, vielen Dank dafür.

Ein Stück tiefer im Gebüsch entdeckte ich plötzlich eine Lichtung. Ich überquerte rasch die Gleise und fand schließlich eine passende Stelle. Ich zog den Reißverschluss herab, stieß einen erleichterten Seufzer aus und genoss die Befreiung von den letzten vier Bieren, die meine Blase bis gerade noch fest im Griff gehalten hatten.

Ich drehte den Kopf, als ich in der Ferne auf einmal das Geräusch einer Lok hörte. Rasch trat ich zurück, zog den Reißverschluss wieder hoch und das Hemd herunter. Noch immer im Gebüsch verborgen, hörte ich jetzt einen Schrei aus der entgegengesetzten Richtung.

Oh, mein Gott!

Ein junges Mädchen von vielleicht vierzehn Jahren – ich konnte sie in der Beinahe-Dunkelheit nicht genau erkennen – ging gerade die Gleise entlang und schluchzte dabei in ihre vor das Gesicht gepressten Hände. Verdammte Scheiße!

Schon bald darauf beleuchtete sie die Stirnlampe der Lok, doch sie trat nicht von den Gleisen herunter, sondern ging einfach weiter. Ich rannte daraufhin so schnell ich konnte auf sie zu.

»Hey!« Ich hielt die Hände wie einen Trichter an den Mund und zwang meine Füße, noch schneller zu laufen. »Sofort runter von den Gleisen!« Ich wusste, dass es dumm war, aber mehr brachte ich momentan nicht heraus. »Hey!«

Vielleicht konnte sie mich ja nicht hören. Die Lok gab jetzt ein lang gezogenes Signal von sich, aber sie ging trotzdem unermüdlich weiter auf das Licht zu.

Als ich bei ihr angekommen war, spürte ich schon die Vibrationen der Lok. Ich machte einen Satz nach vorn, packte sie und riss sie mit mir hinab in den Graben.

Ich bog meinen Körper während des Fallens durch und brachte es auf diese Weise irgendwie fertig, sie nicht unter mir zu zerquetschen, sondern bloß auf ihrer Schulter zu landen. Einen Augenblick später raste schon der Zug vorbei, wobei er wieder wild Alarm gab, fast so, als wolle er sagen: »Heilige Scheiße!« Da klopfte jemandem an Bord bestimmt gerade heftig das Herz!

Die Gleise quietschten, als Metall auf Metall traf. Sobald ich wieder einigermaßen zu Atem gekommen war, blickte ich in den Graben und war schockiert, wen ich da unter mir liegen sah.

»Selena?« Ich ging auf die Knie und half ihr, sich aufzusetzen.

Ihre wilde Mähne, die geröteten Augen und ihr keuchender Atem hatten mich vollkommen verwirrt.

»Warum hast du das getan?«, flüsterte sie durch das Weinen hindurch. Selena war erst vierzehn Jahre alt, aber ich wusste, dass sie gerade einen schweren Schicksalsschlag erlitten hatte, da ihre Eltern und ihr jüngerer Cousin vor Kurzem ermordet worden waren. Es ging das Gerücht um, dass es eine rivalisierende Gang gewesen sein sollte, die ihren Bruder Antonio hasste. Das hatte zumindest Four erzählt, die in dieselbe Klasse wie Selena

ging. Selena war über das Stadium der Depression längst hinaus und benötigte unbedingt richtige Hilfe.

»Du wärst wegen mir fast getötet worden«, flüsterte sie.

»Ja, allerdings.« Ich half ihr auf die Beine und wusste nicht so recht, was ich in diesem Moment hätte sagen können, um an sie heranzukommen. Also ging ich einfach anders vor und spielte die liebevolle Karte aus. »Und als Gegenleistung holst du dir jetzt Hilfe. Okay?« Mein Blick sagte ihr, dass ich sie verstand.

»In Ordnung.« Sie schlang zitternd die Arme um den Leib. Mir war klar, dass der ganze Vorfall ihr eine Scheißangst eingejagt hatte. Ich hoffte nur, dass sie dieses Schockerlebnis gebraucht hatte, um ihren Lebenswillen wiederzufinden. »Okay.«

Abrupt kehrte ich in die Gegenwart zurück und entdeckte, dass Antonio mich aufmerksam musterte. »Warum? Ich glaube, dass jeder das getan hätte, was ich getan habe.« Ich zuckte mit den Achseln.

Antonio schüttelte den Kopf und sah auf seinem Handy nach der Uhrzeit. »Nun ja, sie hat jetzt eine richtige Familie, drei Kinder und einen Ehemann. Möchte aber nichts mit der Gang zu tun haben, wollte sie nie. Meine Schwester war irgendwie immer anders als wir anderen.« Sein Gesichtsausdruck wurde einen Augenblick lang weicher und verhärtete sich dann sofort wieder. »Wie dem auch sei … ein Mensch weniger, auf den ich aufpassen muss.«

Ein Typ, der sich auf einem Stuhl niederließ und eine Zeitung öffnete, erregte jetzt meine Aufmerksamkeit. Als ich gerade wieder wegsehen wollte, warf er mir einen unauffälligen Seitenblick zu. In diesem Moment bemerkte ich die Narbe, die ihm quer über die Stirn verlief. Es war garantiert Gordon, der Undercover-Informant.

»Sag mir doch mal, Keith …« Antonio kippte noch etwas von seinem Bier herunter. »Warum haben du und Lexi euch damals getrennt?«

Ich sah, wie ihre Hand mitten beim Abwischen eines Tischs innehielt. Ihre Schultern versteiften sich und sie stellte lautstark eine Tasse auf ihr Tablett.

»Es war bloß eine kleine Highschool-Affäre. Wir sind in der Zwischenzeit erwachsen geworden. Ich bin dann zur Armee gegangen und habe einfach weitergemacht.« Ich würde meine intimsten Augenblicke bestimmt nicht mit diesem Arschloch teilen. Er wollte offenbar eindeutig sehen, ob er etwas aus mir herauslocken konnte.

Grinsend zündete er sich einen Joint an und die auftätowierten Waffen an der Seite seines Halses zogen sich zusammen, als er den Rauch einsog.

Jedes Mitglied der *Almas Perdidas* hatte eine Schlange um den linken Arm tätowiert, und sie trugen außerdem ein eng zusammengerolltes rotes Bandana um das rechte Handgelenk gewickelt. Er zupfte mit den Fingern daran herum, während er dasaß und darauf wartete, dass der Joint seine Wirkung zeigte.

»Hey! Antonio!« Irgendein Blödmann, der einen anderen Typen über der rechten Schulter liegen hatte, kam jetzt herein. Er warf den Kerl wie einen Stapel Brennholz zu Boden.

»Ich habe dir ein Geschenk mitgebracht.«

Der Schweiß brach mir aus allen Poren, als ich den Kopf des Typen sah. Er hatte eine tiefe Schnittwunde quer über den Hals und sah aus, als wäre er zuvor auch noch heftig zusammengeschlagen worden, außerdem war er ziemlich eindeutig tot. Ich blickte auf und entdeckte, dass Antonio mich ganz genau beobachtete, bevor er sich an den Typen wandte.

»Wer hat das getan?«

Der Schwachkopf grinste jetzt. »Der Typ lief aus einer Tür raus, und ich habe ihm mit einem Rohr eins über den Kopf gezogen. Hat er nicht einmal mitgekriegt.«

Ich hatte diese Farben und dieses Muster schon früher irgendwo einmal gesehen. Es hatte sich jetzt allerdings in mein Gedächtnis eingebrannt. »Ist das …?« Ich stolperte voller Angst über meine Worte.

»Ja.« Antonio blies mir Rauch in das Gesicht.

Lexi tauchte jetzt mit bleichem Gesicht an seiner Seite auf und hielt sich den Bauch.

»Hat er gerade ein Mitglied der *Devil's Reach* getötet?«

Antonio trat dem toten Mann in das furchtbar zugerichtete Gesicht. »Ich glaube, ich sollte seinen Kopf vorn am Eingang aufstecken, als Symbol dafür, sich nicht mit den *Almas Perdidas* anzulegen.«

Ich versuchte immer noch, meine umherwirbelnden Gedanken unter Kontrolle zu bekommen. »Warum sollte man ein solches Risiko eingehen? Warum den Teufel provozieren?«

»Trigger ist nicht der Teufel.« Er schnappte sich Lexi und setzte sie sich leidenschaftlich auf den Schoß. *»Das bin ich!«* Er küsste sie stürmisch auf die Lippen, aber sein Blick blieb dabei weiterhin auf mich gerichtet.

Ich erwiderte seinen verstörenden Blick und fuhr fort: »Ich habe sein Werk schon aus erster Hand gesehen, Antonio. Ich hoffe, du weißt, was du da gerade getan hast. Das ist die gnadenloseste Motorradbande, die ich in meinem ganzen Leben kennengelernt habe.«

Er schob Lexi jetzt unwirsch weg und lehnte sich zurück. »Das muss ich mir unbedingt irgendwo notieren.«

»Ja, das solltest du tun.« Ich leerte kopfschüttelnd mein Bier.

»Ich kann doch darauf vertrauen, dass das Ganze unter uns bleibt und du es nicht deinem Freund Officer Clark erzählst, oder?« Er blickte dabei betont auf Lexi, und ich war schlau genug, um diese Drohung zu verstehen.

»Ich möchte nichts mit der ganzen Sache zu tun haben.« *Das wollte ich auch wirklich nicht, denn ich hatte meinen eigenen Scheiß zu erledigen.*

»Klasse, dann hast du also nichts gesehen.«

Antonio bedeutete dem Mann, er solle den Leichnam irgendwo anders hinbringen, und zündete sich dann eine Zigarette an.

»Wie lange bleibst du denn in der Stadt?«

Ich lehnte mich zurück und spielte mit der Öffnung meiner Flasche. »Ein paar Wochen wahrscheinlich.«

»Schon irgendwelche Pläne?«

»Eigentlich nicht. Ich brauche einfach mal eine Pause, um den Kopf freizubekommen.«

Er starrte mich noch einen weiteren Moment lang an, dann glitt sein Blick zu Lexi hinüber, die uns immer noch beobachtete. Sobald sie den Blickkontakt hergestellt hatte, wandte sie sich langsam ab und kehrte wieder an die Arbeit zurück.

»Du kannst gern jederzeit vorbeikommen und mit uns abhängen«, rief er auf einmal, und Lexis Gesicht fuhr erschrocken zu uns herum.

»Ich habe mit Gangs nichts am Hut, Antonio.«

»Ich bitte dich ja auch gar nicht, dich uns anzuschließen, ich sage nur, wenn du mal Langeweile hast, ist hier immer ein Ort zum Abhängen. Du hast schließlich meiner Schwester geholfen.«

Ich wollte am liebsten rufen: »Zur Hölle, verdammt, nein«, weil ich schließlich nach wie vor dem Militär- und dem Zivilgesetz unterstand. Hinzu kam noch, dass ich bestimmt nicht so blöd war, mit einer solchen Gang auf nett zu machen. Ich überlegte jedoch einen Augenblick lang und kam dann zu dem Schluss, dass ich diese Sache aber dennoch zu meinem Vorteil nutzen konnte. Ich musste schließlich ein Auge auf Lexi halten.

Diese stand gerade sehr verkrampft da und umklammerte mit weißen Fingerknöcheln ihr Tablett. Ich sah ihr an, dass sie verärgert über meine Entscheidung war, hierher zurückzukommen und mit Antonio herumzuhängen. Aber das machte sie irgendwie nur noch attraktiver.

»Ja, vielleicht tue ich das.«

Er lächelte, schlug auf den Tisch, und der Undercover-Polizist sah zu uns herüber.

»Perfekt.« Er stand auf. »Komm, wir gehen uns etwas vom Grill holen.«

»Klasse, aber vorher müsste ich noch wissen, wo die Toilette ist …«

Er zeigte in die entsprechende Richtung, während er seine Sachen zusammensammelte. »Den Flur runter, zweite Tür links.«

Hinter der verschlossenen Tür angekommen, holte ich sofort mein Handy raus.

Keith: Einer von Antonios Arschlöchern hat gerade ein Mitglied der DR umgebracht. Achtung, ein Gegenschlag könnte sich anbahnen.

Rasch löschte ich die Nachricht in meinem Gesendet-Ordner und wusch mir die Hände, falls jemand zuhörte. Beim Öffnen der Tür vernahm ich auf einmal ein seltsames Geräusch. Als ich mich umsah, entdeckte ich Lexi, die mich in einen Vorratsraum hineinwinkte.

Sie schloss hastig die Tür hinter mir. Wir befanden uns jetzt in einem großen Raum, in dem sich hohe Kisten stapelten, die aussahen wie aus einem Best-Buy-Truck gestohlen.

Sie verschränkte wütend die Arme vor der Brust und ich sah, wie das Feuer, das ich einmal so geliebt hatte, in diese Frau zurückkehrte, und es freute mich zu erfahren, dass sie es immer noch besaß.

»Warum bist du überhaupt hier?«

Ich kämpfte gegen ein Lächeln an.

»Komisch, dasselbe könnte ich dich fragen.«

Ihr Kinn zuckte, und ich sah sie in unser altes Lied und in unseren alten Tanz zurückgleiten. Oh mein Gott, wie sehr hatte ich das vermisst … wie sehr hatte ich sie vermisst.

»Hast du vielleicht einen Todeswunsch? Weil der dir mit Sicherheit erfüllt wird, wenn du weiter hier herumhängst.«

Ich streckte die Hand aus und strich ihr damit sanft am Arm herab, aber sie riss ihn sofort zurück.

»Ich hatte bis jetzt drei Einsätze im Irak und einen in Afghanistan. Ich kämpfe jeden Monat gegen die großen Kartelle.« Sie wurde leichenblass. »Ich werde also schon gut mit Antonio zurechtkommen.«

Sie schloss die Augen und flüsterte: »Antonio testet dich doch nur, ob du …«

Ich umfasste ihr Gesicht, und ihre Haut glühte unter meiner Hand, während ihre Worte langsam erstarben.

»Das weiß ich.« Ihr Blick fuhr zu mir hoch. Ich trat so nahe, dass meine Brust sie berührte, und sie wich nicht zurück.

Als ich sie auf diese Weise festhielt, kehrte augenblicklich alles zurück. Kaum hatte ich sie berührt, fühlte ich mich wieder vollständig; so wie ein Puzzle, bei dem man das letzte Teil einsetzte.

»Mein Gott, Lexi! Ich kann gar nicht glauben, wie gut es sich anfühlt, hier mit dir zu stehen.«

Sie hob energisch das Kinn. »Du hattest deine Chance bei mir, Keith, aber der Zug ist mittlerweile längst abgefahren. Ich bin jetzt mit Antonio zusammen, und ich bin glücklich mit ihm.«

»Wirklich?« Mit dem Daumen fuhr ich über ihre Unterlippe, und ich spürte, wie all die Leidenschaft, die ich so viele Jahre lang unterdrückt hatte, rasend schnell zurückkehrte.

»Ja!« Sie versuchte offenbar, sich gegen mich zu behaupten.

»Ich habe dich unglaublich vermisst«, flüsterte ich jetzt, bereute es jedoch schon in dem Augenblick, als mir die Worte über die Lippen gekommen waren, denn sie trat sofort zurück und ihre Züge verhärteten sich.

»Eine interessante Art und Weise, es mir zu zeigen.« Sie drehte sich um und schlug mir die Tür heftig vor der Nase zu.

Ich war zu schnell, zu weit gegangen, aber … sie hatte mir nicht gesagt, dass ich aufhören sollte.

Kapitel acht

Lexi

Mit zitternden Händen räumte ich den Tisch ab. Die Gläser klirrten und klapperten gegeneinander, als ich damit zur Theke zurückkehrte. Immer mehr Klubmitglieder strömten herein, während die Party langsam Fahrt aufnahm und der Grill angezündet wurde. Elliot hatte ich den ganzen Tag über nicht zu Gesicht bekommen und ich machte mir langsam echt Sorgen um ihn. Nach dem heftigen Zusammenstoß mit Antonio fragte ich mich unwillkürlich, ob er nicht vielleicht etwas Dummes unternehmen würde. Der arme Elliot hatte schließlich nicht gewusst, dass das Mädchen, in dass er sich verknallt hatte, Antonios Cousine war, und er hatte sich nicht im Geringsten gegen die Prügel, die deswegen erfolgt waren, wehren können. Offensichtlich wollte er jetzt erst einmal eine Weile lang den Kopf unten halten.

Völlig umgehauen hatte mich allerdings Keiths Auftauchen im Klubhaus. Obwohl es erst zwei Tage her war, seit ich ihn zuletzt gesehen hatte, ging mir die ganze Sache immer noch unentwegt durch den Kopf. Es war wie ein Windstoß aus der Vergangenheit, nur dass er zufälligerweise der Einzige war, den ich jemals geliebt hatte. Ich hatte geglaubt, immer noch genügend Hass in mir zu tragen, um unerwünschte Gefühle für ihn sofort beiseiteschieben zu können, aber das erwies sich doch als durchaus schwieriger, als ich gedacht hatte, insbesondere, nachdem er mich berührt hatte.

»Hey, du!« Will hielt mich im Vorübergehen an den Hüften fest und rieb seinen erigierten Schwanz an meinem Hintern. Natürlich sah Antonio einfach in eine andere Richtung. Aus genau diesem Grund hasste ich die Arbeit in der Bar so sehr. Normalerweise erledigte ich nur die Buchhaltung, aber seit Elliot für Probleme gesorgt hatte, überwachte Antonio uns beide noch etwas genauer.

»Lexi! Die Biere, und zwar sofort!«, rief Antonio jetzt von der anderen Seite des Raums aus.

Manchmal konnte er ein echtes Arschloch sein.

Ich balancierte die sechs Biere auf einem kleinen Tablett und ging langsam zu ihnen hinüber. Ich hasste die Männer, mit denen Antonio gerade zusammensaß. Sie stammten irgendwo aus der Landesmitte und verursachten mir echt Unbehagen. Jedes Mal, wenn Antonio wegsah, legten sie ihre schmierigen Hände auf mich. Ich wusste, dass das unweigerlich dazugehörte, wenn man mit solchen Typen rumhing, aber bis zu diesem Zeitpunkt hatte Antonio immer auf mich aufgepasst. Gewöhnlich nahmen sich diese Männer nämlich einfach, was sie wollten und wann sie es wollten. Einige der Mädchen wurden sogar geteilt und herumgereicht. Bislang hatte ich immer Glück gehabt. Ich hasste das alles, hauptsächlich deshalb, weil ich ursprünglich gar nicht mit Antonio hatte zusammen sein wollen. Ich hatte das Zusammensein damals mit Juan fast genossen. Er hatte mich eigentlich ganz gut behandelt und wir hatten immer Spaß miteinander gehabt. Mit Antonio war dann aber alles anders geworden. Dinge waren geschehen, und es war ihm gleichgültig gewesen, wer dafür den Kopf hinhielt.

Ich beugte mich runter und nahm die erste Flasche in die Hand. Mein Tablett wackelte und drohte zu kippen, doch da ergriff es schnell jemand.

»Dank…« Ein Kloß bildete sich in meiner Kehle, als Elliot auf mich herabsah. Ich wusste genau, dass er reden wollte.

Ich reichte schnell die übrigen Getränke herum. Zurück an der Theke, tat ich so, als hätte ich den Flaschenöffner fallen gelassen, und sah, wie Elliot mir unauffällig bedeutete, ich solle zu ihm aufs Zimmer kommen, aber ich spürte, dass Antonio mich die ganze Zeit beobachtete, also blickte ich zu Boden und schüttelte fast unmerklich den Kopf, damit er wusste, dass es im Augenblick nicht der richtige Zeitpunkt dafür war.

Als die Typen später wesentlich betrunkener wurden, entschloss ich mich dazu, aufzuräumen. Ich holte ein paar leere Kästen und ging damit hinaus zu den Abfalltonnen. Die Temperatur war gefallen und mit meinen nackten Armen spürte ich schnell die Kälte. Ich hörte jetzt plötzlich Schritte hinter mir und seufzte innerlich.

»Es ist wirklich keine kluge Idee …«

Ein Arm umklammerte auf einmal meine Taille, tauchte dann herab und griff mir grob zwischen die Beine.

»Hör auf!« Ich versuchte, dem Betreffenden den Ellbogen in die Rippen zu rammen, wurde jedoch brutal nach vorn gegen die Mülltonne gestoßen. *Aua!*

»Hey, Sexy.« Antonios Atem roch nach Schnaps und abgestandenem Rauch. Ich verachtete ihn, wenn er trank, denn er wurde dann immer so grob und gemein. »Du sagst doch nicht Nein zu mir, oder?«

Mit einem raschen Kopfschütteln schenkte ich ihm mein übliches Lächeln. »Natürlich nicht.« Ich wählte meine Worte daraufhin sehr sorgfältig. »Du hast mich nur erschreckt, das ist alles.«

Er packte mich jetzt an den Handgelenken und presste sie nach unten, während er näher an mich herantrat und mich auf den Hals küsste. Mich überlief eine Eiseskälte und meine Haut bettelte förmlich darum, von meinen Knochen geschält zu werden. Bei seinen betrunkenen Küssen drehte es mir den Magen um. Es waren nämlich eher Bisse als ein gefühlvolles Streifen über die Haut. Ich hielt die Augen in Richtung Himmel gerichtet und wartete darauf, dass es endlich vorüber war.

»Antonio!«, rief auf einmal jemand und stoppte damit zum Glück seine Fummelei an meinem Slip. »Kumpel! In der Bar ist gerade eine Prügelei im Gange.«

Er fluchte leise, bevor er mich auf zitternden Beinen in der Kälte stehen ließ. *Kein »Ich bin gleich wieder zurück«. Nichts. Oh, stimmt ja, ich war ja sowieso nur ein Loch mit Beinen. Warum sollte ich also eine Erklärung verdienen?*

Ich hörte plötzlich ein merkwürdiges Geräusch und fuhr erschrocken zur Gasse herum. Etwas Dunkles erregte nun meine Aufmerksamkeit.

»Hallo?« Manchmal wartete Elliot in dem Schatten auf mich, damit wir unter vier Augen reden konnten. Wir sollten nämlich von der Gang aus nie miteinander allein sein.

»Elliot?« Ich trat in die Dunkelheit hinein und ließ mich vollkommen von ihr verschlucken.

Eine riesige Hand legte sich jetzt um mein Handgelenk und zerrte mich zur Seite. Stolpernd griff ich nach dem Maschendrahtzaun, um nicht zu stürzen.

Dann wurde ich herumgedreht und mit dem Rücken flach gegen den kalten Stahl gepresst. Dunkle Augen sahen auf mich herab und ein gewaltiger Körper versperrte mir den Ausgang.

Er stand so nahe bei mir, dass ich seinen Körpergeruch wahrnehmen konnte. Seine Wärme war nur allzu tröstlich, und bei der Art und Weise, wie er mich ansah, schlugen sämtliche Nerven in meinem Körper sofort Alarm. *Hör auf!*

»Sag mir, dass du ihn liebst, und ich werde auf der Stelle gehen und du wirst mich niemals wiedersehen.« Seine Stimme war tief und heiser, weshalb mein Herz nur umso schneller schlug.

»Ich … liebe ihn.«

»Blödsinn!« Er kam jetzt noch etwas näher, sodass wir einander berührten. Die Anziehungskraft, die er auf mich ausübte, ließ sich tatsächlich nicht leugnen. Sie war ganz anders als jedes andere Gefühl, das ich jemals im Leben gespürt hatte. Also hob ich die Hand zum Zeichen, dass er ein wenig zurückweichen solle. Ich versuchte, den Ärger, der mich momentan durchfloss, im Zaum zu halten, und zog rasch meine Schutzmauern hoch.

»Wir sind nur sechs Monate zusammen gewesen, Keith.« Ich zuckte verärgert mit den Achseln, weil er meine Lüge offenbar sofort durchschaute. Also versuchte ich stattdessen eine andere Herangehensweise. »Man kann sich nicht so schnell verlieben.«

»Blödsinn«, fauchte er, während er seine Brust immer heftiger gegen meine stieß. »Ich habe mich in dem Augenblick in dich verliebt, als ich deinen sturen Hintern zum ersten Mal gesehen habe.«

»Und was hat uns das eingebracht?«

Seine Miene verdüsterte sich, aber das machte mir nichts.

Verdammt!

»Sieh mal.« Ich gab mir alle Mühe, ruhig zu bleiben. »Du warst meine erste große Liebe, mein erstes Ein und Alles. Träume sterben aber leider irgendwann, Keith. Ich weiß, dass meine gestorben sind, als du damals einfach weggegangen bist, und seitdem ist leider zu viel geschehen, viel zu viel, als dass wir einfach wieder neu anfangen könnten.«

»Du weichst mir aus.«

Okay, das war mehr als ärgerlich. *Versuchte er etwa gerade, mich absichtlich in Rage zu bringen?*

»Nein, *du* bist mir damals ausgewichen, weil du mir nicht gesagt hast, dass du für ein ganzes Jahr weggehen würdest.«

Er trat noch näher an mich heran. Ich hatte jetzt keinen Platz mehr, um zurückzuweichen, deshalb lehnte ich mich mit meinem ganzen Gewicht gegen den Zaun.

Eine seiner Hände fuhr jetzt an meiner Hüfte entlang und blieb dort liegen, während die andere zu meinem Kopf hinaufglitt und sich in den Maschendraht neben mir klammerte. Er senkte den Kopf und suchte in meinen Augen nach etwas Bestimmten.

»Es ist schön zu wissen, dass ich dich auch nach all den Jahren noch immer in Rage bringen kann.«

»Verpiss dich!«

Er zog den Mundwinkel an einer Seite hoch. »Ich habe deine freche Seite so unglaublich vermisst.«

Ich verdrehte die Augen. Er entfachte ein unglaubliches Feuer in mir, aber dafür hatte ich jetzt einfach keine Zeit. Ich musste momentan mit weitaus größeren Problemen fertigwerden, als dass ich mir darum Sorgen machen konnte, dass meine alte Liebe wieder in die Stadt zurückgekehrt war.

»Antonio würde mich suchen.« Das war mehr als lahm. Wenn Antonio einen Blowjob haben wollte und ich nicht da wäre, würde es einfach jemand anderes an meiner Stelle tun.

»Ich habe deinen Gesichtsausdruck gesehen, als er deinen Hals geküsst hat.« Er beugte sich zu mir hinab und ließ seine Lippen sanft über meinem Schlüsselbein schweben. Ich spürte seinen warmen Atem, und mir traten unwillkürlich die Tränen in die Augen. Es war einfach zu viel. »Hättest du ihn angefasst, wenn er deine Handgelenke losgelassen hätte?«

Mir fehlten die Worte, also schüttelte ich nur stumm den Kopf. Ich fühlte mich wie benebelt und konnte gar nicht mehr klar denken. Ich hasste es, dass er mir das jetzt antat. Es waren nur alte Gefühle, die erneut durchsickerten. Es war falsch, nichts davon basierte auf etwas Wirklichem.

»Warum berührst du mich?«

Er beugte sich zurück und sah auf seine Unterarme hinab, die ich fest umfasst hielt. Sofort ließ ich die Hände fallen, als hätte ich mich verbrannt, und schob ihn hastig zur Seite.

»Wir haben eine gemeinsame Geschichte, Keith, aber verstehe sie nicht falsch. Das hier ist jetzt mein Leben, und du solltest nun gehen. Du musst endlich begreifen, dass ich schon längst nicht mehr das Mädchen bin, das du einmal gekannt und geliebt hast.«

»Bist du hier, um einen Beweis dafür zu finden, dass sie damals deine Eltern umgebracht haben?«

Das Blut gefror mir augenblicklich in meinen Adern. *Woher wusste er davon …?* Ich war mir nicht sicher, ob ich vor Erleichterung lachen sollte, weil ich jetzt endlich jemanden hatte, mit dem ich diese Sache teilen konnte, oder wegen des Schmerzes weinen sollte, der mich bei diesen Gedanken erfüllte. Ich entschied mich nach einigem Überlegen für das Altbewährte: Wut!

»Ich bleibe, weil das hier jetzt mein Zuhause ist, und ich schlage vor, du gehst nun, denn darin bist du ja besonders gut, wie wir beide genau wissen. Kehr wieder dorthin zurück, woher du gekommen bist.«

Er packte jetzt meinen Arm und zog mich zu sich. Seine Lippen berührten nun fast meine. Seine dunklen Augen blitzten, als sie von meinen Augen zu meinem Mund wanderten.

»Reich mir nur den kleinen Finger, Lex.«

»So, wie du ihn mir damals gegeben hast? Wir können die ganze Nacht so weitermachen, aber Tatsache ist doch, dass du mich einst zerbrochen hast.«

Ich wollte so gern nachgeben. Er war wie ein Suchtmittel, das mich in einen sicheren Hafen zurückbefördern würde. In einen sicheren Hafen, der mir einmal einen Teil meiner selbst entrissen hatte. Ich war nicht mehr dieser Mensch.

»Ich bin nicht das, was du brauchst, Keith. Öl und Wasser vermischen sich nicht.«

»Lexi!«, brüllte Antonio nun plötzlich von der Schwelle aus, und ich schreckte panisch zusammen. Keith ließ mich sofort los und trat einen Schritt zurück. »Wo zum Teufel bist du, verdammt noch mal?« Ich war erleichtert, dass er mich offenbar nach wie vor nicht sehen konnte. Ich bemerkte jetzt ein Mädchen, das die Arme um ihn geschlungen hatte und ihn zurück ins Klubhaus zu ziehen versuchte.

Ich warf einen kurzen Blick über die Schulter, aber Keith war bereits verschwunden. *Gut, dann verschwinde doch einfach.*

Ich kehrte in das Klubhaus zurück und begab mich auf die Suche nach Antonio, nur um zu entdecken, dass er mich aus unserem gemeinsamen Zimmer ausgesperrt hatte. Die Schreie des Mädchens waren aber definitiv vorgetäuscht, denn er konnte keine Erektion bekommen und seine oralen Fähigkeiten waren doch nur äußerst begrenzt. Die meisten Frauen täuschten einen Orgasmus vor, ich eingeschlossen, weil es vorrangig nicht um den Sex an sich ging, sondern darum, mit wem man gerade nackt im Bett lag. Wenn man dessen orale Fähigkeiten hochjubelte und wild herumkreischte, würde man eine Weile bei demjenigen bleiben können. Ich ging jetzt zu Elliots Zimmer, aber das war ebenfalls abgeschlossen. Verdammt, gerade jetzt hätte ich meinen Bruder gut brauchen können.

Schließlich ließ ich mich einfach in der Vorratskammer nieder, denn die hatte wenigstens ein Schloss.

Ich holte ein paar saubere Handtücher hervor, legte sie aufeinander, machte mir aus den restlichen ein Kissen und schloss die Augen. Nicht, dass ich ansonsten sehr viel Schlaf bekam, aber Keiths Anwesenheit hier warf mich wirklich komplett aus der Bahn. Wenn ich nicht aufpasste, würde er mir noch alles versauen.

Am folgenden Morgen war der Klub wie ausgestorben. Nach solchen Partys stand grundsätzlich nie jemand vor dem Nachmittag auf. Ich räumte deshalb auf, entfernte ein Bündel schmutziger Kleidung von einer Bank sowie einen BH unter einem Tisch. Mich schauderte es bei dem Gedanken daran, wie viel Samen jetzt wahrscheinlich auf all diesen Oberflächen klebte. Diese Typen waren absolut ekelhaft in jedem Sinne des Wortes.

Um zehn Uhr fing ich an, mich zu langweilen, da ich sämtliche Putzarbeiten bereits erledigt hatte. *Hmm,* vielleicht könnte ich das ja für mich ausnutzen. Ich schnappte mir meine Schlüssel, ging zu meinem Wagen und fuhr dann zu dem Laden an der Ecke.

»Rot oder Gelb heute?«, fragte Connie über die Geräusche ihres Fernsehers hinweg. Sie sah sich liebend gern alte Wiederholungen von *Lie to Me* an. Manchmal ertappte ich mich dabei, bei ihr rumzuhängen und einfach mitzugucken, nur damit ich mich mal wieder ganz normal fühlen konnte.

»Rote, bitte.«

Sie reichte mir zwölf langstielige Rosen.

»Danke. Dann bis nächste Woche.«

»Weißt du, wenn du bei einer Farbe bleiben würdest, dann könnte ich immer welche für dich vorrätig haben.«

Ich lächelte achselzuckend und reichte ihr das Geld. »Das würde ich ja, aber ich weiß halt nie, wann ich die gelben Rosen mal brauche.«

Verwirrt über meine Bemerkung zog sie die Augenbrauen zusammen.

Es war nicht allzu weit von der Wahrheit entfernt, aber ich hatte auf schmerzliche Art und Weise lernen müssen, niemandem die komplette Wahrheit zu erzählen.

»Danke, Connie.« Ich ging zur Tür hinaus und hielt dabei die Rosen hoch.

Den Wagen parkte ich nur ein paar Meter entfernt und wand mich dann zwischen den Grabsteinen hindurch bis zu dem Grab meiner Eltern. Elliot hatte meine Blumen von letzter Woche bereits entfernt. Sorgfältig stellte ich sechs Rosen auf Dads und sechs auf Moms Grab.

»Hey, ihr beiden«, flüsterte ich und blickte mich aufmerksam um. Mit ihnen zu sprechen half mir irgendwie, diese Besuche zu überstehen. »Ich kann leider nicht sagen, dass ich schon näher dran bin zu wissen, wer euch das angetan hat, aber ich muss euch unbedingt etwas erzählen. Gordon, einer der Mitglieder, hat mich dabei erwischt, wie ich draußen vor Antonios Büro gelauscht habe, und hat mich nicht verpfiffen! Ich hatte so viel Angst, aber er hat es nie weitererzählt, denn das hätte ich garantiert sofort zu spüren bekommen. Das war wirklich unerwartet, und ich weiß nicht genau, warum, aber er wirkt irgendwie etwas netter als die übrigen Typen.«

Ich wischte mir die Tränen ab, die mir aus den Augen strömten. »Ich habe mitgekriegt, wo Antonio die Leiche des Typen von den *Devil's Reach* aufbewahrt, den sie umgebracht haben, aber ich werde den Mund halten, denn es könnte später mal eine echt nützliche Information sein.« Ich schüttelte den Kopf, als wenn ich ihre Missbilligung hören könnte. »Ja, ich weiß, das Ganze wächst uns über den Kopf. Ich werde mich dennoch nicht von meiner Suche abhalten lassen.« Ich berührte liebevoll Moms Stein. »Ich brauche nur noch etwas mehr Zeit.«

Mit zittrigen Händen zog ich einen Joint hervor und zündete ihn an.

»Oh übrigens … Keith ist wieder aufgetaucht.« Ich blies den Rauch in die andere Richtung. »Verrückt, oder?« Ich grinste über Dads Stimme in meinem Kopf.

»Lass ihn rein.«

»Das geht nicht, Dad, es fällt mir einfach zu schwer. Er hat mich einst auf eine Weise verletzt, die ich nicht einmal anfangen kann zu reparieren.« Die Tränen schmerzten, sie nahmen mir die Sicht und zwangen mich dazu, sein Gesicht erneut vor mir zu sehen. »Ich wünschte, er würde schnell wieder dorthin zurückkehren, woher er gekommen ist. Wo immer das auch sein mag.«

Ich sank erschöpft zu Boden und lehnte mich gegen den kühlen Stein, dann schloss ich die Augen und wünschte mir gegen alle Gesetze des Lebens, dass meine Eltern irgendwie wieder heimkehren könnten.

Keith

Three hatte sich bei mir untergehakt, während wir durch den *Boston Common* spazierten. Sie zeigte mir gerade, wo ihre Freiluft-Hochzeitszeremonie stattfinden würde.

»Also …« Sie breitete die Arme aus und deutete auf die Kulisse. »Donny und ich werden hier stehen, und die Väter und Gäste dort.« Aufgeregt sah sie zu mir und suchte meine Anerkennung, so wie immer. *Three* hatte mich stets als ihren zweiten Vater betrachtet. Vielleicht deshalb, weil ich elf Jahre älter war als sie. Sie und Donny waren schon seit der zehnten Klasse zusammen, und niemand musste mir erklären, wie viel es zu bedeuten hatte, einen Menschen für so lange Zeit so sehr zu lieben.

»Es sieht einfach perfekt aus.« Ich zog sie an meine Seite und gab ihr einen Kuss auf den Kopf.

Wir gingen nun weiter zu einer Brücke, die aussah, als stammte sie aus einer Filmkulisse von *Mary Poppins*. In der Mitte blieb sie stehen, beugte sich über das Geländer und schaute in die Richtung, wo ihre Zeremonie stattfinden würde.

»Unsere wichtigsten Fotos werden hier gemacht werden.« Sie grinste und schob sich das Haar aus den Augen. »Sieh dir doch nur mal diese Farben an. Hast du solche Farben auch dort, wo du wohnst?«

Ich lächelte sie an. Meine Familie stellte normalerweise niemals allzu viele Fragen, wenn es um das Safe House ging. Ich wusste, sie verstanden es, aber ich wusste auch, dass es ihnen schwerfiel, nicht zu fragen. *Three* versuchte einfach nur, ein wenig mehr darüber zu erfahren, wie ich lebte. Mir war klar, dass alle Familienmitglieder traurig darüber waren, dass ich nicht mehr hier war.

»Ja.«

Sie nickte und atmete dann lange aus. »Ich wünschte, du könntest häufiger nach Hause kommen.«

»Ich werde daran arbeiten.«

Ihre rosigen Hände zupften jetzt an ihren Taschen herum und sie wandte sich zu mir.

»Sieh mal.« Sie ließ den Kopf hängen. »Ich weiß ja, ich bin nicht wie *Two*, wir sprechen normalerweise nicht über so etwas, aber …«

»Spuck's schon aus.« Ich ermutigte sie, offen mit mir zu sprechen.

»Ich weiß ja, dass sich alle Sorgen um Lexi machen, deshalb möchte ich dir etwas sagen.«

Sie winkte mich zu einer Bank, wo wir uns hinsetzten.

»Vor ein paar Monaten habe ich Opas Grab besucht. Oma mag es, wenn ich Tulpen für sie hinstelle, weil sie vom Autofahren jetzt immer Rückenschmerzen bekommt.« Ihre Hand zuckte zu ihrer Jacke. »Wie dem auch sei, als ich ging, sah ich Lexi mit Blumen an den Gräbern ihrer Eltern stehen. Sie hat mir so leidgetan. Du weißt, dass es mir schwerfällt, das mit anzusehen.« Ihre besorgten Augen ruhten jetzt auf mir. »Ich habe sie einfach nur beobachtet, weil ich etwas so Persönliches nicht unterbrechen wollte. Sie legte Blumen auf die Gräber ihrer Eltern und sprach dann mit ihnen. Anschließend sah sie zur Straße hinüber, und da stand ein Auto. Ich wollte schon zu ihr hinübergehen und schauen, wie es ihr geht, aber dann ist sie ganz schnell in Richtung des Autos verschwunden.«

»Okay«, meinte ich, um ihr zu zeigen, dass ich ihr folgen konnte.

»Ich ging ihr hinterher, und dann habe ich gesehen, wie ein Mann aus dem Auto gestiegen ist. Sie ging hastig zu ihm, und während sie miteinander sprachen, packte er sie am Arm.«

»Wer war es denn?«

Sie zuckte mit den Achseln, wirkte jedoch immer noch sehr besorgt. »Ein Mann in einem langen Wollmantel. Ich habe ihn vorher noch nie gesehen, was mir ja normalerweise keine Sorgen bereitet hätte, aber als er mich entdeckt hat, warf er mir einen so bedrohlichen Blick zu, dass ich unwillkürlich sofort stehen geblieben bin. Lexi entriss ihm dann ihren Arm, und das war es, was mich wirklich erschreckte. Sie fühlte sich offenbar überhaupt nicht wohl mit ihm, aber sie stieg dennoch in sein Auto und sie sind eine ganze Weile darin geblieben. Ich war nicht mehr lange dort, sondern kehrte wieder zurück, da ich sowieso nichts erkennen konnte, weil die Scheiben getönt waren.« Sie rieb sich jetzt die Seite ihres Kopfs und sah zu mir auf. »Sie hat mich nicht gesehen, aber bei diesem Typen hatte ich echt ein ungutes Gefühl, und was es auch für ein Gefühl war, es hat mich bis jetzt nicht verlassen. Ich mache mir wirklich große Sorgen um sie, Keith.«

»Ich weiß«, erwiderte ich. »Ich mir auch.«

»Kannst du nicht an ein paar verrückten Fäden beim Militär ziehen und sehen, ob du herausfinden kannst, wer der Kerl war?«

»Weißt du denn die Marke und das Modell des Wagens? Oder hast du dir damals das Kennzeichen aufgeschrieben?«

»Nein.« Sie schüttelte den Kopf. »Ich weiß nur, dass er einen schwarzen Viertürer fuhr und einen Ohrring trug.« Sie verzog angewidert das Gesicht. »Du weißt ja, was ich von Männern mit Schmuck halte.«

Ich kicherte. »Allerdings.«

»Vermutlich bin ich nicht wirklich zur Spionin geboren.«

»Das ist eigentlich schon sehr gut gewesen, *Three*. Ich sehe mal, was ich herausfinden kann.«

Sie nickte und lehnte sich mit einem langen Seufzer zurück. »Du liebst sie immer noch, nicht wahr?«

»Ja.« Ich drückte sie an mich. »Das tue ich wirklich.«

»Meinst du, auf ihrer Seite sind auch noch ein paar Gefühle vorhanden?«

Ich schaute geradeaus und dachte daran, dass Lexi nichts dazu gesagt hatte, dass ich sie berührt hatte, und ich folgte daher meinem Bauchgefühl. »Ja, das glaube ich.« Es würde nur ziemlich viel Arbeit erfordern, um ihr zu beweisen, dass diese Gefühle immer noch vorhanden waren.

Three gab jetzt einen komischen Laut von sich, und ich begriff, dass sie wirklich ganz und gar glücklich war.

»Das wäre das allerbeste Hochzeitsgeschenk, das du mir machen könntest, weißt du?!«

Ich legte ihr den Arm um die Schultern und schob die Schwierigkeiten erst einmal beiseite, um mir zu überlegen, wie Lexi und ich wieder ein Paar werden könnten, wenn die Armee uns doch nach wie vor trennte. Ich musste dringend nachdenken und vieles überlegen.

Den Rest des Tages sprachen *Three* und ich über Ideen für ihre Hochzeit, über alte Freunde und natürlich über die Familie. Ich hatte ganz vergessen, wie sehr ich meine Schwestern in meinem Leben brauchte, denn sie sorgten stets dafür, dass ich mich fast wieder ganz fühlen konnte.

Später an diesem Abend hatte ich vor, meinen Schwestern zu beweisen, wie sehr sie auch mich vermisst hatten.

*

»Das ist geschummelt«, rief *One* empört von der anderen Seite des Tischs aus, während sie die Hände in die Höhe hielt. »Du kannst unmöglich drei Zweien haben.«

Ich schaute mit den Augenbrauen wackelnd zu meiner Schwester hinüber. Sie hasste es unglaublich, dass ich ein so großartiges Pokerface hatte. In unserer Kindheit hatten wir jeden Sonntagabend miteinander gespielt.

Wir hatten mit *Sequence* angefangen und dann mit *Schummeln* weitergemacht. Dad war Erster bei *Sequence* geworden, dicht gefolgt von mir, und dann war Mom gekommen. Die Mädchen mochten das Spiel überhaupt nicht, weil man eine Strategie haben musste, um gewinnen zu können. Beim *Schummeln* ging es hingegen nur darum, über die Karten zu lügen, die man hatte.

»Zeigen!«, befahl sie.

Wie immer bewies ich ihr, dass ich die Wahrheit gesagt hatte, indem ich meine drei Zweien offen hinlegte.

»Ich weiß nicht recht, warum du immer an ihm zweifelst, Liebes. Er lügt doch nicht.« Dad zwinkerte mir ausgelassen zu.

»Nur, wenn es sein muss.« Ich spürte die Notwendigkeit, das hinzuzufügen.

Sie schnaubte nur und rückte auf ihrem Stuhl hin und her. »Muss schwer sein, dort zu sitzen, mit einem Heiligenschein im Hi…«

Ein Quietschen ließ uns abrupt innehalten. Oma rollte in das Wohnzimmer hinein, mit einem Ausdruck von *gut gemacht*, auf dem Gesicht.

»Mom!«, rief meine Mutter mit übertrieben lauter Stimme. »Sieh mal, wer heute Abend mit uns spielt!« Jedes Wort sagte sie langsam und extrem laut. Ich musste innerlich all meine Beherrschung aufbringen, um Oma nicht hämisch anzugrinsen. Ich schwöre, sie sah aus, als würde sie jeden Augenblick ihre heimliche Absicht preisgeben. Sie machte ein so herrlich verzweifeltes Gesicht.

»Ich wette, du könntest jetzt einen Drink gebrauchen.« Ich gestattete mir ein Grinsen. Ihre Augen leuchteten auf und sie bettelte mich förmlich an, ihr einen zu besorgen. »Ich wette, damit liege ich richtig.«

»Er sagt, er wettet, damit liegt er richtig«, wiederholte Mom brüllend, weshalb ich mir noch heftiger das Grinsen verbeißen musste.

»Ja, allerdings, mein Lieber. Vielen Dank.« Sie betrachtete sehnsuchtsvoll die Flasche Scotch auf der Bar. Ich sprang hastig auf, schenkte ihr ein großzügiges Glas ein und reichte es ihr.

»Es ist so gut, dich wieder hier zu haben.« Sie wiederholte nun ihren üblichen Kommentar, dass ich ihr so viel mehr bedeutete als ein guter Drink. Ich war eben Omas Liebling.

»Also, mach weiter, großer Bruder. Hör endlich auf, die Sache …«

Mein Handy meldete sich auf einmal, und *One* hielt sofort inne. Ich grinste, allerdings nur so lange, bis ich die Absenderkennung sah. Ich hielt einen Finger in die Höhe und entfernte mich hastig von meiner Familie.

»Was ist los, Antonio?«

»Du musst heute Abend ins Klubhaus kommen. Wir werden garantiert viel Spaß haben.«

Das kann nichts Gutes bedeuten. Ich schnappte mir die Schlüssel und machte mich, ohne mich von meiner Familie zu verabschieden, sofort auf den Weg dorthin.

*

Mit dem Daumen fuhr ich kreisend über die Öffnung meiner Bierflasche. Ich saß, Will gegenüber, an der Bar, dem ich so oft eine hatte reinhauen wollen, dass das Gefühl sich jetzt ganz natürlich wieder einstellte.

»Also …« Antonio trat jetzt an meine Seite, offensichtlich von irgendetwas high. »Nachdem ich etwas nachgeforscht habe, verstehe ich jetzt auch, warum du uns heute Abend nicht beitreten kannst. Militärgesetze und so ein Scheiß. Daher habe ich stattdessen einen anderen Vorschlag für dich.«

Ich nahm einen langen, tiefen Schluck von meinem Bier und wartete auf seinen *genialen* Plan.

»Ich habe durchaus verlässliche Jungs, aber es gibt leider auch ein paar wenige, denen ich nicht voll und ganz vertraue, und ich möchte deshalb, dass du sie für mich im Auge behältst.« Er nickte jetzt zu Elliot hinüber, der mit seinem Gips ungeschickt Schachteln stapelte.

Das sollte ich also für dich tun? Babysitter für deine bösen Buben spielen? Du machst doch Witze!

»Übrigens, was hat Elliot angestellt?« Ich hatte das Gefühl, ein Recht darauf zu haben, es zu wissen, wenn ich bald für sie Mitglieder überwachen sollte.

Antonio musterte mich kurz und bedeutete dann Will, ihm ein Bier zu geben.

»Er war nicht loyal.«

Das stachelte mein Interesse an. »Wieso nicht?«

Er grinste um die Flasche herum. »Das ist etwas, was du ihn fragen solltest. Achte aber darauf, im Gespräch den Namen seiner Schwester fallen zu lassen.« Er sprang jetzt vom Hocker auf und wollte gehen, drehte sich dann jedoch langsam um, als ob er vergessen hätte, mir noch etwas zu sagen. »Und wenn er wegläuft, dann bring ihn um. Echt jetzt, seine Zeit ist sowieso schon fast abgelaufen.« Er legte bei diesen Worten eine Waffe auf die Theke. »Nur für alle Fälle.«

Oh Scheiße!

Ich ließ die Waffe zwischen uns liegen, weil ich einfach nicht willens war, meine Hand auf eine seiner Waffen zu legen.

»Das wird schon nicht nötig sein, Antonio, und ich werde bestimmt nicht für dich töten. Das Haus behalte ich aber im Auge, wenn es das ist, was du möchtest.«

Antonio sah mich an, zuckte dann mit den Achseln und ging mit einigen seiner Jungs davon. Die Waffe lag noch immer dort auf dem Tisch, wo er sie hingelegt hatte.

Lexi hatte ich bisher noch gar nicht zu Gesicht bekommen, aber ich wollte auf keinen Fall neugierig erscheinen, also setzte ich mich einfach in die Ecke des Klubhauses und hoffte inständig, dass die *Devil's Reach* nicht gerade heute Nacht vorhatten, ihren Überfall abzuziehen.

Ein paarmal betrat Gordon den Raum. Beim dritten Mal kam er zu mir herüber und brachte mir etwas zu essen. Ich hatte eigentlich keinen Hunger und das Essen sah noch dazu beschissen aus, aber mir wurde schon bald darauf klar, dass er gar nicht von mir erwartete, dass ich es aß, er hatte nur einen Grund gebraucht, um zu mir herüberkommen zu können.

»Ich soll dich überwachen«, sagte er, als er mir eine Gabel reichte. Er hatte eine tiefe Stimme. Dies war das erste Mal, dass ich ihn richtig betrachtete. Er war stämmig und anhand der Bräunungsstreifen, die unter seinem roten Bandana hervorlugten, erkannte ich, dass er in letzter Zeit öfter mal in der Sonne gewesen war. Um seine blauen Augen herum hatte er Fältchen vom Zusammenkneifen und sein Haar war silbrig. Meiner Einschätzung nach war er ungefähr Mitte fünfzig. Er spielte zwar die Rolle eines *Almas Perdidas,* aber in seinem sarkastischen Lächeln erkannte ich sofort eine Seele. »Antonio will herausfinden, ob du tatsächlich wegen ihm oder nur wegen des Mädchens hier bist.«

»Okay, danke dafür.« Ich nickte und schob das Essen auf dem Teller hin und her. Ich kannte Gordon nicht, also würde ich ihm bestimmt nicht mein Herz ausschütten. »Was ist denn heute Nacht los?«

»Heute ist Aufreißer-Nacht. Antonio wird irgendwann mit Narkotika im Wert von etwa dreihunderttausend Dollar hierher zurückkommen, und dann geht die Party los.« Sein Gesichtsausdruck offenbarte mir, dass Lexi wahrscheinlich auch mit dabei sein würde.

»Fuck.«

»Ja.« Er warf einen schnellen Blick über die Schulter. »Kopf hoch. Sie haben vor, in Kürze das Klubhaus der *Devil's Reach* zu überfallen.«

So ein Scheißdreck. Bei diesem Gedanken wurde mir sofort heiß und kalt zugleich. Das war reiner Selbstmord. Gordon tippte sich an die Nase, bevor er wieder nach hinten verschwand. Ich wusste seine Warnung durchaus zu schätzen.

Ich hatte lässig die Füße hochgelegt und alles darangesetzt, das Gespräch mit Gordon ganz normal aussehen zu lassen. Ich beobachtete jetzt nacheinander Will, der sich gerade um die Bar kümmerte, den Türsteher, der die Leute, die hereinkamen und wieder gingen, auf Waffen durchsuchte, und Elliot, der mit gesenktem Kopf seinen Job erledigte.

Gegen elf Uhr wurde die Musik aufgedreht, und *Tragically Hip's* »So Hard Done By« dröhnte durch den Raum, während die Lichter gedimmt wurden und immer mehr Leute hereinströmten.

Bier brachte es jetzt nicht mehr, deshalb wechselte ich zu Rum mit Cola. Als ich gerade meinen letzten Schluck nahm, bemerkte ich, dass Elliot ganz offensichtlich versuchte, von der anderen Seite des Raums aus mit mir Blickkontakt aufzunehmen. Er nickte kurz in Richtung Flur und verschwand daraufhin.

Neugierig stand ich auf und schob mich durch eine Mauer aus Leibern und dichtem Qualm. Dann steckte ich den Kopf vorsichtig um die Ecke und erkannte zwei Schatten.

»Hör sofort damit auf!« Die heftig geflüsterten Worte drängten mich dazu, die Tür zum Vorratslager aufzustoßen.

Will war dort, der gerade die Hände überall auf Lexis Körper liegen hatte. Sie sagte ihm, er solle aufhören, unternahm jedoch keinen echten Versuch, ihn wegzustoßen. Das war sehr seltsam.

»Will, bitte nicht.«

Ohne zu überlegen, packte ich ihn am Kragen und zog ihn von ihr weg. Er stolperte und versuchte, sich zu fangen, stürzte dann jedoch zu Boden.

Lexis Gesicht nahm sofort einen besorgten Ausdruck an, der so überhaupt nicht zu dieser Situation passen wollte.

»Alles in Ordnung bei dir?«

Sie fuhr sich mit einer zitternden Hand über die Schulter. »Mir geht's gut.«

»Wo liegt denn bitte schön dein Problem, verdammt noch mal?« Will rappelte sich auf und legte den Kopf in den Nacken, um zu mir aufschauen zu können. Der Mann war nur ungefähr ein Meter siebzig groß, dafür aber sehr stämmig. »Wir teilen in diesem Haus alles, und niemand ist davon ausgeschlossen. Stimmt doch, Babe, oder?«

»Du weißt, dass Antonio mich nicht teilt«, zischte sie und schloss die Augen, während ihre Wangen tiefrot wurden.

Ich war zuerst erleichtert, das zu hören, aber die Erleichterung wurde rasch von reiner, roher Wut über den Scheißdreck vor mir abgelöst.

»Sie mag es gerne grob, Keith …«

»Mir egal, ob sie es mag, in der Mitte abgeknickt zu werden«, schnitt ich ihm besitzergreifend das Wort ab. »Wenn ich je wieder höre, dass du sie anrührst, bringe ich dich um!«

»Keith«, flüsterte Lexi hastig. »Er hat mir nicht wehgetan.«

»Verdammt richtig, das habe ich nicht, du kleine Nutte.«

Mit einer kleinen Drehung meines Arms hatte ich ihn im Schwitzkasten und bog ihn nach hinten. Alles verschwand jetzt um mich herum … alle Geräusche, Farben … einfach so verschwunden.

Wills Nägel gruben sich schmerzhaft in meine Haut, während er versuchte, meinen Griff zu lockern. Die Augen traten ihm bereits aus den Höhlen.

»Wenn du sie anrührst oder je wieder so mit ihr sprichst, reiße ich dir die Eier ab und schiebe sie dir anschließend in dein verdammtes kleines Maul.« Ich sprach betont langsam. »Hast du mich verstanden?«

Er fuhr sich mit der Zunge hektisch über die Zähne, nickte jedoch. Ich trat daraufhin zurück und ließ meine Umgebung in mich zurückfluten. Lexi hatte entsetzt eine Hand auf den Mund gepresst, und Will zupfte sich hustend das Hemd zurecht.

»Sieht ganz so aus, als ob das Mädchen des Chefs neuerdings einen Leibwächter hätte.«

Blödmann!

»Zu dumm nur, dass er nicht hierbleibt.« Provokativ legte er die Hand in seinen Schritt und wich dann zurück. »Bis später, Lexi.«

Ich drehte mich langsam zu ihm um, woraufhin er etwas schneller ging.

Lexi sank auf einer Kiste zusammen und ließ das Haar über ihr Gesicht fallen. Ihre Schultern sackten herab und sie wirkte unendlich erschöpft.

Vorsichtig beugte ich mich zu ihr hinab und verlagerte mein Gewicht auf die Fersen. Nach wie vor konnte ich nicht glauben, dass ich einfach so die Hand ausstrecken und die eine Frau berühren konnte, die mir vor so langer Zeit mein Herz gestohlen hatte.

Meine Hand schwebte jetzt Millimeter über ihrem Knie. Ich wollte sie nicht drängen, aber ich wollte sie so unglaublich gern spüren. Alles fühlte sich so richtig an, wenn wir beisammen waren.

Ihr Kopf fuhr erschrocken hoch, als sie meine Berührung spürte. In ihren wunderschönen Augen standen Tränen.

»Geh weg, Keith. Du solltest gar nicht hier sein.«

»Wenn ich nicht hier gewesen wäre, lägst du jetzt unter Will.«

Sie reckte den Hals, und ich sah, wie ihre Mauern hochschossen. Das war typisch Lexi. Sie kanalisierte ihre Gefühle stets zu Wut um. Zum Glück war das eines der Dinge, die ich an dieser Frau ganz besonders liebte.

»Hey.« Meine Hand fuhr jetzt ihren Schenkel hoch. Eigentlich versuchte ich gar nicht, sie sexuell zu erregen, ich wollte nur sehen, ob meine Berührung sie wieder auf den Boden zurückbrachte, so wie ihre Berührung es bei mir vermochte. »Ich weiß nicht, was hier los ist, aber das ist einfach nicht der richtige Ort für dich. Du verdienst so etwas nicht, Lexi. Du bist doch keine Aufblaspuppe oder ein One-Night-Stand für irgendjemanden, du bist eine wunderschöne Frau, die es verdient, auf die richtige Art und Weise geliebt zu werden.«

Sie sprang außer sich vor Wut auf und fuhr herum, deshalb richtete ich mich hastig auf.

»Du kommst nach wer weiß wie vielen Jahren einfach hier hereingeschneit und denkst, du kannst mir sagen, wie ich mein Leben verbringen soll. Seit du mich vor vier Jahren zum zweiten Mal verlassen hast, ist viel passiert.«

»Du suchst Streit, nicht wahr?«

Allerdings.

»Das Einzige, was ich möchte, ist, dass du verschwindest!« Sie sah mir unverwandt in die Augen, während sie diese Worte hervorspie.

Lügnerin!

Ich verschränkte die Arme vor der Brust. »Na schön, dann diskutieren wir das eben aus.«

Sie schüttelte den Kopf und stieß lang und zittrig die angehaltene Luft aus. »Nicht hier. Antonio weiß schließlich nicht, wie tief unsere gemeinsame Vorgeschichte wirklich reicht.«

»Scheiß auf ihn! Abgesehen davon ist er im Moment noch nicht einmal hier.« Ich trat näher zu ihr und nahm ihre Hand in meine. »Niemand kann uns unsere gemeinsame Zeit wegnehmen. Die gehört ganz allein uns. Was wir mit unserer Zukunft anstellen wollen, das kann hingegen beeinflusst werden.«

Sie zeigte mir ein sarkastisches Lächeln … ich hatte offenbar einen Nerv bei ihr getroffen.

»Zukunft?« Sie hob das Kinn. »Welche Zukunft denn?«

»Du musst doch nicht hier sein.«

Ihr Lachen nahm eine harte Note an. »Wie süß von dir, Keith.«

Sie wollte gehen, aber ich packte sie am Arm und beugte mich so zu ihr hinab, dass sie mir direkt in die Augen sehen musste.

»Überschütte mich ruhig mit jedem Scheiß, trotzdem kehre ich anschließend für noch mehr zurück, weil es nun mal das ist, was die Menschen tun, wenn sie einander lieben.«

Sie blinzelte mehrmals hintereinander hektisch, bevor ich spürte, wie sich ihr Arm unter meinem Griff langsam entspannte.

»Du liebst mich doch gar nicht, Keith. Du liebst in Wirklichkeit die Lexi von vor zehn Jahren. Das ist ein gewaltiger Unterschied.«

Ohne auf ihre Bemerkung einzugehen, zog ich sie näher an mich heran, sodass mein Körper ihren fast vollständig umhüllte. Ihr Blick fiel jetzt auf meinen Mund. Wir waren uns so unglaublich nahe …

»Du wirst ganz bestimmt nicht einfach so in mein Leben zurückkommen, als ob du mich besitzen würdest«, zischte sie. »Die Dinge liegen nämlich jetzt anders. Ich bin schließlich mit Antonio zusammen.«

Ich konnte meine Enttäuschung nicht verbergen, als ich ein tiefes Lachen ausstieß. »Natürlich, weil du das in deinem Leben ja so unbedingt brauchst. Jemanden, der dich und deinen Bruder regelmäßig verprügelt und demütigt.«

»Das verstehst du nicht.« Sie wollte sich gerade in Bewegung setzen, aber ich hielt sie an den Hüften fest.

»Versuche doch, es mir zu erklären.« Ich schob sie gegen die Wand. Sie drehte und wand sich, konnte meinem Griff aber nicht entrinnen.

»Du wirst noch alles verderben.«

»Was soll das denn heißen?«

»Das soll heißen, dass du gar nicht hier sein solltest. An dieser beschissenen Geschichte ist wesentlich mehr dran, als du ahnst.« Sie ließ den Kopf hängen. Sie wirkte wirklich vollkommen erschöpft.

Alles in mir wurde weich, als ich mich entspannte und meinen Körper an ihren schmiegte. Ich legte ihr sanft die Stirn auf den Scheitel, aber bevor es mir zu behaglich wurde, schob sie mich wieder weg.

»Es ist so unfassbar viel geschehen, seit du das erste Mal weggegangen bist.« Sie wandte mir jetzt schniefend den Rücken zu. »Du warst die andere Hälfte meiner Seele, Keith, und du hast mich verlassen, und dann, als ich dich am meisten gebraucht habe …« Sie streifte sich wütend eine Träne ab. »Ich war vollkommen ausgelaugt und depressiv, bis Juan in mein Leben trat und mir zeigte, dass ich es immer noch wert war, geliebt zu werden … vielleicht auf eine andere Art und Weise, aber dennoch geliebt.«

Ich verabscheute diese Bemerkung.

»Ich wollte dir doch niemals wehtun, Lexi.«

Sie drehte sich um und sah zu mir auf, und in ihren Augen stand der nackte Schmerz geschrieben. »Es ist viel zu viel vorgefallen, um wieder dort anfangen zu können, wo wir aufgehört haben, Keith. Es geht jetzt nicht mehr nur um mich. Geh einfach dorthin zurück, wohin auch immer du gehörst, und lass mich in Frieden.«

Die Art und Weise, wie sich ihr Mund bewegte, erregte meine Aufmerksamkeit. Ich schob sie gegen die Wand und hob ihr Kinn an. Bevor sie hätte protestieren können, drückte ich meine Lippen auf ihre und kam mir plötzlich wieder vor wie siebzehn.

Mit dem Daumen fuhr ich zärtlich an ihrem Kinn entlang und öffnete ihren Mund, sodass ich meine Zunge hineinschieben konnte. Sie ließ es geschehen, und ich trat näher an sie heran, sodass sie spüren konnte, wie erregt ich war.

Plötzlich griff sie mit ihren Händen in meine Haare und zog grob daran. Ich konnte mich jetzt kaum noch beherrschen. Allmählich merkte ich aber, dass an ihrem Kuss irgendetwas nicht stimmte. Er erinnerte mich an etwas, aber ich konnte es nicht genau einordnen.

Meine Hand schob sich jetzt unter ihr T-Shirt und hinauf zu ihrer vollen Brust. Ich umfasste sie und knetete sie genau so, wie sie es liebte.

Sie stöhnte leise und vertiefte den Kuss. Wir waren extrem wild aufeinander und zerrten an allem, worauf wir die Hände legen konnten.

Ich zog jetzt meine Hand aus ihrem T-Shirt, strich damit an ihrem Schenkel herab und fuhr dann unter ihren Lederrock. Mit Befriedigung nahm ich wahr, dass sie feucht war.

»Keith«, murmelte sie in meinen Mund hinein und drehte und wand sich, um etwas Reibung zu finden.

Verdammt. Meine Finger tauchten jetzt tief in sie hinein. Sie verdrehte die Augen nach oben und schloss sie, als ihr Kopf erleichtert gegen die Wand schlug.

Ihr Atem ging immer schneller und ihre Brust hob und senkte sich heftig, was meine Aufmerksamkeit wieder auf ihre erotischen Brüste lenkte. Ich beugte mich jetzt hinunter, fuhr mit der Zunge zwischen ihnen entlang und saugte dann ihre Brustwarzen in mich hinein.

»Lex!«, brüllte Will plötzlich vom Flur her. »Wo zur Hölle steckst du denn?«

Sie zuckte erschrocken zusammen, und ich sah, wie heftig sie in die Realität zurückgeschleudert wurde. Sie kämpfte ihr Verlangen augenblicklich nieder und zog sich wieder in sich selbst zurück.

»Hör sofort auf!« Sie rieb sich wild die geröteten Lippen. »Mach mich nicht komplett irre. Das hast du schon so oft getan, dass es für ein ganzes Leben reicht.«

»Ich will dich doch nicht irre machen, ich will dich nur daran erinnern, was wir sein könnten.«

»Das sollst du aber nicht tun!«, schrie sie fast und schob mich hastig weg, sodass sie ihre Kleidung richten konnte.

»Lexi!« Will stand jetzt offenbar direkt auf der anderen Seite der Tür. Wenn er wüsste, dass wir immer noch hier drin waren … »Wo ist diese kleine Fotze denn bloß?«

Er rüttelte am Türknauf, und Lexi schob mich panisch hinter ein paar Kisten.

»Keith, du sagst jetzt kein einziges Wort!«

Sie drehte ihren Rock richtig herum, bevor sie die Tür öffnete.

»Wo zur Hölle bist du die ganze Zeit gewesen?«, schrie Will sie an.

»In diesem Raum eingeschlossen. Danke für deine große Sorge, du Arschloch.«

»Bewege gefälligst deinen Arsch nach vorn. Das sind zu viele Gäste für mich allein.«

»Was, du kriegst ein paar Bestellungen nicht allein gebacken?«, schoss sie zurück und ließ mich mit meinen wild umherwirbelnden Gedanken zurück.

Kapitel neun

Sobald ich wusste, dass sie wirklich weg waren, eilte ich ebenfalls hinaus auf den Flur und tat dann so, als würde ich die Räume überprüfen.

Elliot warf mir einen vielsagenden Blick zu, während er schmutziges Eiswasser zur Hintertür hinausschüttete.

»Alles in Ordnung mit ihr?«

Ich nickte leicht, ging dann jedoch wieder in die Bar zurück, wo ich mich einem vollkommen überdrehten Antonio und seinen Männern gegenübersah.

»Wie war's denn?«, fragte Lexi hastig und hob ein leeres Glas auf. Ihre Wangen waren noch immer leicht gerötet. Sie vermied bewusst jeglichen Blickkontakt mit mir und tat so, als wäre ich Luft.

Antonio packte sie und zog sie zu sich. Sie lehnte sich an ihn und bewegte dabei provozierend die Hüften.

»Geh los, zieh dich aus und bring dich schon einmal in Position für mich.«

Sie lehnte sich zurück und gab ihm einen Kuss. Das machte mir echt zu schaffen, gestand ich mir ein.

»Eigentlich bin ich noch nicht fertig damit, Will zu helfen. Ich wurde nämlich eingeschlossen …«

»Habe ich dich vielleicht gefragt?« Seine Hand packte sie grob am Kinn, sodass sie ihn ansehen musste. »Ich wiederhole mich nicht gern, Lexi!«

Ich musste alles in mir Vorhandene aufbieten, um ihm nicht den Hals zu brechen. Meine Hände bebten förmlich vor Verlangen danach, ihn zu töten.

Auf ein Fingerschnippen hin trat jetzt ein Mann vor, legte drei ovale Tabletten auf den Tisch und zerdrückte sie mit dem Kolben seiner Waffe zu Staub. Er wischte das Pulver in einen Drink, reichte ihn Antonio und trat dann zurück.

Gordon warf zuerst mir einen Blick zu und dann Lexi.

»Trink aus«, befahl Antonio ihr und schob den Cola-Rum in Lexis Hand, bevor er sie wieder losließ. »Sofort!«

Sie setzte den Drink an ihre Lippen und leerte ihn dann mit einem Schluck. »Habt ihr wieder euren Spaß, Jungs?«, sagte sie fröhlich und knallte das leere Glas auf die Theke.

Aus dem Augenwinkel sah ich etwas Weißes aufblitzen und erkannte, dass es Elliot war, der von der anderen Seite des Raums aus voller Entsetzen zuschaute. Das war das erste Mal, dass ich ihren Bruder wirklich zutiefst hasste. Schließlich war er doch derjenige, der sie überhaupt erst in diesen ganzen Schlamassel hineingebracht hatte. Wenn er doch bloß Manns genug gewesen wäre und seiner Schwester geholfen hätte, als es ihr so schlecht ging, so wie es die meisten Geschwister taten, die ihre Eltern verloren hatten, wären sie jetzt garantiert nicht hier. Stattdessen aber hatte er immer nur an sich selbst gedacht und sich wie ein kompletter Vollidiot benommen. Anschließend war er irgendeiner Fotze direkt in die Jauchegrube der *Almas Perdidas* gefolgt und hatte Lexi dabei mit hineingezogen.

»Na los.« Antonio schob sie an ihrem Ellbogen voran. »Geh besser, bevor das Zeug wirkt.«

»Ich bin schon unterwegs.« Sie küsste ihn erneut, bevor sie verschwand, wobei sie immer noch jeglichen Blickkontakt mit mir mied.

Sobald es ging, jagte ich eine SMS an Clark raus.

Zehn schmerzvolle Minuten später bekam ich dann endlich die Ablenkung, die ich mir erhofft hatte. Zwei schwer aufgetakelte Nutten, die auf der Suche nach ein paar Kröten waren, schlenderten in das Klubhaus hinein. Das weckte natürlich sofort Antonios Interesse. Ich wartete, bis er in irgendeinem Schlafzimmer verschwunden war, bevor ich mich hastig in Bewegung setzte. Ich musste froh für sie sein, sie würde heute Nacht ganz bestimmt keinen Sex bekommen.

Ich fand Lexi auf ihrem Zimmer. Sie trug nun lediglich einen Stringtanga und ein T-Shirt. Ich zog ihr das T-Shirt, so weit es ging, herab und hüllte sie dann in eine Decke. Anschließend nahm ich sie fest in meine Arme. Als ich gerade gehen wollte, entdeckte ich die kleine Holzschachtel, die ich ihr damals von meinem ersten Einsatz aus geschickt hatte. Jemand anderem hätte sie vielleicht nicht so viel bedeutet, aber mir schenkte es einen Hoffnungsschimmer, weil sie das Kästchen all die Jahre über aufbewahrt hatte. Ich eilte jetzt zur Tür hinaus und zum letzten Schlafzimmer in der Nähe des Ausgangs.

Ich fand Elliot auf seinem Bett, während er über einen Kopfhörer Musik hörte. »Sofort runter da.« Bei meinem barschen Tonfall sprang er erschrocken auf und machte sofort Platz für seine Schwester. »Du musst dafür sorgen, dass Antonio sie heute Nacht nicht suchen kommt.«

»Antonio wird verteufelt sicher nicht auf mich hören, er hat mich schließlich gerade auf dem Kieker.«

»Warum denn?«, fragte ich, und ich wollte wirklich ein paar gottverdammt gute Antworten. Sorgfältig steckte ich die Decken um ihren erschlafften Körper herum fest. »Warum, Elliot?«

»Ich habe eine seiner Regeln missachtet.«

Regeln, das konnte ich gut verstehen. Mit das Wichtigste, was ich am Leben in *Shadows* mochte, waren die Regeln. Sie alle waren aus einem ganz bestimmten Grund aufgestellt worden und sollten deshalb auch befolgt werden. Sie alle waren für unsere Sicherheit da … für den Schutz von allem und jedem. Dass die Lage des Safe Houses weiterhin geheim blieb, hing davon ab, dass jeder von uns diese Regeln befolgte. Cole achtete äußerst strikt darauf, dass wir sie befolgten. Wenn nicht, hatte es sofort Konsequenzen zur Folge. Die schlimmste Strafe, die es gab, war der Gipfel. Dienst auf dem Gipfel würde einem zwar nicht weiter schaden, aber es war höllisch kalt und absolut erbärmlich.

»Und welche Regel?«, fragte ich ihn daraufhin.

Seine Hand ging nervös zum Scheitel und er kniff die Augen zusammen. Ich hörte ihn jetzt tatsächlich mit den Zähnen knirschen.

»Ich …« Er versuchte weiterzusprechen, und ich sah einen Kampf in seinem Innern toben. Speichel sammelte sich in seinen Mundwinkeln und seine Hände zitterten unkontrolliert. »Es war wirklich schlimm.« Sein gehetzter Blick fand nun meinen. »Diese Kerle hier lassen die Gang von *Devil's Reach* wie kleine Kinder erscheinen.«

Ich wollte ihn zuerst korrigieren, denn es gab nichts Schlimmeres als die DR, aber ich wollte ihn nicht unterbrechen.

Er stand auf, riss eine Schublade auf und holte aufgeregt eine Flasche Wodka heraus.

»Möchtest du auch was?«

»Nein.« Ich wartete.

Er schenkte sich einen Dreifachen ein, hielt ihn zwischen den tätowierten Fingern und starrte ihn durch die farbigen Zahlen auf jedem einzelnen Finger an, als würde er sie zum ersten Mal sehen.

Sobald er die Beherrschung wiedererlangt hatte, rieb er sich den Schenkel und nickte in sich hinein, als wolle er sich mit seinen Ängsten arrangieren. Das respektierte ich durchaus, denn es bedeutete, dass er im Innern immer noch vernünftig denken konnte. Sie hatten ihn also noch nicht vollständig gebrochen.

»Ich habe mit Antonios Cousine geschlafen. Ich hatte nicht gewusst, dass sie verwandt sind, und sie hat mir natürlich nicht gesagt, wer sie war. Später wollte sie dann mehr von mir, aber ich habe abgelehnt. Also hat sie es Antonio aus Rache gesagt. Allerdings hat sie ihm eine vollkommen andere Version erzählt.«

»Das hat ihn natürlich gewaltig verärgert.«

»Das und die Tatsache, dass Lexi mir beistehen wollte.« Seine Augen zuckten nervös hin und her. »Trotz allem, was du glaubst ...« Er räusperte sich und seine Stimme wurde jetzt wieder kräftiger. »Ich wollte Lexi niemals hier haben, weißt du. Ich habe mich komplett verloren gefühlt und wusste nicht mehr, was ich tat. Sie bettelte mich an, zu ihr nach Hause zu kommen, aber ich hatte das Gefühl, unser Zuhause wäre keines mehr. Ich passte irgendwie nirgendwo mehr hin. Mir war nicht klar, wie dreckig es ihr ging. Ich meine, natürlich wusste ich, dass auch sie Schmerz empfand, aber was zur Hölle konnte ich dagegen schon großartig tun? Ich war schließlich vollkommen am Boden zerstört.«

Ich musste die Zähne zusammenbeißen, um ihm nicht ins Gesicht zu schlagen, aber er musste das alles unbedingt mal loswerden.

»Als sie sich dann auf einmal auf Juan eingelassen hat, wurde alles ganz anders.« Er hielt inne, um einen Blick auf das bleiche Gesicht seiner Schwester zu werfen. Wegen der hohen Dosis des Rohypnols bewegte sich ihre Brust kaum noch.

»Anfangs war er tatsächlich auch sehr nett zu ihr, aber dann fing er plötzlich an, sie zu schlagen. Erst nur ein bisschen, aber … muss wohl in der Familie liegen. Beim ersten Mal versuchte ich noch, dazwischenzugehen, aber sie schlugen mich daraufhin nur umso schlimmer zusammen. Ich wollte ihr ausreden, so viel im Klubhaus herumzuhängen, denn damals hatten wir ja immer noch unser Elternhaus. Erst vor zwei Jahren mussten wir es endgültig verkaufen. Lexi war echt traurig, als wir es aufgeben mussten. Sie hatte sich danach eine Reihe von Wohnungen angesehen, und ich habe gedacht, sie hätte sich für eine entschieden, aber zu dieser Zeit hatte sie gerade ihre Affäre mit Juan angefangen. Jetzt, wo sie mit Antonio zusammen ist, ist sie die ganze Zeit über hier, und alles wird immer schlimmer.« Er rieb sich die verschwitzte Oberlippe. »Juan hat Antonio nie erzählt, dass ihr beide so lange miteinander gegangen seid. Die zwei schlagen sich sowieso schon immer die Köpfe ein, und er wollte nicht, dass ihn Antonio deshalb verprügelt.« Er nahm jetzt seinen Drink und kippte die Hälfte davon in einem Schluck herunter. »Obwohl Antonio es, glaube ich, sowieso wusste. Anscheinend weiß er nämlich alles. Ist eben eine kleine Stadt.« Auf seinem Gesicht zeigte sich nun Sarkasmus. »Orte wie der hier sind für jeden Scheiße, aber Lexi ist dennoch geblieben. Ihre Entscheidung, nicht wahr?«

Offenbar hatte ihm Lexi also nichts von der Möglichkeit erzählt, dass die Gang hinter dem Mord an ihren Eltern stecken könnte. Das war interessant.

»Mann, dieses Mädchen kann von jetzt auf gleich von der alten Lexi zu einer vollkommen anderen Person umschalten. Ich erkenne sie oft kaum noch wieder.« Er beugte sich jetzt vor und fuhr fort: »Sie haben damit gedroht, mich umzubringen, wenn sie nicht tut, was ihr gesagt wird. Sie haben uns beide die Schlinge um den Hals gelegt, und als sie irgendwann ganz hier eingezogen ist, wurde sie nur noch enger. Sie meinen es so, wie sie es sagen, Keith. Sobald du drinnen bist, bist du drinnen.«

Du meine Güte, was für ein verdammter Feigling.

»Was ist mit Juan passiert?« Ich wollte so viele Informationen wie nur möglich haben, damit ich einschätzen konnte, womit ich es hier genau zu tun hatte.

Elliot lehnte sich jetzt zurück, legte seine Füße auf den Tisch und dachte einen Moment lang nach. »Antonio wollte Lexi irgendwann für sich, und die einzige Möglichkeit, wie er Hand an sie legen konnte, bestand darin, dass sein Bruder verschwand. Also hat er vor etwa neun Monaten Beweise für einen Mord vorgetäuscht und dann sogar gegen seinen eigenen Bruder ausgesagt. Juan hat fünfzehn Jahre bis lebenslänglich bekommen. Am folgenden Tag ist Lexi bereits in Antonios Zimmer gezogen, und jetzt gehört sie ganz und gar ihm … ohne geteilt zu werden. Antonio möchte sie nämlich aus irgendwelchen Gründen nicht teilen. Was sie für einige Typen natürlich nur umso mehr zu einem begehrten Objekt macht.«

»Will?«

»Ja, dieses Arschloch zum Beispiel.« Seine Hand zitterte und er goss sich etwas Wodka auf die Hose.

Ich räusperte mich. Ich wollte jetzt bestimmt nicht über Will und Lexi nachdenken.

»Weiter.«

»Sie, ähm …« Er hielt kurz inne und rutschte dann nervös auf der Bettkante hin und her, als wäre ihm auf einmal unbehaglich zumute.

»Sie hatte mal einen Plan. Sie hat gewartet, bis Antonio weg war, und ihn dann angerufen und ihm gesagt, dass sie echt krank sei. Sie hat über schlimme Bauchschmerzen geklagt, und Antonio hat ihr daraufhin gesagt, ich könne sie zum Arzt bringen. Wir sollen normalerweise nie miteinander reden, geschweige denn zusammen irgendwo hinfahren, aber wie gesagt, die Dinge lagen ja jetzt anders, und da er weg war, hat er ihr die Erlaubnis erteilt. An dem Tag hat sie sich eine Spirale einsetzen lassen.«

Ich nickte, weil ich wusste, was das bedeutete. Als *Three* ihre bekam, musste ich mir alles darüber anhören … die Freuden, mit fünf Frauen zusammenzuleben. Empfängnisverhütung war in meinem Haus nämlich kein Tabuthema.

»Antonio weiß es bis heute nicht. Nicht, dass es ihn jucken würde, aber Lexi schon. Sie hat damals sogar tatsächlich in Betracht gezogen, sich die Eileiter abbinden zu lassen, damit es nicht aus Versehen passieren konnte. Der Arzt hat ihr aber davon abgeraten und ihr erklärt, dass es riskant sei, wenn sie später jemals doch Kinder haben wolle.« Er sah mich jetzt mit geröteten Augen an. »Ich habe dem Arzt dabei geholfen, sie davon zu überzeugen, es nicht zu tun. Ich wollte nicht, dass meiner Schwester diese Chance entgehen würde, wenn sie ihre Meinung vielleicht doch mal ändern würde. Offensichtlich machte sie sich dabei aber keine Sorgen wegen Antonio an sich, aber normalerweise teilt er immer alles, also …« Er hielt meinem Blick stand und versuchte, mich dadurch davon zu überzeugen, dass er ihr tatsächlich in irgendeiner Art und Weise zu helfen versucht hatte. Sein Blick wanderte von einem meiner Augen zum anderen und suchte dort ganz offensichtlich nach etwas, das ich ihm nicht geben konnte und würde.

»Du hast richtig Glück gehabt, dass du zu ihr durchgedrungen bist, Keith. Ein Teil von ihr ist nämlich nach deinem Weggang gestorben. Sie wollte anschließend noch nicht einmal, dass irgendjemand im Haus deinen Namen erwähnte. Sie war so zerstört wegen dem, was du ihr angetan hast, dass sie diesen Teil ihrer selbst einfach abgeschaltet hat. Die alte Lexi ist daraufhin größtenteils verschwunden, und die neue wird wahrscheinlich auf keinen von uns beiden hören.«

Mir war klar, dass er gerade versuchte, von seinen mangelnden Bemühungen, Lexi zu helfen, abzulenken, und mir die Sache stattdessen in die Schuhe schieben wollte, und so sehr es mich auch schmerzte, es zu hören, so wollte ich gerade nicht in diese Richtung denken.

»Elliot, ich muss dich etwas fragen.« Er musste unbedingt weiterreden, denn da war immer noch etwas, das ich nicht verstand.

Er nickte und versuchte, die Decke etwas besser über seine Schwester zu ziehen.

»Antonio hat erwähnt, dass du etwas getan hast, das ihn zu der Annahme führte, dass du nicht vertrauenswürdig bist. Was war das?«

Sein Kinn zitterte daraufhin. Er zögerte, dann wandte er sich ab und zuckte mit den Achseln. »Von dem Durcheinander mit seiner Cousine einmal abgesehen gefiel ihm wohl einfach nicht, dass ich meine Schwester immer wieder verteidigt habe. Ich glaube, er ist eifersüchtig auf unsere Beziehung. Sonst gab es da nichts weiter mehr.«

Das Besondere an Elliot war, dass er immer schon extrem leicht zu durchschauen gewesen war. Ich war mir absolut sicher, dass er mich gerade anlog und ganz eindeutig etwas vor mir verbarg.

Wir saßen jetzt schweigend zusammen. Ich verarbeitete das, was ich gerade gehört hatte, und Elliot genoss die Schulter, an die er sich lehnen konnte. Es hatte einmal eine Zeit gegeben, da hatten Elliot und ich uns sehr nahegestanden. Obwohl da etwas an ihm war, das ich noch nie gemocht hatte. Aber er war Lexis Bruder, und sie hatte ihn bewundert, also hatte ich mir stets Mühe gegeben. Er hatte immer schon eine etwas rücksichtslose Seite an sich gehabt, doch dieses Mal hatte er sie in Probleme hineingezogen, die im Laufe der Zeit immer gefährlicher geworden waren, und er hatte Lexi einfach mitgenommen.

Elliot ergriff jetzt erneut das Wort.

»Als Antonio eines Tages merkte, dass Lexi gut mit Zahlen umgehen konnte, hat er ihr die Buchhaltung überantwortet. Sie hatte sich als vertrauenswürdig erwiesen und sie war ihm auf diese Weise äußerst nützlich. Er mag mich nicht, weil ich … ähm … dadurch eine Grenze überschritten habe, dass ich mit seiner Cousine geschlafen habe. Lexi hat mich verteidigen wollen, und das hat ihm offenbar überhaupt nicht gefallen. Deshalb stellt er jetzt auch ihre Loyalität infrage. Er ist wütend auf sie, und deshalb lässt er sie bewusst mit Will zusammen in der Bar arbeiten.« Er schloss einen Moment lang gequält die Augen. »Jetzt darf sie nur noch an Donnerstagen allein von hier weggehen, wenn sie die Gräber unserer Eltern aufsucht oder wenn sie etwas erledigen soll. Zuerst sind sie ihr immer gefolgt, um sich zu vergewissern, dass sie auch nicht log, wohin sie ging, aber sie hat nicht gelogen, Lexi hat nämlich viel zu viel Angst, um davonzulaufen.«

»Wie bist du überhaupt in diese Gang hineingeraten, Elliot?«

Sein Gesicht zuckte, wiederum ein Indiz dafür, dass er gleich lügen würde. »Ich bin über Antonios Cousine hierhergekommen. Sie ist wirklich hübsch. Später habe ich dann auch seinen Onkel näher kennengelernt, als ich vier Monate im County-Gefängnis saß, weil ich die Verantwortung für einen Marihuana-Deal übernommen hatte. Sie fanden die Ware in seinem Wagen. Es war ein

Tauschgeschäft, und alles war besser, als ihr Initiationsritual mitmachen zu müssen.« Er legte sich eine Hand auf das Herz. »Ich wäre auf keinen Fall imstande gewesen, jemanden vollkommen grundlos zu ermorden.« Er hielt inne, als wenn er noch etwas hinzufügen wollte, tat es dann jedoch nicht. Genauso war es auch bei seiner Schwester gewesen.

Was ging hier wirklich vor sich?

»Wo bist du die ganze Zeit über gewesen, Keith? Was hast du in all den Jahren gemacht?«

Ich hatte bestimmt nicht vor, ihm darauf eine Antwort zu geben. Er hatte nämlich kein Recht zu fragen, und daraus würden sich außerdem auch unweigerlich zu viele Fragen ergeben, die nicht zu beantworten waren. Zum Glück musste ich aber auch nicht antworten, denn die Tür öffnete sich langsam, und ein Mädchen mit grünem Haar steckte den Kopf in das Zimmer hinein.

»Ist sie schon hinüber?«

Im Gefühl, dass mir hier etwas entging, sah ich aufmerksam zu Elliot. Er schüttelte abwehrend den Kopf.

»Heute Nacht nicht, Renny.«

Ungeachtet seiner Bemerkung betrat sie trotzdem das Zimmer und schloss die Tür hinter sich. Ich glaubte, meinen Augen nicht zu trauen, als sie begann, sich das Top auszuziehen.

»Was soll das denn, zum Teufel?«, fragte ich mit einem mörderischen Gesichtsausdruck. Elliot sprang daraufhin hastig auf, zögerte dann aber merkwürdigerweise wieder.

Ich konnte es einfach nicht fassen, aber dieses grünhaarige Mädchen riss sich jetzt auch noch den Rock herunter, sprang auf das Bett und fing an, Lexis schlaffe Gliedmaßen zu küssen.

Elliot stand die ganze Zeit wie eine Statue daneben und sah mit einem unheimlichen Ausdruck auf dem Gesicht dabei zu, so als würde er das Ganze genießen. »Was soll das, zum Teufel?« Ich stürmte auf das Bett zu, aber Elliot schrie jetzt etwas, und ich unterließ es deshalb, sie gegen die Wand zu schleudern, wie ich es eigentlich vorgehabt hatte.

»Renny, sofort raus mit dir!« Elliot wachte nun offenbar aus seiner eigenartigen Trance auf. »Verschwinde, auf der Stelle.«

Sie wirkte extrem verwirrt, als sie sich von Lexi löste.

»Was soll denn der Scheiß, Elliot? Das hat dich doch früher nie gest...«

»Raus hier!«, brüllte er, allerdings erst, nachdem diese ekelerregende Bemerkung gefallen war.

Mir drehte sich augenblicklich heftig der Magen um und ich wollte am liebsten auf irgendetwas einschlagen.

»Wenn Antonio das herausfindet ...«

»Sie ist meine gottverdammte Zwillingsschwester, du Crackhure. Ich beschütze sie.«

Renny warf ihm einen dreckigen, aber auch verwirrten Blick zu, bevor sie sich ihre Kleidung schnappte und zur Tür ging. *Oh mein Gott, das war also offenbar früher schon mehrmals vorgekommen!*

»Hey.« Sie zeigte jetzt mit dem Kinn auf mich. »Möchtest du vielleicht einen Blowjob oder so etwas?«

Ich starrte sie fassungslos an, vollkommen erschlagen von dieser ganzen beschissenen Sache. Ich hob Lexi kurzerhand hoch und wickelte sie in die erbärmlich kleine Decke.

»Ich bringe sie jetzt zu meinen Eltern!« Ich hielt sie in den Armen, aber plötzlich stellte sich Elliot vor mich. »Aus dem Weg, Elliot!«

»Wenn du sie mitnimmst, werden sie Lexi nach ihrer Rückkehr umbringen. Glaub mir.« Er versuchte es jetzt mit einer anderen Masche. »Sie wird dann ebenso wütend auf dich sein, weil du sie von hier weggebracht hast, wie die Leute hier.« Er wurde jetzt ganz bleich im Gesicht. »Hier hat alles, was du tust, Konsequenzen. Riskiere nicht ihr Leben. Es ist nichts Neues für sie. Glaub mir.«

Fuck! Fuck! Fuck!

Er könnte recht damit haben. Scheiße, ich musste dringend nachdenken. Ich trat einen Schritt zurück und bemühte mich darum, meine Enttäuschung abzuschütteln. Behutsam legte ich sie wieder auf das Bett zurück und schob ihr das Haar aus dem bleichen Gesicht. *Oh, Lexi, was soll ich nur mit dir anstellen?* In einer etwas sauberer aussehenden Ecke ließ ich mich schließlich zu Boden sinken und schloss meine müden Augen.

Es würde eine lange Nacht werden und ich würde garantiert nirgendwohin gehen.

Lexi

Die Wolken zogen träge dahin und meine schläfrigen Augen erzeugten daraus Formen und Gesichter. Eine warme Brise strich über meine Haut, während der Ozean sich am Ufer brach. Ein weiches, cremefarbenes Baumwollkleid flatterte um meine Beine herum. Ich genoss das Gefühl, wie es mit meinen Schenkeln flirtete.

Es war einfach ein vollkommener Tag. Meine Haut, von der Sonne geküsst unter den heißen Strahlen, erinnerte mich daran, dass ich nicht mehr in Boston war. Ein Lächeln kroch mir über die Lippen, als ich entdeckte, wie er durch das Wasser watete. Seine breiten Schultern und der feste Bauch schimmerten feucht. Er trug eine Baseballkappe, und ich hätte fast laut aufgelacht bei dem glücklichen Gefühl, das bei seinem Anblick in mir hochstieg. Ich lag in meiner Hängematte und genoss es, ihn einfach nur zu beobachten.

»Noch ein Margarita, Miss?« Eddie, mein barbadischer Lieblings-Barkeeper, beugte sich jetzt zu mir herab und bot mir einen weiteren Drink an.

»Danke, gern, Eddie.« Ich gab ihm stets ein großzügiges Trinkgeld, denn er war wirklich der Beste. Glücklich saugte ich an einem Stück Ananas, sodass der Saft meine Geschmacksknospen entfaltete.

Keith und ich hatten diese Reise schon seit längerer Zeit geplant. Also hatten wir nach unserem einundzwanzigsten Geburtstag unser Geld zusammengekratzt und waren jetzt an einem Strand unten am Kap von Barbados. Wir liebten diese Insel von ganzem Herzen. Die Menschen hier waren herzlich und freundlich und das Essen war einfach fantastisch. Wir beide liebten außerdem den fliegenden Fisch, eine hiesige Spezialität.

Wir hatten bei unseren neuen Freunden bereits einen Katamaran geliehen. Clint und Laura waren Inhaber einer Firma, die Schiffe rund um die Welt lieferte. Clint unterhielt uns gern mit vielen Geschichten seiner Eskapaden auf See. Als erfahrener Seemann fuhr er auch Rennen, und eines seiner liebsten war das Clipper Round the World *Race. Sie stammten von hier, und wir verbrachten mit ihnen einfach nur eine tolle Zeit. Wir konnten uns wirklich äußerst glücklich schätzen, sie kennengelernt zu haben.*

Ich wälzte mich jetzt herum, um Keith wieder anzusehen, aber er war irgendwohin verschwunden. Verdammt! *Ich lehnte mich daraufhin zurück und schloss die Augen.*

»Ich glaube, du solltest dir besser das Kleid ausziehen«, sagte er jetzt von irgendwo hinter mir.

»Dann solltest du aber auch deine Shorts ausziehen.«

Er hielt meine Hängematte an und krabbelte vorsichtig neben mich.

»Iiieeh!« Ich fuhr erschrocken hoch und hätte uns beide fast in den Sand geworfen. Er war lange schwimmen gewesen. »Du bist ja eiskalt!«

Er presste sich nun noch enger an mich. »Dann wärme mich doch.« Er küsste meine Brüste und seine Hand glitt über mein Bein. »Mein Gott, du schmeckst einfach erstaunlich.«

»Keith.« Ich lachte. »Wir werden noch aus der Hängematte fallen.«

Er schwang nun das Bein über meins und drehte uns, sodass ich mit einem Ruck auf seiner Brust landete. Ich konnte daraufhin nur noch lauter lachen, bis er mich erneut herumwarf und jetzt auf mir lag. Er packte mich an den Armen und hielt sie über meinem Kopf fest, während er mit dem nassen Haar wild über meinen Bauch rieb. Ich quietschte und flehte ihn um Gnade an.

Er zog sich nun ein Stückchen zurück und verlagerte sein Gewicht auf den Unterarm, dann strich er mir das Haar aus dem Gesicht und seine dunklen Augen sahen tief in meine. Ich schwor, ich konnte unsere Zukunft darin erkennen … alles ausgelegt in einem sauberen kleinen Halbkreis. Keith war meine erste und auch letzte Liebe. Es war mir gleichgültig, was die anderen alle sagten. Sich jung zu verlieben, musste nicht automatisch immer etwas Schlechtes sein. Es konnte doch auch einfach nur bedeuten, dass wir das Glück gehabt hatten, besonders früh Hals über Kopf mit unserem Seelengefährten zusammenzustoßen und von da an wie eine einzige Seele zu leben.

»Wie kann etwas derart Schönes denn nur Wirklichkeit sein?« Er verlieh mir immer das Gefühl, als ob ich die Einzige für ihn wäre und als ob nichts anderes auf der Welt zählte. Er beugte sich jetzt herunter, nahm meine Lippen zwischen seine und gab mir einen leichten Kuss. Ich konnte mir gerade noch so eben verkneifen, ihm die Shorts herunterzureißen.

Keith konnte mich durchaus heftig nehmen, wenn wir allein waren, aber in Gegenwart anderer zeigte er sich stets äußerst respektvoll.

»Komm.« Er krabbelte jetzt aus der Hängematte, stand auf und stellte mich ebenfalls auf die Füße. »Ich brauche dich jetzt ganz für mich allein.«

Er zerrte mich praktisch hinter sich her, während wir einen Pfad aus dicken Palmen hinabgingen. Auf halbem Weg blieb er kurz stehen und zog mich auf eine winzige Lichtung, die man nur vom Wasser aus sehen konnte.

»Was tust du denn da?« Ich blickte nervös über seine Schulter, sah jedoch, dass wir vollkommen allein waren.

»Als wir neulich Kajak gefahren sind, habe ich diesen Platz hier entdeckt.« Er riss sich jetzt die Shorts hinunter und grinste mich augenzwinkernd an, bevor er in das kristallklare Wasser tauchte. Sein Kopf kam wieder hoch und er schüttelte sich das Wasser aus dem Gesicht. »Komm schon rein, Lexi. Zieh das Kleid aus.«

Wie konnte ich da Nein sagen? *Ich warf meine Kleidung hastig beiseite und tauchte dann nackt in das erstaunlich warme Wasser ein. Als ich wieder hochkam, zog mich Keith in seine Arme und hielt mich ganz fest.*

»Mmm, dein Körper fühlt sich so wunderbar glatt an meinem an«, murmelte er an meinen Lippen.

Ich schlang ihm nun die Beine um die Hüften und bewegte mich ein wenig. Er bedachte mich deshalb mit einem sexy Lächeln, bevor er sich gerade aufrichtete, mich aus dem Wasser trug und sanft auf mein Kleid legte.

Triefend nass liebten wir uns dort an diesem winzigen Strand, und in diesem Augenblick waren wir beide das Einzige, was auf der ganzen weiten Welt zählte.

Ich wusste, dass ich wieder wach war, ich musste nur noch den Willen aufbringen, die Augen zu öffnen. Ich fragte mich, wie viele Pillen er mir dieses Mal in mein Getränk gekippt hatte. *Oh mein Gott!* Dies war eines der wenigen Male, dass ich froh war, dass wir keine Fenster hier hatten. Das hieß nämlich, dass kein Licht in meinen brennenden Augen schmerzen würde.

Ich brauchte einen kurzen Augenblick, bis ich begriff, dass ich mich in Elliots Zimmer befand. Er war vollständig angezogen in seinem Sessel zusammengesackt und trug sogar noch seine schweren schwarzen Arbeitsschuhe. Er war stets auf dem Sprung. Ich konnte es ihm allerdings nicht verübeln, denn man wusste nie, wann man hier vielleicht schnell die Flucht ergreifen musste.

Ich untersuchte meinen Körper kurz, aber mir schien nichts wehzutun. Die Erleichterung, die sich daraufhin in mir ausbreitete, wurde allerdings schnell von Angst ersetzt.

Wo war Antonio?

Plötzlich ertönten schwere Schritte vor der Tür, es knallte laut im Flur, und dann folgte ein unheimliches Schweigen, das mich dazu veranlasste, mich hastig aufzurappeln.

Meine Welt kippte zur Seite. Meine Hände fuhren hoch zu meinem Kopf.

Oh mein Gott, mein Schädel!

Ich sah jetzt auf einmal eine Bewegung in der Ecke des Zimmers. *Oh nein!* Das war Keith. Er war bei dem Geräusch ebenso aufgesprungen wie ich. Ich erstarrte auf der Stelle, als er die Hand erhob und einen Finger an die Lippen legte.

Scheiße!

»Nein«, bettelte ich flüsternd. *Oh mein Gott, jetzt würden wir alle umgebracht werden! Überlege, schnell!* »Wenn du tatsächlich noch irgendetwas für mich empfindest, dann geh jetzt bitte in den Schrank und komm nicht wieder raus, bis ich es dir sage.« Es war eine widerwärtige Aktion, seine Gefühle auszunutzen, damit er tat, was ich sagte, das wusste ich, aber ich konnte das Risiko einfach nicht eingehen, dass er nur wegen mir und meinem verpfuschten Leben ermordet wurde.

Er wollte sich zuerst mit mir streiten, aber mein Gesicht musste ihn wohl davon abgehalten haben. Kurz bevor er die Schranktür hinter sich schloss, öffnete Elliot schon die Schlafzimmertür, und ich erblickte Antonios wutverzerrtes Gesicht.

Er stürmte in das Zimmer hinein und riss mich heftig an sich, wobei er mir am Arm wehtat.

»Wo bist du die ganze Zeit gewesen, verflucht noch mal?«

»Sie war die Nacht über bei mir.« Elliot ging zum Bett hinüber und zeigte darauf. »Ich bin zur Toilette gegangen, und deine Tür stand offen.« Seine Stimme fing jetzt an zu zittern, während ich nach Luft rang. »Ich wusste, dass es deine Aufreißer-Nacht war, und sie sah echt merkwürdig aus und hat nur ganz flach geatmet, ich habe mir Sorgen gemacht. Ich … ich habe sie bloß gesucht … dann bin ich auf die Suche nach dir gegangen, aber ich konnte dich nirgendwo finden. Tut mir leid, wenn ich damit eine Grenze überschritten habe, aber sie ist doch meine Familie.«

Antonios Brust hob und senkte sich immer noch schwer, aber ich spürte, wie sich sein Griff etwas lockerte.

»Du warst die ganze Nacht allein mit ihr hier?«

»Nein.« Er schüttelte den Kopf, und ich funkelte ihn wütend an. *Er würde doch jetzt nicht …*

»Renny kam irgendwann kurz vorbei und versuchte, etwas mit ihr zu spielen, aber sie hat mich in letzter Zeit ziemlich verärgert, und deshalb wollte ich ihr Gesicht nicht sehen.«

Antonio ließ mich nun wieder los, und ich stolperte kraftlos rückwärts. Ich betete darum, dass Keith die Tür nicht öffnen würde, denn ich wusste, dass er die ganze Zeit zuschaute und dass bestimmt nicht mehr viel fehlte, damit er ausrastete.

»Geh jetzt unter die Dusche und dann komm direkt danach zu mir aufs Zimmer«, befahl er, bevor er ging. Die Tür knallte er fest hinter sich zu.

Ich weinte jetzt vor Erleichterung. Die Schläfrigkeit, die mich bis gerade eben noch fest im Griff gehabt hatte, war jetzt komplett verschwunden. Mit einer zittrigen Hand fuhr ich mir den Arm hinauf. Dort, wo seine Finger mich umklammert hatten, tauchten bereits kleine blaue Flecken auf.

»Hey.« Zwei starke Hände legten sich plötzlich um meine Taille. »Lass mich mal sehen.« Keith stand jetzt genau vor mir und seine dunklen, wütenden Augen glitten langsam von meinen Augen zu meinen Lippen und dann zu meinem verletzten Arm.

»Mir geht's gut.« Ich schlug seine Hand weg und stolperte um seinen massigen Körper herum. »Danke, dass du auf mich gehört hast«, sagte ich nun, mehr als nur dankbar.

»Das wird bestimmt nicht wieder vorkommen, also sollte es besser kein nächstes Mal mehr geben. Ich bin nämlich kein Typ, der sich in Schränke kauert und still abwartet, Lexi.«

Elliot klopfte mir nun vorsichtig den Rücken ab, um zu sehen, ob es mir wirklich gut ging. Ich wusste, dass mir nur wenig Zeit blieb, bevor ich sauber und nackt in Antonios Zimmer erscheinen musste.

Auf wackeligen Beinen stolperte ich herum und hielt mich am Tisch fest, während ich versuchte, meinen Kopf wieder einigermaßen klarzubekommen. Ich hasste es, wenn mir so zumute war. Das waren die verdammten Drogen, mit denen er mich zu füttern beliebte, wann immer er mich aus dem Weg haben wollte. Sie hinterließen in mir stets ein Gefühl, als wenn ich mitten in der Nacht unter Wasser schwimmen und dabei aber keinen Ausweg aus dem endlosen, schlammigen See finden würde.

Mit einer schnellen Bewegung stand er jetzt wieder vor mir und beugte sich zu mir herab, um mein Gesicht richtig in Augenschein nehmen zu können. Ich sah, wie er dabei um seine Beherrschung rang. Er tat das immer nur dann, wenn er besorgt war, und deshalb ließ ich ihn auf diese Art und Weise mit mir reden. Keith trug nämlich viel Liebe in sich.

»Ich werde ihn umbringen, weißt du. Es ist nur noch eine Frage der Zeit.«

»Nicht. Bitte, tue das nicht.« Eine neue Träne rann mir über die Wange. »Ich wollte das Ganze doch.«

»Ich kann einfach nicht mehr zulassen, dass er dir ständig wehtut, Lexi. Das geht gegen alles, woran ich glaube, und gegen alles, was ich bin.«

»Das weiß ich ja.« Ich schniefte leise und schloss dann die Augen. »Ich weiß, wie viel dir daran liegt, aber ich muss das tun, Keith. Ich muss es einfach tun.«

»Ich will so gern dazwischengehen. Ich möchte Antonio umbringen. Ich möchte dabei zusehen, wie das Leben aus ihm entflieht, während ich ihn mit bloßen Händen erwürge. Aber ich verstehe dich, Lexi. Du siehst bestimmt, wie schwer mir das fällt, aber glaube mir, ich verstehe es.«

Ich nickte, und mein Blick huschte jetzt zu Elliot hinüber, der versuchte, unserem Gespräch zu folgen. Keith nickte nun ebenfalls. Er wusste, dass ich es meinem Bruder noch nicht sagen wollte, denn dann würde dieser nachher noch etwas auf eigene Faust unternehmen, und mir war es extrem wichtig, dass er bei der ganzen Sache außen vor blieb. Das war einfach zu viel für ihn.

»Okay …«, knurrte er jetzt, während er meinen Arm mit den blauen Flecken ein weiteres Mal untersuchte. »Ich glaube, wir sollten …«

Mir wurde schwer ums Herz, als die alte Gefühle mehr und mehr zurückkamen. Ich ließ meinen Blick jetzt auf seiner Brust ruhen, und sogleich fuhr meine Schutzmauer wieder hoch.

»Wie bitte … *du* glaubst? *Wir?*« Ich ließ meine Eisschicht jetzt wieder zurückkehren, denn nur darunter fühlte ich mich wirklich sicher. Sie war meine Maske. »Das glaube ich eher nicht. Geh jetzt, Keith!«

Er hob die Hände in die Höhe und trat einen Schritt zurück, dann machte er auf dem Absatz kehrt und ging.

Bleib gefälligst stehen!, schrien meine Gefühle. *Tu's nicht.*

»Du bedeutest ihm immer noch sehr viel, Lexi.« Elliot sank jetzt auf das Bett. »Er hätte bestimmt nicht die ganze Nacht hier verbracht, bereit dazu, jeden zu töten, der dir zu nahe gekommen wäre, wenn nicht noch tiefe Gefühle in ihm vorhanden wären.«

Ich schnappte mir jetzt hastig meine Kleider und ging ins Badezimmer, hielt jedoch an der Tür noch einmal inne. Ich richtete den Blick auf den runden Spiegel und sprach dann zu meinem Spiegelbild: »Es sind nur Schuldgefühle, El. Lass dich bloß nicht von ihm dazu verführen, etwas Dummes zu tun.«

*

Ich hatte den Verdacht, dass Keith irgendwie die Hände dabei im Spiel hatte, dass Antonio plötzlich vollkommen unerwartet ein paar Tage auf

Tour ging, aber wie dem auch sei, ich war mehr als dankbar dafür. Das einzige Problem war nur, dass Will damit nun bei mir offiziell grünes Licht hatte.

Mir drehte sich der Magen um, während ich auf die Telefonverbindung wartete. Meine Handflächen waren schweißnass und mein Kopf schmerzte wie verrückt.

»Was ist?« Sein Tonfall klang wie immer verärgert.

»Hey, da du ja jetzt weg bist, dachte ich, ich könnte vielleicht das Grab meiner Eltern besuchen und dann etwas zu Essen und anderes Zeug besorgen. Ich wäre auch nicht lange weg, und bei deiner Rückkehr bin ich wieder hier.«

»Nein!«

Meine Augen brannten vor Enttäuschung. Ich musste unbedingt hier raus, also versuchte ich es mit einer anderen Masche.

»Ähm, es ist nur so, dass Will ein wenig aggressiv ist, und mir ist ziemlich mulmig dabei zumute, wenn ich mit ihm allein bin, Antonio.«

»Gib ihm einfach, was er will, und dann wird er garantiert zur nächsten Hure gehen.«

Ich musste mich daraufhin auf einen Barhocker setzen und mir einen doppelten Whiskey einschenken, um mich wieder zu beruhigen. Immer, wenn er eine solche Bemerkung machte, wollte ich ihm am liebsten den Schwanz abschneiden. Ich stellte mir nun vor, wie ich das hässliche kleine Ding in einen Mixer geben und ihm dann einen Drink daraus zubereiten würde.

»Nette Art, mit deiner Freundin umzugehen.« Meine Lippen bildeten jetzt eine harte Linie. »Ich dachte, du würdest mich nicht teilen wollen.«

»Ja, das stimmt, aber es gibt immer Ausnahmen von der Regel.«

»Hmm, das ist gut zu wissen.«

»Leite gefälligst nichts daraus ab, Lexi.«

»Könnte ich dann vielleicht einfach nur meine Eltern aufsuchen?«

Ein langes Schweigen folgte. Ich wusste wirklich nicht, was er nun sagen würde.

»Fragst du mich das einfach nur so?«

Mein Mund wurde sofort trocken.

»Die Antwort lautet immer noch Nein. Schaff deinen verdammten Arsch gefälligst hinter diese Theke und tue, was man dir sagt.«

Ich hasse dich!

»Kapiert.« Ich wollte mich gar nicht so sarkastisch anhören, aber meine zickige Seite kratzte nun wieder an der Oberfläche.

»Ich glaube, ich muss dich bald mal wieder daran erinnern, wer hier das Sagen hat.«

»Das muss mir vermutlich zwischen all den Drogen und dem Schnaps, die du mir eingeflößt hast, entfallen sein.« Ich schloss die Augen, während mein Mund einfach weiterredete. Das würde mir bestimmt eine verflucht große Tracht Prügel einbringen. »Wenn du jemanden wie eine Aufblaspuppe behandelst, dann bekommst du eben nur heiße Luft zurück.«

»Mit wem glaubst du gerade zu reden, du miese Hure?«

»Mit jemandem, der mir einmal gesagt hat, dass ich ihm etwas bedeute, dass ich etwas Besonderes für ihn sei und etwas Besseres verdienen würde. Eine wirklich interessante Art und Weise, mir das zu zeigen. Antonio, ich wollte doch einfach nur meine Eltern besuchen, und raus, weil ich es außerdem wirklich leid bin, von Wills Schwanz herumgejagt zu werden. Entschuldige bitte, dass ich nicht mit den anderen Jungs schlafen will, während du weg bist. Was bin ich doch für ein unsensibles Arschloch.«

Bevor ich wusste, was ich tat, legte ich einfach auf und ging auf mein Zimmer.

Mein Handy läutete jetzt, und jedes einzelne Klingeln war wie ein Boxhieb in meine Magengrube. Ich packte hastig meine Tasche und eilte damit zur Hintertür hinaus in die blendende Sonne und zu meinem Wagen. Beim Anblick von Will, der auf der Motorhaube saß, blieb ich sofort wie angewurzelt stehen.

»Ja, Mann, sie ist tatsächlich hier. Tasche gepackt, Schlüssel in der Hand.« *Verdammt! Antonio!* »Alles, was du willst, Boss.« Grinsend steckte er sein Handy in die Tasche.

»Sofort weg da«, zischte ich voller Entsetzen darüber, was nun wohl mit mir geschehen würde.

»Tut mir leid, Püppchen, aber der Boss möchte, dass du hierbleibst.« Er blickte jetzt mit einem entzückten Lächeln über meinen Kopf hinweg. »Ich habe nämlich jetzt das Sagen.« Er machte einen Schritt nach vorn, und ich einen zurück. Will kam jetzt immer näher, und mein Herz pochte so heftig in meiner Brust, dass ich das Gefühl hatte, es würde gleich zerspringen.

»Rühr mich nicht an!«

»Oder was?« Er riss jetzt an dem Riemen meiner Tasche, sie fiel zu Boden, und ich geriet ins Stolpern. Er nutzte diesen kleinen Augenblick und umklammerte sofort meine Taille. In dem einen Moment befand ich mich noch in seinem Griff, im nächsten im Griff von jemand anderem.

Keith drehte sich jetzt schützend vor mich und schrie Will an: »Ich dachte, ich hätte mich beim letzten Mal klar und deutlich ausgedrückt. Wenn ich jemals sehen sollte, dass du sie anrührst, werde ich dich und deinen Bruder umbringen.«

Bruder? Oh ja, das stimmte. Dieser war viel jünger als Will und ging immer noch aufs College. Es war unheimlich, dass Keith das überhaupt angesprochen hatte.

»Ich gehöre nicht zu deiner Mannschaft, Will, was bedeutet, dass ich auch nicht nach deinen Regeln spielen muss. Ich habe dich einmal gewarnt und ich wiederhole mich gewöhnlich nicht. Ab in deinen Wagen, Lexi, wir fahren.«

Will zuckte zusammen, aber als sein Blick meinen fand, grinste er nur hämisch.

»Du solltest dir besser eine verdammt gute Zeit machen, Lexi, denn ich kann dir garantieren, dass du diese Aktion bitter bereuen wirst.«

Da war ich mir leider ebenfalls absolut sicher.

Ich griff hastig nach meinen Schlüsseln, hob meine Tasche auf und ging dann zu meinem Wagen, während Keith weiterhin als mein Schild agierte.

In der Sicherheit meines Wagens angekommen, wendete ich das Auto und raste die Allee zur offenen Straße hinab.

Ich fummelte dabei an meinem Handy herum und schickte eine rasche Voicemail an Elliot, in der ich ihm erklärte, was gerade vorgefallen war. Ich warf es dann achtlos beiseite und kehrte in Gedanken in eine andere Zeit zurück.

»Ist denn alles in Ordnung mit dir?« Elliot saß auf der Kante meines Bettes, und ich starrte hinaus auf den fallenden Schnee. Ich liebte die Winter in Toronto. Man konnte bei heftigem Schneefall fast immer garantieren, dass wir am folgenden Tag nicht zur Schule mussten. Im Moment verließ ich mich sogar regelrecht darauf.

»Hat er dir wehgetan?«

Ich zog meinen Ärmel zurück und zeigte ihm den blauen Fleck. Es war erstaunlich, dass ich mit fünfzehn Jahren tatsächlich schon einen Freund gehabt hatte, der mir körperlich wehgetan hatte. Es war unnötig zu sagen, dass ich echt schnell Schluss gemacht hatte.

»Ich bringe ihn um!«

»Lass dir darüber mal keine grauen Haare wachsen, Elliot. Ich habe ihm sofort eins auf die Nase gegeben.«

Sein unwillkürliches Grinsen war einfach ansteckend.

»Mann, habe ich vielleicht eine geile Zwillingsschwester.« Er lachte jetzt noch heftiger.

»Ich spiele ganz bestimmt nicht den Sandsack von irgendjemandem.«

»Verdammt richtig, das darfst du nicht tun. Du bist einfach nur perfekt. Das musst du ja auch sein … du bist schließlich mein halbes Ich.« Seine Augen leuchteten jetzt und ein Lächeln breitete sich auf seinem Gesicht aus, dann zog er mich stürmisch in seine Arme. »Ich liebe dich, Lexi. Jeder, der dir wehtut, tut auch mir weh, und ich will nicht, dass man mir wehtut. Du bist viel zu gut für so etwas! Denk bitte immer daran, okay?«

Ich wischte mir jetzt eine Träne weg und schob diese Erinnerung hastig beiseite. Dieses Mal war mehr daran – bei Weitem mehr.

Rauch wirbelte um meine Finger herum. Er vermischte sich mit dem Luftstrom aus der Lüftung und teilte sich dann zwischen meinen Knöcheln. Mit dem Fingernagel schnippte ich das Ende herunter und ließ die Asche einfach über das Lenkrad rieseln. Pot beruhigte zwar meine Nerven, aber nichts würde die Angst in meiner Brust beschwichtigen können. Das würde sich nicht alles wieder hinbiegen lassen, nein, das wusste ich besser.

Ich warf einen Blick über die Schulter, bog dann auf den Lake Drive ein und fuhr gedankenlos die Straßen hinab.

Mein Handy leuchtete jetzt auf und ich warf ihm einen Blick darauf, um sehen zu können, wer es dieses Mal war.

Anruf: Yellow.

Mein Herz verkrampfte sich, und ich drehte das Handy um. *Nicht jetzt.*

Ich versuchte, mein Gehirn abzuschalten und einfach nur an bessere Zeiten zu denken.

Die Sonne ging allmählich unter und ich konnte nirgendwohin. Dies war schon immer Teil meines Problems gewesen. Ich hatte keine Freunde, keine Familie und kein Zuhause mehr. Wir hatten das Haus vor zwei Jahren verkaufen müssen, weil wir uns den Unterhalt einfach nicht mehr hatten leisten können. Das war fast ebenso schmerzlich für mich gewesen wie das eigentliche Begräbnis … nur ein weiterer Riss in dem dünnen Gewebe, das zusammenhielt, was noch von mir übrig war.

Ich ertappte mich dabei, wie ich zu meinem alten Lieblingsort am See fuhr. Das war der einzige Ort, der mir noch einen gewissen Trost bot. Ich griff hinter mich, zog eine Decke und eine Flasche Wein von der Rückbank und machte mich auf den Weg zum Steg.

Wärme breitete sich bei dem Geräusch meiner Kampfstiefel auf den roten Zedernplanken aus, denn Geräusche spielten eine große Rolle bei meinen Erinnerungen, und dies war eine davon.

Die Lampe am Dock hing sehr tief und erleuchtete nur einen kleinen Bereich, aber sie reichte aus, damit ich mich sicher fühlte. Ich zog jetzt einen meiner Stiefel aus und schlug damit unten auf die Weinflasche. Nach ein paar guten, harten Schlägen löste sich der Korken. Es war eigentlich traurig, aber ich beherrschte diese Technik schon seit vielen Jahren, als das Leben noch ein gutes gewesen war.

Ich legte mir jetzt die Decke um die Schultern und setzte mich so hin, dass ich meine Beine um einen großen runden Pfahl schlingen konnte, der mir bis zur Brust reichte. In früheren Zeiten hatte ich mich gern vorgebeugt, meine Arme und Beine über dem Wasser baumeln lassen und so getan, als würde ich fliegen. Denn das ruhige Wasser streifte die Pfähle, während es träge dahinströmte.

Meine Zunge presste sich jetzt gegen meinen Gaumen. Kalter Rotwein war nicht gerade mein Lieblingsgetränk. *Warum hatte ich mir denn keinen Weißen mitgenommen?*

Ich kippte trotzdem noch etwas mehr davon hinunter und spürte schon bald den Effekt, auf den ich gewartet hatte. Wärme breitete sich in meinem Bauch aus wie ein kleines Feuer in einer stürmischen Nacht. Ich stand auf und hüpfte wie ein Kind auf dem Spielplatz von Pfahl zu Pfahl. Es war unglaublich heikel, aber es machte riesigen Spaß und mein Herz schlug immer heftiger, als ich fast das Gleichgewicht verlor.

Meine Füße zitterten bei dem Versuch, sich an die Form des abgerundeten Pfahls anzupassen. In meinen Stiefeln war das nämlich nicht leicht. Auf einmal kippte alles und ich fiel zur Seite. Das kalte Wasser war wie ein Hieb in meinen Magen. Meine Jacke klebte jetzt wie ein totes Gewicht an mir, das an der Unterseite einer Boje befestigt war. Es war fast so, als würde mein Gehirn erst ein paar Sekunden später reagieren. Dann traf mich plötzlich ein Gedanke mit voller Wucht: *Beweg dich!* Ich trat jetzt so heftig mit den Füßen aus, wie ich nur konnte, und schoss zur Oberfläche, während das kalte Wasser alles versuchte, um mich wieder nach unten zu ziehen. Meine Lungen brannten jetzt, bis mein Kopf endlich die Oberfläche durchbrach, und ich sog tief die wunderbare Nachtluft ein. Mit schmerzenden Muskeln und tauben Fingern klammerte ich mich an der Leiter fest. Ich benötigte nun jede Unze Kraft, die ich noch besaß, um mich an der Kante des Stegs hinaufzuziehen, anschließend hinüberzuklettern und mich auf die Bretter sinken zu lassen nur. Keuchend stieß ich ein schrilles Jaulen aus, bevor ich erschrocken den Atem anhielt. *Was hatte ich mir nur dabei gedacht, um Himmels willen?* Mir war klar, dass ich jetzt so schnell wie möglich ins Trockene kommen musste.

Mühsam stand ich auf, schnappte mir die Decke und stieg dann den kleinen Hügel zu meinem Wagen hinauf. Meine Füße fühlten sich schon so schwer an wie erstarrte Eisblöcke im Winter. Meine Socken quietschten unangenehm beim Laufen und meine Finger waren so kalt, dass sie wie festgeklebt auf dem weichen Stoff meiner Decke waren. *Verdammt, tat das weh.*

Autoscheinwerfer blendeten mich, und kurz darauf blieb ein Truck neben mir stehen und Keith sprang heraus.

Mein Gott! Hatte er vielleicht ein GPS-Signal an meinem verdammten Wagen oder so etwas in der Art?

»Was ist denn mit dir passiert, um Himmels willen?« Er war offenbar verärgert, was mich irritierte.

»Ach, ich bin nur ein bisschen schwimmen gewesen.«

Seine Faust knallte daraufhin auf die Motorhaube, und ich machte vor Schreck einen Satz. Ich erkannte, dass er über seine übliche Toleranzgrenze hinaus war, also sagte ich ihm lieber die Wahrheit.

»Ich bin ausgerutscht.«

»Ausgerutscht?« Er presste die Lippen zu einer harten Linie zusammen. *Oh, dieser Ausdruck brachte mein Blut in Wallung, aber nicht auf gute Weise.*

»Ja, das ist, wenn man seinen Halt verliert und der Körper hinfällt.« Ich strich mir jetzt eine nasse Haarsträhne hinter das Ohr und versuchte, seinen mörderischen Blick zu meiden. Ich musste all meine vorhandenen Kräfte aufbieten, um nicht als zitterndes Bündel zu Boden zu sinken.

»Rein mit dir ins Auto.«

»Mir geht's gut. Ich habe trockene Kleidung im Wagen, ich wollte nur …«

Er warf den Kopf in den Nacken, sah zum Himmel hinauf und streckte dann die Arme zu beiden Seiten in die Höhe.

»Lieber Gott, verleihe mir Kraft! Wegen dir und Savannah bekomme ich mit vierzig bestimmt schon einen Herzinfarkt.«

Wer war Savannah?

Er ging jetzt um den Truck herum und öffnete die Beifahrertür.

»Bitte, steig ein.«

Ich wartete noch ein paar Herzschläge ab, um meinen Ärger ab- und seinen aufzubauen.

Mit einem schweren Seufzer, den ich gar nicht erst zu verbergen versuchte, ging ich um die Vorderseite des Trucks herum und legte zuerst eine Hand an die Tür und die andere auf den Sitz.

Plötzlich ergriff er meine Hüften und hob mich einfach hinein.

»Mein Gott, das hätte ich wahrscheinlich erwarten müssen.«

Er überhörte meine Bemerkung einfach, zog mir einen meiner Stiefel aus und schüttete das Wasser hinaus, dasselbe tat er mit dem anderen.

»Schlüssel?« Mit einem verärgerten Ausdruck hielt er mir die Hand hin. Ich biss mir auf die Zunge und holte sie aus meiner Jacke heraus, dankbar dafür, dass sie bei meinem unerwarteten Bad nicht herausgefallen waren. Ich reichte sie ihm, und er schlug die Tür zu.

Einen Moment später kehrte er bereits mit meiner Tasche zurück und warf sie mir vor die Füße. Sobald er eingestiegen war, drehte er das Gebläse so, dass mir der warme Luftstrom direkt ins Gesicht blies.

Ich zitterte vor Kälte, wollte es ihm jedoch nicht zeigen. Schon wieder kam ich mir wie siebzehn vor, nur, dass meine Sturheit mittlerweile weitaus schlimmer geworden war.

Schließlich zog ich die Jacke aus, denn alles klebte mir an der Haut. Igitt, meine Socken fühlten sich an wie weiße Plastiktaschen, die an meiner Haut klebten, als ich sie langsam abschälte. Meine Hände zitterten heftig bei dem Versuch, mir die Jeans herunterzuziehen, aber sie wollte einfach nicht nachgeben. *Um Gottes willen! Komm schon!*

»Hierher.« Keith bedeutete mir, dass ich mich zu ihm drehen sollte. Ich hätte ihn fast angepflaumt, denn die ganze Situation machte mich unfassbar wütend. Wenn ich nicht zusammen mit meiner verdammten Hose auch mein Shirt verloren hätte, wäre ich jetzt abgehauen. *Ich hätte einfach in mein Auto springen und losfahren sollen.*

Aber nein, das hatte ich natürlich nicht getan. Ich verdrehte jetzt meinen Körper, und seine Finger hakten sich in den Bund meiner Jeans und zogen sie nach und nach herab. Mit übertriebener Langsamkeit glitt sein Blick ebenfalls nach unten und dann über meine eisige Haut, doch ich verhielt mich die ganze Zeit über ganz und gar still. Es war wunderbar intim, und ich spürte, wie mein Herz schneller schlug. Wenn jemand mir zu diesem Zeitpunkt gesagt hätte, dass ich mich wohl dabei fühlen würde, halb nackt mit Keith in seinem

Truck zu sitzen, hätte ich die Betreffenden für verrückt erklärt. Dennoch war es jetzt so, und ich wusste nicht so recht, wie ich mich deshalb fühlen sollte. *Sollte ich kreischen und um mich treten oder mich lieber ganz gesittet verhalten?* Komisch, ich konnte mich einfach nicht entscheiden.

Sobald ich meine Hose los war, setzte ich mich wieder gerade hin und wusste nicht, was ich jetzt machen sollte.

»Das alles kommt mir nur allzu bekannt vor.« Ich schob jetzt ungeschickt mein Bein in die trockene Strumpfhose.

Er grinste und sah dann wieder zur Windschutzscheibe hinaus. »Ja, die guten alten Zeiten, wo noch alles Sinn ergab und ich dich ganz für mich allein hatte.«

»Wessen Schuld war es denn, dass es später nicht mehr so war?«, fauchte ich ihn wütend an. *Wirklich?* Ich hasste es, dass ich ihm diesen Hieb versetzt hatte, aber genau das hatte ich gerade getan. Ärger war das vorherrschende Gefühl in mir und er war zugleich auch mein Schild.

Er biss die Zähne zusammen und zuckte dann wie der Zeiger einer Uhr. »Es war niemals meine Absicht, dass du mich komplett aus deinem Leben hinauswirfst.« Daraufhin schloss er die Augen und presste sich in die Ecke der Tür.

»Nein«, schnaubte ich leise, »es war nur deine Absicht, mir das Herz zu brechen.«

»Du hast meines genauso gebrochen.«

Ich hielt meine giftige Bemerkung zurück, schließlich waren wir keine Kinder mehr. Wir waren zwei Erwachsene mit so viel Gepäck, dass wir uns die ganze Nacht im Kreis drehen konnten. Wir waren nichts mehr, nur noch eine ferne Erinnerung.

»Bleibst du heute Nacht hier?« Ich brauchte ein wenig Raum, bevor ich noch etwas sagte, was ich bedauern würde.

»Wenn du es tun willst, Lexi, dann tu's.« Seine heisere Stimme schien tief aus seiner Brust zu kommen. »Ich habe schon den ganzen Tag über deine Schlachten geschlagen und könnte jetzt etwas Schlaf brauchen.«

»Schlachten? Ich habe dich nie darum gebeten, meinen Scheiß auszufechten.«

Ich konnte es nicht glauben, aber er grinste jetzt.

»Okay.«

Ich richtete mich etwas gerader auf. »Okay? Mehr nicht?«

»Nein.«

»Versuchst du etwa gerade mit Absicht, mich zu verärgern?«

»Ja.«

Mein Kopf fuhr wütend in seine Richtung zurück. *Was zur Hölle sollte das?* Ich drehte mich jetzt auf dem Sitz zu ihm. »Warum?«

Ich blinzelte, und er glitt zu mir hinüber, die Hände zwar im Schoß, aber ich spürte, dass er mich gern berühren wollte. *Niemals im Leben!*

»Weil du offenbar nur zu streiten verstehst, und wenn das die einzige Methode ist, um dich zum Reden zu bringen, dann tun wir's eben.«

Ich hasste es, dass er mich so unglaublich gut kannte.

»Ich möchte ein besseres Leben für uns beide. Das war der eigentliche Grund, warum ich damals weggegangen bin.«

»Nicht.« Ich hielt sofort eine Hand in die Höhe. So weit konnte ich jetzt nicht gehen. »Ich kann nicht … dorthin zurückgehen.«

Ich kämpfte mit meinen Schuhen, öffnete die Tür, sprang hinaus und hielt mich am Wagen fest. Mir war eiskalt und ich trug gerade nur eine Strumpfhose.

»Wohin kannst du nicht zurückgehen?« Keith knallte seine Tür aufgebracht zu. »Zu der Wurzel unseres Problems?« Er folgte mir. *Mein Gott, war das kalt!* »Schön, dann ändern wir eben die Richtung. Lass uns doch darüber reden, wie dein Freund dich ständig unter Drogen setzt und dich wie Dreck behandelt, fangen wir doch damit mal an.«

»Verpiss dich!« Es war eine Bemerkung unter der Gürtellinie gewesen, die dazu führte, dass ich so weit von ihm wegwollte wie nur möglich. »Wenigstens war Juan für mich da …« Ich hielt inne.

»Wann denn?«, rief er wütend, und seine Schultern hoben sich zusammen mit seinem Ärger.

Nicht, flüsterte ich innerlich.

»Wann denn, Lexi?« Seine Hände fuhren in die Höhe. »Als du achtzehn geworden bist und dir den Knöchel gebrochen hast und ich zwölf Stunden lang in der Notaufnahme an deiner Seite geblieben bin? Als deine beste Freundin weggezogen ist und du euren Frauenmarathon vermisst hast und ich dann einfach dein Ersatzpartner war? Oder als du deine allererste Prüfung an der Uni bestanden hast und wir ausgegangen sind und das gefeiert haben?« Er schüttelte den Kopf. »Ich habe mir niemals verziehen, dass ich nicht nach Hause zurückkehren konnte, als deine Eltern gestorben sind. Ich wollte es ja, ich wollte es wirklich, aber ich konnte es einfach nicht, aber verdammt, Lexi, ich bin doch bei so vielen anderen einschneidenden Dingen für dich da gewesen.«

Ein Wassertropfen wanderte jetzt meine Haare hinab und landete auf meiner Brust. Ich schlang die Arme um meine Körpermitte und versuchte, meinen Tonfall locker zu halten. Seine Worte kratzten an meinem Panzer.

»Lass das, Keith, das ist Vergangenheit.«

»Nein.« Seine Stimme klang jetzt fast unheimlich. »Ich habe die ganzen Jahre auf dich gewartet, nur um dann herauszufinden, dass mein Mädchen sich erniedrigt hat und nun weniger als eine …«

Ich machte einen Satz auf ihn zu und gab ihm eine saftige Ohrfeige, doch kurz darauf lagen meine Hände bereits erschrocken auf meinem Mund. Noch niemals hatte ich jemanden geschlagen, den ich geliebt hatte, und Tränen traten mir in die Augen. Ich schluchzte leise.

»Tu's noch einmal«, flüsterte er jetzt.

Ich schüttelte den Kopf.

»Tu's jetzt sofort.« Er biss die Zähne zusammen, und eine Ader an seinem Hals sprang hervor.

Ich boxte schwach gegen seinen Arm. Sein Blick lag dabei auf meinem. Er wirkte plötzlich so anders.

»Ich habe *dich* verlassen.«

Hey, diese Bemerkung tat echt weh. Ich boxte ihn noch heftiger.

»Mit nur zwei Tagen Vorwarnung.«

Dieses Mal schlug ich richtig fest zu, aber er zuckte nicht einmal zusammen. Meine Wut brannte unter meiner Haut und hinterließ Wunden nach jedem gemeinen Satz. Ich wollte ihm so wehtun, wie er mir wehgetan hatte.

»Ich hätte damals häufiger anrufen sollen, aber ich habe es nicht getan, weil ich einfach nicht wusste, was ich hätte sagen sollen.«

Meine Augen brannten jetzt und ich blinzelte hektisch, um sie zu befeuchten, während ich ihn noch stärker boxte.

»Ich bin nicht nach Hause gekommen, als deine Eltern getötet worden sind.«

Mit den Fäusten schlug ich jetzt auf seine Brust ein, und er nahm es einfach hin. Sämtliche negative Gefühle, die ich je empfunden hatte, kamen nun brüllend hervorgeschossen. Tränen rannen mir über das Gesicht, eine nach der anderen. Ich würde zusammenbrechen, wenn ich nicht aufpasste.

Seine Stimme klang jetzt vollkommen fremd, aber er kämpfte die Gefühle zurück. »Als ich dann vor vier Jahren endlich wieder zurückgekehrt bin, bin ich nicht hiergeblieben.«

»Nein, das bist du nicht.« Ein Schluchzen durchfuhr mich und rüttelte an meiner Fassung. »Du hast mit meinen Gefühlen gespielt, indem du immerzu in mein Leben getreten und wieder daraus verschwunden bist.«

»Sprich es endlich aus!«, befahl er über meine Schreie hinweg.

»Ich hasse dich!«, entfloh es meinem Mund. Es war mir gleichgültig, ob ich ihn damit verletzte, weil es sich so gut anfühlte, diese Worte endlich zu sagen – nein, sie ihm entgegenzubrüllen. »Ich hasse dich!« Mein Haar war jetzt überall in meinem Gesicht, als ich die vielen Jahren des Schmerzes auf ihn ablud. »Ich hasse dich … ich hasse dich so sehr!«

»Ich weiß«, flüsterte er.

Oh, zur Hölle mit dir, nein! Er bringt mich jetzt nicht dazu, dass ich mich komplett vergesse, all meine Gefühle aufdecke, und sagt dann einfach lapidar, er weiß es. Du weißt einen Scheißdreck! Du weißt also, dass du mein Herz vernichtet hast? Du weißt, wie viele Nächte ich durchgeweint habe, ohne dass auch nur die geringste Erleichterung abzusehen war? Du weißt überhaupt nichts! Du hast doch keine gottverdammte Ahnung!

»Tu doch etwas!« Meine Wut kochte jetzt endgültig über. Ich verachtete ihn dafür, dass er meine Strafe einfach so stoisch hinnahm. Das reichte bei Weitem nicht aus! »Mein Gott, Keith, tu doch etwas!« In meinem Kopf herrschte jetzt kaum noch Vernunft vor. Ich wollte nur, dass diese Gefühle, gegen die ich so lange angekämpft hatte, wieder tief in mir vergraben waren.

Auf einmal packte er meine Handgelenke und warf mich gegen die Tür des Trucks. Seine Lippen lagen auf meinen, bevor es mir auch nur bewusst wurde, was er vorhatte. Seine Zunge bahnte sich einen Weg in meinen Mund hinein und verlangte von mir, ihr zu folgen.

Na schön! Er wollte meinen Körper, dann sollte er ihn haben!

Ich schoss meine Moralvorstellungen jetzt einfach in den Wind. *Du möchtest einen Abschluss haben … na gut … hier bin ich.*

Ich begegnete ihm jetzt deshalb mit derselben Gewalt und Leidenschaft. Ich packte den Schirm seiner Kappe und drehte sie herum. Seine Hüften pressten sich gegen meinen Bauch und ich spürte, wie erregt er war.

Ich ächzte leise, als er mich in die Höhe hob, die Tür öffnete und mich hinsetzte. Dann griff er an mir vorbei und drückte die Rückenlehne nach unten, sodass sich ein großes Kissen bildete. Er stieg nun über mich hinweg ein und schloss die Tür hinter sich. *Oh, wie gut sich die Wärme anfühlte!*

Seine Hände vergruben sich in dem Stoff meines T-Shirts, und er zog es mir hektisch über den Kopf. Ich tat dasselbe bei ihm, kam jedoch nicht hoch genug, deshalb erledigte er den Rest selbst und warf es anschließend achtlos auf das Armaturenbrett.

Mit ein paar schnellen Handbewegungen zog er mir die Strumpfhose über die Hüften und streifte sie dann vorsichtig an meinen Beinen hinab, bis ich nur noch in BH und Slip vor ihm lag.

Er schob meine Knie auseinander und rutschte dazwischen, sodass er von oben auf mich herabsehen konnte. Hitze folgte seinen

Fingerspitzen, während er sie langsam an meinem Bauch herab- und an meinem Beckenknochen entlangzog.

Ich schaltete jetzt bewusst sämtliche Emotionen ab und spürte nur noch, wie es war, von jemand anderem als Antonio berührt zu werden.

Er beugte sich nun zu seiner Anlage hinüber und schaltete sie ein. »The Hills« von *The Weeknd* ertönte, und das verschlimmerte meinen Schmerz nur noch mehr.

Seine leicht gebräunte Haut spannte sich straff über seine Muskeln, und bei diesem Anblick umklammerte ich unwillkürlich seine Hüften. Seine dunkelbraunen Augen blitzten und er blinzelte aufgeregt angesichts meiner Gier. *Ja, ich bin geil! Du etwa nicht?*

Ich fasste mir zwischen die Beine und besänftigte das Pulsieren dazwischen selbst. Sobald meine Finger die Stelle gefunden hatten, konnte ich nicht mehr aufhören. Keith sah mit einer Mischung aus Leidenschaft und Heiterkeit dabei zu, und seine Augen verdunkelten sich mit jedem Stöhnen, das meinen Lippen entfloh. Ich konnte einfach nicht anders, ich wollte seinen Körper dazu benutzen, meine Erregung aufzubauen, während jeder Teil meiner selbst um Erleichterung kämpfte. Meine Brüste fühlten sich schwer und hart an. Ich umfasste meinen Nippel und zog sanft daran. Seine Augen bewegten sich über meinen Körper, und er leckte sich bei meiner Vorführung genüsslich die Lippen. Auf meiner Haut lag jetzt eine dünne Schicht Schweiß und meine Atmung ging flach und schnell. Ich genoss den Halt, den ich in ihm fand. Ich musste zugeben, dass ich schon oft davon geträumt hatte.

Seine Handfläche spannte und entspannte sich jetzt auf meinem Bauch und schickte dadurch einen heftigen Ruck in meinen sich aufbauenden Höhepunkt.

Seine Mundwinkel verzogen sich nach oben, als ich den Rücken durchbog und auf das Meer von Farben zuschoss, wohin mich mein Orgasmus auf seinem verrückten Pfad der Lust geführt hatte.

Er drückte die Hand jetzt noch fester auf meinen Bauch, während ich unter ihm bebte. Dann hob er die Hand, die ich dazu verwendet hatte, mir Lust zu verschaffen, in die Höhe, ließ zwei Finger in seinen warmen Mund gleiten und saugte sanft daran. Langsam schloss er die Augen und seine Zunge drückte sich auf meine Fingerkuppen.

Es war ein derart intimer Augenblick, dass ich, anstatt den Höhepunkt zu genießen, die Welt wieder in mich hereinschleichen ließ. Ich drückte mich gegen seine Brust und schob ihn weg.

»Das hätte nicht passieren dürfen.« Ich drehte mich auf den Bauch und wollte aufstehen, aber er packte mich von hinten und setzte mich auf seinen Schoß.

»So ein Blödsinn«, zischte er mir ins Ohr. »Tu doch nicht so, als würdest du mich nicht wollen, Lexi. Ich sehe es dir doch an. In dem Moment, in dem du den Höhepunkt erreicht hast, hattest du so ein Funkeln in den Augen. Das verrät dich jedes Mal.« Er fuhr aufreizend langsam mit den Fingernägeln meine Schenkel hoch, und ich hätte fast schon wieder gestöhnt. »Ich kenne dich nämlich besser, als du dich selbst kennst.« Er strich mir jetzt das Haar von der Schulter und küsste liebevoll meinen Nacken. Es fühlte sich so unglaublich gut an – nein, eigentlich sogar erstaunlich. Ich warf den Kopf zurück, als er mit den Fingern meine empfindlichsten Stellen massierte.

Er spreizte meine Knie jetzt weit und flüsterte: »Ich möchte dich jetzt gern daran erinnern, wie sehr dir das gefällt.«

Oh ja, tu das, kicherte ich in mich hinein.

Er legte sich nun neben mich und schob die Finger sanft und in einem stetigen Rhythmus in mich hinein. Mein Becken hob sich unwillkürlich vom Sitz, aber er packte mich an den Hüften und hielt mich fest. Sobald er seine Finger ganz in mir hatte, verlangsamte er das Tempo und begann, gleichzeitig meine Schenkel zu reiben.

»Mmm«, stöhnte ich und vergaß alles um mich herum. Ich folgte einfach nur dem Weg meines Orgasmus.

Ich ließ die Hüften so kreisen, wie er es mochte, und entlockte ihm dadurch selbst ein kleines Stöhnen.

Seine Lippen streiften jetzt über meine Schulter, bevor er mich nach vorn schob, sodass er eine bessere Position einnehmen konnte. Meine Hände pressten sich gegen die Scheibe, während er mich von hinten weiter verwöhnte. Mit den Zähnen fuhr er jetzt an meiner Wirbelsäule entlang, dann biss er etwas tiefer an meiner Seite sanft zu. Er kniff in meine Brustwarzen und verdrehte sie leicht und ich ließ einfach los. Es war zu lange her, seit ich einen solchen Orgasmus gehabt hatte. Einen, unter dem ich hemmungslos schrie, bei dem ich die Zehen einrollte und jeden einzelnen Zoll meiner brennenden Haut spürte, bevor ich in einen Wirbel aus Zuckerwatte zerstob.

Ver-dammt!

Ich fiel erschöpft auf die Seite, das Haar bedeckte mein Gesicht, mein Atem war jenseits von Gut und Böse.

Wow.

Keith warf sich nun neben mich und keuchte im entgegengesetzten Rhythmus. Ich dachte, man müsse von einem Orgasmus wieder herunterkommen, aber ich trieb einfach immer weiter dahin.

Es machte mir nichts aus, als er mich zu sich schob, denn anschließend schlief ich so gut wie seit Jahren nicht mehr. Es machte mir nichts aus, weil all meine angestauten Aggressionen in diesem Augenblick verflogen waren und ich diesen Moment einfach nur genießen wollte.

Mmm, welch ein Segen …

*

Ein Surren ertönte, dann noch eins und wieder eins. Was, um Himmels willen, war das für ein Geräusch? Unter Einsatz sämtlicher Willenskraft öffnete ich die Augen und sah, dass mein Handy zwischen den Sitzen leuchtete wie der Times Square. Ich versuchte, mich zu bewegen, konnte es aber nicht. *Was zur Hölle ist hier los?* Ich brauchte einen Augenblick lang, bis mir die vergangene Nacht wieder einfiel.

Oh Scheißdreck …

Keith hatte uns mit seiner Jacke zugedeckt und wir waren immer noch ineinander verschlungen.

Vorsichtig schob ich seinen Arm von meinem Körper, griff nach dem Handy und meinen Kleidern und sprang dann aus dem Wagen. Zum Glück war der Parkplatz komplett verlassen, sodass niemand meinen nackten Hintern zu sehen bekam, als ich mir stolpernd die Strumpfhose wieder anzog.

Mein Gott, war ich eine elegante Dame.

»Oh Scheiße!« Sechzehn verpasste Anrufe von Antonio und acht von Elliot. Nervös drückte ich auf den Knopf zum Abspielen der ersten Voicemail-Nachricht.

Ich kniff die Augen zusammen, als Antonios Worte hart und tief zuschlugen. Er zog die Erpresser-Karte, und ich wusste genau, was ich jetzt zu tun hatte. Ich holte tief Luft und kämpfte gegen den Drang an, zu Keith zu laufen und ihm alles zu erzählen … mich von ihm retten zu lassen, wie er es so gern tun wollte, aber … das war ganz allein mein Problem, das ich selber lösen musste. *Abgesehen davon: Woher wusste ich denn, dass er mich nicht dazu bringen würde, mich erneut in ihn zu verlieben, und dann würde er mich irgendwann einfach wieder verlassen?* Meine Wunden mochten vielleicht alt sein, aber sie waren immer noch offen, und ich hatte viel zu viel Zeit damit verbracht, mich an den Schmerz zu klammern, damit er mir half weiterzumachen. Jetzt zu Keith zurückzulaufen wäre eine Schwäche, und ich war nicht schwach. Ich war vieles, aber das wenigstens nicht.

Ich rammte meine Arme jetzt durch das T-Shirt, kämmte mir mit den Fingern hastig durch die Haare und sah dabei mein gestresstes Spiegelbild im Wagenfenster. Obwohl ich immer noch jugendlich wirkte, fühlte sich meine Seele bereits alt und abgenutzt an. *Nicht mehr lange, Lexi.*

Gott sei Dank wusste Keith nicht, wie die Dinge zwischen mir und Antonio aktuell standen.

So leise wie nur möglich öffnete ich die Tür und suchte nach meinen Autoschlüsseln.

»Willst du dich etwa hinausschleichen?« Bei dem unerwarteten Klang seiner Stimme schreckte ich sofort hoch.

»Hinausschleichen würde implizit bedeuten, dass ich hierhergehören würde.«

»Das tust du doch auch.«

Ich ignorierte ihn und warf hektisch alles aus seiner Mittelkonsole heraus. »Wo sind denn nur meine verdammten Wagenschlüssel? Ich muss sofort los.«

»Zurück zu Antonio etwa?« Er stützte sich auf einen Ellbogen auf und rieb sich verschlafen die Augen.

»Ja.«

»Nein.«

Mein Blick flog aufgebracht zu seinem. *Wie bitte?*

»Unmöglich! Er ist einfach nur wahnsinnig.«

In mir legte sich nun ein Schalter um, und ich hatte wieder zu meinem normalen Selbst zurückgefunden.

»Ja.« Ich lachte humorlos auf. »Das ist er in der Tat.« Meine Hand fuhr suchend unter den Sitz und um die Fußmatte herum. »Ich mache mir aber keine Sorgen.«

»Ich mir schon!« Seine laute Stimme brachte fast die Scheiben zum Beben.

Ich schloss die Augen und bettelte förmlich darum, dass sich meine streitsüchtige Seite wieder beruhigte.

»Ich weiß, dass du dir Sorgen machst …«

»Im Augenblick bin ich ehrlich gesagt eher echt stinksauer!«

Ich schüttelte den Kopf, ignorierte ihn und nahm meine Suche unverdrossen wieder auf.

»Sag mir nur eins, Lexi.« In seinen Worten schwang jetzt eine unausgesprochene Warnung mit. »Hast du gestern Nacht etwas zwischen uns beiden gespürt?«

»Was ich gespürt habe, war, dass sich jemand um meine Begierde gekümmert hat.«

»Lüg mich gefälligst nicht an, Lexi. Du weißt doch genau, dass ich es sofort merke, wenn du lügst.«

Ich leckte mir über die Lippen, was dazu führte, dass sein Blick magisch davon angezogen wurde. Der Truck fühlte sich plötzlich viel zu warm und zu klein an, während er mich anstarrte. Das verlockte mich schließlich zu einer weiteren Lüge.

»Die Dinge sind …«

Er rutschte rasch zu mir herüber und zog mich zu sich auf den Sitz. »… beschissen?«, knurrte er, bevor er mein Gesicht umfasste und mich atemlos küsste. Er schmeckte nach Pfefferminz, und ich konnte nichts dagegen tun, dass ich mich wieder ganz und gar in ihm verlor, wenn auch nur für wenige Minuten. Ich hasste es, dass er sich wie ein Zuhause anfühlte; wie jene Art von Gemütlichkeit, an die nur er mich erinnern konnte.

Doch im Hinterkopf hörte ich jetzt wieder Antonio, und das riss mich aus diesem Gefühl heraus … deshalb entzog ich mich ihm rasch.

»Hör auf.« Ich konnte kaum noch einen klaren Gedanken formen.

»Lexi, was ist mit dir los?« Er legte erneut eine Hand an mein Gesicht. »Sag mir, dass du noch etwas für mich empfindest.«

»Früher«, flüsterte ich, bevor mir klar wurde, was ich da gerade gesagt hatte. Ich konnte offenbar doch sehr gut lügen.

Ich sah den Schmerz in seinem Blick, ignorierte ihn jedoch. So, wie er mich ignoriert hatte, als ich ihn angebettelt hatte zu bleiben.

»Warum läufst du jetzt wieder zu ihm zurück?«

»Weil ich ihn liebe.«

»Nein, du hast Angst, und deshalb lässt du dich von ihm herumkommandieren …«

Ich richtete mich auf und wich vor ihm zurück.

»Das tue ich nicht!« Mein Kopf fühlte sich vollkommen benebelt an. Ich musste dringend allein sein und meine Gedanken in Ordnung bringen. Ich schuf jetzt etwas Abstand zwischen uns, denn um meine Gedanken ordnen zu können, benötigte ich unbedingt Distanz. Er war gerade dabei, alles durcheinanderzubringen. »Keith, wir sind nicht mehr zusammen, das war doch nur eine blöde Highschool-Liebelei.«

»Es gab eine Zeit, da hast du mir versprochen, du würdest mich niemals anlügen, Lexi.«

»Und du hast mir versprochen, du würdest mich nie verlassen. Also lügen wir vermutlich beide manchmal.«

Ich schnappte mir jetzt meine Tasche und entdeckte dann endlich meine Wagenschlüssel und sprang daraufhin hinaus.

»Fahr wieder heim, Keith. Ich will nicht gerettet werden.« Ich knallte die Tür zu und kniff dann fest die Augen zusammen. Das Letzte, was ich momentan brauchte, war ein Antonio, der auf der Suche nach mir hier auftauchte und dabei entdeckte, dass ich nicht allein gewesen war.

Den ganzen Weg zurück zum Klubhaus war mir unglaublich übel. Ich durfte nicht zulassen, dass Keith mir diese Sache verdarb. Ich wollte aber auch nicht, dass er darin verwickelt wurde und dass ihm womöglich etwas zustieß. Ich war bestimmt nicht so dumm zu glauben, dass er sofort alles stehen und liegen lassen würde. Mein Gott, was war das für eine ausweglose Misere. Als ich den Freeway 106 überquerte, durchzuckte mich ein seltsames Gefühl. *Was würde passieren, wenn ich einfach wegginge? Würde er dann wirklich tun, was er mir angedroht hatte? Würde er mir wehtun …*

Halt! Antonio würde mir nicht wehtun … er würde mich töten.

Andererseits … würde es überhaupt jemandem auffallen, wenn ich plötzlich verschwunden wäre?

Als ich auf meinen Parkplatz auf dem Klubgelände fuhr, sah ich bereits Will. Er grinste mich höhnisch an und nahm dann sein Handy vom Ohr.

»Er erwartet dich bereits.«

*

Autsch.

Vorsichtig richtete ich mich auf. In meinem Kopf pochte es, und meine Zähne schienen zu wackeln. Vorsichtig ging ich zum Spiegel und sog scharf den Atem ein. Meine Wange war tiefblau gefärbt und dreimal so dick, wie sie eigentlich sein sollte. Ich schloss die Augen, ließ den Schmerz herein und schob dann die Gefühle hinaus. Das hatte er noch nie zuvor getan, aber es hätte eigentlich keine Überraschung sein sollen.

Langsam ging jetzt die Tür auf und meine Augen öffneten sich schnell wieder.

Antonio stand jetzt im Türrahmen, die Arme an die Seiten gepresst, die Füße schulterbreit auseinander, den Kopf einzogen. Sein Blick suchte meinen, damit wollte er mir offenbar etwas sagen.

Sei mir gegenüber nie mehr ungehorsam! Er wandte sich stumm ab, trat hinaus und schloss die Tür hinter sich.

Ich rutschte kraftlos zu Boden, lehnte mich gegen das Bett und brach zusammen.

Kapitel zehn

Keith

»Na, da soll mich doch einer … er lebt ja noch!« Marks Stimme dröhnte durch die Lautsprecher meines Trucks. Dass mein Vater den Truck aufgemöbelt hatte, hatte wirklich sein Für und Wider. »Es ist einfach großartig, deine Stimme zu hören, Bruder. Bevor Cole mir das Handy abnimmt, muss ich dich dringend um etwas bitten. Kannst du mir bitte diese Ketchup-Chips mitbringen, die du immer kaust, jedoch nie teilst? Deine Mom war leider nicht zu Hause, und *Three* wollte die Nachricht nicht weitergeben. Was ist denn bloß los mit dem Mädchen? Ich habe ganz höflich gefragt, aber …«

»Du hast meine Mom angerufen?« *Warum überrascht mich das nicht?* Mark kannte wirklich keine Grenzen.

»Ja. Also, wo war ich? Oh ja, daher …«

»Warte, warte, warte. Woher kennst du meine Mom?«

»Na ja, sie hat gestern Abend auf deinem Handy angerufen, bevor du weggefahren bist. Du warst gerade bei Cole, also bin ich drangegangen. Ich dachte, das wäre schon in Ordnung, weil du mich ja neulich dazu gebracht hast, Abby und dem Doc dabei zuzusehen, wie sie herumgemacht haben.« Ich lächelte wegen seiner kleinen Stichelei.

»Sie wollte wissen, ob du irgendetwas benötigst, wenn du nach Hause kommst, und ich habe ihr neue Unterwäsche vorgeschlagen … übrigens, gern geschehen. Wie dem auch sei, wir sind daraufhin ins Gespräch gekommen und haben uns sofort prächtig verstanden.« Ich hörte nun ein merkwürdiges Geräusch. »Ja, Savi, nur noch eine Sekunde. Sieh mal, Keith, diese Chips …«

An einer Ampel rieb ich mir den Kopf und überlegte, warum ich das nicht hatte kommen sehen. Mark gewann die Leute immer für sich, natürlich hatte meine Mutter sofort einen Narren an ihm gefressen.

»Na schön, ich bringe dir dann beim nächsten Mal welche mit.«

»Zwei Tüten, bitte. Große!«

Ich verdrehte die Augen.

»Ja, geht klar.«

»Perfekt.« Mark schnaubte. »Hier, Savannah möchte mit dir sprechen. Cole wartet auch schon geduldig … nein!«

Ich schüttelte den Kopf, während ich an sie weitergereicht wurde. Ich hatte das Gefühl, als würde ich zu Hause anrufen, nachdem ich ein paar Wochen lang nicht mit meiner Familie gesprochen hatte … alle wollten so schnell wie möglich an die Reihe kommen.

»Hey, Keith, wie geht's dir denn? Schon irgendjemanden angebaggert?«

Ihre Wärme brachte mich sofort zum Lächeln. Ich vermisste sie unglaublich. »Nein, noch nicht, obwohl ich da jemanden im Hinterkopf habe. Mir geht's gut. Und dir?«

»Oh, weißt du, etwas Schlafmangel, aber alles in allem gut. Vermisst du die Berge bereits?«

Ich trat auf das Gaspedal und kroch über die Kreuzung zum Klubhaus. Es war jetzt vier Tage her, seit ich Lexi zuletzt gesehen hatte, und ich hoffte sehr, dass sich ihre Stimmung mittlerweile etwas abgekühlt hatte.

»Ja, ich vermisse sie tatsächlich. Wie geht's denn meinem kleinen Kumpel? Sorgt sie auch anständig für Aufruhr?«

»Immer. Ähm …« Sie räusperte sich. »Ich möchte dich gern etwas fragen, aber du musst mir vorher versprechen, dass du Abigail nicht umbringst.«

»Das hängt ganz davon ab.«

Sie murmelte etwas darüber, dass sie es nicht tun sollte, aber ich wusste genau, sie würde mich trotzdem gleich fragen.

»Bist du, abgesehen von *Threes* Hochzeit, auch noch wegen einer anderen Frau zu Hause?«

»Oh! Bitte alle Mann zurücktreten!«, schrie Mark aus dem Hintergrund. »Keith hat eine Freundin? Wie geil! Der reine Wahnsinn!«

»Bist du jetzt fertig?« Savannah kicherte, bevor sie sich wieder räusperte. »Entschuldige bitte. Sieh mal, Keith, wenn da jemand ist, dann versprich mir bitte, dass du nicht eher nach Hause kommst, bis du dazu bereit bist.«

Ich sah auf den leeren Sitz neben mir, wo ich vor ein paar Nächten erst die Liebe meines Lebens in den Armen gehalten hatte. Ja, der Sex war wirklich ganz und gar erstaunlich gewesen, aber bei Lexi ging es gar nicht in erster Linie darum. Sie erfüllte einfach mein Leben, sie vervollständigte mich. Aus Hubschraubern zu springen, Berge hinaufzuklettern und Kartelle zu verfolgen hatte nichts von dem Kick an sich, den ich bekam, wenn ich ihr einfach nur nahe war.

»Ich hatte dahingehend eigentlich keine Pläne«, war alles, was ich sagen konnte, aber dann fiel mir plötzlich ein, mit wem ich hier gerade sprach. »Ich fände es wirklich toll, wenn du sie kennenlernen könntest, Savi. Sie ist ziemlich erstaunlich.«

»Jede, um die du kämpfst, Keith, muss ziemlich erstaunlich sein. Ich … na ja, es wäre mir auf jeden Fall eine Ehre, sie kennenzulernen, natürlich nur, wenn du dazu bereit bist. Wenn du mal reden musst, dann weißt du ja, wie du mich erreichen kannst.«

»Ich vermisse dich, Savi.«

»Ich vermisse dich auch. Ich reiche dich jetzt an Cole weiter, okay?«

»Natürlich.« Ich fuhr zu einer Tankstelle und lehnte mich in meinem Sitz zurück, damit ich Cole meine volle Aufmerksamkeit widmen konnte.

»Keith, wie geht's dir?« Coles Stimme war locker, aber ich merkte, dass er mit irgendwelchen Geschäften zu tun hatte.

»Ich bleibe tapfer.«

»Das ist gut zu hören. Ich glaube, ich habe jetzt den perfekten Ort für das gefunden, worüber wir gesprochen haben. Ich möchte aber wirklich deine Ansicht dazu hören. Auf das Risiko hin, deine Familienferien zu stören … kannst du morgen vielleicht für zwei Tage von dort wegfahren?«

»Ja, natürlich kann ich das.« Ich holte meinen Laptop aus der Tasche und schaltete ihn an.

»Ich fliege morgen früh nach Charlotte, North Carolina. Ich schicke dir auch ein Ticket, dann können wir uns dort treffen.«

»Das klingt gut. Bis dann.«

Ich lenkte den Truck jetzt wieder auf die Straße und fuhr zum Klubhaus.

Direkt nach meiner Ankunft dort spürte ich, dass etwas nicht stimmte. Abgesehen davon, dass ich nach Lexi schauen wollte, musste ich auch dringend mit Elliot reden. Ich hatte nämlich einen möglichen Job für ihn, falls er ihn haben wollte, denn ich wusste, er würde irgendwann einen brauchen. Ich war immer noch wütend auf Lexi, weil sie einfach hierher zurückgerannt war. Ich wusste aber dennoch genau, dass sie etwas für mich fühlte, auch wenn sie es fortwährend leugnete. Aber diese Sache musste noch durchgestanden werden, bevor ich jemals wieder eine Chance haben würde, die Dinge bei ihr reparieren zu können.

Ich klopfte jetzt an Elliots Tür, und sie öffnete sich langsam unter dem Druck meiner Faust.

»Elliot?«

Er saß auf dem Bett und starrte die Wand an, den Rücken hatte er mir zugekehrt. Irgendetwas stimmte hier ganz eindeutig nicht.

»Hey, Mann, was tust du denn da?« Aber er reagierte nicht, also warf ich rasch einen Blick über die Schulter und schlüpfte dann ganz in sein Zimmer.

Ich ging um das Bett herum, und nun drehte sich mir fast der Magen um. Eines seiner Augen blutete und es sah aus, als ob es jemand mit einem Buttermesser hätte herausholen wollen. Seine Haut war leichenblass.

»Oh mein Gott, verflucht, Mann.« Ich ließ mich sofort vor ihm auf die Knie fallen, aber er blieb weiterhin wie erstarrt sitzen. »Hey, Elliot, kannst du mich hören?«

Blut lief ihm die Wange hinunter und tröpfelte langsam von seinem Kinn auf die Brust. Sein gutes Auge schweifte langsam in meine Richtung.

»Sie … sie ist nicht ans Telefon gegangen«, wimmerte er mit einer Stimme, bei der es mir kalt den Rücken hinunterlief. »Sie ist einfach nicht ans Telefon gegangen«, wiederholte er leise, und ich erkannte, dass er unter Schock stand. Er musste dringend ins Krankenhaus, und zwar sofort. Ich holte mein Handy heraus und rief Clark an. *Mein Gott, sie war doch jetzt schon seit vier Tagen hier. Warum hatten sie ihm das erst jetzt angetan?*

»Hey, Mann, alles …«

»Komm sofort in die Gasse, Hinterausgang Klubhaus!«

»Verstanden.« Clark stellte wohlweislich keine Fragen.

Ich packte Elliot beim Arm und trug ihn praktisch nach draußen. Ich blieb nur wenige Male stehen, wenn ich Stimmen hörte. Zum Glück hatten sie offenbar gerade eine Versammlung in der Bar. Als wir draußen im Sonnenlicht standen, fing Elliot erneut an zu wimmern.

»Warum haben sie dir das angetan, Elliot? Was zur Hölle ist denn passiert?«

Sein Kopf fuhr zu mir herum. »Sie haben meine Bestrafung hinausgezögert. Das war das … das …« Er fand nun das Wort, das er suchte. »… Finale.«

Ich schüttelte meine Wut ab und drängte ihn weiter.

»Komm schon, Mann, bleib in Bewegung. Wir sind schon fast da.«

Clarks Streifenwagen kam nun die Gasse runter und blieb vor uns stehen.

»Was ist denn mit ihm passiert, um Himmels willen?« Clark packte Elliot und nahm mir so die Last ab.

»Eine Bestrafung offenbar. Er braucht sofort einen Arzt. Du musst ihn aber alleine mitnehmen. Ich muss nachsehen, ob mit Lexi alles in Ordnung ist.«

»Ich habe ihn! Geh los.«

Ich nickte ihm rasch dankbar zu, bevor ich nach drinnen zurückrannte, wo ich zuerst einmal Luft holte, um mich zu beruhigen. Ich musste mich schließlich ganz normal verhalten und nicht so, als ob ich Elliot gerade zur Flucht aus diesem Drecksloch verholfen hätte.

Ich brauchte einen kurzen Moment, bis ich sie in der Ecke entdeckte. Ihr Haar beschattete ihr Gesicht. Die Beleuchtung war sehr schummrig, deshalb konnte ich nicht sehr gut sehen. Aber ich war so erleichtert über ihren Anblick, dass mein Körper sich etwas entspannte. Meine Hand fühlte sich unangenehm klebrig an. Ich musste nicht hinabsehen, um zu wissen, dass es Blut war. Ich rieb meine Finger langsam an meiner Jeans ab, um sie von Elliots Blut zu säubern, und setzte mich dann in die Nähe der Bar. Ich wartete auf eine Gelegenheit, sie allein zu erwischen.

Antonio sprach gerade mit seinen Männern, und nachdem er seine Zusammenfassung der Aktion abgeliefert hatte, die sie später am Nachmittag ausführen wollten, sagte er allen, sie sollten jetzt wieder an ihre Arbeit zurückkehren.

Er schnippte nun mit den Fingern, und Lexi stand sofort auf und ging zur Bar hinüber.

Ich entschied mich dazu, erst einmal hierzubleiben, bis Antonio mich entdeckte. Er hielt jetzt einen Finger in die Höhe, bevor er sich herunterbeugte und sich eine Line reinzog. Dann klatschte er in die Hände. Ich konnte nicht anders, sondern musste Lexi einfach mit meinem Blick folgen.

»Wir veranstalten einen Vergeltungsschlag gegen das Klubhaus der DR. Was hältst du davon, Mister Soldat?«

Das erregte meine Aufmerksamkeit.

»Bei Triggers Crew?«

»Trigger ist an der Westküste. Das hier ist seine Crew von der Ostküste.«

»Reicht es denn nicht aus, eines seiner Mitglieder umzubringen? Wenn du unbedingt ans Kreuz genagelt werden willst, um dann daran hängen zu bleiben, bis du ausgedörrt bist, halte ich das durchaus für eine gute Idee.«

Antonios Grinsen sagte mir, dass er komplett aufgedreht und aufgeputscht war und dass Angst in diesem Moment nicht zur Debatte stand. Er musste sich offenbar ziemlich viel Koks reingezogen haben, um mir das alles so offen mitzuteilen.

Shit.

»Ich glaube, du bist verrückt.« Ich war ehrlich, weil ich mir sicher war, dass die Sache fehlschlagen würde und Lexi damit automatisch mit ins Kreuzfeuer geraten würde. »Trigger wird garantiert einen Gegenschlag unternehmen, und dann kannst du dich von der ganzen Sache verabschieden.«

Antonio rieb sich das Ziegenbärtchen, während er nachdachte.

»Eine Vergeltung wäre reiner Selbstmord.« Seine Mundwinkel gingen jetzt nach oben, und ich erkannte, wie besessen er von der Idee war, sein Gang-Zeichen bei der gefürchtetsten Crew des Landes zu hinterlassen. Auf mehr kam es ihm anscheinend nicht an. »Ich werde das Risiko eingehen.«

Ich musste Lexi unbedingt hier rausbringen.

Ich sah kurz auf meinem Handy nach, wie spät es war, und überlegte dann, wie es Elliot jetzt wohl gerade ging.

Ein Geräusch von hinten lenkte Antonios Aufmerksamkeit auf sich und er ging rüber, um nachzusehen. Ich wartete noch einen Moment lang, dann wandte ich mich Lexi zu. Ich erhaschte jetzt einen richtigen

Blick auf sie und sah, wie sie wie ein Zombie zu den Mülltonnen schlurfte. Ich wusste, dass sie vollkommen durcheinander wegen dem sein musste, was Elliot zugestoßen war, und ich wollte ihr deshalb sagen, dass Clark ihn bereits ins Krankenhaus gebracht hatte. Ich eilte hastig nach draußen und fand sie beim Versuch, einen Müllsack in die Tonne zu hieven. Sie hatte offenbar mächtig damit zu kämpfen.

Ich rannte deshalb hinter sie, packte die Seite des Sacks und stieß ihn in die Tonne. Sie sprach kein Wort, wandte sich rasch von mir ab und ging sofort wieder auf das Klubhaus zu.

»Hey!« Ich ergriff sie am Arm, aber sie hielt den Kopf weiterhin gesenkt, damit das Haar über ihrem Gesicht blieb. »Was ist denn los? Willst du mich jetzt nicht einmal mehr ansehen?«

Sie räusperte sich, hob den Kopf und hielt dann meinem fassungslosen Blick stand, als ich ihre angeschwollene Wange und die blauen Flecken darauf anstarrte.

Meine Hand flog zu ihrem Gesicht und umfasste es sanft. Sie konnte ihre Angst nicht verbergen, aber sie verkleidete sie schnell als Wut. Ich ergriff nun als Erster das Wort: »Ich werde ihn umbringen.«

»Nein!«, fauchte sie und wich sofort zurück. »Mein Gott, Keith! Welchen Teil von ›Verschwinde!‹ hast du denn nicht kapiert?«

»Er hat dich geschlagen! Er hat dich ins Gesicht geschlagen, Lexi. Ist das etwa in Ordnung für dich?«

»Nein, natürlich nicht!« Ihre Stimme stockte nun, aber sie sprach dennoch weiter. »Ich bin von niemandem der Sandsack. Scheiße, Keith, aber manchmal sind die Dinge nun mal nicht so, wie sie zu sein scheinen.«

Ich wollte sie am liebsten anschreien, weil sie so verdammt naiv war und weil er sie offenbar einer Gehirnwäsche unterzogen hatte, damit sie bei ihm blieb, aber aus unerfindlichen Gründen wusste ich, dass sie mir gerade etwas zu sagen versuchte.

»Ich habe dir gesagt: Überschütte mich mit jedem Scheiß.« Ich trat näher an sie heran, hielt jedoch die Hände an meine Seiten gepresst. »Wirf endlich mal deine Haltung von tough wie sonst etwas beiseite und lass mich in dich rein, um Himmels willen!«

»Das ist aber alles, was ich noch habe! Alles davon bin ich! Ich konnte zuvor damit zurechtkommen, so lange, bis du dahergekommen bist, aber jetzt werde ich einfach in zu viele Richtungen gezerrt. Ich ...« Ihr Kopf fuhr zurück und ich erkannte, dass sie gerade etwas gesagt hatte, das sie nicht hatte sagen wollen.

»Mit *was* kommst zu zurecht?«

»Ich ...« Sie rieb sich nervös über den Kopf. »Ich muss jetzt nach Elliot sehen. Ich habe ihn heute Morgen noch gar nicht zu Gesicht bekommen und ich fürchte, dass sie ihm etwas antun werden.«

Sie wollte sich schon umdrehen, bekam dann jedoch meinen Gesichtsausdruck mit.

»Was ist?« Auf ihrem entstellten Gesicht war die Angst jetzt deutlich zu erkennen. »Was haben sie mit ihm gemacht?«

»Sie haben versucht, ihm ein Auge rauszuschneiden.« Ich hielt meine Hand in die Höhe, um einem Panikanfall ihrerseits vorzubeugen. »Ihm geht's aber so weit gut. Ich habe ihn sofort zu Clark gebracht, und der hat ihn ins Krankenhaus gefahren. Er hat mit mir gesprochen, Lex. Ihm ging's einigermaßen gut.«

»Oh mein Gott!« Sie presste sich die Hand vor den Mund, aber laute Schluchzer stahlen sich zwischen ihren Fingern hervor.

In diesem Augenblick war es mir eigentlich vollkommen gleichgültig, ob uns jemand entdeckte, aber nach einem schnellen Umschauen erkannte ich, dass wir von der Tür verborgen waren. Ich trat also an sie heran und nahm sie sanft in die Arme. Zu meiner Überraschung ließ sie es zu, obwohl sie mich ihrerseits nicht umarmte, aber bei Lexi ging eben alles nur noch in winzig kleinen Schritten. Ich hatte viel bei meinem Leben in *Shadows* gelernt, auch, wann man jemanden drängen sollte und wann nicht – nun ja, meistens jedenfalls.

»Hey.« Sanft bewegte ich ihre Schultern, sodass sie mich ansah. »Elliot ist im Krankenhaus in Sicherheit. Clark wird bestimmt ein paar Männer darauf ansetzen, die jede seiner Bewegungen überwachen. Möchtest du vielleicht einen kleinen Abstecher mit mir unternehmen?«

Sie blinzelte mehrmals und ich war mir nicht sicher, was ihr gerade durch den Kopf ging.

»Reicht das alles nicht aus, um dir zu beweisen, dass ich nicht wieder von hier weggehen kann?« Sie schüttelte am Boden zerstört den Kopf. Ich befürchtete schon, sie würde sich vielleicht umdrehen und einfach gehen, doch sie sagte: »Scheiße, sie würden Elliot töten und mir direkt vor dem Haus den Kopf abschlagen, wie sie es mit dem Mitglied von *Devil's Reach* vorgehabt hatten.«

Ich senkte die Stimme. »Ich werde Clark von ihrem Plan in Kenntnis setzen.«

Sie wirkte verstört und bekam große Augen. »Wenn sie das jemals herausfinden …«

»Das werden sie nicht. Clark und seine Männer werden heute Abend das Klubhaus überfallen und Antonio und die übrigen werden verhaftet, und du hast dann ein paar Tage frei.« Ich musterte ihr Gesicht nun genauer. »Würdest du dann mit mir mitkommen?«

Ich sah ihr an, dass sie am liebsten eine bissige Bemerkung machen wollte, aber sie unterdrückte sie. »Ich habe nicht viel Geld, Keith.

Antonio stellt immer sicher, dass ich nur so viel Benzin habe, um in der Stadt umherfahren zu können. Ich habe zwar etwas aus seinen Büchern abgezweigt, aber das brauche ich für später.«

»Lexi, hör endlich auf. Ich bitte dich, mit mir zu kommen. Mir ist dein verdammtes Geld doch so etwas von scheißegal.«

Sie schloss kurz die Augen und ich sah, dass sie ernsthaft darüber nachdachte. Sie musste wohl ebenfalls begriffen haben, dass sie, sobald die anderen herausfinden würden, dass Elliot weg war, die erste Verdächtige wäre, und das würde garantiert nicht gut für sie enden.

»Wirst du mich denn dann zu Elliot bringen?«

»Ja natürlich, sobald ich kann.«

Sie schüttelte die Hände, als ob sie so ihre Panik verschwinden lassen könnte. »Ja, okay. Ich könnte einen Ortswechsel wirklich gut vertragen.« Sie unternahm einen Versuch zu lächeln. *Das war mein tapferes Mädchen!*

Nach einigen Telefonaten mit Clark und dem hiesigen Boston Police Department war alles geregelt. Sie würden abwarten, bis der Gegenschlag erfolgt war, dann würden sie dazwischengehen und die Jungs schnappen. Ich glaubte, sie waren darüber genauso aufgeregt wie ich über diesen Überfall. Clark juckte es schon seit Langem, gegen diese Gang vorzugehen.

Ich wies Lexi an, Antonio bis dahin möglichst aus dem Weg zu gehen und unauffällig eine Tasche mit genügend Sachen für zwei Tage zu packen. Wir verabredeten, dass ich zurückkehren würde, sobald ich konnte, und wir dann zusammen wegfahren würden. Ich hoffte nur, dass Antonios Pläne für den Nachmittag ihn ausreichend beschäftigen würden, damit ihm Elliots Fehlen nicht auffallen würde. Schließlich wussten sie, das *»Spit«* verletzt war, und gingen deshalb wahrscheinlich davon aus, dass er sich eine Weile hinlegen würde.

Ich ließ die Tasche jetzt auf der Veranda vor meine Füße fallen, wo Oma sich gerade in ihrem Lieblingsschaukelstuhl wiegte. Sie klopfte auf den Sitz neben sich und lächelte.

Ich setzte mich und drückte ihr sanft die Hand, um ihr dadurch zu vermitteln, wie sehr ich sie liebte. Ich war so unendlich dankbar für die Beziehung, die wir miteinander hatten. Keine schlimmen Erinnerungen brachen hervor, wenn ich an meine Kindheit dachte. Außer vielleicht, dass ich ihr heimlich regelmäßig Hochprozentiges aus dem Schränkchen meines Dads besorgt hatte. Ich grinste unwillkürlich bei dem Gedanken daran. *Ich war schon damals ziemlich gerissen gewesen*, dachte ich.

»Wie hält sich denn unsere Lexi?«

Ich rieb mir die Augen und wartete einen Moment, bevor ich ihr eine Antwort gab. »Ich weiß, da ist mehr dran, dass sie dort ist, als sie zugeben will, aber sie ist extrem verschlossen, und heute hatte sie ziemlich heftige blaue Flecken auf ihrer Wange.«

»Oh, wirklich? Das ist ja schrecklich. Wie ist das denn passiert? Antonio?«

»Ja, aber es ist geschehen, weil sie mit mir zusammen war. Wir haben die Nacht gemeinsam verbracht.«

Sie hielt den Blick weiterhin auf die Straße gerichtet, aber ich sah dennoch, wie ihr Mund zuckte. »Du bist immer schon so verliebt in diese Frau gewesen.«

»Ja, das stimmt.« Ich lehnte mich zurück und stieß einen langen Seufzer aus. »Seit ich mit Lexi zusammen gewesen bin, bin ich erst mit zwei anderen Frauen gegangen, Oma. Ich habe wirklich versucht, ihnen nahezukommen, aber irgendetwas hat einfach immer gefehlt. Aber ich wusste, es lag nicht an ihnen, es lag an mir, denn keine von beiden konnte sich mit ihr messen.«

Sie lächelte zu mir herüber und hatte dabei ein derartiges Funkeln in den Augen, dass ich neugierig wurde, was sie mir zu sagen hatte.

»Du hast ganz offenbar den Fluch der Keiths, mein Lieber. Wir sind anscheinend nicht für mehrere Geliebte gemacht. Unsere Herzen sind nur für *die Eine* oder *den Einen* geschaffen. Sobald wir sie oder ihn kennenlernen und uns verlieben, war's das für uns. Wir hoffen dann nur noch, dass wir diese Fahrt um Himmels willen antreten dürfen. Das kann ein absoluter Segen, aber auch ein Fluch sein.« Ihre Augen wurden nun feucht und ich wusste, dass sie an Opa dachte. Der Krebs hatte ihn uns genommen, als ich zehn Jahre alt gewesen war. Ich wusste, dass ein Teil von Oma damals mit ihm gestorben war. Doch jetzt war ich dankbar dafür, dass sie immer noch hier war, um uns an ihn zu erinnern.

Ich nahm ihre Hand in meine, gab ihr einen liebevollen Kuss auf den Handrücken und ergriff dann meine Tasche.

»Keith«, rief sie mir hinterher. Ich drehte mich um und entdeckte, dass sie nun am Geländer stand. »Lexi trägt denselben Fluch in sich. Hilf ihr, den Weg zurück nach Hause zu finden.«

Ich rückte meine Tasche zurecht, damit sie besser auf meiner Schulter lag. »Das ist genau der Plan, Oma«, sagte ich und ließ mein verschmitztes Lächeln aufblitzen.

Lexi

Ich sah dabei zu, wie Antonio seine Handfeuerwaffe und das Gewehr lud und sich ein Jagdmesser in den Gürtel steckte. Mein Gott, konnte er ein potthässlicher Typ sein. Ich hatte ihn zwar niemals für attraktiv gehalten, aber sobald ich sein schmutziges kleines Geheimnis herausbekommen hatte, war ich zu dem Schluss gekommen, dass es wahrscheinlich kein schlechter Plan war, seine Bettprobleme einfach hinzunehmen. Daraufhin »nahm er mich in Anspruch«, und wir sprachen niemals über seine Probleme im Schlafzimmer. Seine verdrehte Ansicht über Sex, weil er keinen hochbekam, blieb unser kleines Geheimnis. Wenn er auf Koks war, jagte er mir allerdings richtig Angst ein, denn er verfügte über eine gewaltige Kraft. Die erste Freundschaft, die ich nach meinem Beitritt in seine Gang geschlossen hatte, war mit einem Mädchen namens Kara gewesen, und als Will mit ihr fertig gewesen war und sie an Hank weitergereicht hatte, hatte sie protestiert. Ich sah sie daraufhin nie wieder. Elliot erzählte mir später, sie war verprügelt und an der Türschwelle eines Rivalen zurückgelassen worden, aber ich bin mir nicht sicher, ob das wirklich stimmte. Zumindest hoffte ich, dass es nicht stimmte. Hin und wieder gefiel es Antonio allerdings, sich das Mädchen von jemand anderem zu schnappen und eine Show daraus zu machen, dass er jetzt an der Reihe bei ihr war. Ich fragte mich oft, was er ihnen daraufhin im Schlafzimmer antat. Wahrscheinlich schlug er sie und gab ihnen dann die Schuld für seine Unzulänglichkeit. Es war mir aber ehrlich gesagt ziemlich gleichgültig, weil es mir wenigstens eine kleine Atempause verschaffte.

»Willst du da nur blöd rumsitzen, Fotze? Oder wirst du mir einen Drink holen?«, brüllte Antonio jetzt, dann gab er einer Blondine einen kräftigen Schlag auf den Hintern, die sich gerade über einen Tisch beugte. »Du lahmarschiges Stück Scheiße.«

Ich schlüpfte sofort hinter die Theke, schenkte ihm einen Whiskey ein und gab eine doppelte Dosis pulverisiertes Abführmittel hinzu, einfach nur aus Spaß. Es gab nichts Komischeres, als ihn dabei zu beobachten, wie er plötzlich große Augen bekam und zur Toilette rannte, und angesichts dessen, was für diesen Nachmittag geplant war, wäre es sogar ein doppelter Spaß. Ich sollte das Schicksal zwar wirklich nicht herausfordern, aber ich konnte einfach nicht widerstehen.

Ich stellte das Glas jetzt vor ihm ab und wünschte ihm viel Glück.

»Wo zur Hölle ist denn Spit?« Will kam auf einmal in den Raum gerannt. »Ich habe den kleinen Scheißer schon den ganzen Tag über nicht gesehen.« Er musterte mich hart. »Wahrscheinlich ist er auf seinem Zimmer und leckt sich seine Wunden wie ein dahergelaufener Köter. Der kleine Scheißer trägt sowieso nicht das Seinige hierzu bei. Er ist totale Platzverschwendung.«

Schnell überlegte ich fieberhaft nach einer Ausrede. »Ist Elliot nicht heute dran, den Friedhof zu besuchen?« Es stimmte zwar nicht, aber ich setzte fest darauf, dass Will sich nicht daran erinnerte. Ich wandte mich jetzt an Antonio. »Sein Auge ist echt schlimm verletzt, Antonio, und er ist mein Bruder. Ich wünschte mir, du würdest etwas sanfter mit ihm umgehen. Er musste jetzt vielleicht einfach unsere Eltern besuchen.«

Er sah zu Will hinüber, dessen anmaßender Blick förmlich auf mir klebte, und mir wurde klar, dass er sich gleich wie das letzte Arschloch benehmen würde. »Du weißt doch, dass sie tot sind, oder etwa nicht?« Will trat jetzt näher an mich heran, während ich versuchte, mich gegen ihn zu behaupten. Ich bemerkte, dass Gordon sich aus seinem Sitz erhob, aber er hielt sich dennoch zurück. »Sie sind Wurmfutter, Dünger, eine Kiste mit Knochen.«

Ich konnte einfach nichts gegen meine Reaktion tun. Ich zog den Arm zurück und boxte Will, so heftig ich konnte, auf das linke Auge.

Verdammt, war das ein erstaunliches Gefühl! Ich kämpfte nun gegen den Wunsch an, es noch einmal zu tun, aber ich musste mir keine Sorgen machen, weil ich mit einem übelkeitserregenden Ergebnis wieder in die Wirklichkeit zurückgeholt wurde. Antonio kam nämlich jetzt wie ein Bulle auf mich zugeschossen. Gordon wollte zu uns eilen, hielt dann jedoch plötzlich inne.

Auf einmal wurde ich wie ein Kreisel herumgewirbelt und alles verschwamm vor meinen Augen.

»Antonio! Was tust du denn da?«, schrie Keith und schob mich hinter sich. »Du wirst sie noch umbringen, wenn du ihr wieder ins Gesicht schlägst.«

Ich spähte unter seinem Arm hervor. Das war überhaupt nicht gut.

Antonio und der Rest der Klubmitglieder sahen nämlich so aus, als wollten sie ihre Waffen auf Keith richten.

»Verschwinde sofort«, zischte Antonio außer sich vor Wut und blähte die Nasenflügel weit auf. »Diese Hure hier hat einen meiner Männer geschlagen, dafür muss sie auf ihren Platz verwiesen werden.«

»Aber er hat sich respektlos ihren Eltern gegenüber verhalten.« Keith senkte die Stimme, aber sie war immer noch mit Autorität unterlegt. »Du schlägst doch auch zu, warum darf sie das nicht?«

»Du tanzt hier gerade gehörig aus der Reihe, Keith.«

»Muss ich dich vielleicht erneut daran erinnern, dass ich nicht deiner Mannschaft angehöre? Ich tue dir nur einen Gefallen, indem ich deinen Klub überwache, wenn du nicht hier bist. Ich riskiere immerhin meine Zukunft wegen dir.«

»Sie gehört dir aber nicht mehr.«

Angesichts dessen, wie Keith sich darauf anspannte, wurde ich nervös wegen dem, was als Nächstes passieren würde.

»Nein, das tut sie nicht mehr, aber sie ist wunderschön und es wäre eine Schande, das zu ändern. Du hast deinen Standpunkt zuvor schon verdeutlicht, nachdem sie gegen eine deiner Regeln verstoßen hat und weggegangen ist. Das ist auch in Ordnung so. Aber Will ist ein Arschloch, das kannst du nicht abstreiten. Lass es gut sein und konzentriere dich lieber darauf, dass du das Klubhaus der *Devil's Reach* bald in einen Trümmerhaufen verwandeln wirst.«

Jemand an der Bar brach daraufhin in Jubelrufe aus, und sogleich änderte sich die komplette Stimmung im Raum. Obwohl mir Antonio noch einen furchterregenden Blick zuwarf, wich er zurück, griff nach seinem Whiskeyglas und leerte es auf ex. Ich hätte fast gelacht deswegen. *Wohl bekomm's.*

»Also los!« Er drehte sich jetzt um und starrte mich noch einmal finster an. »Wenn du weggehst, sorge ich dafür, dass du danach schlimmer aussiehst als dein Bruder im Augenblick.«

»Ich habe dich neulich Nacht schon gut verstanden.« Vorsichtig trat ich vor und ließ mir einen Kuss von ihm geben. Eine Sekunde lang hielt er meinen Arm noch fest gepackt und drückte mir die Fingernägel in die Haut, um seinen Worten noch einmal Nachdruck zu verleihen.

Etwa fünfzehn Mitglieder rannten jetzt zur Hintertür hinaus und ließen mich mit zittrigen Beinen und einer pochenden rechten Hand zurück. Gordon sah nun Keith an, und irgendetwas ging zwischen den beiden Männern vor sich. Ich wollte zuerst nachfragen, aber dafür war jetzt nicht der richtige Zeitpunkt.

»Du verspürst wohl einen Todeswunsch, Liebling«, brummte Keith, womit er meinen Fausthieb gegen Will meinte.

»Das war es wert.«

Er schüttelte nur stumm den Kopf, aber ich sah dennoch ein winziges Lächeln auf seinen Gesichtszügen.

»Komm schon, verschwinden wir von hier.«

Erst, als wir auf dem Freeway waren, schien Keith sich wieder ein bisschen zu entspannen. Ich war im Gegensatz dazu ein komplettes Nervenbündel. Ich musste einfach andauernd in den Rückspiegel starren, um zu sehen, ob uns auch niemand verfolgte.

Keiths Hand legte sich jetzt auf meinen Oberschenkel und lenkte meine Konzentration auf etwas anderes. Ich nahm sie und presste sie wieder zurück auf den Ganghebel, weil ich dieses Gefühl im Moment nicht spüren wollte.

»Ich verdiene meinen Lebensunterhalt damit, Leute zu verfolgen, Lexi. Ich verspreche dir, dass gerade niemand hinter uns her ist.«

Ich nickte ihm leicht zu, aber mein Blick blieb trotzdem auf dem Rückspiegel kleben.

»Möchtest du wissen, wohin wir fahren?«

Ja, das war vielleicht ganz gut zu wissen.

»Natürlich.«

»Nach Charlotte, North Carolina.«

»Warum?« Ich drehte mich erneut um und blickte panisch über die Schulter. Ich war mir sicher, dass dieses Auto hinter uns gleichzeitig mit uns die Spur gewechselt hatte.

»Ich treffe mich dort mit meinem Chef und einigen meiner Kumpel aus dem Safe House, wo ich arbeite.«

Das weckte sofort mein Interesse. Ich sah ihm ins Gesicht, das nun von dem Wagen vor uns erhellt wurde.

»Oh.« Ich hasste es, wenn er sein Leben bei der Armee erwähnte. Also machte ich mich wieder daran, das Auto hinter uns zu beobachten.

»Cole ist mein Chef, und seine Frau Savannah wird ebenfalls dort sein.« *Oh, das ist also Savannah.* »Mark, ein weiterer Typ aus unserem Team, kommt mit seiner schwangeren Freundin Mia. Ich habe dort ein paar Sachen mit den Jungs zu erledigen, deshalb lasse ich dich bei den Mädels. Ist das okay für dich? Sie sind wirklich nett. Du wirst sie bestimmt mögen.«

»Natürlich.« Ich zuckte mit den Achseln, fühlte mich aber in Wirklichkeit unbehaglich. *Soldatenfrauen. Na klasse.* Wahrscheinlich würde ich mir den ganzen schlimmen Mist anhören müssen, den sie über ihr Leben loswerden wollten, und ich hasste den Gedanken daran jetzt sogar noch mehr.

Keith legte jetzt den Kopf in den Nacken und stieß einen lang gezogenen Seufzer aus. Ich wusste, dass er sich gerade alle Mühe gab, aber ich war mittlerweile nun einmal daran gewöhnt, jegliche Gefühle einzufrieren, wenn es um ihn ging.

Ich kämpfte nun darum, meine Gefühle zu enteisen, um mich seinen Bemühungen anpassen zu können. »Was für Sachen tut ihr denn in diesem Haus?«

»Unser Ziel ist, bestimmte Geiseln zu finden und sie aus schlimmen Situationen herauszuholen, während wir alles versuchen, dass wir dabei nicht umge…« Er hielt plötzlich inne, als er begriff, wie sich das Ganze für mich anhören musste. »Wir verwenden dabei die Analogie, dass wir wie ein Schatten sind. Du weißt schon. Wir gehen rein und wieder raus, ohne gesehen zu werden. Es ist zwar nicht immer leicht, aber es ist die Sache allemal wert, wenn wir dabei Menschen mit ihren Angehörigen wiedervereinigen können.«

»Wo ist denn das Safe House?«

»Das kann ich dir leider nicht sagen.«

Oh.

»Wen habt ihr denn schon gerettet? Irgendjemanden, den ich vom Namen her kenne … jemand, der berühmt ist?«

»Darauf kann ich dir leider auch keine Antwort geben.«

Okay.

»Leben Savannah und Mia in dem Haus?«

»Ja und nein.«

Ich zupfte an einem Stück Faden an meinem Armband. »Das ist aber alles ziemlich vage.«

»Wenn du meinst.«

Den Rest der Fahrt zum Flughafen schwiegen wir, während sich mein Magen endlos weiter verknotete. Keith trug meine Tasche in einer Hand und mit der anderen hielt er fest meine Hand, während wir uns durch das Meer aus Menschen schoben.

Ich machte es mir danach auf dem Sitz gemütlich und starrte zum Fenster hinaus, wobei mich von überallher sinnloses Geplapper umschwirrte. Wenn Antonio davon Wind bekäme, was ich hier gerade tat, wäre ich tot. Ich fragte mich, wie sein Überfall wohl gerade ablief. Ich betete darum, dass alles wie geplant verlaufen würde und dass die Typen anschließend tatsächlich von der Polizei verhaftet werden würden. *Aber was, wenn etwas schiefginge?* Dieser ganze Ausflug hier hing davon ab, dass Antonio wirklich verhaftet werden würde. Meine Handflächen wurden jetzt eiskalt und eine Gänsehaut breitete sich auf meinem Körper aus. Elliot war hoffentlich in Ordnung. Ich war ganz nervös wegen ihm … nervös, dass er vor mir aus dem Krankenhaus zurückkehren und daraufhin Fragen stellen könnte. Er würde dann nämlich unweigerlich die Aufmerksamkeit darauf lenken, dass ich gerade gar nicht dort war.

»Etwas zu trinken?« Keith unterbrach meine Überlegungen und reichte mir ein Glas Rotwein.

»Ja, gern.« Ich leerte das Ding innerhalb weniger Sekunden. Er ersetzte mein leeres Glas daraufhin durch sein volles und bestellte noch ein weiteres.

Ich hatte ein unglaublich flaues Gefühl im Magen, als die Räder vom Boden abhoben und wir dann irgendwann tatsächlich in der Luft waren. Sobald wir geradeaus flogen und der Kapitän verkündete, dass wir die Gurte lösen könnten, reichte ich der Flugbegleiterin, die rasch die Reihen hinabging, meine leeren Flaschen.

Ich musterte Keith, der jetzt gemütlich eine Zeitschrift durchblätterte. Er war so ruhig, dass es mich nur noch nervöser machte.

»Hast du Hunger?«, fragte er.

»Nein.«

»Möchtest du vielleicht etwas Wasser?«

»Nein.« Ich sah aus dem Fenster und beobachtete die flauschigen Wolken, die an uns vorüberzogen. Ich fragte mich, wie weit die anderen Flugzeuge wohl von uns entfernt waren. Es war eigentlich ganz schön unheimlich und verrückt, wenn man sich vorstellte, wie viele Stahlröhren genau in diesem Moment mit uns zusammen im Himmel waren. *Wie viele Menschen sahen wohl gerade in die Richtung, wo ich war?*

Keith steckte die Zeitschrift jetzt weg, setzte die Kappe ab und fuhr sich mit den Händen durch das Haar.

»Wie wäre es damit? Ich beantworte deine Fragen, wenn du meine beantwortest.«

Hm, das hatte durchaus etwas für sich. »Wir dürfen aber zweimal die Frage verweigern.«

»Abgemacht.«

»Okay, ich fange an.« Ich begann ganz unten in meinem Fragenkatalog. »Hast du Savannah gegenüber jemals irgendwelche Gefühle entwickelt?«

Er warf den Kopf in den Nacken und lachte leise. »Nein, niemals. Sie erinnert mich viel zu sehr an *Two*, als dass ich diese Straße je hätte hinabgehen können. Sie ist wirklich hübsch und ich liebe sie, aber nur wie eine Schwester. Davon einmal abgesehen ist sie mit meinem besten Freund verheiratet, und die beiden haben ein kleines Mädchen zusammen.«

»Ich musste einfach fragen.«

»Das ist verständlich.« Sein Lächeln veränderte sich nun. »Ich bin dran.«

Oh, nein!

»Als ich meinen ersten Einsatz hatte und im Irak war, hast du da mit Juan geschlafen?«

»Nein«, platzte ich sofort heraus, ohne zu überlegen.

»Gut.« Er stieß erleichtert die Luft aus. »Warum nicht?«

»Weil ich auf dich gewartet habe, Keith.« Ich wollte am liebsten sofort wieder dicht machen und diese Gefühle wegschließen, aber ich kämpfte gegen den Drang an. »Ich war natürlich unfassbar verletzt, aber das hätte ich dir niemals antun können. Ich hatte schließlich immer noch gehofft, dass du deine Meinung ändern und zu mir zurückkehren würdest.«

Er nickte und ich konnte mir vorstellen, dass eine Menge an altem Stress nach dieser Antwort von ihm abfiel.

»Mit wie vielen Mädchen warst du zusammen, seit wir uns getrennt haben?«

Er hielt meinem Blick stand und erwiderte: »Mit zwei.«

»Hast du eine davon geliebt?«

»Ich wollte es gern, aber: nein.«

Mir wurde augenblicklich die Brust eng.

»Warum hast du dich mit der Gang eingelassen? Du hast doch immer so viel Angst vor ihnen gehabt.«

Ich sah zuerst aus dem Fenster und dann hinab auf meine Hände. Ich wollte nicht darüber reden, denn es war unglaublich schwer. »Nach dem Tod meiner Eltern war ich so einsam. Du warst weg und deine Eltern waren auch wirklich wunderbar, aber sie hatten eben schon ihre eigene Familie.« Ich räusperte mich. »Ich brachte ihnen doch nur Traurigkeit in meinem Zustand. Elliot verknallte sich dann auch noch in ein Mädchen, das sich als Teil der Gang erwies. Antonios Cousine. Anfangs haben sie sich wirklich großartig ihm gegenüber verhalten. Antonios Onkel hat ihn sogar zu sich genommen. Im einen Augenblick war er noch da, und im nächsten war er weg. Ich hatte plötzlich niemanden mehr auf der ganzen Welt.« Ich hielt kurz inne, um den Ärger zu bekämpfen, der schon wieder in mir hochstieg, und fuhr dann fort: »Juan hatte offenbar Mitleid mit mir. Wir fingen als Freunde an und er zeigte mir, dass wir gemeinsam Spaß haben konnten, wenn wir etwas unternahmen, von dem ich zuvor nicht einmal geträumt hatte. Merkwürdigerweise gefiel es mir allmählich, einfach nicht auf die möglichen Konsequenzen achten zu müssen. Wir hatten einfach nur Spaß.« Ich löste meine Finger von ihm. »Dann machte er allerdings, wie jedes andere Mitglied der *Almas Perdidas,* plötzlich eine völlige Kehrtwendung, und eines Tages bekam ich ohne besonderen Grund eine Faust in den Magen.«

Ich unterdrückte den Schauder, der mir bei dieser Erinnerung über den Rücken lief. »Ich hatte dasselbe von Antonio erwartet, aber er war wirklich gut darin, mir das Gefühl zu geben, dass ich etwas Besonderes wäre. Das Einzige, was mir weiterhalf, war sein kleines Geheimnis.« Ich hielt kurz inne … ich wollte es ihm ja mitteilen, aber ich kam mir nach wie vor seltsam deswegen vor.

»Dass er keine Erektion bekommen konnte?«

»Ja. Vermutlich ist er im Gefängnis ein paarmal vergewaltigt worden und kann deshalb jetzt keine … du weißt schon … Erektion mehr bekommen. Nicht, dass es nicht andere Möglichkeiten gäbe, wie er befriedigt werden kann, aber ich musste zumindest nie, na ja, du weißt schon. Die Garcia-Brüder haben alle so ihre Probleme. Was natürlich Glück für mich war.«

Ich überging sein Unbehagen einfach und ließ das Thema wieder fallen. Ich hatte es angesprochen, und mehr war nicht nötig.

»Armer Clark. Er wird am Ende noch einen Herzschlag wegen mir bekommen. Er hat mich schon so viele Male aus irgendwelchen Sachen herausgepaukt … viel öfter, als er es hätte tun sollen.«

»Ähm, ja, das habe ich gehört.«

»Gehört wie in: Du hast ihn auf diesem Ausflug nach Hause ausgefragt, oder wie in: Du hast dafür gesorgt, dass Clark die ganze Zeit über auf mich aufgepasst hat?«

Seine schuldbewusste Miene verriet ihn sofort. Er hatte also tatsächlich die ganze Zeit über auf mich aufgepasst. *Wow! Okay.* Ich entschied mich dazu weiterzureden, damit er das Ganze verstand.

»Antonio und Juan waren schon immer wie Öl und Wasser, und wenn Antonio etwas wollte, dann hinderte ihn nichts daran, es zu bekommen. Er tötete irgendwann auf einmal irgendeinen Junkie und schob es kurzerhand Juan in die Schuhe. Am folgenden Tag wurde mir dann befohlen, mit meinen Sachen in Antonios Zimmer zu ziehen, und seitdem bin ich dort.« Ich warf mir das Haar aus dem Gesicht, weil ich mich unbedingt bewegen musste. »Nicht gerade eine Märchengeschichte, ich weiß, aber so ist es nun mal gewesen.«

Er verzog das Gesicht. »Aber warum lebst du dort? Was hoffst du, dadurch zu erreichen?«

»Nein.« Ich stieß das Wort hastig hervor.

»Also wirst du mir nicht sagen, warum du nicht von dort weggehst?«

»Nein. Das geht nicht. Tut mir leid.«

Mein Herz pochte jetzt rasend schnell in meiner Brust. Ich hasste das alles so sehr.

»Ich bin dran.« Ich wollte nur noch weg von diesem Thema. »Warum bist du so schnell wieder verschwunden, als du vor vier Jahren hierhergekommen bist? Ich habe gehört, du warst in der Stadt, und ich dachte, nun ja, ich habe gehofft …«

Er benötigte einen Augenblick und starrte nach vorn in den Flugzeuggang. Gerade als ich glaubte, er würde mir keine Antwort auf diese Frage geben, räusperte er sich und sagte: »Ich bin nur wegen dir zurückgekommen. Ich musste einfach wissen, ob auch nur die kleinste Möglichkeit bestand, dass wir wieder ein Paar sein könnten. Ich kam in der Beziehung mit einer anderen Frau nicht weiter, weil ich sie unwillkürlich die ganze Zeit nur mit dir verglich. Es war ein schreckliches Gefühl, einen guten Menschen so wegzustoßen. Also kehrte ich hierher zurück, und an diesem Morgen bin ich dann zufällig Elliot in einem Café über den Weg gelaufen.«

»Wirklich? Warum hat er mir nie etwas davon erzählt?«

»Ich habe ihm die Wahrheit gesagt, warum ich zurückgekehrt bin, und er hat mir daraufhin erzählt, dass du eine richtig heftige Zeit hinter dir hattest und dass du nun endlich mit Juan glücklich seist. Er bettelte mich daraufhin an, dir diese Beziehung nicht zu verderben. Ich sollte dich einfach ziehen lassen und weitermachen.«

»*Was*?« Er musste Elliot falsch verstanden haben. »Zu dieser Zeit war ich gerade am absoluten Tiefpunkt angelangt. Bist du dir sicher, dass er das wirklich gesagt hat?«

»Es war die schwerste Entscheidung, die ich jemals getroffen habe. Ich wollte ihm zuerst gar nicht glauben, aber später an diesem Abend sah ich dich dann tatsächlich mit Juan draußen vor *Mavis's Place*. Du hast ihn an der Schulter berührt, gelächelt und irgendetwas zu ihm gesagt. Du … du hast dabei so glücklich ausgesehen. Da wusste ich, dass ich dich endlich loslassen musste. In dieser Nacht habe ich meine Taschen gepackt und bin gegangen. Ich habe mich sogar kaum von meiner Familie verabschiedet. Ich vergrub mich daraufhin einfach in meine Arbeit und versuchte, dich aus meinem Kopf zu bekommen.«

»Und, hast du es geschafft?«

Seine Hand tastete nach meiner und drückte sie fest, dann hob er sie an seinen Mund und küsste zärtlich meinen Handrücken. »Niemals.«

Ich sackte auf meinem Sitz zusammen und spürte plötzlich alle möglichen gemischten Gefühle. *Warum hätte Elliot das tun sollen?* Dann kam mir plötzlich ein erschreckender Gedanke.

»Wenn ich mich vor vier Jahren dazu entschieden hätte, bei dir zu bleiben, wie hätten wir dann zusammen sein können? Du kannst mir zwar nicht viel von deinem Leben berichten, aber anscheinend gibt es darin nicht genug Platz für mich und die Armee.«

Ein kleines Lächeln erschien daraufhin auf seinem Gesicht. Es war eines, das ich noch nie zuvor an ihm gesehen hatte.

»Ich hätte meinen Berg dann verlassen und als Zivilist gearbeitet. Ich liebe meinen Job wirklich, Lexi, sehr sogar, aber ich …« Er hielt kurz inne. »Ich wäre nicht dorthin zurückgekehrt, wenn ich dich hätte haben können.«

»Wow«, flüsterte ich jetzt und wusste nicht, was ich mit diesen Worten anfangen sollte. Ich hätte ihn niemals gebeten, mich anstelle von etwas zu wählen, das ihn so glücklich machte, aber das war jetzt eh egal. Er war zurückgekehrt zu seinem Job, und ich hatte irgendwie weitergemacht.

»Berg?«

Er schloss kurz die Augen. Ich sah ihm an, dass ihm nicht bewusst gewesen war, dass er dieses Wort zu mir gesagt hatte. »Wir sind gern hoch oben, damit wir sehen können, was auf uns zukommt.«

Mit einem kleinen Lächeln, das ihm zeigen sollte, wie glücklich ich darüber war, dass er mir etwas aus seinem Leben mitgeteilt hatte, sah ich wieder aus dem Fenster.

Ich rutschte hin und her und stieß dann ein unerwartetes Ächzen aus. Meine Schulter war immer noch wund.

»Was ist denn mit deiner Schulter?«

»Bin wohl komisch darauf gelandet.«

Ich sah ihm an, dass er zwei und zwei zusammenzählte, aber anstatt etwas zu sagen, öffnete er nur seine Tasche und holte zwei kleine weiße ovale Tabletten heraus. »Hier.« Er reichte mir sein Wasser, und ich nahm sie ohne nachzufragen, denn es war mir inzwischen sogar gleichgültig, was es für Tabletten waren.

Schon bald darauf fühlte ich mich schläfrig und meine Lider wurden schwer. Keith klappte die Armstütze hoch und legte meinen Kopf auf seine Brust.

»Mir geht's gut«, protestierte ich leise.

»Ich weiß.« Er bettete mich auf seinen riesigen Brustkasten. »Lass dir von den Tabletten einfach die Schmerzen nehmen.« Er hüllte mich in seine Jacke ein und küsste dann zärtlich mein Haar. »Schlaf jetzt einfach ein bisschen. Ich halte dich währenddessen.«

»Ja … okay.« Da ich zu müde zum Streiten war, gab ich einfach nach. Zum Glück hatten wir die Reihe ganz für uns. Ich legte meine Füße hoch und ließ mich und meine Sorgen eine Weile lang davontreiben.

Kapitel elf

Etwas Warmes strich mir plötzlich über das Gesicht. »Lexi, wir sind da.«

Langsam öffnete ich die Augen, sah hoch und erblickte Keith, der mit einem sanften Lächeln auf mich herabsah.

Ruckartig fuhr ich hoch, zuckte jedoch zusammen, weil ich einen steifen Hals hatte.

»Du sprichst im Schlaf, weißt du das?«

»Das hat man mir schon gesagt«, brummte ich und dachte an die Zeit, als ich im Schlaf immer von Keith gesprochen hatte. Antonio war nicht gerade sehr begeistert davon gewesen. »Was habe ich denn gesagt?«

Er gab mir keine Antwort, sondern reichte mir nur meine Tasche und schob mich vor sich her aus dem Flugzeug. Wir holten jetzt unsere Sachen und machten uns auf den Weg zum Schalter der Autovermietung.

Eine Stunde später waren wir bereits auf der Straße in Richtung Ashville unterwegs. Charlotte war wirklich wunderschön. Alles war so grün und üppig. Sich durch die hohen Hügel auf einspurigen Straßen zu schlängeln, war unglaublich friedvoll und genau das, was ich momentan brauchte, um kiloweise angestauten Stress loswerden zu können.

Hin und wieder nahm Keith meine Hand und legte sie auf dem Ganghebel unter seine. Jedes Mal fühlte ich mich seltsam dabei und zog sie deshalb wieder zurück auf meinen Schoß. Im Augenblick war ich innerlich vollkommen durcheinander. Ich durfte diesen Mann auf keinen Fall in meinen Kopf lassen, denn das brachte einfach viel zu viele Probleme mit sich. Ich war schon zu weit in mein neues Leben hineingezogen worden, um mit noch mehr Schmerz und Verwirrung zurechtkommen zu können. Tatsächlich spürte ich momentan eine merkwürdige Sehnsucht nach dem Leben, das ich mit Antonio geführt hatte, und das ließ sich nur schwer aus dem Kopf bekommen. *Wow, ich war wirklich so was von beschissen dran.*

»Woran denkst du gerade?« Er riss mich abrupt aus meinen Grübeleien heraus.

»An verschiedene Dinge.«

»Zum Beispiel?«

Ich sah zu ihm hinüber und zuckte dann mit den Achseln. »An Dinge halt.«

»Glaube es oder auch nicht, Lex, aber du kannst deine Mauer bei mir ruhig herunterlassen.«

»Das habe ich bereits getan.« Mehr sagte ich dazu nicht. Ich wusste genau, dass er den Rest verstehen würde.

Er ließ meine Hand nun los. Ich fühlte mich daraufhin mies. Er war schließlich hier und nahm mich auf diesen Ausflug mit, und ich verhielt mich die ganze Zeit wie ein Eisklotz ihm gegenüber. Ich war mittlerweile so vollkommen verdreht, dass ich kaum noch wusste, wo ich begann und wo ich aufhörte.

»Es ist nur schon so eine lange Zeit her, dass ich mal einen Ausflug unternommen habe.« Das sollte an Information reichen.

»Hoffentlich macht es dir Spaß. Du könntest nämlich dringend mal etwas davon brauchen.«

Ja, das stimmte.

Sein Handy meldete sich plötzlich und jemand namens Carlos wurde auf der Absenderkennung angezeigt. Keith warf einen Blick darauf und legte das Handy wieder weg, ohne den Anruf entgegenzunehmen.

Anstatt in dem Hotel einzuchecken, fuhren wir direkt zu dem Restaurant durch, wo wir seine Freunde treffen sollten.

Zu sagen, dass ich nervös war, war eine extreme Untertreibung. Ich wünschte mir fast, ich hätte das Angebot doch ausgeschlagen, denn schließlich war ich »das Mädchen, das Keith das Herz gebrochen und ihn wegen einer Gang verlassen hatte«. *Oh mein Gott, was war ich nur für ein beschissenes Wrack!*

»Hör endlich auf, dir den Kopf zu zerbrechen, Babe. Sie werden dich garantiert lieben.« Keith nahm mich an die Hand und öffnete dann die Tür. Wie ein Pärchen gingen wir hinein.

»Na, verdammt und zugenäht!«, rief plötzlich ein Typ. Vermutlich war das der berühmte Mark. »Cole, jetzt bist du mir zwanzig Mäuse schuldig. Sie ist eine Brünette.«

Bei seinem Ausbruch musste ich unwillkürlich grinsen.

»Versuche niemals, Mark zu schlagen, er gewinnt echt immer.«

Ich nickte und dachte, dass Mark bestimmt ziemlich unterhaltsam sein würde. Ich erkannte Savannah sofort von dem Foto wieder, das Keith mir gezeigt hatte. Sie kam augenblicklich zu mir und streckte mir die Hand entgegen. *Mein Gott, sie war wirklich erstaunlich!*

»Du musst Lexi sein. Schön, dich endlich kennenzulernen.«

Ich nahm ihre Hand und erwiderte ihre Freundlichkeit mit einem Lächeln. Mia war die Nächste. Sie erhob sich ungeschickt von ihrem Platz.

»Oh, bitte, nicht.« Ich hielt meine Hände in die Höhe und half ihr, sich wieder hinzusetzen. »Schön, dich kennenzulernen, Mia, aber bleib bitte sitzen.«

»Danke, das ist lieb von dir.« Sie strahlte mich an.

Bevor ich mich hinsetzen konnte, nahm Mark mich auf einmal in die Arme. Keith ging sofort dazwischen und sagte etwas auf Französisch zu ihm. Ich verstand zwar nicht alles, aber ich glaubte, dass es darum ging, dass er vorsichtig mit meiner Schulter sein sollte. Mark trat sofort einen Schritt zurück und wiederholte die Umarmung etwas weniger heftig und gab mir anschließend ein Küsschen auf die Wange.

»Oh, Lexi, wir haben so unglaublich viele Fragen an dich.«

»Nein, die habt ihr ganz bestimmt nicht«, stieß Keith entsetzt hervor.

»Wie alt wart ihr, als ihr euch zum ersten Mal begegnet seid?« Mark ignorierte Keiths funkelnden Blick einfach.

»Siebzehn.«

»Hui. War er immer schon so geheimnistuerisch?«

Ich zuckte mit den Achseln. »Anfangs nicht.« *Verdammt, ich konnte das Sticheln einfach nicht sein lassen.* »Nein, eigentlich war er mir gegenüber immer offen.«

»Echt?« Mark wirkte verwirrt. »Okay, aber hat er damals auch schon gesungen? Weil der Mann ja eine Stimme wie ein Engel hat.«

Savannah bekam daraufhin einen Lachanfall und klatschte Mark ab. Ich warf einen raschen Blick zu Keith, und dieser schüttelte nur den Kopf.

»Er hat *Four* immer etwas vorgesungen«, erzählte ich durch das brüllende Gelächter am Tisch, und alle hielten sofort inne und sahen mich neugierig an. »Ähm, seine jüngste Schwester ist dreizehn Jahre jünger als er und sie hat ihn irgendwie immer dazu gebracht, ihr etwas vorzusingen.«

»Was denn für Lieder?«, fragte Savannah, die sofort Feuer und Flamme war.

»Das ist gegen die Abmachung.« Keith versuchte, dazwischenzugehen, aber Savannah und Mark brachten ihn zum Schweigen.

»Äh, eigentlich alles. Von dem Lied *›Puff, the Magic Dragon‹* bis hin zur Band Def Leppard.«

Mark schüttelte fassungslos den Kopf. »Was täte ich nicht alles dafür, um damals eine Fliege an der Wand gewesen zu sein.«

»Cole, ich kündige!«, sagte Keith mit ernster Stimme.

Cole zeigte grinsend mit seinem Bier auf Mark. »Lass mich bloß nicht mit denen allein.«

Mark berührte nun über den Tisch hinweg meine Hand. »Wir müssen unbedingt Telefonnummern austauschen.«

»Jederzeit gern.«

»Lexi.« Cole stand jetzt auf. Er überragte mich genauso sehr wie Keith. »Es ist mir wirklich eine große Freude, Sie kennenzulernen. Vielen Dank dafür, dass Sie zu uns gekommen sind.«

Ich musste einfach in das Gelächter mit einstimmen. Cole hatte wirklich ein ziemlich komisches Timing.

»Vielen Dank, dass ich mit dabei sein darf.«

Ich ertappte mich auf einmal dabei, dass ich die Wärme genoss, die diese vier zu bieten hatten. Das Essen war gut, und die Gespräche waren noch besser. Ich lachte tatsächlich unheimlich viel an diesem Abend. *Konnte das Leben wirklich auch so aussehen?* Mir gefiel es unheimlich, dass Cole immer einen Grund fand, Savannah zu berühren, und wie Mark jedes Mal Mia anlächelte, wenn diese etwas sagte. Mit der Hand rieb er andauernd über ihren Bauch und er strahlte jedes Mal wie ein Honigkuchenpferd, wenn sie von ihrer Schwangerschaft sprach.

Ich spürte, dass sie die Familie für den jeweils anderen waren, und ich war neidisch deshalb, gleichzeitig jedoch auch glücklich darüber, dass Keith sie alle hatte.

»Meine Damen.« Cole reichte Savannah jetzt mit einer dramatischen Geste einen Umschlag. »Draußen wartet bereits ein Auto auf euch, das euch zum hiesigen Spa bringt, wo ihr es euch mal richtig gut gehen lassen könnt.«

Ich wusste nicht, wie ich darauf reagieren sollte. Es war unzählige Jahre her, seit ich das letzte Mal in einem Spa gewesen war, und ich kam mir doch etwas komisch dabei vor, dass er den Aufenthalt für uns bezahlte, nur um uns loszuwerden, aber ich folgte den anderen Frauen dennoch zur Tür.

»Ich habe schon dort angerufen und Gus gesagt, dass er sich gut um uns kümmern soll.« Savannahs schalkhaftes Grinsen veranlasste mich dazu, zu Cole hinüberzusehen, der sie nun um die Taille packte und sie atemlos küsste. Es war niemand in der Nähe und wir waren auch weit entfernt von den Tischen, aber dennoch johlte irgendjemand nun lautstark. Ich nahm an, dass es Mark gewesen war.

»Willkommen in ihrer Welt.« Keith lachte leise, als er mich einholte. »Wirst du auch mit ihnen zurechtkommen?«

»Ich komme auch gut allein zurecht.«

»Ich wünschte, du würdest deine Mauer mir gegenüber noch etwas weiter abbauen, das würde dir bestimmt nicht schaden, Lexi.«

Ich musste hastig zu Boden sehen, weil mir die Tränen in die Augen traten. Ich war momentan viel zu durcheinander, um zu glauben, dass ich mich einfach so in seine Welt gleiten lassen könnte, und es gab so viele Dinge in meinem Leben, die ich ihm noch mitteilen müsste.

»Hey.« Er drehte mich jetzt zu sich herum, sodass ich ihn ansehen musste, während die anderen bereits nach draußen gingen. »Du und ich, wir könnten das wirklich hinbekommen.«

»Keith …« Ich schüttelte den Kopf, dieses Thema musste unbedingt seinen Abschluss finden.

»Ich werde nicht mehr ohne dich nach Hause gehen, Lex. Ich bin es leid, mit ansehen zu müssen, wie man dir wehtut. Du verdienst so viel mehr in deinem Leben.«

Erneut seufzte ich. Ich fühlte mich innerlich wie ein ausgewrungenes Handtuch.

»Okay, okay, lassen wir es für den Moment erst einmal gut sein. Verschwinde endlich und habe etwas Spaß.«

Er drehte sich um und ging zu dem großen SUV hinüber, den die anderen Jungs bereits bestiegen hatten.

Ich ließ meinen Atem lange entströmen und machte mich dann auf den Weg zu Savannah, die in einer gewissen Entfernung auf mich gewartet hatte. Sie lächelte und bedeutete mir, ihr zu folgen.

*

»Ahhh«, gurrte Mia, als Robert sanften Druck auf ihren linken Unterarm ausübte. »Ich muss Mark wohl beichten, dass er ersetzt worden ist.«

Savannahs Haar war noch feucht von unserer Dampfdusche. Sie stimmte ihr lachend zu und trank etwas von ihrem Gurkenwasser.

Wir waren jetzt seit zwei Stunden in dem Spa und bekamen dort wirklich alles, was unser Herz nur begehrte. Wir waren gewachst, poliert und geschminkt worden. Wie sich herausstellte, machten die beiden das wohl häufig. Ich tat gar nicht erst so, als würde ich dieses Leben verstehen. Ich nahm es einfach nur im Vorbeigehen mit.

Gus stellte uns keine Fragen, aber wir besprachen unter uns, wo er massieren durfte und wo nicht. Meine Wange war immer noch empfindlich, also legte ich mich auf die Seite, sodass mein Gesicht sich nicht in das Kissen drückte. Er wirkte tatsächlich Wunder bei meiner angeschlagenen Schulter.

»Ich glaube, ich muss ein bisschen allein mit meinen Gedanken sein.« Ich lachte, als Gus meine Fußballen bearbeitete. »Na ja, Gus, du darfst natürlich gern dabei sein.«

Die Frauen brachen daraufhin in Gelächter aus, und das riss anscheinend einige der Mauern nieder, die sich aufgebaut hatten.

Nachdem unsere Zehen lackiert worden waren, saßen wir in flauschigen blauen Bademänteln draußen auf dem Balkon und bekamen Margaritas serviert – sogar einen alkoholfreien für Mia –, während wir auf den Friseur warteten.

Verdammt, dieses Leben fühlte sich im Augenblick wirklich ziemlich gut an.

»Okay, lacht jetzt bitte nicht, aber Mark hat mir den besorgt, und ich möchte ihn jetzt gern mal verwenden.« Mia holte mit großem Getue einen Selfie-Stick hervor, und Savannah presste die Lippen fest aufeinander, um keinen Lachanfall zu bekommen.

Wir drückten uns eng aneinander und machten ein Foto von uns mit unseren Drinks.

»Wie ist deine Nummer, Lexi? Ich schicke es dir auch rüber.«

Ich schloss die Augen und betete daraufhin meine Nummer herunter. Ich würde das Foto später einfach in irgendeinem Ordner versteckten. Denn es war auf jeden Fall eines, das ich unbedingt behalten wollte. Es wäre eine ganz private glückliche Erinnerung, die nur mir allein gehörte.

»Ich bin wirklich froh, dass du hergekommen bist.« Mia berührte mit einem warmen Lächeln meinen Arm.

Ich war froh, dass ich eine Sonnenbrille aufgesetzt hatte, da ich spürte, wie mir unwillkürlich die Tränen in die Augen traten. Ich vermisste es wirklich unglaublich, Freundinnen zu haben.

Savannah stellte ihren Drink ab, drehte sich zu mir um und legte dann die Beine hoch. »Hat Keith dir jemals etwas über mich und meine Vergangenheit erzählt?«

»Nein.«

»Darf ich dir dann etwas darüber berichten?«

»Ja, natürlich.«

Die nächste Stunde verbrachte ich damit, ihren Geschichten zuzuhören. Es war genau das, was ich gebraucht hatte. Es zeigte mir, dass ich nicht allein war, und es schenkte mir die Hoffnung, dass ich eines Tages vielleicht doch wieder vollständig in Ordnung kommen würde. Wie sich herausstellte, hatte auch Mia eine Geschichte. Sie respektierten meine Zurückhaltung aber und bedrängten mich nicht, Details aus meinem eigenen Leben preiszugeben. Sie redeten einfach nur.

*

»Was meinen Sie dazu?« Felicia strahlte mich im Spiegel an. »Sie sehen einfach nur wunderbar aus.«

Wow, mein Haar wirkte plötzlich wieder ganz gesund, es glänzte und feine hellbraune Strähnchen liefen hindurch. Ich müsste mir irgendeine verrückte Lüge ausdenken, wenn die Typen vom Klubhaus mich so wiedersahen. Obwohl es Antonio wahrscheinlich gar nicht auffallen würde, würde Will ihn mit Sicherheit darauf hinweisen. Er war so ein riesengroßes Arschloch, und ich betete darum, dass er bei meiner Wiederkehr gerade mit irgendeiner Tussi beschäftigt wäre. Erneut fragte ich mich, wie es bei ihnen wohl gerade lief. *Nein! Denk gar nicht erst darüber nach.*

»Komm.« Savannah hakte sich bei mir unter. »Wir haben sogar noch Zeit für einen Besuch im Pub gegenüber. Ihr seid eingeladen.«

Mia trat jetzt an meine andere Seite und lächelte. »Ich freue mich wirklich total darüber, dass du hergekommen bist.«

»Ich mich auch. Was tun die Jungs denn eigentlich gerade genau?«

Savannah warf zuerst Mia einen Blick zu und dann mir. »Das musst du Keith fragen. Du weißt schon, die ganze Geheimhaltungskiste.«

»Schon verstanden.« Ich ließ das Thema wieder fallen, war jedoch nach wie vor neugierig.

Ich hätte wissen müssen, dass die Jungs zurück waren, denn Savannah strahlte plötzlich jemanden hinter mir an.

»Wow!« Keith schob mir das Haar von der Schulter. »Du siehst ja wunderhübsch aus.«

»Vielen Dank.«

Er half mir aus dem Stuhl und wirbelte mich dann einmal im Kreis herum.

Mark pfiff anzüglich, und Keith schoss ihm sofort einen tödlichen Blick zu. Ich hatte schon mitbekommen, dass Mark ihn gern auf den Arm nahm. Ich persönlich fand das sehr unterhaltsam.

»Danke sehr, Mark.« Ich sah lächelnd zu Keith, der nur den Kopf schüttelte. Ich war überrascht, wie sehr ich sein vereinnahmendes Benehmen genoss.

»Können wir jetzt zurück ins Hotel?« Seine Hand glitt um meine Taille und zog mich näher zu sich. Zum ersten Mal verspürte ich nicht den Drang, mich sofort zurückzuziehen.

»Nein!«, warf Savannah ein, bevor ich es hätte tun können. »Wir haben schon Pläne für das Abendessen.«

»*Pläne*?«, wiederholte ich verwirrt und trat einen kleinen Schritt zurück. Keith folgte meiner Bewegung und hielt mich wieder fest.

Er kicherte, sah dann jedoch Savannah an. »Das werde ich mir merken!«

»Nein, nein, mein Freund, das war nur der Ausgleich für den Code 45 letzten Monat.«

Was? Oh ja, stimmt. Sie hatte mir erklärt, dass dies bedeutete, dass er sie über seiner Schulter irgendwohin getragen hatte.

»Sind wir dann jetzt quitt?«

»Fürs Erste.« Sie zuckte grinsend mit den Schultern.

»Mmm.« Er holte sein Handy heraus und verzog erneut das Gesicht. Ich entdeckte, dass es wieder dieser Carlos war.

Das Abendessen machte wirklich großen Spaß. Ich hatte seit Ewigkeiten nicht mehr so viel gelacht. Mehrmals fing ich Keiths Blick auf und merkte, dass er genau wusste, dass ich das hier gerade dringend brauchte. Sosehr ich es ja auch hasste, es mir einzugestehen, aber er hatte recht. Ich hatte ganz vergessen, wie fantastisch Normalität sein konnte. Ich griff unter dem Tisch nach seiner Hand und drückte sie leicht.

Sofort richtete er seine Aufmerksamkeit auf mich, nahm dann aber sein Gespräch mit Cole wieder auf. Seine Finger strichen währenddessen unentwegt über meine.

Was tat ich denn da nur?

Die anderen bestellten Kaffee, aber Keith sagte, dass wir jetzt gehen würden. Ich griff deshalb nach meiner Jacke, und er half mir hinein.

»Danke für den wunderbaren Tag heute, Leute. Bis morgen beim Frühstück.« Ich winkte ihnen zu und nahm Savannah kurz in die Arme.

Der Weg zurück war eisig kalt. Genau das, was ich brauchte, um wieder einen klaren Kopf zu bekommen. Keith ließ seinen Arm um meine Taille gleiten, und ich lehnte mich daraufhin an ihn. Ich hasste es unglaublich, in alte Gewohnheiten zurückzufallen, aber es fühlte sich so wunderbar vertraut an.

»Was habe ich denn im Schlaf gesagt?« Ich musste es einfach wissen.

Er kicherte, als wir an einer Ampel stehen blieben. »*Habe ich immer, werde ich immer.*«

Ich war dankbar für die Dunkelheit, denn ich spürte, wie meine Wangen rot wurden.

»Interessant.«

»Das dachte ich mir auch«, entgegnete er, nahm meine Hand und drängte mich zum Weitergehen.

Das Hotel war nur zwei Straßen vom Restaurant entfernt. Wir betraten es jetzt und gingen anschließend hinauf in das wunderschöne Zimmer, wo uns bereits ein Rollwagen erwartete, auf dem in einem Eiskübel Champagner stand.

»Wirklich?« Ich lachte nervös, das war aber ziemlich romantisch.

»Dafür kannst du wahrscheinlich Savi danken. So etwas sieht ihr ganz ähnlich.« Er öffnete die Balkontür und zeigte hinaus. »Aber das hier war ich.«

Ich spähte um die Ecke und sah, dass wir unsere eigene Feuergrube hatten, mit Stöcken und allen Zutaten, um S'mores zu machen.

»Du hast tatsächlich daran gedacht?« Plötzlich schossen mir die Tränen in die Augen.

»Sommer '99. Wir haben auf Clarks Dachterrasse gesessen, und du hast gesagt: Scheiß doch auf Romantik, du würdest eine Feuergrube, S'mores und …« Er öffnete einen Kühlschrank. »… ein Sixpack kühles Bier lieben.« Er zog mich zu sich. »So könnte unser Leben immer sein, Lex. Lass mich nur zu dir herein.«

Meine Mauern fuhren sofort wieder hoch. Natürlich taten sie es, das taten sie nämlich immer.

»Nicht«, warnte er.

»Nicht *was*?«

»Die Mauern in dem Moment wieder hochfahren, wenn ich eine Zukunft für uns beide erwähne.«

Ich ging in das Hotelzimmer zurück und machte mich daran, die Ohrringe abzulegen. *Was tat ich hier eigentlich? War das Ganze nur ein riesengroßer Fehler?* In dem Versuch, mich wieder zu beherrschen, zog ich mir das Kleid aus und hing es ordentlich in den Schrank.

»Warum willst du mir bloß nicht verraten, was da sonst noch vor sich geht? Es ist so unglaublich ärgerlich, dass du mich die ganze Zeit im Dunkeln lässt.« Er versperrte mir jetzt den Weg zu meiner Tasche.

Ich stemmte meine Hände aufgebracht in meine Hüften. »Du bist zehn Jahre lang weg gewesen, Keith, und in dieser Zeit ist viel geschehen. Du kannst vielleicht Leute herumkommandieren, um dir den Lebensunterhalt zu verdienen, aber bei mir funktioniert das nicht.«

»Ich habe ja gar nicht versucht, dich herumzukommandieren. Ich wünschte mir nur, du würdest deine Sorgen und Gedanken mit mir teilen.«

»Teilen?« Ich fuhr wütend herum und schnappte mir sein Handy von der Ankleide. »Dann teile mir doch mal mit, warum dieser Carlos dich immer wieder anruft, du seine Anrufe aber offenbar nicht annehmen willst.«

Seine Miene verdüsterte sich sofort.

»Jetzt kontrollierst du schon mein Handy?«

Oh, das machte mich noch rasender. Eine solche Frau war ich nie gewesen und ich würde es auch nie sein. »Danke, dass du so viel von mir hältst. Er oder sie ruft die ganze Zeit unentwegt an und es ist ganz schön schwer, das nicht zu bemerken, wenn du die Anrufe niemals annimmst.«

Er sah nun auf seine Uhr. »Vermutlich war dieser Streit dringend fällig. Es müssen jetzt schon sechsundzwanzig Stunden seit dem letzten her sein.«

Ich schloss die Augen, weil ich es hasste, dass er recht hatte. Ich musste unbedingt an meiner Wut arbeiten.

»Dann hör doch auf, mich ständig zu verärgern.«

»Dann hör du auf, so verdammt verschlossen zu sein.«

Heilige Scheiße, mit diesen Streitereien würden wir nirgendwo hinkommen.

»Kann ich jetzt bitte meine Kleidung haben?«

»Warum? So gefällst du mir viel besser.«

Ich verdrehte die Augen, aber ein kleines Stück meines alten Selbst war auf einmal wiederaufgetaucht.

»Habe ich …?« Er hielt inne und sah mich mit schmalen Augen an. »… habe ich da gerade tatsächlich ein Lächeln gesehen?«

»Nein.« Ich kämpfte darum, meinen Mund unter Kontrolle zu bringen.

»Du möchtest deine Kleidung?« Er warf mir ein schiefes Grinsen zu. »Dann küss mich zuerst.«

Ich stieß einen schweren Seufzer aus, schob die Enttäuschung beiseite, trat an ihn heran und gab ihm ein kleines Küsschen auf die Wange.

»Nein, auf die Lippen.«

»Keith!« Meine Hände landeten schon wieder in meinen Hüften.

»Auf die Lippen«, wiederholte er.

Ich drückte ihm beide Hände auf die Schultern, beugte mich vor und presste meine Lippen sanft auf seine. Plötzlich umfassten seine Hände meinen nackten Hintern, hoben mich hoch und ließen mich vorsichtig auf der Ankleide nieder.

»Keith!«

»Kein Streit mehr heute Nacht.«

Er bog meinen Rücken durch, sodass sich ihm meine Brüste entgegenhoben. Einen Arm schlang er unter mein Bein und legte es sich um seine Hüfte, während er mit dem anderen meinen unteren Rücken festhielt.

Er zog mit seiner Zunge eine Spur von meinem Kinn zu meinem Schlüsselbein, und nun ging mein Atem nur noch stoßweise. Er ließ sie in der Kuhle meines Schlüsselbeins herumwirbeln, streifte dann mit den Zähnen über meine Haut und knabberte schließlich an meiner Schulter.

Es fühlte sich so unfassbar gut an.

Ich ließ den Kopf in den Nacken fallen, damit er besser an meinen Hals herankam, und stieß endlich ein unbeherrschtes Stöhnen aus. Keiths Fähigkeiten mit seiner Zunge waren schon immer mein Schwachpunkt gewesen.

Er zog sich jetzt zurück, wobei er sorgsam darauf bedacht war, mich nicht fallen zu lassen, und hielt mich mit seinen Hüften fest. Sein

Pullover fiel nun zu Boden, während ich an seinem Gürtel herumnestelte. Er stieg anschließend aus seiner Hose und trat sie achtlos beiseite. Zu meiner Überraschung hatte er hier offenbar das Kommando.

Mein Blick glitt jetzt auf seiner massigen Gestalt herab. Er war anscheinend noch ebenso fit wie mit siebzehn, nur inzwischen verteufelt männlicher geworden. Ich musterte seine gewaltige Erektion, und sein Schwanz zuckte angesichts meines Blicks. Ich streckte daraufhin die Hand aus und strich über die samtige Haut … Hitze wallte von seinem Schaft auf. Er keuchte mächtig bei dieser leichten Berührung, schloss die Augen und fuhr mit einer Hand sanft durch mein Haar. Als ich gerade auf die Knie gehen wollte, schüttelte er nur leicht den Kopf.

»Jetzt nicht.« Er öffnete die Augen und offenbarte einen ganz anderen Gesichtsausdruck. »Wir tun das richtig.«

Ich war verwirrt. Ich hatte es in seinem Truck schon sehr erstaunlich gefunden.

Er ließ mich auf das Bett gleiten und zog mir den BH aus, wobei er sich viel Zeit ließ. Seine Hände glitten sanft über meine Haut, damit er die Verbindung nicht verlor. Er kniete sich jetzt auf den Boden, hob jeden Fuß einzeln an und warf meinen Slip auf den Stuhl.

Dann blickte er mich mit seinen dunklen Augen an und musterte meinen Bauch. Seine Hände fuhren zärtlich an beiden Hüften hinauf, und er berührte anschließend mit den Lippen meine Haut.

»Wie kann jemand einer so wunderschönen Frau nur Schmerzen zufügen?«, flüsterte er jetzt durch seine Küsse hindurch.

Ich war ganz gerührt von dieser Zärtlichkeit. Es war unglaublich lange her, seit irgendjemand so intim mit mir gewesen war. Ich hatte schon ganz vergessen, wie wundervoll das war.

»Schon okay, Lex«, murmelte er über den Kuss hinweg. »Ich werde dich beschützen.« Er glitt bis an die Seite meiner Brust hinauf.

Eine Träne rann mir die Wange hinab, aber es gelang mir, mich zu beherrschen. *Bitte, verliebe dich nicht wieder in ihn, Lexi! Genieße einfach nur die Lust und halte deine Gefühle dabei irgendwo versteckt.*

Ich musste es ihm einfach sagen – und zwar alles. Mein Herz galoppierte jetzt wie ein wilder Hengst. Aber ich konnte es nicht … was, wenn Antonio …

»Hey.« Er beugte sich zu mir herab und presste die Lippen fest auf meine, wodurch er mich wieder daran erinnerte, wo meine Gedanken eigentlich gerade sein sollten. Er schob mich zurück, sodass seine Zunge noch tiefer in mich hineintanzen konnte.

Während wir einen Moment lang so verharrten, drehte er mich und ließ uns langsam herabsinken, sodass ich jetzt auf ihm lag.

Ich fuhr erschrocken hoch, weil plötzlich der Fernseher anging. Wir mussten uns offenbar auf die Fernbedienung gelegt haben. Ich lächelte unwillkürlich, als ich Channing Tatums Stimme in *Magic Mike* hörte.

»Das hast du bestimmt auch geplant, oder?«, scherzte ich und schob meine Gefühle erneut zur Seite.

Er packte jetzt meinen Hintern und bejahte mit einer sehr sexy Stimme, die tief aus seiner Kehle zu kommen schien. Bei diesem Klang bog ich unwillkürlich die Zehen durch. Angesichts meiner Reaktion hob er kurz die Augenbrauen, bevor er lächelte. Das gefiel ihm offenbar. Ich sah ihm tief in die Augen, beugte mich nach vorn und ließ mein Haar auf ihn hinabfallen. Er liebte nämlich das Gefühl, wie es über seine empfindliche Haut glitt. Geschmeidig wie eine Katze wich ich wieder zurück, bis ich seinen erigierten Penis an meinem Bauch spürte.

Er ergriff nun meine Hände, und ich ging in Position. Es war wie das Warten auf den Kick einer Droge, die einem das Blut bis ins Innerste wärmen würde. Ich nickte ihm leicht zu, um ihm zu signalisieren, dass ich bereit war, und er versank jetzt ganz, ganz langsam in meiner Öffnung, wobei er mich zu einer Größe ausdehnte, die nur er erreichen konnte. Auf halbem Weg kniff er die Augen zusammen, und sein Griff wurde fester. Es war so unfassbar sexy und ich konnte einfach nicht anders, als sofort wieder in alte Gewohnheiten zurückzugleiten.

Sobald er vollkommen in mich eingedrungen war, zog ich ihn fast ganz zu mir hoch. Seine Augen sprangen auf und ich sah, dass er genau wusste, was ich tat. Gewöhnlich rang ich mit ihm um die Kontrolle, indem ich mich mit seinem inneren Alphamännchen anlegte. Es war ein Spiel, es machte Spaß und den Sex noch aufregender.

»Lex«, knurrte er, aber seine Stimme erstarb sofort, als ich jetzt langsam, aber stetig tiefer sank. »Pony« von Ginuwine hallte im Zimmer wider, während ich jeden Zoll von ihm in mich aufnahm. Seine Hand landete auf meiner Hüfte, um mich festzuhalten. Stattdessen spannte ich jedoch den Rücken an und ritt ihn hemmungslos. Seine freie Hand glitt mit einem hungrigen Gesichtsausdruck über meinen Bauch.

Ich stimmte mich jetzt auf den langsamen Rhythmus der Musik ein und sah, wie er sich bemühte, nicht zu kommen. Der Schweiß brach ihm auf der Stirn aus und er presste gequält die Zähne aufeinander. Ich wusste genau, dass er es noch härter wollte.

Ich packte deshalb meine Brüste und legte die Hände auf meine Nippel, da ich unbedingt etwas Reibung brauchte. Ich ließ mich zurückfallen, legte den Kopf in den Nacken und baute mich so langsam wie nur irgend möglich über ihm auf. Es war wie der Aufstieg auf einer Achterbahn, wo sich bei jedem Klacken auf der Schiene der Magen immer mehr zusammenzog. Ich hatte gerade die oberste Stelle überwunden, da fiel ich auch schon in endlose Tiefen. Ich öffnete die Augen und kehrte nur langsam wieder von meinem Höhepunkt zurück. Ich sah in Keiths weit aufgerissene Augen, die mich förmlich herausforderten, mich wieder zurückzulehnen. Er strich mir das Haar aus den Augen, verließ mein Innerstes kurz, legte ein Bein hoch und dann das andere. Doch ohne Vorwarnung glitt er wieder in mich hinein und stieß einen Seufzer aus.

»Das habe ich so sehr gebraucht«, sagte er mehr zu sich selbst als zu mir. »Zehn verfluchte Jahre lang.«

Ich wollte zuerst etwas sagen, aber er bewegte sich bereits in mir und sein Arm spannte sich über mir an, als er das Kopfteil des Betts umklammerte. Ich konnte den nächsten Kick einfach nicht mehr verhindern. Er beförderte mich über den Rand der Lust hinaus und ich fuhr brausend hinab, ohne dass ein Ende in Sicht war.

Keith hörte nicht mehr auf. Er nahm meinen Höhepunkt einfach und dehnte ihn so lange aus wie nur möglich. Gerade als ich wieder landete, kam er mit einem gewaltigen Brüllen. Jeder Muskel an ihm spannte sich an, als wenn er aus Stein wäre.

Ich hatte ganz vergessen, wie sehr ich den Anblick seines Gesichts in diesen speziellen Momenten, wenn er die Beherrschung verlor, vermisst hatte. Es erweckte in mir fast den Wunsch nach einer dritten Runde.

Aber mein Körper war vollkommen ausgepowert. Ich hatte das Gefühl, zu keiner einzigen Bewegung mehr fähig zu sein.

Er ließ sich jetzt auf die Seite sinken, umschlang meinen erschlafften Körper mit seinen Armen und vergrub die Nase in meinem Haar.

»Zehn verfluchte Jahre lang.«

Eine Weile lagen wir gemütlich beisammen, bis mein trockener Mund um Wasser bettelte.

*

Die Kruste färbte sich bereits schwarzbraun, und die Form veränderte sich.

»Er wird gleich verbrennen.« Keith schüttelte den Kopf. Wir saßen nun schon seit einer Stunde an der Feuergrube und ich sah für meinen Mitternachtssnack kein Ende.

»Du wagst es, meine S'mores-Kochkünste infrage zu stellen?«

Seine Hände gingen abwehrend in die Höhe. »Ich sage ja nur, dass ich in den Wäldern lebe und deshalb ganz genau weiß, wie man einen Marshmallow zubereitet, und du wirst ihn noch verbrennen.«

Ich grinste. »In den Wäldern, hm?«

Er verzog sofort das Gesicht. Er hatte schon wieder etwas verraten.

»Mir ist noch nie zuvor bei anderen etwas herausgerutscht.« Er schüttelte den Kopf.

Ich hielt einen perfekt gebräunten Marshmallow in die Höhe. »Ja, das sieht tatsächlich ganz und gar nicht perfekt aus.« Ich inspizierte ihn weiter. »Deiner hingegen …«

»Scheiße«, jaulte er, als der Marshmallow Feuer fing.

»Und wer ist jetzt der Pfadfinder?«

Er lachte, warf seinen Stock weg und nahm stattdessen sein Bier zur Hand. Wir saßen noch eine Weile da und starrten schweigend in das Feuer. Wenn ich mit ihm zusammen war, war mir immer unglaublich behaglich zumute. Er war einfach so locker drauf.

»Was bedeuten diese Zahlen?« Ich zeigte auf seinen linken Unterarm, auf dem in Schwarz 10-13-98 eintätowiert war.

»Das ist nur ein Datum, das ich nicht vergessen möchte.«

»Achtundneunzig.« Ich rechnete rasch nach. »Achtundneunzig war das Jahr, in dem wir uns begegnet sind.«

»Ja.« Er nickte und trank einen Schluck Bier.

Ich sinnierte weiter darüber nach, was in diesem Jahr wohl mit Keith geschehen war. Ich wusste einfach nicht genau, warum dieser spezielle Oktober so wichtig für ihn gewesen war.

»In meinem ersten Jahr war ich im Irak.« Seine Stimme war nun ganz leise. »Den größten Teil des Septembers waren wir komplett abgeriegelt. Es war einfach zum Wahnsinnig-Werden. Ich wollte so gern dort draußen sein, aber in unserem Gebiet waren feindliche Truppenverbände entdeckt worden. Am Ende lernte ich dort einen guten Freund namens Tikaani kennen. Er stammte aus Alaska. Seine Familie besaß ein Schmuckgeschäft, das sich auf einzigartige Diamantschnitte spezialisiert hatte.« Sein Blick ging nun flatternd zu meinem. »Er wusste, dass ich auf der Suche nach einem Ring für dich war.« Mein Herz verkrampfte sich sofort. »Ich zeichnete ihm auf, was ich gern für dich haben wollte, und als ich wieder zu Hause war, lag der Ring auf einmal für mich bereit. Er war absolut verblüffend, denn er ist genau das, was ich haben wollte, er besitzt sogar die Gravur 10-13-98. Das war der Tag, an dem du in mein Leben getreten bist, und es war das erste und das einzige Mal, dass ich mich verliebt habe.«

Meine Nase kribbelte und meine Augen wurden feucht. *Wie hatte ich nur so dumm sein können?* Ich hatte das Gefühl, als hätte ich selbst versagt. Etwas daran erregte jedoch meine Aufmerksamkeit.

»Er *ist*?« Ich musste wissen, warum er gerade in der Gegenwartsform gesprochen hatte.

Er nickte, stützte die Unterarme auf die Knie auf und hielt sein Bier zwischen den Händen. »Nachdem du gegangen bist, habe ich mir geschworen, dass ich ihn zehn Jahre lang behalten würde. Wenn wir in dieser Zeit nicht wieder zusammenkommen würden, würde ich ihn verkaufen, und dann würde ich dich endgültig loslassen.«

Ich spürte den Stachel seiner Worte und ich begrüßte den Schmerz sogar fast. Denn die ganze Zeit über hatte ich mich niemals in seine Lage versetzt und überlegt, was die Trennung ihm wohl angetan hatte. Meine Hoffnung war es gewesen, dass er irgendwann eine Frau finden würde, die besser zu ihm passte. Ich war innerlich so dunkel geworden, und diese Dunkelheit wollte ich nicht über andere ausbreiten, besonders nicht über ihn.

»Carlos …« Er unterbrach meine kreisenden Gedanken damit abrupt. »… ist mein Diamantenverkäufer. Er hat einen Käufer für den Ring gefunden, aber ich bringe es einfach nicht übers Herz, ihn zu verkaufen.«

»Keith«, flüsterte ich, aber mir brach die Stimme.

»Bitte, nicht.« Er lehnte sich zurück und schüttelte nachdrücklich den Kopf. »Ich wollte dir damit nicht wehtun. Ich wollte dir nur erklären, wer Carlos ist, das ist alles.«

Ich schluckte den gewaltigen Kloß in meiner Kehle hinunter und blickte erneut ins Feuer. Seit Keith in mein Leben zurückgekehrt war, hatten meine Gefühle die ganze Zeit Jo-Jo gespielt. Es tat so weh, aber es hatte andererseits auch so viele gute Erinnerungen wieder hochgeholt. Solche, die mich an eine Zeit erinnerten, als ich mich geliebt und beschützt gefühlt hatte und uneingeschränkt glücklich gewesen war.

Keith setzte sein Bier ab und ging nun ins Schlafzimmer. Als er die Tür hinter sich schloss, brach ich zusammen und ließ alles raus. Mein Gott, es war so ein großartiges Gefühl, ein paar von den Schnüren um meine Brust lösen können.

Wie konnte das Leben in dem einen Moment so kompliziert und im anderen vollkommen perfekt sein?

Hatte ich mich schon zu sehr verändert, um die Frau sein zu können, für die er mich hielt? Manchmal war ich mir selbst gar nicht mehr sicher, wer ich eigentlich war.

»Lexi.« Keith kam nun in Jeans und mit einer Baseballkappe auf dem Kopf zur Tür. »Komm zu mir ins Bett.«

Ich nickte, wischte mir die Augen ab und ging dann zu ihm.

Kapitel zwölf

Keith

An diesem Morgen erschien mir Lexi sehr still. Beim Frühstück gab ich aber vor, es nicht zu bemerken. Mark war voll in seinem Element mit seinen Witzen und trug dazu bei, dass die Stimmung lockerer wurde. Savannah hingegen sah so aus, als hätte sie gestern etwas zu viel getrunken. Sie hatte eine Sonnenbrille auf und schüttelte immer wieder den Kopf über Mia, die ähnlich in Form zu sein schien, jedoch aus einem gänzlich anderen Grund.

»Raue Nacht gehabt, meine Damen?« Ich grinste und tippe gegen Savannahs Sonnenbrille.

»Mark hatte die brillante Idee, ein Trinkspiel zu spielen, und es ist wohl unnötig zu erwähnen, dass ich verloren habe.«

»Hast du nicht eher gewonnen?«, warf Mark ein. »Du hast immerhin einen sexy Tanz von deinem Ergebenen gewonnen.«

Cole warf mir einen vernichtenden Blick zu, und ich hob schnell die Hände. »Geht mich gar nichts an, was ihr da hinter verschlossenen Türen veranstaltet.«

»Mark hat sein Recht auf Reisen verloren«, zischte Cole und fügte dann mit einem absoluten Pokerface hinzu: »Aber der Mann kann vielleicht tanzen.«

Savannah fing an zu lachen, ließ den Kopf dann jedoch gequält auf die Tischplatte fallen. »Oh, ich hasse euch alle.«

Mark kicherte und sah dann zu Lexi hinüber. »Mach dir keine Sorgen, Liebling, ich habe die besten Bewegungen natürlich für deine Hochzeit aufgespart.«

Sie rieb sich unbehaglich über die Arme. »Ich weiß nicht, ob ich das hinbekomme.«

»Das wirst du schon.« Ich legte den Arm auf die Rückenlehne ihres Stuhls.

»Tatsächlich?«

Ich beugte mich zu ihr hinüber und küsste sie auf das Schlüsselbein. »Ich erkläre es dir später.«

Auf der Fahrt zurück und während des Flugs starrte Lexi unentwegt aus dem Fenster und sprach nur dann, wenn ich ihr eine Frage stellte. Zweifelsohne machte sie wieder komplett dicht und bereitete sich auf das Kommende vor.

Nachdem wir Boston erreicht hatten, hielten wir kurz an, um einen Happen zu essen. Mir fiel auf, dass Lexi ihr Sandwich kaum anrührte. Ich wollte, dass sie sich mir gegenüber öffnete, aber jetzt war nicht die richtige Zeit dafür.

Mein Handy piepste, und ich bat sie, die Nachricht zu lesen.

Clark: 1-10.

»Antworte bitte mit denselben Ziffern.«

Sie tat es und steckte es dann in die Mittelkonsole zurück.

»Danke.«

»Was bedeuten die Nummern denn?«

Ich drehte mich zu ihr und zog sie zu mir hinüber. »Es bedeutet, dass wir eine Coverstory für dich haben, eine Geschichte, die nachweist, wohin du gegangen bist.«

»Was? Echt?«

»Du hast laut Story nur einen alten Freund der Familie besucht. Du hast ihn sogar als Verbindungsmann für Antonio und seine Crew angeheuert. Sie werden jetzt noch drei Tage unbehelligt bleiben.« Ich sah zu ihr hinüber. »Ich möchte deshalb, dass du mit mir zu *Threes* Hochzeit kommst. Das heißt: wenn du das möchtest.«

»Ich, äh …« Sie hielt kurz inne und überraschte mich dann, weil sie meine Hand nahm und antwortete: »Liebend gern.«

Ein Grinsen breitete sich in meinem Gesicht aus und ich küsste ausgelassen ihre Hand.

»Okay, du hast also einen Verbindungsmann angeheuert, der ein Freund der Familie gewesen ist. Du bist vom Klubhaus weg, weil du dringend Hilfe brauchtest, um sie aus dem Gefängnis holen zu können, und …«

»Das soll keine Beleidigung sein, Keith, aber das werden sie mir nie und nimmer abkaufen.«

Ich zog meine Sonnenbrille herunter und sah sie intensiv an. »Handschuhfach!«

Darin lag ein Ordner mit Quittungen für ein Hotel, für das Essen, eine Autovermietung und die Kaution für das Gefängnis.

Sie blätterte ungläubig die Papiere durch und sah dann fassungslos zu mir hinüber. »Du hast sie auf Kaution wieder herausgeholt?«

»Na ja, genau genommen habe ich sie reingebracht.«

Sie zuckte mit den Achseln. »Okay, wow. Oh! Und was ist mit Elliot? Wann werde ich ihn zu sehen bekommen?«

»Er ist heute Morgen bereits zurückgekehrt.«

»Verdammt, du hast ja wirklich an alles gedacht.«

»Nicht an alles«, brummte ich.

Lexi sah auf ihre Hände hinab, holte dann ihr Handy heraus und schrieb eine Nachricht. Ein paar Sekunden später schaute sie lächelnd hoch.

»Würde es dir etwas ausmachen, mich bei meinen Eltern abzusetzen? Elliot möchte mich dort treffen. Wir haben nämlich ein paar Dinge zu besprechen.«

»Natürlich, ruf mich einfach an, wenn du wieder aufgesammelt werden willst.«

»Danke.«

Ich setzte sie ab und sah dabei zu, wie sie auf dem Friedhof verschwand. Ich wünschte mir zu wissen, wie sie sich gerade fühlte.

*

»Rosa oder Gelb?« *Three* hielt ein paar Fotos von Gerberas hoch.

Two stand hinter ihr und hielt einen Finger in die Höhe.

»Rosa«, sagte ich, während ich verzweifelt versuchte, ein Gähnen zu unterdrücken.

»Das glaube ich auch.« Sie legte das Bild oben auf ihren »Ja«-Stapel.

»Okay, lieber Tischkarte oder Farbkarte?«

Wiederum hob *Two* einen Finger.

»Tischkarte.«

»Ha, das habe ich auch gedacht!« Sie strahlte mich an. »Siehst du, du musst viel häufiger zu Hause sein, um mir bei diesen Dingen helfen zu können. Eine männliche Sichtweise ist hier nämlich immer willkommen.«

Als sie sich umdrehte, klatschen *Two* und ich uns ab. Ich unterstützte sie tatsächlich immer bei diesen Frauendingen.

Oma stellte nun einen Drink vor mich hin und bedeutete mir, ihr nach vorn zu folgen.

»Nein, Oma, ich brauche ihn doch hier.« *Three* schmollte.

»Ich bin in zehn Minuten vielleicht schon nicht mehr hier, meine Liebe. Ich erhebe also Einspruch.«

»Wie nett, Oma.« Ich kicherte, nahm den Drink, den ich wirklich brauchte, und war ihr dankbar für diese Unterbrechung. »*Three*, ich glaube, du kommst schon gut alleine damit klar. Du weißt doch, dass du immer Erstaunliches leistest, ungeachtet dessen, was irgendwer von uns denkt.«

»Das stimmt auch wieder.« Sie seufzte leise, holte dann eine weitere Heftmappe hervor und rief nach *One*, die daraufhin so schnell sie konnte nach oben flitzte.

Als wir draußen waren, parkte Oma ihren Rollstuhl direkt neben der Tür und ging dann zu ihrem Schaukelstuhl. Sie wartete, bis ich mich zu ihr gesetzt hatte.

»Hast du herausgefunden, mit wem *Two* sich getroffen hat?« Ich rutschte hin und her, und als Oma mir keine Antwort gab, sah ich ihr aufmerksam ins Gesicht.

»Allerdings.«

»Und?«

»Ich bin mir wirklich nicht sicher, wie du das aufnehmen wirst.«

»Na, das ist ja mal ein prächtiger Anfang.«

Sie nippte an ihrem Scotch und nahm sich noch einen Augenblick lang Zeit. »Normalerweise würde ich ja warten und es ihr überlassen, es dir zu sagen, aber ich glaube, sie wird es nicht tun. Sie hat viel zu viel

Angst, und ehrlich gesagt kann ich ihr das in diesem Fall kaum übel nehmen.«

»Ich werde bestimmt nichts sagen, solange es niemand ist, der mit der Gang von *Almas Perdidas* in Zusammenhang steht.«

Sie räusperte sich. »Eigentlich nicht so direkt.«

»Komm schon, Oma, raus mit der Sprache.«

»Es ist Clark.«

Clark! Ich nickte mehrmals, während ich das in mich einsinken ließ. Ich wollte am liebsten wütend werden, weil mein bester Freund kein Wort davon hatte verlauten lassen, dass er sich mit meiner kleinen Schwester traf. Andererseits konnte ich mir kaum ein besser zueinanderpassendes Paar vorstellen als die beiden. Wow, eigentlich war ich von mir selbst überrascht, wie akzeptierend und ruhig ich war. *Was stimmte denn nicht mit mir, zum Teufel?*

»Du musst jetzt langsam wirklich etwas dazu sagen, weil dein Vater ein Betäubungsgewehr hat, das ich einsetzen könnte, wenn du über sie herfallen willst.«

»Nein, ich bin gerade total glücklich ihretwegen.«

»Wirklich?«, rief *Two* überrascht vom Eingang her. Ich drehte mich um und entdeckte, dass sie ganz große Augen wegen ihres eigenen Ausbruchs machte.

»Oh, also überlässt du jetzt Oma die Drecksarbeit?«

»Ich wollte ja nur nicht, dass du mir gegenüber den großen Bruder heraushängen lässt, und Oma und du, ihr habt doch diese merkwürdige Verbindung, also ja, ich habe sie als Schutzschild eingesetzt, um den Schlag ein wenig abzufedern.«

»Jetzt hat sie dich durchschaut, Junge.« Oma stellte ihr leeres Glas hin und versorgte sich nun weiter aus ihrem Flachmann.

Two lehnte sich schräg gegenüber an das Geländer.

»Wie lange schon?«

Sie kratzte sich das Kinn und murmelte leise: »Sechs Monate.«

»Ist er denn gut zu dir?«

»Sehr.« Sie nickte begeistert, ohne zu zögern.

»Warum gerade Clark?« Ich musste das wissen. Er war doch immer wie ein großer Bruder zu ihr gewesen, seit wir Kinder waren.

»Warum ist er dein bester Freund? Weil er ein prächtiger Mensch mit einem unglaublich großen Herzen ist. Er macht mich einfach unfassbar glücklich und wir haben wirklich viel Spaß zusammen. Ich weiß zwar nicht, ob es etwas von Dauer ist, aber ich hoffe es sehr.«

Ich lächelte Oma jetzt zu. »Wohin ist denn bloß mein bezopfter, schniefnasiger kleiner Schatten verschwunden?«

Two steckte die Hände in ihre Taschen. »Ich bin mittlerweile groß geworden, aber ich glaube dennoch keine Sekunde, dass ich dich nicht mehr brauche.«

»Huhuu, tue ruhig mal was für dieses Hinterteil, Patrick!«, rief Oma plötzlich lautstark unserem Nachbarn zu, der gerade laufen gehen wollte … obwohl ich mir nicht sicher war, für wie lange, nachdem er verbal auf diese Weise von Oma belästigt worden war.

Patrick fiel fassungslos die Kinnlade runter, als er über die Schulter zu unserem Haus blickte.

»Ja, genau, ich rede mit dir, du süßes Popöchen.«

»Oh, mein Gott!« Ich schlug mir entsetzt die Hand vor den Mund, während *Two* nur lachend den Kopf schüttelte.

»Weißt du, in wen sie sich mittlerweile verwandelt hat? Sie macht eine richtige Betty White aus sich.«

Oma schlug sich ausgelassen auf die Schenkel. »Seht euch doch mal diesen Hintern an. Ich könnte da einfach so reinbeißen.«

»In diesem Sinne …« Ich stand hastig auf und eilte ins Haus zurück.

Lexi

Der Friedhof war menschenleer, so, wie es in diesen Tagen normal war. Elliot saß bereits auf der Bank und blickte geradeaus in die Ferne. Ich sah den Verband über seinem Auge und ich wollte sofort zu ihm laufen. Mein armer Bruder.

»Hi.« Ich winkte ihm zu. »Alles in Ordnung bei dir?«

»Nein.« Seine Stimme war zwar neutral, aber er nahm meine Hand und zog an mir, damit ich mich auf der Bank an ihn kuschelte. Das letzte Mal hatten wir das getan, als ich nach dem Tod unserer Eltern schluchzend in meinem Zimmer gelegen hatte. »Ich habe die komplette Sehfähigkeit auf diesem Auge verloren. Will hat seinen Standpunkt also wahrhaftig perfekt verdeutlicht.« Bevor ich mich darüber aufregen konnte, fragte er: »Wo bist du gewesen?«

»Ich habe Verbindungsleute für die Kaution gesucht.« Ich überging den Teil meines Wochenendes, das offensichtlich wesentlich besser als seines verlaufen war.

»Du bist eine so unglaublich schlechte Lügnerin.« Er kicherte düster. »Aber ich bin einfach nur froh, dass du wieder zurück bist.«

Ich nicht!

»El, kann ich dich mal etwas fragen?«

Er drehte sich zur Seite, sodass er mich besser anschauen konnte. »Ja natürlich.«

Das Gefühl, das mit dieser Frage aufkam, gefiel mir ganz und gar nicht.

»Warum hast du Keith vor vier Jahren erzählt, dass ich glücklich mit Juan sei, wo du doch genau gewusst hast, dass ich es ganz und gar nicht war? Juan und ich sind zwar Freunde geworden, aber du hast dennoch gewusst, wie unglücklich und verloren ich ohne Keith war.«

Seine Miene verdüsterte sich daraufhin, aber er hielt sein gesundes Auge weiterhin auf mich gerichtet. »Du hast ihn überhaupt erst dazu gebracht, dass er weggegangen ist. Warum?«

»Wärest du denn mit ihm mitgegangen?«

»Vielleicht nicht sofort, aber ja, wir hätten diese Hölle dann verlassen und ein besseres Leben haben können. Wer weiß, wo wir jetzt wären, wenn wir es getan hätten. Ich bin einfach nur komplett durcheinander deswegen, El. Warum hast du mir das angetan?«

Er stieß nun einen langen Seufzer aus und legte eine Hand auf meine.

»Damals habe ich geglaubt, dass du hier sein wolltest, und Juan war in deinem Leben. Ich dachte wirklich, du würdest ihn mögen.«

Ich richtete mich gerade auf. *Wovon zum Teufel redete er da?* »Das stimmt doch überhaupt nicht. Ich wollte niemals hier sein, Elliot. *Du* wolltest es, aber doch nicht ich! Warum hast du dem einzigen Menschen, von dem du wusstest, dass er mich liebte und mich mitnehmen wollte, gesagt, er solle gehen und mich einfach vergessen?«

»Schiebe die Sache nur ja nicht mir in die Schuhe. Darin warst du schon vor Jahren ganz groß, Lexi.«

»Autsch«, flüsterte ich jetzt und schlang die Arme um meinen Körper.

»Ja, ich weiß, das war ein Tiefschlag. Entschuldige bitte.« Er schnaubte und stand hastig auf. Einen Moment lang hielt er allerdings inne, dann zeigte sich Besorgnis auf seinem Gesicht und er wurde blass. »Sieh mal, Lexi, ich hatte einfach Angst, dich zu verlieren. Ich weiß, das war vollkommen egoistisch, aber ich wollte damals einfach nicht, dass du weggehst.«

Ich wollte sauer auf ihn werden, aber ich schob die Wut mit aller Kraft beiseite, weil ich dieses Gefühl ehrlich gesagt durchaus verstand. »Ich hätte dich doch niemals allein hier zurückgelassen, El, niemals. Ich wünschte wirklich, du hättest das nicht getan, aber ich verstehe es irgendwie.«

Plötzlich verspürte ich das Verlangen, etwas zu tun, woran ich schon lange gedacht hatte. Ich holte mein Handy heraus und tippte schnell eine Nachricht. Elliots Aufkeuchen, als er mir über die Schulter blickte und sah, was ich schrieb, zeigte mir, dass er nicht damit einverstanden war, aber das machte mir nichts aus.

Lexi: Lexi hier. Sieh mal am Südtor nach, vierter Container. Ein DR-Mitglied wartet dort auf dich.

Bevor ich das Handy wieder weggesteckt hatte, erhielt ich schon eine Antwort.

Clark: Du hast mir echt das Jahr gerettet. Pass auf dich auf und lösche diese Nachrichten.

Wenn mir etwas zustoßen sollte, dann wollte ich mir sicher sein, dass ich etwas Richtiges getan hätte, bevor ich diese Welt verließ. Sorgfältig löschte ich die Nachrichten.

»Komm jetzt.« Ich bedeutete ihm, etwas näher zu meinen Eltern zu kommen. Wir saßen dann zusammen und zündeten einen Joint an, den wir zwischen uns hin- und herreichten, während wir die Grabsteine musterten.

Elliot zog fröstelnd seine Ärmel herunter, als ein Windstoß kam, der die Blätter zu kleinen Portalen umherwirbelte.

»Bist du glücklich darüber, dass Keith wieder zurück ist?«

Ich nickte und zupfte einen Grashalm aus dem Boden. »Ja, ich glaube schon, aber es fällt mir sehr schwer, diese Gefühle wieder zuzulassen.«

»Wir müssen unbedingt von hier weg, Lexi. Ich kann das alles nicht mehr.«

»Ich weiß.« Ich lehnte mich gegen Moms Grabstein und stellte mir vor, sie würde jetzt bei uns sitzen. »Ich brauche noch ein wenig Zeit, aber dann gehen wir.«

»Es ist jetzt ein Jahr her, seit …«

»Ich weiß«, unterbrach ich ihn sofort. Es war das Risiko nicht wert, es laut auszusprechen.

»Bist du dir denn wenigstens sicher, dass es funktionieren wird?«

»Mein Gott, ich hoffe es.«

Elliot rieb sich den Kopf, als würde ihm etwas zu schaffen machen.

»Was ist? Spuck's einfach aus, El.«

Er presste sich jetzt die Hand auf den Mund und blähte die Wangen auf. Er kämpfte offenbar wirklich mit sich, was mich hingegen mehr als nervös machte.

»Ich muss dir etwas sagen, aber ohne, dass du gleich ausflippst.«

»Das ist nicht gerade der allerbeste Anfang.«

»Verdammt, mir wird immer noch übel davon.« Er wurde jetzt wieder ganz bleich. *Was zur Hölle verbarg er denn nur Dramatisches vor mir?*

»Ich weiß, dass du glaubst, dass Juan derjenige war, der dich in die Gang hineingebracht hat, aber er war es nicht.«

Mir drehte sich augenblicklich der Magen um. *Wie bitte?*

»Antonio hat mir gesagt, ich könnte die Initiation der Gang überspringen, wenn ich …« Er hielt kurz inne in dem Versuch, meinen Gesichtsausdruck zu lesen, aber ich starrte ihn einfach nur an. »… wenn ich dich ebenfalls in die Gang hineinholen würde. Ich habe Juan daraufhin dein Foto gezeigt, und er … er hatte dich wirklich haben wollen.«

Was? Ich stand fassungslos mit zittrigen Beinen vor ihm und die Welt wirbelte um mich herum. Ich konnte einfach nicht glauben, was ich da gerade hörte.

»Du hast mich verkauft? Mich, deine eigene Schwester, damit du niemanden umbringen musstest?« Es so auszusprechen half nicht gerade. »Warum in aller Welt wolltest du denn überhaupt mit diesen Arschlöchern zusammen sein?«

»Das Mädchen … sie war genau das, was ich damals brauchte …«

»Konntest du keine andere Frau kriegen?« Ich spürte, wie mir das Herz brach. »Also hast du Juan gesagt, er könne mich ruhig ›haben‹, nachdem wir unsere Eltern verloren hatten? Ich war unglaublich einsam und allein, also hast du gedacht … er würde mich … was? Mich aus deinen Händen entgegennehmen, damit du irgendein Mädchen deiner Wahl kriegen konntest? Du hattest dich schuldig gefühlt, weil du mich zurückgelassen hattest, daher hast du diesen verdammten Deal gemacht? Oh mein Gott, mein eigener Bruder, mein eigener Zwillingsbruder!« Ich wollte schreien und auf etwas einschlagen, und das alles gleichzeitig.

Er stand jetzt auf, aber ich riss die Hände hoch, damit er mich ja nicht anrührte.

»Du bist mein Bruder, hast du das etwa schon vergessen?«, schrie ich außer mir vor Wut. »Wir sollten Vorrang haben, und zwar vor allen anderen. Ich kann's einfach nicht glauben, dass du mir das angetan hast. Du bist so was von widerwärtig. Bleib mir bloß vom Leib!« Ich hielt mir den pochenden Kopf, als sich die Welt plötzlich in die entgegengesetzte Richtung drehte.

»Lex!«

»Nein!« Ich stieß mit meinem Finger nach seinem Gesicht. »Dir hat es doch nie gefallen, dass ich mit Keith zusammen war, nicht einmal auf der Highschool. Ich kapier's schon, ich habe meinen Seelengefährten sehr früh gefunden, und das hat nun mal viel von meiner Zeit gefressen, aber verdammt noch mal, Elliot! Er hat mich so glücklich gemacht, und du hast sofort, nachdem er weg war, richtig perfekt einen tiefen Keil in unsere Beziehung hineingetrieben. Wenn Juan mich nicht in den Klub hineingebracht hätte, dann wäre ich bestimmt imstande gewesen, Keiths Einsatz irgendwie abzuwarten. Ich wäre dann jetzt auch nicht mit Antonio zusammen!« Ich hatte mich mittlerweile vollkommen in meine verstreuten Emotionen hineingesteigert.

»Zehn Jahre, Elliot! Zehn Jahre lang habe ich mir Vorwürfe gemacht, weil ich nicht da gewesen bin, als er aus dem Krieg heimgekehrt ist. Stattdessen habe ich zusammen mit Juan in einer entsetzlichen Spelunke gesessen und bis zum Morgengrauen Bier getrunken. Ich habe buchstäblich dabei zugesehen, wie ich das Herz des einzigen Menschen in zehn Millionen Teile zerbrochen habe, der mich jemals geliebt hat, und das alles nur, weil ich dich so sehr geliebt habe, dass ich die Wahrheit einfach nicht erkannt habe!«

»Lexi, bitte.«

Ich senkte jetzt die Stimme, weil mich die Enttäuschung und der Unglaube meiner gesamten Energie beraubten. »Und sieh mal, wohin mich das alles gebracht hat, Elliot. Ich hoffe nur, du bist darüber glücklich. Deine Zwillingsschwester, die dich über alles geliebt hat und die alles für dich getan hätte, bekommt jetzt jedes Mal eine Tracht Prügel, wenn sie etwas Falsches tut. Sie klebt an diesem Scheißkerl Antonio, der sie jeden Tag demütigt. Vielen, vielen Dank. Mom und Dad wären ja so stolz auf dich.«

Elliots gerötetes Auge war feucht, aber er versuchte, gegen die Tränen anzukämpfen. Er stand einfach nur da und nahm alles in sich auf, was ich ihm entgegenbrüllte.

Ich wandte mich jetzt zum Gehen, drehte mich jedoch noch einmal um, um ihn daran zu erinnern, wer wir waren. »Wir sind Zwillinge! Dir ist wehgetan worden, mir ist wehgetan worden, schon vergessen? Wo war das Versprechen, das wir uns gegeben haben, als du mich verkauft hast?«

»Es tut mir so leid«, flüsterte er mit hängendem Kopf.

»Mir auch.«

Es war nur ein Marsch von zwanzig Minuten zu Keiths Haus und ich wusste instinktiv, dass er zu diesem Zeitpunkt das Beste für mich wäre. Ich benötigte jetzt unbedingt Zeit, um alles verarbeiten zu können, was gerade geschehen war. Der Schmerz über das, was Elliot mir angetan hatte, war so roh und brutal, dass ich innerlich zu verbluten drohte. Ein Schritt vor, drei Schritte zurück in dem Scheißhaufen.

Als ich fünfzehn Minuten unterwegs war, vibrierte mein Handy.

Elliot: Es tut mir so unsagbar leid, Lexi. Ich habe extrem dumme Entscheidungen getroffen, und jetzt stecken wir beide in diesem Mist fest. Ich wollte dich niemals anlügen. Ich habe mich doch nur so verloren gefühlt. Ich hasse dieses Leben, das wir führen, und möchte einfach nur Mom und Dad zurück.

Ich fing an zu weinen. Ich hasste es, wütend auf ihn zu sein, denn wir hatten einander das ganze Leben lang so nahegestanden, und das war es, was mich am meisten schmerzte.

Lexi: Gib mir ein paar Tage Zeit.

Elliot: Okay.

Als ich endlich vor Keiths Tür stand, entschloss ich mich dazu, die Sache mit Elliot für mich zu behalten, denn Keiths Eltern mussten Elliot nicht auch noch hassen. Er hatte gerade so viel mit seinem eigenen Leben zu tun, und das war bestimmt auch nichts, was ich mit jemandem teilen wollte.

Kapitel dreizehn

Keith

Am folgenden Tag

»Du siehst ziemlich gut aus, First Sergeant.« Oma rollte in mein Zimmer hinein und hielt neben meinem Bett an.

Ich knöpfte mir gerade mein Jackett zu und grinste sie im Spiegel an. »Du auch.« Ihr leuchtend orangefarbenes Kleid brachte ihr Gesicht so richtig zum Glühen.

»Warte mal, bis du Lexi siehst.« Sie grinste und füllte ihren Drink aus dem Bauch meines Teddybären nach. »Sie könnte auch ein Kleid aus alten Zeitungen tragen, und es stünde am nächsten Tag trotzdem auf der Titelseite der *Vogue*.«

Ich kicherte. Oma hatte recht. Lexi war absolut umwerfend, besonders wenn sie lächelte.

Oma sicherte ihren Rollstuhl, stand langsam auf und schnappte sich dann mein Handy.

»Ihr beide gebt mir die Hoffnung, dass die Liebe sogar nach all den Jahren immer noch allgegenwärtig sein kann.«

»Opa wird dich niemals vergessen, Oma.«

»Ich weiß.« Sie lächelte in sich hinein. »Wir machen später einfach da weiter, wo wir aufgehört haben.« Sie drückte jetzt einen Knopf auf dem Display. »Deshalb habe ich auch etwas Fröhliches für mein Begräbnis ausgesucht. Wir alle müssen schließlich jede Menge aufholen.«

»Oh mein Gott, Oma.« Ich lachte, und sie schloss die Augen, als die Musik einsetzte.

Artie Shaws »Begin the Beguine« strömte nun aus den Lautsprechern, und sie bewegte die Schultern und schwang sie im Takt hin und her.

»Ich erinnere mich noch an das erste Mal, als ich deinen Großvater sah. Es war beim Stadtfest, und Menschen aus der ganzen Umgebung waren gekommen und erfreuten sich an den Fahrgeschäften. Über das gesamte Footballfeld zogen sich kreuz und quer Lichterketten und der Duft nach Zuckerwatte lag in der Luft. Ich stand mit meinen Freundinnen direkt neben dem Riesenrad, und wir lachten und sahen dabei zu, wie es hoch hinaufstieg.« Ihre Hände gingen nun an ihre Brust. »Als dieser spezielle Song ertönte, spürte ich plötzlich, dass mich jemand beobachtete, also sah ich hinüber und erblickte einen strammen jungen Mann in sauber gebügelten Hosen und einer Wolljacke, der mich breit anlächelte. Er tippte sich leicht an seinen Hut, bevor er direkt auf mich zukam. Oh, mein Gott, mein Herz schlug auf einmal so unglaublich schnell, und meine Wangen brannten! Die anderen Mädchen versuchten ebenfalls, seine Aufmerksamkeit auf sich zu lenken, aber er schritt zielstrebig in meine Richtung. Er schien nur auf mich fixiert zu sein.« Sie drehte die Musik jetzt ein wenig lauter und stieß sich dann vom Tisch ab, an den sie sich lehnte. »Er bat mich um einen Tanz und reichte mir die Hand. Ohne zu überlegen, nahm

ich sie und ließ mich von ihm dorthin führen, wo ein paar andere Pärchen umherwirbelten und tanzten.« Sie schwankte jetzt langsam hin und her, und ihre Hände gingen in die Höhe. »In diesem Augenblick wusste ich, dass er etwas ganz Besonderes war. Ich war sechzehn Jahre alt, als ich ihm begegnete. Wer war ich denn, zu wissen, was wahre Liebe war? Aber das spielte keine Rolle, und wir schauten niemals zurück.«

Ich stand nun vor Oma und streckte meine Hand nach ihr aus. Sie lächelte und nahm sie. Mit meiner Hand in ihrer und meiner anderen auf ihrem Rücken, tanzte ich langsam mit ihr im Zimmer umher und drehte sie vorsichtig ein wenig im Kreis. Bei ihrem Gekicher wurde mein Herz sofort mit Liebe und Freude überflutet. Ich hob das Kinn und versuchte, meine Rolle so gut ich konnte zu spielen. Es gab nichts, was ich nicht für meine Oma tun würde.

Ich wusste, dieser Moment wäre von nun an für immer in mein Gedächtnis eingebrannt … der Tanz mit einem meiner liebsten Menschen in meinem kleinen Zimmer. Sie hielt die Augen geschlossen und die Lippen hatte sie zu einem Lächeln verzogen. Ich wusste, sie war jetzt wieder dort auf dem Platz des Stadtfestes und tanzte mit Opa.

Als der Song zu Ende war, beugte ich mich nach vorn und verneigte mich leicht vor ihr. Da sah ich plötzlich Lexi, die uns von der anderen Flurseite aus beobachtete.

»Na los, geh schon, mein Liebling«, flüsterte Oma. »Nur weil meine Liebe im Augenblick noch auf mich warten muss, bedeutet das ja nicht, dass deine auch warten muss.«

»Ich liebe dich, Oma.«

»Natürlich tust du das.« Sie setzte sich wieder in ihren Rollstuhl. »Weshalb sollte man auch nicht lieben?«

»Das stimmt.«

Ich ging hinaus in den Flur und sah, wie Lexi nervös von einem Fuß auf den anderen trat. Sie senkte den Kopf und lächelte mich dann ein wenig an.

Sie sah einfach … perfekt aus. Sie trug ein dunkelrotes Kleid, das ihre Kurven betonte und bis knapp übers Knie reichte. Ihr Haar war ganz leicht gewellt und glänzte im Licht.

»Die ist eigentlich ganz schön sexy.« Sie zeigte auf meine Uniform.

Ich strich mit der Hand an der Seite meiner Jacke herab und war froh, dass sie ihr gefiel. »Danke sehr. Du siehst aber auch toll aus.«

Sie nickte, bevor sie ihren langen Mantel und ihre Handtasche nahm. »Wahrscheinlich sollten wir uns so langsam auf den Weg machen. Ich möchte die Braut auf keinen Fall verärgern.«

Eine Stunde später war ich dankbar dafür, dass ich bei der Hochzeitsfeier etwas abseits stand. Ich hatte die Zähne fest aufeinandergebissen, während ich dabei zuschaute, wie meine kleine Schwester jemand anderem übergeben wurde. Danny war wirklich klasse und er wusste auch, was ich berufsmäßig tat, was diesen Tag etwas einfacher machte. Lexi betupfte sich gerade die Wange mit einem Taschentuch. Sie war ebenso ein Teil dieser Familie, ob sie es nun glaubte oder nicht.

Das Geschrei der Menge riss mich nun aus meiner Trance. *Three* warf die Hände in die Höhe und jubelte jetzt mit allen anderen zusammen. Sie blies mir noch einen Kuss zu, während sie den Gang hinabging.

»Eine erledigt, noch drei weitere vor uns.« Dad schlug mir kumpelhaft auf die Schulter. »Wer weiß, vielleicht ist *Two* ja die Nächste.« Er zeigte auf Clark, der sie jetzt an die Hand genommen hatte, als sie gemeinsam hinausgingen. Es freute mich, dass ich vor der Hochzeit noch mit meinem besten Freund ins Reine gekommen war. Ich wollte ja, dass *Two* losließ und Spaß hatte, und ich war ganz ehrlich um ihretwillen glücklich. Ich wusste ja, dass Clark jeden in den Hintern treten würde, der sie jemals anrühren würde.

»Vielleicht.«

Am Empfang wurden nun die Stühle beiseitegeschoben, und der Song »2 Heads« von Coleman Hell schallte über die Tanzfläche. Mark tanzte unentwegt mit Savannah und nutzte es aus, dass wir anderen noch nicht die Zeit gehabt haben, uns ausreichend einen anzutrinken. Die beiden sprangen ausgelassen herum, als wenn sie gerade auf einer Technofete wären, und brüllten dabei lautstark den Text mit.

Three konnte offenbar nicht genug von ihnen bekommen und beteiligte sich unentwegt an ihren verrückten Bewegungen.

Mia und Lexi zogen zusammen los, um sich etwas zu trinken zu besorgen, und ließen mich einfach mit Cole stehen. Er lehnte sich zurück und warf mir über den Tisch zwei Schlüssel zu.

»Was ist denn das?« Ich hob sie auf und las den Schlüsselanhänger, auf dem *Dusk* stand.

»Schlüssel.«

Ich sah ihn weiterhin verwirrt an, entdeckte aber, dass sich seine Mundwinkel nach oben verzogen. »Du musst unbedingt näher bei deiner Familie sein und näher bei …« Er ruckte mit dem Kopf in Lexis Richtung. »Deshalb möchte ich, dass du das neue Safe House leitest.«

»Was? Echt?« Ich wollte fast, dass er seine Worte noch einmal wiederholte, damit ich mir sicher sein konnte, mich nicht verhört zu haben.

»Ja, aber nur unter zwei Bedingungen. Erstens: Du musst jeden Monat oder wenigstens alle zwei Monate zu Besuch nach *Shadows* kommen und du musst weiterhin beim Blackstone-Team bleiben. Ich will einfach keine weiteren Mitglieder mehr verlieren müssen.«

Heilige Scheiße! Ich beugte mich vor und streckte ihm meine Hand entgegen. »Danke sehr.«

»Niemand könnte diesen Job besser erledigen. Savannah war zwar nicht allzu erfreut darüber, aber sie wird schon darüber hinwegkommen.« Coles Gesicht leuchtete auf, als er mir über die Schulter sah. »W-o-w.«

»Beware the Dog« von Be Impressive drang jetzt an meine Ohren. Ich drehte mich um und sah Lexi, die gerade mit Mark tanzte, der so wild den Oberkörper schüttelte, als wäre er gerade auf Koks.

»Ist es falsch, dass ich auf seine Bewegungen eifersüchtig bin?« Mia sank erschöpft auf den Stuhl neben mir.

»Ich weiß nicht so recht, ob du es sein solltest«, murmelte Cole, zwinkerte ihr jedoch zu.

Ich lachte, bevor ich aufstand, meinen Drink leerte und mich hinüber zu den dreien begab. Dort schnappte ich mir *Three* und wirbelte sie in die Gruppe hinein. Mark ließ sich zum Boden hinab und kam dann elegant wieder hoch, während er ausgelassen den Refrain mitkreischte. Lexi lachte daraufhin so heftig, dass sie sich auf Savannah stützen musste.

Three hielt ihre Kamera in die Höhe und machte ein paar Fotos. Ich wirbelte Lexi herum, nahm ihren Kopf zwischen meine Hände und küsste sie leidenschaftlich in der Hoffnung, dass *Three* auch davon eine Aufnahme gelingen würde. Als ich sie wieder losließ, erwartete ich, dass sie zögern und vielleicht zurückweichen würde, aber sie lächelte mich einfach nur schüchtern an. Ich fasste sie nun an den Händen und tanzte mit ihr, während Mark so tat, als würde er rings um uns herum Bälle in die Luft werfen. *Woher hatte er nur diese Bewegungen?*

Oma in ihrem Rollstuhl nahm, die Schultern schwingend, an dem allgemeinen Wahnsinn teil. Mark tauchte nun hinter ihr auf, schnappte sich die Griffe des Stuhls und wollte eine Polonaise beginnen, aber Oma griff stattdessen hinter sich und packte seinen Allerwertesten.

»Oh, Oma, darauf war ich jetzt aber nicht vorbereitet.« Mark stellte sich hastig vor sie. »Okay, noch einmal! Ich zeig Ihnen jetzt mal, was ich draufhabe.«

Kopfschüttelnd sah ich zu Dad hinüber, der sich nur die Hände vor das Gesicht schlug. Die beiden waren zusammengenommen eine äußerst gefährliche Mischung.

Während Mark Oma die Bewegungen des *Cabbage Patch* beibrachte, genoss ich jeden Augenblick aus vollen Zügen, in dem ich Lexi anfassen konnte. Es war einfach nur großartig zu sehen, wie sie endlich mal losließ und einfach nur Spaß hatte.

Ich erwischte *Three*, als sie an mir vorbeieilte, und formte mit dem Mund die Worte »langsamer Song«.

Sie streckte den Daumen in die Höhe und tat dann so, als würde sie sich eine Träne abwischen, weil sie so glücklich wegen Lexi und mir war.

Einen Augenblick später vermeldete der DJ: »Zeit, ein wenig herunterzufahren.«

Auf einmal stand Cole an meiner Seite und griff sich Savannah, die offenbar die Aufmerksamkeit von Dannys Bruder auf sich gezogen hatte.

Lexi schlang die Arme um mich und legte den Kopf auf meine Brust, während Adeles mächtige Stimme »Someone Like You« sang.

Ich legte das Kinn auf ihren Scheitel, stieß einen lang gezogenen Seufzer aus und war einfach nur glücklich, dass sie mich in diesem Augenblick wollte und dass es nicht andersherum war.

Unsere Körper verschmolzen zu einem, während wir uns im Kreis drehten.

Savannah formte jetzt stumm mit dem Mund: »Sie hat die Augen geschlossen«, dann lächelte sie derart glücklich, dass ich Tränen hätte vergießen können. Ich wollte sie so sehr, dass es schon körperlich schmerzte. Ich wusste, dass wir noch viel durchzustehen hatten, bevor wir wieder ein richtiges Wir sein konnten, aber verdammt, ich würde sogar meine Seele dafür verkaufen, um diese Frau behalten zu können. Sie gehörte einfach zu mir.

»Keith?« Sie sah jetzt mit schimmernden Augen zu mir auf.

»Ja?«

Ihr Blick huschte nervös hin und her, als wäre sie darauf bedacht, nur ja die richtigen Worte zu wählen.

»Ist schon gut.«

»Was ist?«, drängte ich sie.

»Vielen Dank dafür.«

Ich lächelte sie an und beugte den Kopf hinunter, um sie auf die Lippen küssen zu können. Sie ließ es zu, ich verlor mich selbst und es war mir vollkommen gleichgültig, dass wir gerade nicht allein waren. Es war kein leidenschaftlicher Kuss, er war langsam, bedeutungsvoll und enthielt ein unfassbar großes Versprechen.

Lexi

Ich strich mit dem Daumen über den Griff meines Bechers, vollkommen mit der Welt im Reinen, während ich dabei zusah, wie der Dampf langsam davontrieb. Er machte mich irgendwie neidisch, denn ich wünschte, ich könnte mich ebenfalls in die Luft erheben und ihm dorthin folgen, wohin auch immer er trieb. Diese letzten drei Tage waren so unglaublich schön gewesen – entspannend sogar. Es war schon eine ganze Weile her, seit ich zuletzt das Gefühl gehabt hatte, nicht nur als ein bloßer Körper betrachtet zu werden.

Ein heftiger Windstoß fegte mir das Haar vor das Gesicht, sodass mir hin und wieder der Blick auf die ruhige Straße versperrt wurde. Ich saß auf dem breiten Geländer der vorderen Veranda. Ein Bein vor mir ausgestreckt, das andere angewinkelt, sodass ich das Kinn darauflegen konnte. Ich benötigte einen Moment, um mich zu sammeln. Ich wusste, dass ich langsam wieder zum Klubhaus zurückkehren musste, aber in dieser Sache war ich seltsam hin- und hergerissen. Meine Gefühle waren nur noch ein einziges Durcheinander. Ich wusste, dass ich Antonio nicht liebte – Teufel noch mal, ich mochte dieses Schwein ja nicht einmal –, aber ich hatte schon so viel Zeit in seinem Leben verbracht, dass ich mich auf einer gewissen Ebene dort wohlfühlte, weil ich mich daran gewöhnt hatte. Mir war außerdem klar, dass ich einen Job zu erledigen hatte und dass es dringend an der Zeit war, die Sache endlich zu beenden.

»Hey.« Keith kam nun heraus und hielt seine Autoschlüssel in der Hand. Er beugte sich zu mir herab und küsste mich zärtlich auf den Kopf. »Bist du ganz bestimmt bereit dazu?«

»Ganz bestimmt. Gehen wir.«

Mein Handy vibrierte plötzlich in meiner Tasche und ich zog es rasch heraus, weil ich dachte, dass es Elliot sei.

Yellow: Sollen wir uns treffen?

Keith sah mich seltsam an.

»Wer ist das?«

Lexi: Nein.

»Niemand.«

Ich spürte auf einmal einen hässlichen Knoten in meinem Magen, der sich immer mehr zusammenzog, je näher wir dem Klubhaus kamen. An jeder Ampel kämpfte ich gegen den Drang an, hinauszuspringen und einfach davonzulaufen. Keith presste seine Hand auf meine und drückte sie hin und wieder tröstend. Gelegentlich fragte er mich auch, ob ich es mir anders überlegt hätte. Ich wusste, er würde diesen Wagen auf der Stelle wenden, wenn ich auch nur einen Moment lang zögerte. Ich hatte mir eingeredet, dass ich es mir nicht erlauben durfte, erneut unter Keiths Bann zu geraten, denn einige Wunden waren nach wie vor zu tief, um vollkommen darüber hinwegkommen zu können. Obwohl ich allmählich zu der Ansicht gelangte, dass einige davon im Laufe der Zeit vielleicht wieder heilen würden, würde ich das nicht jetzt gleich in Angriff nehmen … nicht angesichts dessen, was ich noch zu erledigen hatte.

Schweiß brach mir zwischen den Schulterblättern aus, als ich nach dem Griff langte und die schwere Metalltür öffnete. Keith hatte mich eine Straße entfernt hinausgelassen. Er würde eine Weile warten, damit es auf keinen Fall so aussah, als wären wir zusammen eingetroffen. Mit dem Geruch im Klub überfiel mich sofort eine Welle der Übelkeit und ich bekam weiche Knie, aber ich hob trotzig das Kinn und betrat den Raum.

»Wo zur Hölle bist du die ganze Zeit gewesen?«, knurrte Will, als ich mich an ihm vorbeidrückte und hoffte, Elliot zu finden. »Hey!« Er packte mich brutal am Arm. »Ich rede mit dir.«

»Hände weg von mir!«, zischte ich ihn an, weil ich heute wirklich nicht in der Stimmung für diesen Scheiß war. Ich benutzte ihn als Katalysator, um meinen Ärger in Fluss zu halten.

Rasch herumwirbelnd brachte ich es fertig, mich aus seinem Griff loszureißen und zur Bar hinüberzugehen, von wo aus Antonio bereits wie ein Bulle auf mich zuraste.

Scheiße.

»Ich weiß wirklich nicht so genau, ob ich dich ins Grab prügeln oder bis zum nächsten Morgen ficken soll.« Ich wappnete mich innerlich schon gegen den ersten Schlag, war jedoch mehr als überrascht von dem rohen Kuss, den ich stattdessen erhielt. »Hey, Jungs! Ein Hoch auf unser Mädchen, das uns aus dem beschissenen Loch rausgeholt hat!« Alle Anwesenden brachen daraufhin in Jubel aus und ich brachte ein bemühtes Lächeln zustande, während sie ihre Drinks hinunterkippten.

»Okay, Jungs, und jetzt raus hier und tut, was ich euch gesagt habe.« Er wartete, bis sie alle weg waren, dann drückte er mir einen Drink in die Hand und warf mir einen belustigten Blick zu, jedoch einen, den ich nur allzu gut kannte. Der Drink war also offenbar *gewürzt.* »Austrinken!«, befahl er mir.

Aber ich stellte ihn auf die Theke zurück. »Ich möchte zuerst nach Elliot sehen.«

Er richtete sich gerade auf und sein Blick brannte sich in meinen. »*Wie bitte?*«

»Antonio, du hast ja keine Ahnung, was ich alles durchmachen musste, um euch da rauszukriegen. Gib mir wenigstens ein paar Minuten, um meinem Bruder Bescheid zu sagen, dass ich wieder zurück bin und cs mir gut geht.«

Erneut drückte er mir den Drink in die Hand, während sich ein hässlicher Ausdruck auf seinem Gesicht breitmachte, und da hörte ich es plötzlich.

Das Geräusch, das mich noch so lange verfolgen würde, wie ich auf dieser Erde sein würde.

Peng! Peng!

Antonio schob mich sofort achtlos von sich weg und duckte sich hinter die Bar, ganz der Feigling, der er war.

Eine Frau in einem anderen Zimmer kreischte jetzt auf. Mein Bauchgefühl sagte mir, dass ich mich so schnell wie möglich in Bewegung setzen sollte, deshalb raste ich auf die Schreie zu und riss die Tür auf.

Ich hatte auf einmal das Gefühl, als würde ich schweben. Meine Haut prickelte, das Blut sackte hinab bis in meine Zehen und meine Lungen schienen auf der Stelle in sich zusammenzufallen. Die Welt hörte gleichzeitig auf, sich zu drehen, und wirbelte mich beim Anblick meines Bruders unkontrolliert herum … meines Zwillingsbruders, der vor mir auf dem Boden lag und dessen Blut aus einem gewaltigen Loch an der Seite seines Kopfs herausströmte. »Nein!«, schrie ich außer mir und fiel auf die Knie, während mir ganz leicht im Kopf wurde. Mit zitternden Händen versuchte ich verzweifelt, alles dorthin zurückzuschieben, wo es sein sollte. Gehirnmasse tröpfelte von meinen Händen. »Was hast du getan? Was hast du nur getan?«, schrie ich ihm ins Gesicht. »Du kannst mich doch nicht einfach hier zurücklassen! Das kannst du nicht tun!« Schmerzvolle Schluchzer brachen aus meiner Brust hervor und rasselten in meiner Kehle. »Elliot, wach wieder auf!« *Das war nur ein Scherz. Ein gottverdammter mieser Scherz von Will. Will!* Dieser hockte seltsam zusammengekauert auf einem Stuhl in der Ecke. Blut tränkte sein T-Shirt und sammelte sich auf dem Fußboden unter ihm. Noch mehr Blut tröpfelte von seinen Lippen, und jetzt wurde mir auf einmal klar, dass es zwei Schüsse gewesen waren. Diese Erkenntnis war irgendwie seltsam beruhigend.

Als ich den Raum wieder einigermaßen wahrnehmen konnte, sah ich Fotos, die über den ganzen Boden verstreut waren. Auf zittrigen Knien hob ich das mir am nächsten liegende auf und versuchte, zu erfassen, was ich da gerade betrachtete. Selbst in meinem benommenen Zustand drang die hässliche Wahrheit nach und nach zu mir durch.

»Du heilige Scheiße!« Antonio stand jetzt hinter mir und lachte fast. »Was für eine verdammte Sauerei!«

Ich konnte nicht mehr. Ich ließ den Kopf auf meine Brust fallen und stieß einen hässlichen, entsetzlichen Schrei aus.

Ich hatte einen komischen metallischen Geschmack im Mund, als ich schluchzend das Foto umklammerte. Alles in mir schmerzte. Es kam mir so vor, als hielte jemand ein Streichholz an meine Haut, und das Feuer kroch nun langsam hoch, um mir das Herz zu versengen.

»Steh sofort auf, Lexi!«, befahl Antonio nun, offenbar frustriert wegen meiner Trauer.

»Fuck you!«, zischte ich, und es war mir vollkommen gleichgültig, was er mir nun antun würde. Nichts davon zählte mehr. Mein Bruder, der immer nur ihr Sandsack gewesen war, war so weit von ihnen getrieben worden, dass er sich wegen dieser lächerlichen Fotos umgebracht hatte. Die Waffe neben seiner Hand machte so gut wie überhaupt keinen Eindruck mehr auf mich. Aber vorher hatte er wenigstens noch Will erschossen.

»Was hast du da gerade gesagt?« Er streckte die Hand nach mir aus, aber ich zog mich aus seiner Reichweite zurück und spürte dabei, wie etwas Hartes gegen meinen Fuß stieß.

»Ich sagte: ›Fuck you, Antonio!‹« Meine Stimme war leise und seltsam ruhig. Ich griff jetzt nach dem zerbrochenen Stuhlbein, schwang es so fest ich konnte nach seinem Kopf und zerschmetterte es mit aller Gewalt an seiner Schläfe.

Eine Sekunde lang presste er überrascht die Hand auf die Seite seines Kopfs und ihm traten vor blanker Wut fast die Augen aus den Höhlen.

»Ja, du Arschloch! Ich weiß übrigens schon längst, dass Will damals meine Eltern getötet hat.«

Er musste wohl auf Koks oder etwas in der Art sein, weil er einfach nur stumm dastand, ungeachtet jeglichen Schmerzes, und seinen Hals reckte, so als hätte ich ihm nicht gerade mit einem schweren Stück Holz mächtig eins über den Schädel gezogen. Er blutete, aber anscheinend war es ihm vollkommen gleichgültig.

Mein Herz schlug jetzt wie wild und alles verschwamm vor meinen Augen. Meine durcheinanderwirbelnden Emotionen wollten alles übernehmen, aber ich kämpfte sie mühsam zurück. *Mein Bruder war tot! Mein Bruder war tot!* Heilige Scheiße, ich konnte dieser Schleife nicht Einhalt gebieten, die nun immerzu in meinem Kopf kreiste.

»Waren wir einfach nur ein beschissenes Spiel für dich? Hast du mich schon gekannt, bevor du sie getötet hast?« Ich wusste in diesem Moment nicht einmal genau, was ich überhaupt von ihm wissen wollte.

»Na schön, du möchtest das also wirklich durchziehen?«, schrie er so eisig, dass mir unwillkürlich der Atem stockte. »Das kannst du haben! Deine Mom hatte ja so viel Schiss.« Er grinste, weil ich gequält zusammenzuckte. *War er dort gewesen? Natürlich war er dort gewesen! Jäger reisten schließlich immer in Rudeln.* »Dein blöder Dad hat geglaubt, dass er sie retten könnte. Er hatte Will angebettelt, ihr erbärmliches Leben zu schonen, aber so gehen die Regeln nun mal nicht, stimmt's, Lexi?«

Er legte beim Sprechen den Kopf schief. »Dein Dad war der Erste. Einen Schuss in den Kopf hat es nur gebraucht dafür. Das Kreischen und Brüllen deiner verzweifelten Mutter war nur noch die Sahnehaube auf dem Kuchen …«

»Ahh!« Ich warf mich jetzt mit aller Kraft auf ihn, aber er hatte offenbar darauf gewartet, denn er packte mich und warf mich brutal zu Boden. Als er gerade mit dem Fuß ausholen wollte, um mir in den Bauch zu treten, kam Keith plötzlich in den Raum gerast. Er packte Antonio und schleuderte seinen blutigen Körper gegen die Wand.

Ich wandte mich ab, als Keith ihn zusammenschlug. Es dauerte nur Sekunden, bevor die übrige Mannschaft zu uns hereinrannte.

»Elliot!«, rief ich und rannte zu seinem leblosen Körper. Ich zitterte unkontrolliert, als meine Hand seine ergriff. Sie war schlaff, dennoch wünschte ich mir so sehr, dass er meinen Druck erwidern würde.

»Warum konntest du denn nur nicht abwarten?« *Wie hatte er das nur tun können?* »Oh mein Gott, ich hätte dir die Wahrheit über den Tod unserer Eltern erzählen sollen, aber ich habe einfach noch Zeit gebraucht. Es tut mir so unglaublich leid.«

»Lexi.« Keith durchbrach nun mein Schluchzen. »Wir müssen jetzt gehen.«

»Aber er ist tot.«

»Sofort, Lexi!« Er hob mich auf die Füße und zog mich dann rasch den Flur hinab. Meine Beine fühlten sich an, als wären sie aus Blei. Ich wusste nicht einmal mehr genau, wie ich meine Knie beugen konnte.

Einer von Antonios Männern vertrat uns jetzt den Weg. Er wirkte verwirrt und richtete seine Waffe auf uns.

Auf einmal schlang Gordon ihm den Arm um den Hals, schlug die Waffe zu Boden und zerrte den Mann beiseite.

Was zur Hölle war denn das?

Ich konnte kaum mithalten, als Keith mich weiterzog, und stolperte hinter ihm her.

Alles geschah so unfassbar schnell. Ich wurde jetzt in seinen Truck geschoben und wir jagten die Gasse zur Hauptstraße hinunter und wurden daraufhin sogar noch schneller. *Wir werden noch einen Strafzettel bekommen,* dachte ich verrückterweise. Meine Fingernägel gruben sich in das Sitzpolster und meine Füße pressten sich fest auf den Wagenboden. Ich musste mich irgendwie erden, um ruhig bleiben zu können, aber aus irgendeinem Grund wollte ich gerade am liebsten loskichern, denn es war das erste Mal, dass ich Zeugin davon geworden war, wie Keith seine Militärinstinkte eingesetzt hatte. Er sagte kein Wort, während er konzentriert die Straße und den Rückspiegel im Blick behielt, über rote Ampeln raste und dann ohne Vorwarnung einen Spurwechsel vollführte. Ich war im Moment zu sehr in mir selbst verloren, als dass ich mich darum gekümmert hätte, was um mich herum geschah. Lauter dumme Gedanken tauchten jetzt plötzlich an die Oberfläche ... wie zum Beispiel die Frage, ob bei einem Unfall meine Gehirnmasse ebenso verspritzen würde wie Els.

Oh, Scheiße, allmählich drehte ich wirklich vollkommen durch.

Keith bog jetzt hart rechts ab, wurde danach langsamer und fuhr schließlich zum Parkplatz am See hinab. Ich sah Clark dort neben seinem Streifenwagen stehen. Der Motor lief noch.

Keith knallte den Hebel in Parkstellung, stieg hastig aus, rannte um den Wagen herum und riss dann meine Tür auf. Er hob mich wortlos heraus, stellte mich auf die Füße und nahm dann meinen Kopf in seine Hände.

»Geh zu Clark. Er wird dich in Sicherheit bringen, bis ich zu dir zurückkehre.«

Schlagartig traf mich die Wirklichkeit der Situation. »Keith, was tust du denn?«

»Ich muss jetzt sofort nach meiner Familie sehen und dafür sorgen, dass jemand dort ist, der auf sie aufpasst, falls Antonio zu einem Gegenschlag ausholt. Geh bitte mit Clark mit. Ich werde auf dem Rückweg bei dir vorbeischauen.«

»Das gefällt mir ganz und gar nicht, Keith.« Ich wollte am liebsten in Panik geraten, aber jetzt war nicht der richtige Zeitpunkt dafür.

»Ich weiß.« Er gab mir noch rasch einen Kuss und reichte mich dann an Clark weiter, der mich hinten in seinen Wagen beförderte.

»Elliot ist tot, Clark. Er hat sich erschossen. Lexi steht unter Schock. Ich erkläre später alles. Sorge bitte für ihre Sicherheit.«

»Du weißt doch, dass ich das tun werde.« Auf Clarks Gesicht zeichneten sich jede Menge Fragen ab, aber er nickte nur, und Keith jagte auf dem Highway davon.

*

Die Sonne ging unter und ich steckte hier in diesem beschissenen Motel fest und lief nervös den Flur auf und ab. Clark wollte, dass wir versteckt blieben, und hatte deshalb diesen Ort ausgesucht. Offiziell war ich jetzt bereits zum siebten Mal zusammengebrochen. Siebenmal hatte ich mir eingeredet, dass Elliot jetzt an einem besseren Ort wäre. Siebenmal hatte ich seinen Namen verflucht und mich vom Schmerz verzehren lassen, bis nichts anderes mehr zu tun übrig war, als über den hässlichen erbsengrünen abgewetzten Teppich zu laufen. Ich wusste nicht, wie ich trauern würde, wenn Keith zurückkehrte, aber jetzt in diesem Augenblick wusste ich nur, dass die ganze Situation wesentlich beschissener war, als ihnen vielleicht klar war, und daran konnte ich absolut nichts ändern.

Ich spähte zwischen den schmuddeligen braunen Vorhängen hindurch und sah Clark draußen telefonieren. Ich schob das Fenster ein wenig hoch, damit ich zuhören konnte.

»Ja, sie ist hier bei mir, Mann, mach dir keine Sorgen.« Er hielt kurz inne, setzte die Mütze ab und fuhr sich dann mit den Fingern durch die Haare. »Nicht gut. Anscheinend läuft es immer in Wellen durch sie hindurch. Sie will keinen Bissen anrühren, aber das war ja zu erwarten.« Er wischte sich jetzt mit der Hand über den Mund. »Gordon hätte schon vor zehn Minuten hier sein sollen. Er ist offenbar in dem ganzen Chaos stecken geblieben.«

Was? Arbeitete Gordon etwa mit der Polizei zusammen? Ich schüttelte den Nebel ab und versuchte, mich an sein bisheriges Verhalten zu erinnern. Er war immer da gewesen, hatte nie viel gesagt und hauptsächlich zugesehen. *Moment mal, hatte er sich deshalb Antonio entgegengestellt, als dieser mich damals hatte schlagen wollen?*

Ich lehnte mich noch dichter an das Fenster.

»Sieh mal, Mann, wenn du das Ganze jetzt sofort durchziehst, dann bist du wesentlich besser vorbereitet, falls du erwischt wirst, und da spielt es keine Rolle, auf welcher Küste du dich gerade befindest. Triggers Gang wird dir, ohne mit der Wimper zu zucken, den Hals brechen. Sie werden deine Leiche danach wahrscheinlich persönlich bei deinen Eltern abliefern.«

Nein! Mir wurde bei diesen Worten sofort schwindelig, deshalb setzte ich mich hastig auf die Matratze und versuchte, alle Puzzleteile zusammenzusetzen. Dieses Gespräch fegte das wenige, was noch vom Nebel in meinem Kopf übrig gewesen war, sofort davon. Plötzlich spürte ich das Brennen. Es setzte in meinen Fingerspitzen ein und raste dann meine Arme hoch. Es erfüllte mein Herz und nährte meine Wut.

Niemand außer mir würde Antonio töten!

Ich zog mein Handy aus der Tasche, googelte rasch den nächsten Imbiss und bestellte dort sechs große Pizzen und drei Flaschen Wasser auf Clarks Visa-Karte. *Was für ein Polizist war er denn bloß? Wer ließ denn überhaupt seine Brieftasche so offen auf dem Tisch liegen?*

Anschließend durchwühlte ich noch seine Tasche. Zum Glück war er gerade unten an der Treppe und ich würde es rechtzeitig hören, wenn er heraufkäme. Ja! Ich ertastete nun die Zweitwaffe, die in ihrem Kasten steckte. Ich liebte Clark, aber er war so vorhersagbar. Ich drehte die Zahlen an dem Kombischloss und stellte seine Hausnummer ein, dieselbe Kombination, die er auch für sein Handy verwendete. Danach versuchte ich mehrere andere PINs. Ha! Es war die Zahl an seinem Sport-Spind an der Highschool. 1119.

So vorhersagbar.

Dann wartete ich.

Ein kleiner Honda mit dem Schild »Tony's Pizza« auf dem Dach tauchte jetzt auf und ein Junge sprang heraus, der offenbar aufgeregt auf ein Trinkgeld wartete. Clark ging zu ihm hinüber, hob die Hände und sagte dem Jungen, dass er wieder umkehren solle.

Ich schnappte mir meine Tasche, froh darum, dass Keith daran gedacht hatte, sie mitzunehmen, als wir den Klub verlassen hatten, und ging dann zur Tür hinaus. Geduckt lief ich über den Balkon, dann die Treppe hinab und anschließend zur Hintergasse hinaus. Dort sah ich einen ankommenden Bus und rannte schnell zur Haltestelle.

Ich wühlte noch in meiner Hosentasche nach dem Fahrgeld, als ich einstieg, dann schloss der Fahrer die Türen.

»Danke«, schnaufte ich angestrengt. Ich wusste, dass mich mein Gesicht verriet: Ich war emotional total erschöpft. Ich legte das Fahrgeld auf die Ablage, setzte mich und warf dann einen Blick über die Schulter zurück auf das entschwindende Hotel. Clark war nirgendwo zu sehen. *Gut. Quassel ruhig weiter mit dem Pizzaboten.*

Keith

Ich starrte jemand anderen an, jemanden, der mich für mein restliches Leben verfolgen würde, wenn ich nicht aufpasste.

Mein Blackstone-Team war nicht bei mir. Ich hatte meine Männer nicht dabei. Ich hatte keinerlei Rückendeckung. Nur eine falsche Bewegung, und ich könnte in den Lauf einer Waffe starren, ohne einen Ausweg zu haben.

Ich achtete darauf, dass mein Pullover weit über meine Arme gezogen war, um zu verbergen, dass ich keine Schlange auf meinem Unterarm hatte. Ich drehte das rote Bandana um mein Handgelenk, verknotete es und sah dann an meiner Kleidung hinab. Roter, übergroßer Pullover, bauschige Jeans und Vans. Sah alles in allem ganz richtig aus.

»Bist du fertig?« Gordon sah auf seine Uhr. »Sie werden in zwanzig Minuten hier sein.«

»Ja.« Ich überprüfte noch einmal meinen Waffenclip und folgte ihm dann hinaus zu einem blauen 1975 Mustang.

Gordon ließ den Motor an und wir fuhren zu der alten Kreuzung knapp außerhalb der Stadt. Aus irgendeinem Grund hatten wir genau diesen Ort gewählt.

Wir parkten im Schatten am Zaun und warteten.

»Also … Special Forces?«, fragte mich Gordon. Vermutlich machte ihm die Stille ebenfalls zu schaffen.

Ich sah erneut auf mein Handy, um mich zu vergewissern, dass alles in Ordnung war. Nichts Neues von Clark.

»Ja.«

»Ist bestimmt ein bisschen mehr dran, als immer nur ein Revier abzugrasen.«

»Es hat hin und wieder was für sich.« Doppelte Lichter kamen nun in Sicht. »Da kommen sie.«

Scheinwerfer tauchten jetzt auf der Lichtung auf. Sobald sie den Wagen geparkt hatten, rannten beide Männer ins Gehölz, um sich zu erleichtern.

»Das kommt mir durchaus entgegen.« Gordon kicherte. »War sowieso nicht scharf darauf, heute Abend ein paar Köpfe einschlagen zu müssen. Setzen wir uns in Bewegung.« Ich hörte ihm kaum zu. Ich wollte diesen Scheiß nur endlich hinter mich bringen.

Wir rannten am Rand der Schatten hinüber, bis wir das Seitenfenster des Trucks erreicht hatten.

Gordon stand Schmiere. »Los«, flüsterte er.

Mithilfe eines Brecheisens machte ich mir am hinteren Fenster zu schaffen und tippte dann sanft dagegen. Unter dem Druck zerbrach die Scheibe und fiel leise nach innen. Wir beeilten uns, die Kokainziegel alle in eine Reisetasche zu stopfen.

»Alles klar?«, fragte ich, während wir beide zum Wald hinüberschauten.

»Oh, Scheiße! Nein.« Gordon zog seine Waffe. Wir drückten uns an die Seite des Trucks.

»Na, komm schon, du Trottel. Ich habe Hunger, und sie sammeln uns erst in einer halben Stunde ein. Schnappen wir uns doch etwas«, beklagte sich der eine Typ gerade.

Ich ließ meine Knöchel leise knacken und bereitete mich geistig bereits auf den Kampf vor.

»Los jetzt.« Gordon duckte sich und rannte zum Mustang zurück.

Jetzt war ich an der Reihe. Ich rannte hinter ihm her, ließ aber dann die Tasche fallen und trat kühn aus den Schatten hervor. Ich tat so, als hätte ich mir das Knie gestoßen, stellte aber sicher, dass sie mein rotes Bandana zu sehen bekamen.

»Hey!«, rief jetzt einer der Männer und feuerte einen Schuss in meine Richtung ab. Ich ließ mich fallen und wartete, bis die Reifen des Mustangs direkt neben mir waren und mich deckten.

Dann ließ ich die Tasche mit den Drogen demonstrativ auf den Wagenboden fallen und tauchte hastig hinein, bevor wir von dem offenen Parkplatz herunterfuhren. Weitere Schüsse trafen jetzt den Wagen, und einer davon zerstörte meinen Seitenspiegel.

»Wie viele Ziegel sind es?« Meine Worte kamen eilig hervor, weil die Zeit drängte.

»Sechs, glaube ich.« Gordon fädelte sich in den Verkehr ein, sodass der Wagen unmittelbar neben uns ausweichen musste. Er hupte aufgebracht.

»Los!« Ich schlug mit der Faust auf das Armaturenbrett.

Als wir gerade durch zwei größere Kreuzungen rasten, tauchte plötzlich wie aus dem Nichts ein Truck auf, und wir mussten nach rechts ausweichen und eine andere Spur einschlagen. Alles im Wagen flog herum, darunter auch mein Handy. Es verschwand irgendwo hinter mir.

»Scheiße!« Der Versuch, es zu entdecken, war sinnlos. Es war viel zu dunkel und ich musste unbedingt weitermachen.

»Festhalten!«, rief Gordon, vollführte eine Wendung um einhundertachtzig Grad und fuhr dann in eine Gasse hinein, die so schmal war, dass ich glaubte, wir würden gar nicht hindurchpassen.

Krack! Der Spiegel auf der anderen Seite wurde nun ebenfalls abgerissen, sodass wir nur noch den Rückspiegel hatten.

Mein Herz pochte. Normalerweise liebte ich diese Art von Kick ja, aber das hier war etwas anderes. Das war zu persönlich für meinen Geschmack.

»Bin ich vielleicht froh, dass das hier Antonios Wagen ist«, zischte Gordon, als wir eine wirklich enge Stelle erreichten.

»Das schaffst du nicht«, rief ich warnend.

»Ja, ich weiß.« Er trat die Bremse voll durch, aber wir fuhren noch immer so schnell, dass wir jetzt zwischen einer Mülltonne und der Wand eingeklemmt wurden. Ich wurde nach vorn geschleudert und knallte mit dem Kopf gegen das Armaturenbrett.

»Schnapp sie dir«, rief ich, trat die Windschutzscheibe mit meinem Stiefel ein und kroch so schnell ich konnte hindurch.

»Hier!« Er warf mir die Tasche zu und kletterte dann ebenfalls raus. Wir waren nur noch eine Straße von Antonios Klubhaus entfernt.

»Geh«, befahl ich.

Gordon schwang sich die Tasche auf den Rücken und rannte auf das Klubhaus zu. Er musste die Drogen unbedingt hineinbringen und dann unbeschadet wieder rauskommen, bevor die *Devil's Reach* dort eintrafen.

Ich presste die Hände auf die zerbeulte Motorhaube und überlegte einen Moment lang. Ich hasste es, nicht zu wissen, wie es Clark und

Lexi gerade ging. In Zeiten wie dieser hier gefiel mir die ständige Kommunikation in meinem eigenen Team. Es war äußerst schwer, blind mit jemandem zu arbeiten, den ich gar nicht kannte.

Ich kletterte durch die zerbrochene Scheibe zurück und tastete nach meinem Handy, unter dem Sitz inmitten von Müll fand ich es schließlich, aber verdammt, es war zerbrochen und damit unbrauchbar. Mit einem Fluch steckte ich es ein.

Fuck!

Ich zog hastig die Kleidung aus, die ich über meiner eigenen getragen hatte, setzte meine Baseballkappe auf und ging dann möglichst ruhig zu der Hauptstraße zurück und dann weiter zu dem Restaurant, das ein Stück vom Klubhaus entfernt lag.

Ich öffnete die Tür und die Empfangsdame musterte mich mit zusammengekniffenen Augen.

»Brauchen Sie vielleicht etwas Eis?«

»Ich muss nur dringend Ihr Telefon benutzen, bitte.«

Sie nickte und zeigte auf einen Fernsprechapparat an der Wand.

»Danke.«

Es läutete und läutete.

»Clark hier. Hinterlassen Sie eine Nachricht.«

Ich rieb mir den Kopf und versuchte, das auf mir klebende Blut so gut wie möglich abzuwischen. »Clark. Es ist alles erledigt. Wir sind vor Ort, aber mein Handy ist kaputt, deshalb bin ich gerade in einem Restaurant auf der anderen Straßenseite.« Frustriert warf ich das Telefon auf die Gabel zurück. Das sollte besser funktionieren.

Ich setzte mich in die Nische im Hintergrund, damit ich den Klub gut im Blick hatte, und stieß einen langen Seufzer aus.

Anschließend bestellte ich mir einen Kaffee und wartete.

Zwanzig Minuten später, als ich schon dachte, ich sollte langsam sauer werden, hörte ich plötzlich das tiefe, eindringliche Wummern von Motoren. Nicht einer oder zwei, sondern die gesamte Mannschaft raste nun vorüber und blieb genau vor dem Klubhaus stehen.

Ich sprang erschrocken auf. »Sofort runter!«, schrie ich dem Personal zu. Laute Rufe und Kreischen folgten, als das Personal sich hastig in Sicherheit brachte.

Die Lampen erloschen flackernd und ich blieb zurück und starrte aus dem Fenster auf eine der unglaublichsten Schlachten, bei denen diese Stadt wohl jemals Zeuge werden würde.

Es war hypnotisierend, dabei zuzusehen, wie die *Devil's Reach* sich in Formation aufstellten und dann alle wie ein Mann die Waffen hoben. Das musste ich Trigger lassen, der Mann hatte wirklich eine gut gedrillte Mannschaft.

Ich wappnete mich für das, was jetzt folgen würde, duckte mich und beobachtete, wie auf ein rasches Nicken seitens ihres Präsidenten Tausende von Kugeln auf die Vorderseite des Klubhauses der *Almas Perdidas* abgefeuert wurden.

Es wirkte so, als würden eine Million Feuerwerkskörper gleichzeitig in die Höhe geschossen. Holzstücke flogen mindestens zwanzig Meter weit und die Vibrationen fegten selbst die Fensterscheiben des Restaurants aus dem Rahmen.

»Keith!«, schrie plötzlich jemand über diesen ganzen Wahnsinn hinweg. »Keith!«

Ich drehte mich um und entdeckte auf einmal Clark, der mir von der anderen Seite des Restaurants versuchte, etwas zuzubrüllen.

Er formte die Worte mit dem Mund, aber ich musste mich gerade ducken, deshalb konnte ich nichts von seinen Lippen ablesen.

Der Beschuss hörte so rasch wieder auf, wie er angefangen hatte, und das Röhren der Motoren, als sie allesamt vorbeirasten, war einfach nur ohrenbetäubend.

Sobald sie weg waren, stand ich auf und sah zurück zu dem, was noch vom Klubhaus übrig war. Eine gigantische Staubwolke hüllte das gesamte Gebäude ein und das Kreischen der Menschen in meiner Nähe holte mich abrupt in die Realität zurück.

»Lexi!« Clark packte mich panisch an den Schultern und schüttelte mich. »Sie ist weg!«

Ich schüttelte den Kopf, während ich versuchte, seine Worte langsam in mich aufzunehmen.

»Lexi ist schon vor einer ganzen Weile weg. Ich habe die ganze Zeit versucht, dich anzurufen, aber du hast dich nicht …«

Ich warf die Tür auf und rannte so schnell ich nur konnte über die Straße zum Klubhaus hinüber, das mittlerweile in Flammen aufgegangen war.

Ich zwang mein Gehirn mit aller Gewalt in den Trainingsmodus, denn das war die einzige Möglichkeit, wie ich noch Ruhe bewahren konnte. Dennoch sickerte ein kalter, nagender Zweifel langsam durch die Ritzen und mir gefror das Blut in den Adern.

Der Ort erinnerte mich an die Hinterlassenschaft eines Kartellkampfs in Mexiko. Blutige, tote Körper waren überall auf dem Boden verstreut. Verdrehte Arme und Beine waren untereinander vermengt. Ich versuchte, mich an die Durchsuchung dieses Blutbades zu machen, aber ich wusste ehrlich gesagt gar nicht, wo ich anfangen sollte. Ich zwang mich zum Nachdenken.

Dann hörte ich plötzlich ersticktes Gelächter, drehte mich um und sah Lexi, die sich langsam auf den Fersen hin und her wiegte. Sie hielt eine Waffe auf einen grinsenden Antonio gerichtet. Dieser lehnte an einer Ecke des Billardtischs. Aus einer Schusswunde an seinem Arm strömte Blut und mit der anderen Hand versuchte er, den Blutstrom aufzuhalten.

»Meinst du etwa, ich hätte Angst vor dir, du blöde kleine Hu…«

Peng! Peng!

Während ich auf Lexi zurannte, drehte sie sich mit bleichem Gesicht zu mir um. Ich sah, dass ihre komplette linke Seite mit Blut getränkt war. Sie streifte noch meine Fingerspitzen, dann brach sie vor mir zusammen.

Lexi!

Lexi

Ich öffnete die Augen und sah blinzelnd in ein helles, strahlendes Licht. Menschen eilten aufgeregt um mich herum.

»Sie hat viel Blut verloren.«

»Wie alt ist sie?«

»Einunddreißig.« *Das war Keiths Stimme. Ich konnte ihn aber nicht sehen.*

»Okay, Sir, Sie und Ihre Familie müssen uns bitte etwas Platz lassen.«

»Gehen wir, Leute.« Clarks Stimme war nur ganz leise zu hören.

»Lexi, wir lieben dich.« *War das Keiths Mutter?*

Weinte ich gerade?

»Kann ich bei ihr bleiben?«, fragte Keith verzweifelt, und der Arzt sah mich an. Langsam schüttelte ich den Kopf. »Lexi!«, rief Keith verwirrt.

»Sir, bitte, Sie halten uns nur auf.«

Der Arzt beugte sich jetzt besorgt über mich.

»Miss Kline, wir haben ein Problem hier.«

Oh, Scheiße, was passierte denn jetzt?

*

»Guten Morgen.« Schwester Robin öffnete langsam die Jalousien, um das Morgenlicht hereinzulassen. »Werden Sie heute etwas zu sich nehmen … für mich?«

Ich drückte den Knopf an meinem Bett und ließ mich in eine sitzende Position hochfahren. Ich war jetzt den zweiten Tag im Krankenhaus und fühlte mich etwas besser als am vorangegangenen. Zum Glück hatte die Kugel meine linke Schulter glatt durchschlagen und es war kein größerer Schaden entstanden. Das Einzige, was sie erreicht hatte, war ein gewaltiger Weckruf gewesen.

»Ja, ich werde es versuchen.« Ich räusperte mich. »Könnten Sie mir bitte mein Handy reichen?«

»Natürlich. Gestern hat es ziemlich häufig geschellt.« Sie reichte es mir und sagte dann, dass sie gleich mit meinem Frühstück zurückkehren würde.

Fünf entgangene Anrufe von Yellow! Scheiße. Ich wischte über die Anzeige und rief ihn sofort zurück.

»Was ist passiert, um Himmels willen?« Ich wünschte mir, er wäre etwas netter.

»Ich bin fertig!«

Es folgte daraufhin eine kleine Pause. »Lexi, wir hatten doch einen Deal. Wenn Sie verhindern wollen, dass der Mord, den Ihr Bruder begangen hat, zur Anklage kommt, dann müssen Sie noch vier weitere Monate dabeibleiben.«

»Elliot ist tot.« Mir schmerzte die Kehle, während ich diese Worte herauspresste. »Ich habe meine Seite des Deals eingehalten. Ich habe Ihnen sämtliche Informationen gegeben, die ich über die *Almas Perdidas* herausbekommen konnte, und jetzt möchte ich als Gegenleistung nur noch in Ruhe gelassen werden. Ihre Abteilung *Guns and Gangs* wird wohl in Zukunft ohne mich auskommen müssen.« Ich legte nun einfach auf.

»Ist das …?«

Ich wandte ruckartig den Kopf und sah einen blassen Keith in der Tür stehen.

»Du hast für *Guns and Gangs* gearbeitet?«

Ich warf den Kopf auf das Kissen zurück, schloss die Augen und ließ dann den Tränen freien Lauf.

»Mein Gott, Lexi, das war ein unglaublich gefährlicher Deal.«

»Ich habe es für Elliot getan.« Ich trocknete mir die Wangen und zuckte bei dem Schmerz in meiner Schulter gequält zusammen. »Elliot ist eines Nachts überfallen worden und hat sich mit einem Golfschläger gewehrt. Am Ende war ein Mädchen tot, aber er war sich sicher, dass es jemand anderes gewesen ist. Er hätte normalerweise lebenslänglich dafür bekommen, wenn ich nicht eine Abmachung mit einem DEA-Agenten getroffen hätte.«

»Yellow?« Plötzlich begriff Keith, wer Yellow war.

»Wann immer ich ein paar Informationen für sie hatte, legte ich gelbe Rosen auf das Grab meiner Eltern. Er wusste, an welchem Tag ich den Friedhof besuchte, also wartete er einfach auf das Zeichen.«

Keith sank auf den Stuhl neben mir. »Wie lange hast du das gemacht?«

»Acht Monate lang.«

»Warum hast du mir denn nichts gesagt? Ich hätte es doch verstanden.«

Ich hätte beinahe laut aufgelacht und ich wusste, dass es ihm nicht entgangen war. »Keith, du bist mit der Gewalt von hundert Männern in mein Leben zurückgekehrt.«

»Vermutlich, aber dennoch ... Lexi.«

Ich drehte mich zu ihm. »Wo genau liegt das Safe House?«

Er schloss die Augen, weil er wusste, worauf ich hinauswollte.

»Wir alle haben Geheimnisse, Keith. Einige können wir für nahestehende Menschen offenlegen, und einige leider nicht.«

Keith warf seine Baseballkappe auf das Bett und rieb sich den Kopf.

»Sieh mal, das können wir doch alles in Ruhe besprechen, wenn wir dich nach Hause gebracht haben.«

Nach Hause ...

Mein Mund war plötzlich unglaublich trocken und ich brauchte dringend einen Schluck Wasser. *Wie sollte ich ihm das Ganze nur erklären?*

»Ähm, ich glaube, ich werde zur Abwechslung mal eine kurze Atempause einlegen. Die letzten Monate waren etwas zu viel für mich.«

Sein Gesichtsausdruck wurde sofort besorgt. »Eine Atempause?«

»Ich brauche etwas Zeit zum Nachdenken. Mein Bruder ... mein bester Freund, hat sich einfach so umgebracht. Will, jemand, den ich kannte und mit dem ich jahrelang unter demselben Dach gelebt habe, brachte meine Eltern um. Ich brauche dringend etwas Zeit, um das alles verarbeiten zu können, bevor ich wieder in die Zukunft blicken kann.«

Verärgert stand er auf. »Das weiß ich, aber das können wir genauso gut gemeinsam tun.«

Ich schüttelte langsam den Kopf. »Ich brauche zuerst etwas Zeit für mich allein, Keith.«

»Zeit?«

Ich sah ihm an, dass ihn dieses Wort schmerzte.

»Waren zehn Jahre etwa nicht lange genug?«

Ich biss mir auf die Wange und versuchte, nicht zu böse zu klingen: »Wirf mir dieses Jahrzehnt ja nicht vor! *Du* hast *mich* verlassen, schon vergessen?«

»Verdammt, Lexi, wir haben unser halbes Leben mit der Jagd nacheinander vergeudet. Jetzt haben wir endlich die Chance, wieder ein Wir zu sein, und du willst eine weitere Pause einlegen.« Er presste sich die Hände vor das Gesicht. »Alles wieder von vorn. Die Geschichte wiederholt sich schon wieder. Na ja, jetzt weiß ich zumindest, wie Cole sich gefühlt hat.«

Wie bitte?

»Das …« Ich hielt kurz inne, weil ich plötzlich alles so verdammt klar erkannte »… ist der Grund, warum wir nicht gemeinsam funktionieren.«

Ich weiß nicht, wie viel Zeit verstrich, während wir in entgegengesetzte Richtungen starrten. Wir beide waren so verschieden. Das war jetzt so deutlich zu sehen wie nie zuvor. Einer von uns musste unbedingt die Reißleine ziehen.

»Verkauf den Ring!«

Sein Kopf fuhr fassungslos hoch.

»Verkauf den Ring.« Mein Blick wurde jetzt weicher, also wusste er, dass ich nicht mehr mit ihm streiten wollte. Ich war es so leid, mich mit ihm zu streiten. »Ich tue dir einfach nicht gut.« Die Worte strömten aus mir heraus und Säure füllte die offenen Wunden. *Warum war das so verdammt schwer? Weil ich mich wirklich und wahrhaftig von ihm verabschiedete, dieses Mal richtig und endgültig.* Keine schmerzlichen Sticheleien mehr, einfach nur ein »Ich liebe dich so sehr, deswegen lasse ich dich gehen«. Eine Beziehung konnte zwischen uns beiden niemals funktionieren.

»Wir tragen beide so viel Gepäck mit uns herum, dass es uns eines Tages einfach untergehen lassen wird. Du verdienst es, geliebt zu werden, Keith, und zwar auf eine Art und Weise, wie ich es niemals können werde.«

Er beugte sich jetzt nach vorn und ergriff meine Hand. »Diese Entscheidung triffst aber nicht du, Lexi.«

»Doch.« Ich küsste zärtlich seine Finger.

»Nein, Lexi, tue das nicht.« Seine Augen füllten sich mit Tränen, die ihm anschließend über die Wangen liefen. Ich hatte Keith noch niemals so weinen sehen und es brachte mich fast um.

»Ich liebe dich, Keith. Ich habe dich immer geliebt und werde dich immer lieben, aber manchmal reicht das leider nicht aus.«

»Lexi, du brauchst nur etwas Zeit, um die Wunden heilen lassen zu können.«

»Hey.« Ich zog ihn näher an mich heran und gab ihm zum Abschied einen Kuss auf die Wange. »Du verstehst das nicht. Ich möchte gar nicht gerettet werden.«

Auf einmal erhob er sich, als hätte er endlich begriffen, was ich ihm hatte sagen wollen, und dann wandte er sich ab. Ich konnte nicht hinsehen, also schloss ich die Augen, als ich hörte, wie sich die Tür hinter ihm schloss.

»Auf Wiedersehen, Keith.«

Da! Ich hatte es tatsächlich getan und ich hatte es nur für ihn getan.

Mein gesunder Arm flog zu meinem Gesicht und ich weinte so lange, bis ich keine Tränen mehr hatte.

Ich hörte, dass er dennoch jeden Tag vorbeischaute, aber ich sorgte dafür, dass er mich nicht mehr zu sehen bekam. Ich ließ mich sogar einen Tag früher entlassen, damit er mir nicht dazwischenkommen konnte. Es war wirklich unfassbar hart, aber Keith musste endlich einsehen, dass ich meinte, was ich gesagt hatte, oder er würde es niemals aufgeben, mich zurückzugewinnen.

Kapitel vierzehn

Acht Monate später

Lexi

Den Einkaufswagen durch den Gang zu schieben, war früher viel einfacher gewesen. Ich hatte es wirklich für selbstverständlich gehalten. Mein Wagen quoll jetzt über vor Junkfood, aber es war mir egal, denn wenn ich erst einmal einen Chip in Erdnussbutter tauchte, verdrehte ich vor Entzücken die Augen. Ich war zurzeit unentwegt hungrig.

Mein Handy leuchtete auf und ich meldete mich.

»Hi, Emma, wo bist du gerade?«

»In der Apotheke, und da werde ich bestimmt auch noch zwanzig Minuten sein. Bist du immer noch im Supermarkt?«

Ich ließ eine Packung Gummiwürmer in den Wagen fallen und seufzte. »Ja, ich kaufe mal wieder viel zu viel, aber was soll's.«

»Wen interessiert's?« Sie lachte. »Hast du vielleicht ein Glück. Ich treffe dich dann, wenn ich hier fertig bin.«

»Okay.«

Ich blieb in der Süßwarenabteilung stehen und mir brannten plötzlich die Augen, als ich das Hubba-Bubba-Tape entdeckte. Ich vermisste

Keiths Freunde, besonders Mark. Ich fragte mich, was Keith wohl gerade tat, aber das ging mich jetzt ja eigentlich auch gar nichts mehr an. Mein Leben fand schließlich hier und jetzt statt.

Ich hatte das bisschen Geld genommen, das ich aus Antonios Klub abgezweigt hatte, und war nach Nova Scotia gefahren, wo meine Cousine Emma mir sofort eine Bleibe angeboten hatte. Nach dem Tod meiner Eltern hatte sie mir schon einmal dasselbe Angebot gemacht, aber damals hatte ich es nicht übers Herz gebracht, Boston zu verlassen, denn dort waren meine Eltern gewesen. Ich hatte aber gemerkt, dass ich Kanada vermisst hatte, und es half mir dabei, mich mit meinen Wurzeln wiederzuvereinigen. Ich hatte gehört, dass Father Kai mittlerweile ins Gefängnis gewandert war. Der Grund dafür war mir ehrlich gesagt ziemlich egal. Ich war einfach nur froh über diese Nachricht und hoffte, dass er jetzt die Hure von jemandem war.

Clark hatte versucht, mich zu erreichen. Ich habe ihm einmal geantwortet und so erfahren, dass die *Devil's Reach* niemals wegen der Morde an den Mitgliedern der *Almas Perdidas* angeklagt worden waren. Irgendwie hatte einer von ihnen wohl bezeugt, dass es eine andere Bande aus North Carolina gewesen wäre. Natürlich hielt das Police Department den Mund, denn sie waren einfach nur froh darüber, dass sie ihre Stadt zurückbekommen hatten. Er erwähnte auch, dass einer von Triggers Leuten gekommen sei und mit ihm gesprochen habe. Er hatte ihnen gesagt, dass es ihnen leidtäte, dass ich bei der ganzen Sache verletzt worden sei, und dass sie deshalb jetzt in meiner Schuld stünden. Clark erzählte, er habe ihnen daraufhin gesagt, dass ich es gewesen sei, die ihnen den Ort mitgeteilt hatte, wo sie den Leichnam ihres Mitglieds hatten finden können. Er teilte mir mit, dass ihr Motto »Niemals vergessen« sei. Ich fragte Clark, was das genau bedeutete, und er erwiderte darauf, dass ich das Keith fragen solle. Daraufhin sagte ich nichts mehr. *Denn was gab es jetzt noch zu sagen?* Nach diesem Gespräch besorgte ich mir eine neue Nummer und ging fort.

Ich musste unbedingt ganz von vorn anfangen.

Keith

»Hey, Keith!« Mike steckte den Kopf durch die Tür. »Frank hat angerufen und Officer Caden hat gerade seinen Papierkram geschickt. Er ist jetzt offiziell Teil des Hauses.«

Ich setzte meine Brille ab und lehnte mich in dem Ledersessel zurück, ein Geschenk von Savannah zum Einzug. Ich stieß jetzt einen tiefen Seufzer aus. »Das ist eine große Erleichterung.«

Mike nickte, kam in mein Büro hinein und ich holte zwei Kristallschwenker und eine Flasche Brandy hervor. Ich schenkte jedem von uns einen Doppelten ein, stellte seinen vor ihn auf den Tisch, und er sank daraufhin in den Sessel. Er sah so müde aus, wie ich es war.

Ich hob das Glas hoch, beugte mich nach vorn und stieß mit ihm an. »*Dusk* ist endlich voll besetzt.«

Ich schloss die Augen und ließ die warme bernsteinfarbene Flüssigkeit meine Kehle hinabrinnen. Es war wirklich ein wahnsinniges Erlebnis gewesen. Ich empfand jetzt so viel mehr Respekt vor den Logans. Einen Haushalt mit Menschen zu füllen, denen man unbedingt vertrauen können musste, war so unglaublich schwer.

»Oh.« Ich lehnte mich zurück und zeigte auf den Tisch, der an der Seite stand. »Heute ist wieder ein Paket für dich gekommen.«

Mike warf einen raschen Blick darauf. »Danke.«

»Sag mal, muss ich wissen, was in diesen Schachteln ist?«

Er schloss kurz die Augen, bevor er sich ans Öffnen des Päckchens machte. »Ich war immer der große Junge, hochgewachsen, dick und absolut furchterregend. Ich hatte keine Freunde, und diejenigen, die ich hatte, benutzten mich nur als ihren Schutzschild. Eines Tages kam dann meine Mutter plötzlich mit einer von denen hier nach Hause.« Er hielt eine seltsam aussehende Trollpuppe mit blauen Haaren in die Höhe. »Es sind die hässlichsten Dinger, die ich jemals gesehen habe, aber sie wurden schließlich meine Freunde. Sie machten sich niemals über mich lustig, sie taten mir nie weh und sahen mich niemals komisch an. Sie waren immer nur einfach für mich da.« Er lächelte jetzt und legte sie zurück in ihre Schachtel. »Meine Mom schickt sie mir weiterhin jeden Monat. Ich habe schon versucht, ihr zu sagen, dass ich sie nicht mehr haben möchte, aber in Wahrheit bieten sie mir tatsächlich einen gewissen Trost.« Er lachte. »Jetzt weißt du, warum ich euch Jungs nie gesagt habe, was in den Päckchen ist.«

»Mark hätte dabei garantiert seinen großen Tag gehabt.«

»Eben genau deshalb.«

»Das Geheimnis ist bei mir gut aufgehoben.«

»Das weiß ich doch.«

Ich beließ es dabei, denn es gab keinen Grund, noch weiter nachzubohren.

Mike war meine rechte Hand im *Dusk*-Haus. Cole hatte natürlich dieselben Regeln für ihn wie für mich aufgestellt. Er musste *Shadows* ebenfalls regelmäßig besuchen und er musste beim Blackstone-Team bleiben.

Ich war nicht übermäßig überrascht, als Mike darum bat, hierher versetzt zu werden, denn wir waren immer gut miteinander ausgekommen und unsere Persönlichkeiten passten einfach perfekt zueinander.

»Ich hätte fast Dell rekrutiert.« Mike grinste, ließ das Glas zu mir herüberrutschen und legte dann den Fuß auf sein Knie. »Savannah hätte mir fast die Eier abgerissen, als sie hörte, wie ich mit Dell darüber sprach.«

Im Augenblick war es ein Running Gag bei uns, Savannah dadurch zu verärgern, dass wir ihr das Personal klauten.

»Du solltest lieber aufpassen.« Ich lachte. »Sie wird immer besser im Heimzahlen. Ich fand bei meinem Auszug nämlich eine von Livs Windeln in meinem Koffer. Zum Glück hat Mark sie noch rechtzeitig erschnüffelt, bevor ich losgefahren bin.«

»Danke für die Vorwarnung.« Er stand auf. »Na gut, Chef, ich muss mal nachsehen gehen, wie Abby mit dem Küchenpersonal zurechtkommt. Zum Glück hat sie angeboten, uns auszuhelfen.«

»Ja, das klingt gut.«

Sobald er weg war, schnappte ich mir etwas Papierkram und ging damit hinaus auf meine Veranda. Es dauerte nicht lange, bis ich über den Unterlagen einschlief.

*

»Ja, ich habe das Memo erhalten, danke.« Ich hatte das Handy zwischen Schulter und Ohr eingeklemmt, während ich meine Schuhe zuschnürte. »Oh, Cole, ich habe diesen jungen Burschen angeheuert, den du haben wolltest. Officer Caden. Er zieht diesen Freitag offiziell bei uns ein.«

»Wow, das ist klasse! Also hast du jetzt sämtliches Personal beisammen?«

»Ja, das habe ich.« Ich sah nach der Uhrzeit und entdeckte erschrocken, wie spät ich schon dran war. »Scheiße, Cole, ich muss dringend los. Kann ich dich später zurückrufen?«

»Aber sicher doch.«

Ich eilte die Treppe hinunter und dann hinaus zu meinem Wagen, anschließend jagte ich durch die drei Checkpoints und hinaus auf die offene Ashville Road.

Alles war jetzt anders. Ich war der Leiter des neuen Safe Houses in North Carolina und ich war immer noch ein Mitglied des Blackstone-Teams. Ich ging oft dorthin zurück, denn ich vermisste Montana, aber da ich so häufig dort war, kam es mir irgendwie so vor, als hätte ich es niemals wirklich verlassen. Abgesehen davon waren Marks Zwillinge schon eine Handvoll, und sie bissen gern zu …

Es gefiel mir, meiner Familie so nahe zu sein und so viel Zeit mit ihnen verbringen zu können. *Three* fand die Ehe einfach nur großartig, und *Twos* Beziehung zu Clark entwickelte sich ziemlich rasant zu etwas Ernstem. Oma war natürlich besonders glücklich darüber, mich wieder um sich zu haben, weil ich die Bar für sie immer wieder aufstockte.

Was Lexi betraf, so hatte diese sich dazu entschlossen, komplett vom Radarschirm zu verschwinden. Wir hatten Jahrzehnte damit verbracht, einer Sache nachzujagen, die gar nicht vorhanden gewesen war. Es schmerzte mich höllisch, aber ich würde sie immer lieben. Ich hatte mittlerweile eine andere Frau kennengelernt. Sie arbeitete in einem Fahrradgeschäft in der Stadt. Sie war echt nett. Sie hatte nur leider sehr viel Energie, mit der ich mich echt überhaupt nicht anfreunden konnte. Aber das würde im Laufe der Zeit bestimmt leichter werden, da war ich mir sicher.

Du musst nicht versuchen, die Persönlichkeit von jemandem nach und nach zu mögen. Entweder klickt es sofort, oder es klickt nicht. Ich versuchte, Savannahs Worte aus dem Kopf zu bekommen.

»Hi.« Amelias Augen leuchteten auf, als ich zu ihr trat und sie auf die Lippen küsste.

»Hallo, wie geht's dir?«

»Jetzt besser.« Sie lächelte mich an und hielt meine Hand, während ich die Speisekarte überflog. »Also …« Sie holte einen Katalog heraus. »Was hältst du von Barbados?«

Mir drehte sich augenblicklich der Magen um. Sie wollte mit ihrer Schwester eine Reise unternehmen und wusste, dass ich in meinem Leben schon viel gereist war. Also löcherte sie mich mit Fragen. Ich wollte jedoch auf keinen Fall über Barbados nachdenken …

»Wie wäre es mit Kuba?«, schlug ich ihr stattdessen vor.

»Oh …« Sie blätterte durch die Seiten und zeigte dann auf einen weißen Strand. »Ja, da könnte ich auch Ferien machen, kein Problem.«

Mein Handy vibrierte jetzt zweimal in meiner Tasche. Ich holte es heraus und sah, dass es eine SMS von Unbekannt war. *Das ist aber seltsam.* Rasch googelte ich den Gebietscode. *Kanada?*

Ich öffnete die Nachricht und es dauerte einen Moment, bis ich das Foto heruntergeladen hatte.

Unbekannte Nummer: Hi, ich dachte, du solltest es vielleicht wissen … 234 Ocean View Rd., Queensland NS Kanada.

Das Foto poppte auf, und ich hätte mich fast an meinem Wasser verschluckt.

»Alles in Ordnung bei dir, Süßer?«

»Nein!«

Ende …

Komm schon, als ob ich es so enden lassen würde!

Lies einfach weiter …

Epilog

Der Halifax International Airport war so klein, dass ich den Schalter der Autovermietung ganz leicht fand.

»Ernsthaft?« Ich schüttelte den Kopf über die junge Frau hinter der Theke.

»Tut mir leid, Sir, aber einen anderen haben wir leider gerade nicht im Angebot.«

»Na gut.« Ich griff in meine Tasche und ging widerstrebend zu dem Prius hinüber.

Nach einem schnellen Kaffee bei *Tim Hortons* öffnete ich mein Handy und tippte die Adresse aus der SMS dort ein.

Ich starrte erneut ihr Foto an. Ich hatte es sogar ausgedruckt. Es war wunderschön anzusehen. Sie befand sich auf einer Veranda, trug ein langes gelbes Sommerkleid und sah auf den Ozean, dabei hielt sie sich den Schwangerschaftsbauch und wirkte so unfassbar glücklich.

Ich fuhr nun auf dem Highway Richtung Queensland Beach. Ich wünschte, ich hätte den Kaffee nicht getrunken, da die gewundene Straße dafür sorgte, dass mir die Blase schmerzte. Zum Glück gab es ein kleines Restaurant mit Namen *Trellis*, auf dem Weg, wo man so freundlich war, mich die Toilette benutzen zu lassen. Ich entschloss mich, bei dieser Gelegenheit auch gleich noch etwas zu essen, da ich nicht genau wusste, wie lange dieser Besuch dauern würde.

Als ich an einem Ecktisch Platz genommen hatte, meldete ich mich kurz bei Cole, dann rief ich Mike an, um zu hören, wie es gerade bei uns im Haus lief.

»Was darf ich Ihnen bringen?«, fragte die Bedienung nun, die einen Notizblock in der Hand hielt.

»Äh, Fish and Chips, bitte.«

»Wasser dazu?« Sie schaute auf mein leeres Glas.

»Bitte.« Sie wollte schon gehen, aber ich hielt sie auf. »Darf ich Ihnen eine kurze Frage stellen?« Sie drehte sich interessiert um. Ich beugte mich zu ihr hinüber und holte das Foto aus meiner Tasche. »Kennen Sie diese Frau zufällig?«

Sie nahm das Foto zur Hand und kicherte leise, bevor sie es mir zurückgab. »Lexi? Ja, sie arbeitet sogar hier.«

Ernsthaft?

Sie neigte den Kopf zur Seite und betrachte mich dann von oben bis unten. »Oh mein Gott!«, flüsterte sie, bevor sie lächelte. »Sie sind bestimmt Keith, nicht wahr?«

Ich versuchte, nicht zu aufgeregt darüber zu sein, dass Lexi mit anderen über mich gesprochen hatte.

»Sie wissen von mir?«

Sie sah kurz über die Schulter, bevor sie den Kaffeebecher auf das Tablett stellte.

»Sie trägt Ihr Foto jeden Tag mit sich herum. Sie hat uns gesagt, dass Sie im Irak im Einsatz wären.« Sie zuckte mit den Achseln. »Ich habe ehrlich gesagt irgendwann gedacht, sie hat Sie nur erfunden, damit die Leute denken, dass sie nicht mehr auf dem Markt ist.«

Ich musste einfach lächeln, denn das war in der Tat typisch Lexi.

»Debbie?« Der Restaurantleiter rief nun ungeduldig ihren Namen.

Sie hielt einen Finger in die Höhe. »Sie arbeitet morgen früh wieder hier. Sie wird bestimmt ganz aufregt sein, Sie zu sehen. Sie ist nämlich überzeugt davon, dass Ihr Sohn Ihre Augen haben wird.«

Mein Sohn?

Ich hatte das Gefühl, einen Hieb in die Magengrube bekommen zu haben, und ich wusste nicht, ob ich lachen, weinen oder vielleicht beides gleichzeitig tun sollte.

Es endete nicht damit, dass ich mein Abendessen zu mir nahm, ich starrte nur noch ihr Foto an und das Wort *Sohn* wirbelte unablässig in meinem Kopf umher.

Das da drin ist mein Junge! Mit der Hand bedeckte ich das Lächeln, welches sich auf meinem Gesicht ausbreitete, und mein Herz sprang wild umher vor Aufregung. *Ein Junge!*

Nachdem Debbie mein Essen eingepackt hatte, half sie mir schließlich dabei, ein Zimmer für die Nacht im *Sea Breeze* zu bekommen.

Mein Zimmer war zwar klein, hatte aber ein Bett, eine Dusche und einen Kühlschrank, also war ich glücklich. Ich öffnete die Verandatüren, lehnte mein Gewicht auf das Geländer und beobachtete die Schaumkronen, die im Mondlicht blitzten.

Die Küste hier war einfach nur spektakulär. Der Ozean war nicht blau, sondern von einem hellen Grau und der Strand von einem sanften Braun, aber es war der Geruch nach Seegras, den ich wirklich genoss, denn er erinnerte mich so sehr an zu Hause. Ich liebte den Atlantik über alles.

Ich hob nun mein Handy ans Ohr, während es am anderen Ende läutete.

»Hallo?«, flüsterte Mark.

»Hey.« Ich fragte mich, warum ich bei so etwas nicht Savannah anrief, aber aus irgendwelchen Gründen erschien Mark mir der

Passendere für diese Sache zu sein. »Hast du vielleicht eine Minute Zeit?«

»Ja, natürlich. Bleib kurz dran.« Ich hörte ihn etwas zu Mia flüstern, die zustimmend summte, dann wurde eine Tür geschlossen. Er gähnte und räusperte sich. »Was kann ich für dich tun?«

»Na ja, ich habe jetzt herausgefunden, wo sie arbeitet und dass sie mit meinem Sohn schwanger ist.«

»Da soll mich doch der Teufel … ein Junge! Oh, Kumpel, das ist ja der Wahnsinn!« Ich hörte seine Aufregung durch das Telefon. Die Jungs würden im *Shadows* wieder die Herrschaft übernehmen. Na ja, vielleicht …

»Danke, Mann. Ich, äh, habe gehört, dass sie hier auch von mir spricht. Ein Mädchen wusste sogar, wer ich war. Sie sagte, dass Lexi erzählt hätte, dass ich gerade im Einsatz wäre. Ich glaube, dass es in Wirklichkeit ihre Cousine war, die diese SMS geschickt hat, und dass Lexi momentan bei ihr lebt.«

»Wirklich? Hui!«

Ich beugte mich jetzt vor, rieb mir den Kopf und seufzte schwer. »Ich weiß nicht, was ich hier eigentlich tue, Mark. Ich meine, ich bin dermaßen sauer, dass sie es mir nicht gesagt hat, aber andererseits habe ich das Gefühl, dass sie hier endlich glücklich ist. I… ich weiß einfach nicht, was ich jetzt tun soll.«

»Ehrlich, Keith, darauf kann ich dir auch keine Antwort geben, aber was ich sagen kann, ist, dass du diesem Mädchen das ganze letzte Jahrzehnt nachgejagt bist. Ihr zwei seid wie Magnete. Es passiert immer etwas, dass ihr beide wieder zusammenprallt. Vielleicht ist das ja ein Zeichen. Ich glaube, du musst ihr ein für alle Mal sagen, was du wirklich für sie empfindest. Letzten Endes trägt sie dein Baby unter dem

Herzen, also werdet ihr in Kürze für immer miteinander verbunden sein.«

»Ja, da hast du recht.«

Ich legte meine Füße hoch und wechselte hastig das Thema. Er hatte ja recht. Ich musste einfach nur ehrlich zu ihr sein und sehen, wohin uns das führte. Ungeachtet dessen hatte ich jetzt bald einen Teil von Lexi, nicht nur einen Teil von ihr, sondern einen Teil von uns beiden. *Unseren Sohn.*

»Wie geht's den Jungs denn?«

»Kumpel, die beißen!« Seine Stimme ging hoch, was mich unwillkürlich zum Lachen brachte. Genau deswegen hatte ich Mark angerufen. »Ich glaube, das müssen sie von Mia haben.«

»Ganz eindeutig.«

»Hoffentlich verfügen sie wenigstens über die Tanzbewegungen ihres Vaters. Es wäre eine solche Vergeudung von Talent, wenn diese Gabe mit mir aufhören würde.«

»Wenn du Oma beibringen kannst, wie man *Cabbage Patch* tanzt, dann werden deine Jungs sich ohne Zweifel auch perfekt bewegen können.«

»Mmm, stimmt auch wieder.« Wir beide schwiegen einen Moment und ich schloss die Augen und sah dabei Lexis Lächeln vor mir. »Alles in Ordnung bei dir?«

»Ja, alles in Ordnung. Danke, Mark.«

»Danke mir erst, wenn du sie dir wieder zurückgeholt hast.«

Am folgenden Morgen packte ich meine Tasche in den Wagen, falls ein rascher Abgang vonnöten sein würde.

Ich betrat das Restaurant und nickte Debbie zu, deren Gesicht bei meinem Anblick sofort aufgeregt glühte. Sie nickte zu einem leeren Tisch hinüber, der vermutlich in Lexis Revier lag.

Dann sah ich sie, wie sie auf einer Hand und der Schulter ein Tablett balancierte und sich dabei schwerfällig durch die Leute bewegte.

Sie nahm das Tablett runter und reichte die Teller einer vierköpfigen Familie. Sie lächelte und lachte, als sie auf ihren Bauch zeigten. Sie musste mich gespürt haben, denn sie schaute auf einmal zu mir herüber und ihr fiel die Kinnlade herab … dann flogen ihre Hände unwillkürlich an ihren Bauch.

Zum Glück war es noch nicht sehr voll, weil *es* jetzt passieren würde. Ich eilte zu ihr hinüber und versperrte ihr den Weg, falls sie in den Fluchtmodus gehen würde.

»Ich kann's einfach nicht glauben, dass du es mir nicht gesagt hast«, rutschte es mir etwas schärfer heraus, als ich es beabsichtigt hatte.

Sie wollte etwas sagen, schüttelte aber stattdessen den Kopf und versuchte, ihre Gefühle im Zaum zu halten.

»Wie … Ich meine, du hattest doch eine …« Ich zeigte vage in Richtung ihres Bauchs, wobei ich an die Spirale dachte, die sie sich während ihres Aufenthalts im Klubhaus hatte einsetzen lassen.

Sie zuckte mit den Achseln. »Ich muss sie irgendwie verloren haben. Damals hat es viele … verschwommene Tage in meinem Leben gegeben.«

»Ein Junge, hm?« Sie nickte. »Hast du ihm schon einen Namen gegeben?« Sie nickte erneut.

»Brandon«, flüsterte sie. Mein Vorname und zugleich mein Ticket, um weiterzumachen.

Ich griff jetzt in meine Tasche, zog die Schachtel hervor, öffnete sie und stellte sie auf den leeren Tisch neben sie.

Ihr Blick schweifte von dem Verlobungsring zu mir. Ihr kamen die Tränen.

»Ich sage es dir jetzt ein letztes Mal.« Ich beugte mich zu ihr hinab und zeigte ihr, dass ich dieses Spiel endgültig satthatte. »Wirf mir jeden Scheißdreck zu, den du hast, Lexi, und ich werde ihn behalten, weil es das ist, was Menschen nun mal tun, wenn sie jemanden lieben.«

»Keith.« Ihr Kinn bebte. »Ich …«

Ich nahm ihre Hand, trat näher und sog ihren Duft in mich hinein. Meine Tränen überwältigten mich jetzt, aber das machte mir nichts. Ich sprach jetzt einzig und allein die Wahrheit.

»Du glaubst, dass ich all die Jahre versucht habe, dich zu retten, aber in Wirklichkeit bist du diejenige gewesen, die mich gerettet hat.«

Langsam beugte sie sich vor, hob die Schachtel auf, nahm den Ring heraus und legte ihn mir in die Hand. Ich wartete, dass ihre Eiswände wieder hochschossen.

Ein Schluchzen, gefolgt von einem Lachen, durchbrach jetzt die Stille. Sie rieb sich die geröteten Wangen. »Du hast elf Jahre lang daran festgehalten. Wie kann ich zu jemandem Nein sagen, der mich schon so lange geliebt hat?«

Sie streckte mir ihre Hand entgegen, und ich streifte den Ring zärtlich über den Finger der linken Hand meiner ersten und einzigen Liebe.

Alle im Restaurant ließen uns jetzt jubelnd hochleben, und ich küsste sie voller Leidenschaft.

»Es ist mir egal, wo wir leben werden, ob hier oder dort. Nur keine getrennte Zeit mehr … versprochen?«

»Versprochen.« Sie sah mich an, als wäre sie wieder siebzehn. »Bringst du mich nach Hause?«

»Welches Zuhause?«

»Dein Zuhause.«

Ich begrub meinen Kopf an ihrem Hals und brach zusammen.

Meine Hand fand ihren Babybauch und ich flüsterte zum ersten Mal ein Hallo an meinen Sohn. »Ich liebe dich, Lexi.«

»Ich liebe dich auch, Keith. Ich habe dich immer geliebt und werde dich immer lieben.«